古典文獻研究輯刊

四 編

曾 永 義 主編

第19冊

明代傳奇之劇場及其藝術

王 安 祈 著

國家圖書館出版品預行編目資料

明代傳奇之劇場及其藝術／王安祈 著 — 初版 — 新北市：花
木蘭文化出版社，2012〔民 101〕
目 2+342 面；19×26 公分
（古典文學研究輯刊　四編：第 19 冊）
ISBN：978-986-254-768-7（精裝）
1. 明代傳奇 2. 劇場藝術 3. 表演藝術
820.8　　　　　　　　　　　　　　　　101001744

ISBN-978-986-254-768-7

古典文學研究輯刊
四 編　第十九冊　　　　　　　ISBN：978-986-254-768-7

明代傳奇之劇場及其藝術

作　　者　王安祈
主　　編　曾永義
總 編 輯　杜潔祥
出　　版　花木蘭文化出版社
發 行 所　花木蘭文化出版社
發 行 人　高小娟
聯絡地址　新北市永和區中正路五九五號七樓
　　　　　電話：02-2923-1455／傳真：02-2923-1452
網　　址　http://www.huamulan.tw 信箱 sut81518@ms59.hinet.net
印　　刷　普羅文化出版廣告事業
初　　版　2012 年 3 月
定　　價　四編 32 冊（精裝）新臺幣 52,000 元

明代傳奇之劇場及其藝術

王安祈　著

作者簡介

　　王安祈，臺灣大學文學博士，現任臺灣大學戲劇學系特聘教授，曾任清華大學中文系教授二十餘年。出版《性別、政治與京劇表演文化》、《為京劇表演體系發聲》、《當代戲曲》、《臺灣京劇五十年》、《傳統戲曲的現代表現》、《明代戲曲五論》等多本學術專書，曾獲國科會傑出獎，胡適學術講座。

　　1985 年起為郭小莊、吳興國編劇，出版劇本集兩本，多次獲得編劇獎。2002 年起擔任國光劇團藝術總監，新編《孟小冬》、《畫魂》、《歐蘭朵》、《金鎖記》等四部女性京劇輯為《絳唇珠袖兩寂寞》，獲國家文藝獎與金曲獎。

提　　要

　　本書為作者 1985 年臺大中文研究所博士論文，由張敬、曾永義兩位老師指導，是臺灣較早的劇場研究學術專著。全書分上下兩編，上編論明代傳奇之劇團類別、演出場合與劇場形製，分為「宮廷、職業戲班、私人家樂」三類劇團，以及「宮廷、祠廟、勾欄、廣場、酒館、家宅、船舫」等不同的演劇型態；演出場合與劇場形製對於戲劇演出內容與風格之影響，可視為上編結論。下編論明代傳奇的劇場藝術，「角色分類、人物造型、音樂、賓白、科介、砌末」等各組成元素分別立論，從演出角度對明代傳奇進行立體研究。資料引用方面，大量運用當時新出版的《全明傳奇》與《善本戲曲叢刊》，使傳奇研究不再局限於《六十種曲》，更詳細比對戲曲選本與原著全本之異同，建立「演出本」概念，由案頭走向場上；對於弋陽腔劇本的詳細析論，也使傳奇在崑劇的固定概念之外另闢視野。全書不僅具有劇場史、演出史、聲腔史的向度，更匯聚一切劇場藝術與劇本文學之關係，在 1980 年代實具開創性意義。

目次

前　言

　　劇場，指的是演劇的場所。古籍中有以「場」、「戲場」、「歌場」、「優場」、「氍毹」等詞稱表演區域者，〔註1〕然「場」字嫌浮泛，後三者之名義亦不夠

〔註 1〕 「場」，《隋書‧音樂志下》（北京：中華書局，1973 年）有「有舍利先來，戲於場內」（頁 381），唐崔令欽《教坊記》有「教一日便堪上場」、「相聚場中」、「徐行入場行歌」（《中國古典戲曲論著集成》〔北京：中國戲劇出版社，1959 年〕，第 1 冊，頁 12、18），宋孟元老《東京夢華錄》卷九有「舞者入場」、「續一人入場」、「百戲入場」（《東京夢華錄（外四種）》〔上海：古典文學出版社，1956 年〕，頁 53），宋陳暘《樂書》卷 185〈樂圖論‧女樂下〉有「舞者入場」之語（《景印文淵閣四庫全書》〔臺北：臺灣商務印書館，1983 年〕，第 211 冊，頁 3b，總頁 831），是知凡為歌樂、舞蹈及百戲散樂而設之表演區，概統稱之為「場」。「歌場」，見於唐段安節《樂府雜錄‧鼓架部》關於「蘇中郎」的記載（《中國古典戲曲論著集成》，第 1 冊，頁 45）。「優場」，見於南宋陸游《劍南詩稿》卷 27〈春社〉第四首、卷 69〈夜投山家〉第二首、卷 78〈野意〉（錢仲聯校注：《劍南詩稿校注》〔上海：上海古籍出版社，2005 年〕，頁 1884、3851、4234）；及南宋劉克莊《後村先生大全集》（北京：線裝書局，2004 年《宋集珍本叢刊》第 81 冊影印清鈔本）卷 30〈己未元日〉（頁 2b，總頁 160）、卷 35〈乙丑元日口號〉第四首（頁 18b，總頁 218）。「戲場」，《隋書‧音樂志下》有「綿亙八里，列為戲場」之句（頁 381），又隋薛道衡有〈和許給事善心戲場轉韻詩〉（〔唐〕徐堅輯：《初學記》〔北京：中華書局，1962 年〕，卷 15〈樂部上‧雜樂第二〉，頁 374）、宋錢易《南部新書》（北京：中華書局，2002 年）戊卷「長安戲場多集于慈恩」（頁 67）、陸游《劍南詩稿》卷 32〈初夏〉第二首、卷 58〈村居遣興〉第一首、卷 59〈出遊〉第四首、卷 65〈稽山行〉、卷 66〈初夏閒居〉第三首、卷 68〈行飯至湖上〉、卷 80〈幽居歲暮〉第三首（頁 2146、3388、3418、3660、3736、3824、4319）；宋王安石〈相國寺啓同天道場行香院觀戲者〉詩（〔南宋〕李璧箋註：《箋註王荊文公詩》〔臺北：廣文書局，1960 年影印元大德刊本〕，卷 14，頁 3a～b，總頁 207～208）及劉克莊《後村先生大全集》卷 30〈縱筆〉第一首（頁 16a，總頁 167）。

貼切，「戲場」則今多以「劇場」代之。自馮沅君〈古劇四考〉以「劇場」爲詞，[註2] 周貽白又著《中國劇場史》專書，學者遂習用「劇場」之稱，本論文亦沿用之。

周氏《中國劇場史》首章首節云：

> 劇場，原文爲 Theatre，其語源出自希臘的動詞 Theasthai，原意爲「看」，沿用至今日，便成爲一個含義頗爲廣泛的名詞，所包括者有戲劇、劇團、舞臺、客座，及其他關於戲劇的各方面，換言之，便是戲劇的全部。但在中國，卻只以之稱演劇的場所。[註3]

如照字面看來，演劇之場所似乎只是一所用來演劇的屋子或一個場子，完整的劇場，所包含的也只不過是舞臺、客座和戲房三部分。但是，劇場的形製卻與演出場合息息相關，而二者又對舞臺表演有絕對的影響，換言之，戲曲藝術是在劇場演出中與觀眾直接接觸而完成其創作過程的。故「劇場」與「劇場藝術」，實爲値得吾人深入研究的主要課題。而前人對於戲劇的研究，多偏重於曲文辭藻、曲律格調或是劇本寫作諸問題，對於與「搬演」有關之各項因素，則較少關注。錢南揚、馮沅君、曾師永義等雖於此各有專著，[註4] 然多以宋、元爲討論的重心；周貽白《中國劇場史》及《中國戲劇史》有關演出的部分，亦失之過簡；張庚《戲曲藝術論》則多由皮黃劇、地方戲歸納戲曲之藝術特質，未能善用古代典籍；陸萼庭《崑劇演出史稿》又囿於崑曲而不及海鹽、弋陽諸腔；張庚等人之《中國戲曲通史》雖已將研究重心由劇本及劇作家延伸至舞臺搬演，然於劇場之探討仍嫌不足。不過上述諸作雖然繁簡有異、深淺有別，但顯然可見的是：戲劇之研究，已不止於戲曲文學的品鑑，而已擴及於劇場演出之探索；劇場之沿革，將不再附庸於戲劇寫作之歷史，而有其獨立之價値；舞臺表演，也不只是優人親身實踐之技藝，同時也是學者用以論斷藝術發展之主要依據。戲劇之面目，必得如此方足以完整地

至於「氍毹」之稱，詳見上編第二章第五節。

〔註2〕 馮沅君對「勾闌」所下的定義即爲「宋元間的劇場」，見〈古劇四考‧勾闌考〉，原載《燕京學報》第20期（1936年12月），頁85；收入《古劇說彙》（北京：作家出版社，1956年），頁1。

〔註3〕 周貽白：《中國劇場史》（長沙：湖南教育出版社，2007〔1936〕年），頁1。

〔註4〕 錢南揚：〈宋金元戲劇搬演考〉，原載《燕京學報》第20期（1936年12月），頁177～194，收入《漢上宧文存》（北京：中華書局，2009〔1980〕年），頁3～14；馮沅君：〈古劇四考〉，同前註；曾師永義：〈元人雜劇的搬演〉，《說俗文學》（臺北：聯經出版事業公司，1980年），頁347～384。

呈現，而劇場藝術之重要性，則已被普遍肯定。在學術領域裏，這將是一條正當明確而又亟待拓展的途徑。本論文即以前人研究為基礎，企圖對有明一代傳奇劇種之演出做一全面探討。蓋明中葉以後，戲曲之表演藝術有很大的發展，不僅承繼了北雜劇及南戲的優良傳統，將其推至高峰，更為今日仍在上演的崑曲、皮黃，奠定了穩固的藝術根基。而此項研究，前人尚無以專著論述者，故不揣淺陋，勉力為之，試圖勾勒出明傳奇經由不同的劇團、在不同的劇場演出時之不同面貌。

本論文上編，將以明傳奇之劇場為討論重心。劇場的活動，必須通過演員方能展開，故首章即以明代的劇團為題，分別敘述宮廷劇團、民間戲班及私人家樂之組織及相關問題。劇團性質不同，演出之場合與劇場之形製亦隨之有異，第二章即分別說明各劇場演劇之情形，並配合古畫、戲曲小說插圖及田野考古之圖片，考述劇場之構建形製。演劇之風雖遍及宮廷內苑、鄉野祠廟、縉紳豪宴，但城市通衢內的勾欄作場，與朱門綺席間的氍毹表演，在劇目的選擇及搬演的體製上自有不同的需求，第三章前兩節即分別就此探究。然而，無論是廟臺、廣場，還是茶坊、家堂，舞臺上一律是不設布景的，舞臺所代表的環境，完全在演員的表演中逐步展現。舞臺的形製，決定了象徵性的表演方式，也突出了表演藝術的重要性。此點將於第三章第三節揭出綱領，下編即以劇場藝術為題，分別探討明傳奇在腳色分工、人物造型、音樂、賓白、科介、砌末上的成就。

劇場藝術，也就是一般習稱的「舞臺藝術」。必須在此說明的是：「舞臺藝術」與「表演藝術」有何不同？舞臺藝術指的是戲劇在舞臺上的一切活動，包括腳色與其造型（面部化妝、服飾穿戴），腳色的唱、做、念、打（音樂、賓白、科介），以及舞臺上的景物造型。表演藝術則以演員為核心，指腳色與其造型，以及腳色之唱、做、念、打。簡言之，二者之不同，僅在於「景物造型」之有無。然而，中國古典戲劇的舞臺，一向是不設布景的，僅有的「砌末」，又必須與演員的動作相互結合，始有意義（詳見第六章第三節〈科介與砌末之結合〉），因此，中國劇場的「景物造型」，實奠基於演員之表演，而非獨立的藝術。那麼，就中國古典戲劇而言，「劇場藝術」（「舞臺藝術」）與「表演藝術」實無分別。本論文為求題目簡明，故以「劇場及其藝術」為題，而文中則三種詞彙分別使用，以求行文之變化及順暢。劇場藝術，只在演出過程中存在，曲終人散、停鑼歇鼓之後，它也就隨之消逝了，其殘影餘形，只

寄寓於劇本、圖片、評論和觀眾的記憶裏。今日研究明傳奇的劇場藝術時，只能依據少數考古實物的形象資料，並配合劇本中的提示。《古本戲曲叢刊》與《全明傳奇》之出版，使吾人對明傳奇之認識，已不再止於《六十種曲》，而能有更廣闊的視野，《善本戲曲叢刊》則提供了許多弋陽腔的資料，對音樂之研究極有幫助。本論文將極力探擷此批新見之材料，企圖能有進一步的研究成果。

　　就劇本創作而言，明傳奇是戲劇史上的豐收期，而劇場藝術之發展成果，也絕不亞於劇本創作，甚至，精湛的表演藝術，更轉而對劇本的結構產生了重大的影響。編劇者布局的重點，通常不在情節推展的順暢緊湊，而在於如何安排曲文，使演員能利用婉轉的曲調、優美的身段，對人物內在情感做淋漓盡致的闡發；觀眾的興趣，也不在於此劇「所演之事」，而以「演員如何利用表演藝術以抒發情感」為觀賞之重心。「事件衝突」通常只是導火線，大段唱腔配合繁複身段的抒情場面，才是戲劇的高潮。結構之特殊，實奠基於劇場藝術之優異卓越；劇場藝術之重要性，則決定於劇場之規製。故本論文之研究，除考述劇場形式之外，並進一步地探討其於劇場藝術之影響，而以劇場藝術與劇本文學間的關係為其總結。

　　論文寫作期間，雖蒙張師清徽與曾師永義悉心指導，惟因個人學力有限，疏漏錯誤之處在所難免，尚祈博雅君子不吝指正。而周法高老師、王秋桂老師及梅廣老師，或增以資料、或代購書籍，予我莫大的幫助與鼓舞，特於此一併致謝。

王安祈序於民國七十四年（1985）

　　本書原為筆者完成於民國七十四年之台大中文研究所博士論文，隔年學生書局出版成書，距今足足二十五年。近年來不僅個人研究領域漸有新發展，學界研究成果更是精進豐碩，遠非當年可比。此刻回頭檢視舊作，頗覺汗顏，許多論點或資料都已需要檢討或補充，而台灣社會更早已經巨變，當年寫作時猶未解嚴，對於大陸書籍只能以「排印本」含糊統稱。而今時移境遷，花木蘭文化出版社重新出版時當然不能延續舊例。在此要特別感謝清華大學博士班研究生陸方龍，他花了好幾個月時間，不僅幫我詳細補足出版時地，更將全書引文一一複查，或加註資料、或改正錯誤，全部字數竟增加五萬之多。如果不是方龍憑著深厚的學術素養認真細心幫我校對並覆案，四分之一世紀

前的著作根本不可能重新出版，在此特別鄭重致謝。同時也要感謝清華博士班的李湉茵和吳怡穎兩位，在課業忙碌之餘仍幫忙仔細校對。而值此博論重出之際，對於兩位指導老師更要致上最深的敬意。論文題目是曾永義老師給的，老師知我喜歡劇場活動，特別命我以明代傳奇之劇場及舞臺藝術為研究範圍，這在當年是首開風氣的。而自碩士班開始便指導我的張清徽老師，離開我們已經十五年了。重新面對此書時，愈發懷念老師。相信您已遠離病痛，在另一個世界守護著弟子們為戲曲所做的一切努力。

王安祈於民國一百年（2011）

上　編

第一章　明代劇團之類別及組織

演員，是促成戲劇搬演的首要因素。本文既以劇場及其藝術為研究範圍，演員自是必須探討的主題，因此首章即以劇團之類別及組織為題。

明代的劇團可大別為三：宮廷劇團、職業戲班與私人家樂。各劇團之成員組織及服務對象各有特質，在明代劇運的推展中也各自扮演不同的角色，分別具備不同的意義，本章將為論述。

娼妓雖與戲子有別，而明代娼妓演戲之風甚盛，不得略而不論，將附於〈職業戲班〉一節之內。此外，還有一種頗為特殊的演員，他們並不以演戲為職業，但卻熱愛戲劇，甚至親傅粉墨、躬踐排場。他們被稱為「串客」，與今日之「票友」身分類似。串客雖不能歸入劇團，然在明傳奇的演出中仍占一席之地，因此也列入本章。

第一節　宮廷劇團

明代內廷演戲屬「鐘鼓司」執掌。據《明史・職官志》所載鐘鼓司的組織及職責為：

> 鐘鼓司，掌印太監一員，僉書、司房、學藝官無定員。掌管出朝鐘
> 鼓，及內樂、傳奇、過錦、打稻諸雜戲。〔註1〕

明季宦官劉若愚所著的《酌中志》中有更詳細的記載：

> 鐘鼓司：掌印太監一員，僉書數十員，司房、學藝官二百餘員，掌

〔註 1〕〔清〕張廷玉等撰：《明史》（北京：中華書局，1974 年），卷 74〈志第五十・職官三〉，頁 1820。

> 管出朝鐘鼓。……西內秋收之時，有打稻之戲，聖駕幸旋磨臺、無
> 逸殿等處，鐘鼓司扮農夫餉婦及田畯官吏，徵租交納詞訟等事，內
> 官監衙門伺候合用器具，亦祖宗使知稼穡艱難之美意也。又過錦之
> 戲，約有百回，每回十餘人不拘，濃淡相間，雅俗並陳，全在結局
> 有趣，如說笑話之類。又如雜劇故事之類，各有引旗一對，鑼鼓送
> 上。所扮者備極世間騙局醜態，並閨壼拙婦騃男，及市井商匠习賴
> 詞訟，雜耍把戲等項，皆可承應。……又木傀儡戲……。〔註2〕

是知內廷每逢秋收年節或萬壽聖誕時，都有打稻、過錦等應景的搬演，例由
鐘鼓司承應，而鐘鼓司學藝官多達二百餘員。至神宗時，更擴大了宮中劇團
的編制，除由鐘鼓司負責「過錦之戲」及「水嬉之製」外，又「設有四齋，
近侍二百餘名習戲承應」，〔註3〕所習之戲，也已由打稻、過錦等擴及「外戲」。
〔註4〕此外，另有「教坊司」可隨時承應樂舞。《萬曆野獲編》卷十對教坊司
的職責有詳細說明：

> 教坊司，專備大內承應，其在外庭，維宴外夷朝貢使臣，命文武大
> 臣陪宴乃用之。……又賜進士恩榮宴亦用之，則聖朝加重制科，非
> 他途可望。其他臣僚，雖至貴倨，如首輔考滿，特恩賜宴始用之，
> 惟翰林官到任，命教坊官俳供役，亦玉堂一佳話也。〔註5〕

可見教坊司的工作主要是承應內廷、接待外賓，或於恩賜朝臣等重大慶典時，
擔任歌舞表演。《明史·職官志》記教坊司之組織及職責為：

> 教坊司，奉鑾一人（正九品），左、右韶舞各一人，左、右司樂各一
> 人（並從九品），掌樂舞承應。以樂戶充之，隸禮部。〔註6〕

教坊司既「以樂戶充之」，而樂戶除以歌舞侍觴陪宴之外，同時還職司戲劇搬
演（詳見本章第二節）。宮中遂有「鐘鼓司」負責的宮廷戲劇，與「教坊司」
引進的民間戲劇兩大類，共同在御前獻演，宮廷劇團的人數，更因教坊樂戶
的隨時支援而可彈性的無限增加。

〔註2〕 〔明〕劉若愚：《酌中志·內府衙門職掌》（北京：北京古籍出版社，1994年），
卷16，頁107～108。

〔註3〕 〔明〕蔣之翹：《天啓宮詞》，收入〔明〕朱權等撰：《明宮詞》（北京：北京
古籍出版社，1987年），頁50。

〔註4〕 〔明〕沈德符：《萬曆野獲編·補遺》（北京：中華書局，1959年），卷1〈列
朝·禁中演戲〉，頁798。

〔註5〕 沈德符：《萬曆野獲編》，卷10〈詞林·翰苑設教坊〉，頁271～272。

〔註6〕 張廷玉等撰：《明史》，卷74〈志第五十·職官三〉，頁1818。

　　鐘鼓司成員本爲宮中近侍，然亦有優伶廁身其間。《萬曆野獲編》卷二十記正德年間「上愛小優數人，命闍之，留於鐘鼓司」，即是其例。〔註7〕本來鐘鼓司官職最低賤，入此司者「例不他遷」，而正德初劉瑾卻因「日進鷹犬、歌舞、角觝之戲，導帝微行」，深得武宗寵愛，乃「以鐘鼓司入司禮」。〔註8〕明代君王對戲劇之愛好可見一斑。

　　教坊樂戶的來源，將在次節附論「娼妓」部分詳論。教坊優伶地位原本低賤，太祖對他們的身分限制極嚴，無論衣冠、服飾，甚或行走方位皆有嚴格規定，不得踰矩：「男子令戴綠巾，腰繫紅搭膊，足穿帶毛豬皮靴，不許街道中走，止於道邊左右行。或令作匠穿甲、妓婦戴皁冠，身穿皁褙子，出入不許穿華麗衣服」，〔註9〕甚至太祖還曾將樂人張良才投入水中，並斥爲「賤人小輩」。〔註10〕可以看出太祖雖然喜好戲曲，但對伶人卻心存輕視。而至武宗朝，伶人的待遇就大爲不同了。《萬曆野獲編》卷二十一有〈伶人稱字〉一條：

> 丈夫始冠則字之，後來遂有字說，重男子美稱也。惟伶人最賤，謂之娼夫，亙古無字。……惟正德間教坊奉鑾臧賢者，承武宗異寵，扈從行幸至於金陵，處士吳（當爲徐）霖、吳郡禮部郎楊循吉，並侍左右。時寧王宸濠，妄窺神器，潛與通書札，呼爲良之契厚，令伺上舉動。良之，賢字也。蓋賢之婿司鉞者，以罪戍南昌，故寧庶借以通賢。逆藩之巧、樂工之橫，至此極矣。賢至賜一品蟒玉，終不改伶官故銜。〔註11〕

教坊奉鑾臧賢，不僅穿「一品蟒玉」，不僅「稱字」，甚至還推薦會編戲曲的徐霖爲官，〔註12〕原任禮部主事楊循吉也因臧賢之薦，得侍武宗於金陵行在，

〔註7〕　沈德符：《萬曆野獲編》，卷20〈曆法・居第吉凶〉，頁531。

〔註8〕　張廷玉等撰：《明史・劉瑾傳》，卷304〈列傳第一百九十二・宦官一〉，頁7786；沈德符：《萬曆野獲編・補遺》，卷1〈內監・內官定制〉，頁814。

〔註9〕　〔明〕劉辰：《國初事蹟》（臺北：藝文印書館，1967年《原刻景印百部叢書集成》影印清張海鵬輯《借月山房彙鈔》本），頁20a～20b。

〔註10〕同前註，頁33b～34a。

〔註11〕沈德符：《萬曆野獲編》，卷21〈佞幸・伶人稱字〉，頁545。

〔註12〕「徐霖少年數遊狹斜，所填南北詞大有才情，語語入律，娼家皆崇奉之。……武宗南狩時，伶人臧賢薦之于上，令填新曲，武宗極喜之。」見〔明〕周暉：《金陵瑣事》（臺北：新興書局，1977年《筆記小說大觀》第16編影印本），卷2，〈曲品〉，頁1592。「徐髯仙少有異才，在庠序赫然有聲。……武宗南巡，獻樂府，遂得供奉。」見〔明〕何良俊：《四友齋叢說》（北京：中華書局，1959年），卷18，頁158。

應制撰雜劇詞曲。〔註13〕編修孫清原本「以士論不齒去官」，卻因臧賢之故而「起爲山西提學副使」，〔註14〕優人樂工，竟能操縱文學詞臣之進退，伶官之橫，亦已極矣。嘉靖二十七年（1548），更「增設伶官左右司樂，以及俳長色長，鑄給顯陵供祀教坊司印」，〔註15〕優伶俳官，竟與陵祀接稱，直可貽譏後世。

「鐘鼓司」與「教坊司」共同承應內廷戲劇，不只可使宮中劇團的人數做彈性調整，更可使宮中、民間的戲劇獲得交流。明初北雜劇餘勢猶存，宮廷之中也愛好北曲，儘管據陸采《冶城客論》所稱，太祖係「好南曲」者，〔註16〕但他仍聽不慣南調的《琵琶記》，以致教坊色長劉杲、教坊奉鑾史忠不得不改用北方的樂器箏、琶爲南曲伴奏，創爲「絃索官腔」。〔註17〕當時鐘鼓司及教坊樂戶表演節目也都以北曲爲主。然而，成化、弘治之後，民間流行的是南曲，餘姚、海鹽、弋陽諸腔相繼盛行。萬曆以來，崑腔盛行後，更是風靡一時。民間戲曲聲腔、體製既已遞變，宮廷帝王的品味也隨之而更新。教坊樂戶曾於成化年間將《金丸記》在御前獻演，並曾「感動宮闈」，〔註18〕可見民間的新聲已入內廷，於是神宗時遂下令內廷兼習「外戲」，要做到「弋陽、海鹽、崑山諸家俱有之」，〔註19〕此後連宮中戲班也都習唱南曲了。而帝王對傳奇的愛好，更轉而推動了民間戲曲的蓬勃發展。

宮廷戲劇對民間的影響，可由「絃索官腔」一例中看出。太祖時教坊樂師奉旨以箏、琶伴奏南曲，所創的新腔，沈寵綏在《絃索辨訛》中稱爲「絃索官腔」，〔註20〕馮惟敏《海浮山堂詞稿》卷三【玉抱肚】〈贈趙今燕之二〉則稱「南

〔註13〕 沈德符《萬曆野獲編》卷二十一〈佞幸・士人無賴〉：「原任禮部主事楊循吉，用伶人臧賢薦，侍上於金陵行在，應制撰雜劇詞曲，至與諸優並列。」（頁541）

〔註14〕 沈德符《萬曆野獲編》卷一〈列朝・伶官干政〉：「編修孫清者，登弘治壬戌一甲第二，以士論不齒去官，復用（臧）賢薦，起爲山西提學副使。」（頁33）

〔註15〕 沈德符：《萬曆野獲編》，卷14〈禮部・園陵設教坊〉，頁361。

〔註16〕 「國初教坊有劉色長者，以太祖好南曲，別製新腔歌之。」〔明〕陸采：《冶城客論》（臺南：莊嚴文化事業有限公司，1995年《四庫全書存目叢書・子部小說家類》第246冊影印南京圖書館藏清鈔本），總頁667。

〔註17〕 〔明〕徐渭：《南詞敘錄》，《中國古典戲曲論著集成》，第3冊，頁240。

〔註18〕 〔明〕呂天成撰，吳書蔭校註：《曲品校註》（北京：中華書局，2006年第2版），卷下〈舊傳奇・能品八〉，頁185；及祁彪佳：《遠山堂曲品・艷品》，《中國古典戲曲論著集成》，第6冊，頁25。

〔註19〕 沈德符：《萬曆野獲編・補遺》，卷1〈列朝・禁中演戲〉，頁798。

〔註20〕 引自李調元：《雨村曲話》，《中國古典戲曲論著集成》，第8冊，頁8。今本《絃

詞北唱」。〔註21〕此調雖因「柔緩散戾」而未普及，但在教坊中也曾流行一時。《金瓶梅詞話》中南詞北唱之例不在少數，如五十二回桂姐唱【伊州三臺令】、【黃鶯兒】、【集賢賓】、【雙聲疊韻】、【簇御林】、【琥珀貓兒】、【尾聲】七支，均是南曲，卻用琵琶自彈自唱；〔註22〕六十回李銘、吳惠、鄭春等三個小優兒在席前唱了一套【南呂紅衲襖】「混元初生太極」，顯然與鄭春獨唱【清江引】相同，用箏，但是南詞；〔註23〕六十一回申姐所唱「半萬賊兵」是《北西廂》，而【鎖南枝】卻是南曲，全用箏；〔註24〕同回唱「紫陌紅徑」套，亦是南曲而用箏。〔註25〕蓋李桂姐原屬教坊司妓女，李銘等小優也是教坊司樂工。當他們進入西門慶家中後，乃將教坊得自宮中的唱法流入了民間，這正是宮廷、民間聲腔交流之一例。此外，內廷演劇的砌末、行頭，因有御用監、內官監、司設監、兵仗局等供應支援，當然不虞匱乏且考究異常。此風傳入民間，自然也起了不少作用，特別是備有家樂、財力富裕的縉紳巨室，無不極力追求戲曲服飾、砌末的華麗新奇。由此可見，鐘鼓司與教坊司的結合，不僅為宮廷帝王提供了極盡聲色之娛的享受，同時也對戲劇的整體發展起了推動作用。

第二節　職業戲班

宮中御用劇團，專供帝王后妃享樂之用，民間則有由少數人合資，製備衣裝砌末而組成的戲班，目的在於演戲牟利。陸容《菽園雜記》卷十云：「嘉興之海鹽、紹興之餘姚、寧波之慈溪、台州之黃巖、溫州之永嘉，皆有習為倡優者，名曰戲文子弟，雖良家子亦不恥為之。」〔註26〕指的就是職業戲班的藝人。他如「弋陽戲子」〔註27〕、「徽州旌陽戲子」〔註28〕、「吳門戲子」

索辨訛》無此語。

〔註21〕收入謝伯陽編：《全明散曲》（濟南：齊魯書社，1994 年），頁 2007。

〔註22〕〔明〕蘭陵笑笑生原著，梅節校注：《金瓶梅詞話》（臺北：里仁書局，2007 年），頁 788～791。

〔註23〕同前註，頁 939～940。

〔註24〕同前註，頁 950～951。

〔註25〕同前註，頁 958～959。

〔註26〕〔明〕陸容：《菽園雜記》（北京：中華書局，1985 年），卷 10，頁 124。

〔註27〕〔明〕陳與郊：《袁氏義犬》雜劇，〔明〕沈泰編：《盛明雜劇初集》（臺北：廣文書局，1977 年影印民國戊午（1918）董康誦芬室仿明本精刊本），第 1 齣，頁 3b。

〔註28〕〔明〕張岱：〈目蓮戲〉，《陶庵夢憶》（與《西湖夢尋》合刊，北京：中華書

〔註29〕等，皆是此類。

　　職業戲班的演員，有的是招收貧寒子弟作有計畫的訓練，《雲間據目抄》卷二有所謂「鬻身學戲」之語，即指此而言；〔註30〕或有就原以演戲爲職業的演員組成一班的，這在明末小說《弁而釵》中可看到例證：

　　　「我這裏新合一班崑腔子弟，少一正旦，足下若肯入班，便有幾十
　　　兩班錢到手，日有進益。」

　　　「只恐入了班，便要招他們的輕薄。」主人道：「否，弋陽有輕薄之
　　　事。崑腔先戒而後入班。況有戲你去；無戲，你依然到老夫店中住
　　　便是。」……就回去搭了蘇州班。

　　　「四十兩替令弟還班銀。」〔註31〕

從這裏可知，有些班子是由班主「合」會戲的子弟而成的，演員入班稱爲「搭班」。搭班可先拿到一筆數十兩的「班銀」，若因故退出，則須將班銀歸還。明末清初有名的淨腳陳明智，本是「村優」，卻因一次成功的「拆戲」演出，而改搭「寒香部」名班，〔註32〕都是屬於此一類的。

　　也有由私人家樂轉入職業戲班的，如張岱（1597～1679）《陶庵夢憶》卷七〈過劍門〉中記載南曲中請優人演戲事，「傒僮爲興化大班，余舊伶馬小卿、陸子雲在焉」，〔註33〕馬小卿原屬張氏家樂「蘇小小班」，〔註34〕天啓三年（1623）才十二歲之時，即隨王岑、楊四、徐孟雅等至嚴助廟演《白兔記》，扮演咬臍郎，〔註35〕後來才轉爲「興化大班」的職業演員。另外歸有光《震川先生文集》卷十九〈朱肖卿墓誌銘〉：「昔時有沈元壽者，慕宋柳耆卿之爲人，撰歌曲，教僮奴爲俳優，以此稱於邑人。」〔註36〕也是由家僮轉爲俳優

　　　局，2007年），卷6，頁72。

〔註29〕〔明〕范濂：《雲間據目抄・記風俗》（臺北：新興書局，1978年《筆記小説
　　　大觀》第22編第5冊影印本），卷2，頁3a，總頁2629。

〔註30〕同前註。

〔註31〕轉引自戴不凡：〈明清小説中的戲曲史料〉，《小説見聞錄》（杭州：浙江人民
　　　出版社，1980年），頁170。

〔註32〕《菊莊新話》引王載揚〈書陳優事〉，引自〔清〕焦循：《劇說》，《中國古典戲
　　　曲論著集成》，第8冊，卷6，頁199～201。陳明智「拆戲」之事，後文將有詳
　　　論。

〔註33〕〔明〕張岱：《陶庵夢憶》，頁92～93。

〔註34〕同前註，〈張氏聲伎〉，卷4，頁54。

〔註35〕同前註，〈嚴助廟〉，頁49～50。

〔註36〕〔明〕歸有光：〈朱肖卿墓誌銘〉，周本淳校點：《震川先生集》（上海：上海

的例子。

　　這時的職業戲班，與元代以家庭成員爲基礎組成的戲班不同。元代所謂
的戲班，幾乎都是以一兩個主要演員爲中心的家庭戲班，《青樓集》一書有關
演員家世的記載中，就常出現一個家庭中的成員，如夫妻、父女、母女等均
爲演員的情況，例如：

　　　天錫秀：姓王氏，侯總管之妻也，善綠林雜劇。……女天生秀，稍
　　　　　　　不逮焉。〔註37〕

　　　趙偏惜：樊李闌奚之妻也。旦末雙全，江淮間多師事之。樊院本，
　　　　　　　亦罕與比。〔註38〕

　　　朱錦繡：侯耍俏之妻也，雜劇旦末雙全，而歌聲墜梁塵，雖姿不逾
　　　　　　　中人，高藝實超流輩。侯又善院本，時稱負絕藝者，前輩
　　　　　　　有趙偏惜、樊李闌奚，後則侯、朱也。〔註39〕

　　　小玉梅：姓劉氏，獨步江浙。其女匾匾，姿格嬌冶，資性聰明。雜
　　　　　　　劇能迭生按之，號小技，後嫁末泥安太平，常鬱鬱而卒。
　　　　　　　有女寶寶，亦喚「小枝梅」，藝則不逮其母云。〔註40〕

　　　事事宜：其夫玳瑁歛，其叔象牛頭，皆副淨色，浙西馳名。〔註41〕

　　　李定奴：歌喉宛轉，善雜劇。……其夫帽兒王，雜劇亦妙。〔註42〕

此外，《藍采和》雜劇也反映了元明之際戲班的組成情況。〔註43〕劇中的戲班，
以主要演員藍采和爲中心，至於其妻喜千金、其子小采和、媳婦藍山景、兩
姨兄弟李薄頭等，也都是班中的演員，姑舅兄弟王把色，則是伴奉人員。又
如南戲《宦門子弟錯立身》裏的戲班演員王恩深、趙茜梅、王金榜三人，也
是父、母、女的關係。可見元代的戲班組織，基本上還沒有越出以一家一戶
爲單位的規模。而明代的民間職業戲班，則已是由社會成員組合起來的職業
團體，演員已成爲一種獨立的社會職業，在某些地區，甚至還成了一種頗爲

　　　　　古籍出版社，1981年），卷19，頁480。
〔註37〕〔元〕夏庭芝：《青樓集》，《中國古典戲曲論著集成》，第2冊，頁26。
〔註38〕同前註，頁28。
〔註39〕同前註，頁29～30。按：「耍」原誤作「要」。
〔註40〕同前註，頁30。
〔註41〕同前註，頁39。
〔註42〕同前註，頁40。
〔註43〕〔元〕關名：《漢鍾離度脫藍采和》（上海：商務印書館，1958年《古本戲曲
　　　　　叢刊四集・脈望館鈔校本古今雜劇》影印明趙琦美校藏《古名家雜劇》本）。

普遍的職業，如前引《菽園雜記》之語即可爲證，海鹽、餘姚、慈谿、黃巖、永嘉等地皆有戲文子弟，而所謂「雖良家子，亦不恥爲之」，可見以演員爲職業，在某些地區已成爲一種社會風氣。由於劇團成員的社會性擴大了，便可集中社會上的優秀人才，從而使劇團的演出水準得以迅速發展提高，對於戲曲藝術的提升與發展，有著相當大的正面影響，這在明代戲曲史上，是個頗值得注意的現象。

職業戲班不必專駐一地演唱，他們還常常跑碼頭四處表演，稱爲「沿村轉瞳」或「沿村串瞳」。〔註44〕例如《陶庵夢憶》卷四〈嚴助廟〉條，說到上元廟會演戲「梨園必倩越中上三班，或僱自武林者」，除了會稽當地上好的戲班外，有時也自杭州僱請劇團來演出。〔註45〕至於嘉靖己丑（八年，1529），「有遊食樂工乘騎者七人至嵊州」，〔註46〕及萬曆甲辰年（三十二年，1604）「馬四娘以生平不識金閶爲恨，因挈其家女郎十五六人來吳中，唱《北西廂》全本」〔註47〕都是當時的流動戲班。又馮夢禎《快雪堂日記》萬曆己亥（二十七年，1599）十一月初四日記：

> 沈薇亭二子設席湖中，款余及臧晉叔，諸柴及伯皋陪。以風大不堪移舟，悶坐作戲。戲子松江人，甚不佳。演《玉玦記》。〔註48〕

則是松江戲子跑碼頭至西湖，被沈薇亭等召赴舟中即席演唱之例。藝人跑碼頭最特殊的遭遇當屬英宗時的「吳優」了：

> 吳優有爲南戲於京師者，錦衣門達奏其以男裝女、惑亂風俗，英宗親逮問之。優具陳勸化風俗狀，上命解縛，面令演之。一優前云：「國正天心順，官清民自安」云云，上大悅曰：「此格言也，奈何罪之？」遂籍群優於教坊。群優恥之，駕崩，遁歸於吳。〔註49〕

這是吳門戲子至京師演唱的例子，而此例在戲曲發展史上極爲重要，它適足以解釋優人沿村串瞳所展示的意義。蓋明初宮廷之中盛行北曲，戲劇扮演的

〔註44〕 元高安道【般涉調・哨遍】〈嗓淡行院〉散套稱「沿村轉瞳」，另《太平樂府》卷九【般涉調・耍孩兒】〈拘刷行院〉套有「沿村串瞳」之詞。見隋樹森編：《全元散曲》（北京：中華書局，2000 年），頁 1109～1111、頁 1821～1823。

〔註45〕 張岱：《陶庵夢憶》，頁 50。

〔註46〕 焦循：《劇說》引《宦遊紀聞》，頁 204。

〔註47〕 沈德符：《萬曆野獲編》，卷 25〈詞曲・北詞傳授〉，頁 646。

〔註48〕 〔明〕馮夢禎：《快雪堂日記》（南京：鳳凰出版社，2010 年），卷 11，頁 146。

〔註49〕 〔明〕都穆：《都公譚纂》（長沙：商務印書館，1937 年《叢書集成初編》據《硯雲甲乙編》排印本），卷下，頁 49～50。

內容，限於形式單一的雜劇，即使陸采《冶城客論》中稱述太祖「好南曲」，但他在聽演《琵琶記》之後，仍提出了納入北樂絃索伴奏的要求（詳見本章第一節及第二章第一節）。而被英宗逮捕審問的「吳優」，所演唱的卻是宮中、甚至北方都不熟悉的「南戲」。經過一場宮中當廷演唱的考核，吳優被「籍於教坊」，留在北京，至英宗駕崩後方遁歸於南。對於吳優而言，這是一場不太愉快的北遊經歷，但對南戲的傳播、推廣而言，無疑是有功可居的。至於後來神宗下令內廷兼習外戲，要做到「弋陽、海鹽、崑山諸家俱有之」，〔註50〕雖然未必肇因於這批吳優的北上，但是民間職業戲班的「沿村串疃」到處表演，對於聲腔的流播與劇種的推衍，絕對有其影響力。另外在《快雪堂日記》萬曆壬寅（三十年，1602）九月二十五日的記載中，也有類似的例子：

> 赴吳文倩之席。……吳徽州班演《義俠記》，旦張三者，新自粵中回，
>
> 絕伎也。〔註51〕

原來吳徽班名旦張三還曾遠赴粵中表演。今粵劇曲調雖屬二黃、西皮系統，但崑腔曾在廣東流行過一段時間。據乾隆五十六年（1791）所立〈梨園會館上會碑記〉所載的戲班中，安徽春臺班、湖南集秀班可確定爲崑腔班，而姑蘇的「升華」等十一班，也可能全是崑腔班。〔註52〕又據丁仁長所修《番禺縣續志》，直到咸豐初還有老伶工能演《紅梨記》、《一文錢》等戲，可見崑腔在廣東曾流行一時。〔註53〕《快雪堂日記》正足以說明，至少萬曆年間崑腔已由江南傳入廣東，而造成聲腔流播的，則爲跑碼頭的職業藝人，日記中提到的張三，正是其中之一。「沿村串疃」本是優人們藉以謀生的方式，而劇種聲腔竟賴以衍生推展，恐非優伶始料所能及的。

　　明代戲劇繁盛，職業戲班之多也是可以想像的。清初人所撰小說《檮杌閒評》，描寫魏忠賢從發跡到敗事的經過。文筆雖平常，但記明季事實，似均有

〔註50〕沈德符：《萬曆野獲編・補遺》，卷1〈列朝・禁中演戲〉，頁798。

〔註51〕馮夢禎：《快雪堂日記》，卷13，頁183。

〔註52〕乾隆五十六年所立〈梨園會館上會碑記〉，引自歐陽予倩：〈試談粵劇〉，氏編：《中國戲曲研究資料初輯》（北京：藝術出版社，1956年），頁112。

〔註53〕「嘉慶季年，粵東鹾商李氏家蓄雛伶一部，延吳中曲師教之，舞態歌喉，皆極一時之選，工崑曲、雜劇，關目節奏，咸依古本。咸豐初，尚有老伶能演《紅梨記》、《一文錢》諸院本，其後轉相教授，樂部漸多，統名爲外江班。」見〔清〕梁鼎芬等修、丁仁長等纂：《番禺縣續志》（臺北：成文出版社，1967年《中國方志叢書》第49號影印民國二十年重印本），卷44〈餘事志二〉，頁13b，總頁625。

所根據。其中有關戲曲的記錄，更非清人所能憑空杜撰，如當時戲價及點戲、找戲等習俗，皆可與其他資料相互印證，因此治戲曲者多引此書以爲佐證。書中記明末戲班之盛者有二處，一爲第二回，治淮成功舉行慶祝時，說「戲子有五十餘班」；〔註54〕一爲第七回，一娘與進忠至北京尋找魏雲卿的片段：

> 進忠揀個年長的問道：「這可是戲班子下處麼？」那人道：「不是，這都是小唱絃索。若要大班，到椿樹衚衕去。」……一娘站在巷口，進忠走進巷來，見沿門都有紅紙帖子貼著，上寫某班某班。進忠出來問一娘是甚班名，一娘道：「是小蘇班。」……將一條巷子都走遍了，也沒得。那人道：「五十班蘇浙腔都沒有，想是去了。前門上還有幾班，你再去尋尋看。……」〔註55〕

所謂「蘇浙腔」，蘇是崑腔，浙是海鹽腔，蘇浙並提，說明二者並無不同，因爲在北人聽來，蘇浙腔都是「蠻聲汰氣」的。〔註56〕蘇浙腔在北京已有五十班之多，那麼由此推想，崑腔在南方地區，特別在蘇州地區的民間班社爲數必極可觀。其中可考者如下：

一、吳徽州班

前引萬曆壬寅（三十年，1602）九月二十五日《快雪堂日記》提到吳徽州班及班中名旦張三，同年同月二十七日又記：

> 赴吳文仲、徐文江席於文仲宅。……吳伎以吳徽州班爲上，班中又以旦張三爲上。今日易他班，便覺損色。演《章臺柳玉合記》。〔註57〕

可見吳徽州班是萬曆時吳中首屈一指的劇團，班中旦張三尤爲名角，馮夢禎看了他的《義俠記》，讚爲「絕伎（技）」。兩日後再看別的班子，「便覺損色」。

二、興化班

興化班的演員包括了張岱舊日家伶馬小卿、陸子雲等，金陵舊院曾請此班至院中唱《西樓記》，在《陶庵夢憶》卷七〈過劍門〉條有記載。〔註58〕又侯方域〈馬伶傳〉中的「興化部」，或即是此班。

〔註54〕〔明〕無名氏：《檮杌閒評》（上海：上海古籍出版社，1994年《古本小說集成》影印復旦大學圖書館藏清刊本），卷2，頁5a，總頁51。

〔註55〕同前註，卷7，頁7a～10b，總頁225～232。

〔註56〕同前註，卷14，頁17a，總頁527。

〔註57〕馮夢禎：《快雪堂日記》，卷13，頁183。

〔註58〕張岱：《陶庵夢憶》，頁92～93。

馬伶者，金陵梨園部也。金陵爲明之留都，……梨園以技鳴者無論數十輩，而其最著者二：曰興化部，曰華林部。一日，新安賈合兩部爲大會，遍徵金陵之貴客文人，與夫妖姬靜女，莫不畢集。列興化於東肆，華林於西肆，兩肆皆奏《鳴鳳》——所謂「椒山先生」者。迨半奏，引商刻羽，抗墜疾徐，并稱善也。當兩相國論河套，而西肆之爲嚴嵩相國者曰李伶，東肆則馬伶，坐客乃西顧而歎，或大呼命酒，或移坐更近之，首不復東。未幾，更進，則東肆不復能終曲。詢其故，蓋馬伶恥出李伶下，已易衣遁矣。馬伶者，金陵之善歌者也，既去，而興化部又不肯輕以易之，乃竟輟其技不奏。而華林部獨著。去後且三年，而馬伶歸，遍告其故侶，請於新安賈曰：「今日幸爲開讌，招前日賓客，願與華林部更奏《鳴鳳》，奉一日歡。」既奏，已而論河套，馬伶復爲嚴嵩相國以出，李伶忽失聲，匍匐前，稱弟子。興化部是日遂凌出華林部遠甚。其夜華林部過馬伶曰：「子天下之善技也，然無以易李伶。李伶之爲嚴相國，至矣，子又安從授之而掩其上哉？」馬伶曰：「固然，天下無以易李伶，李伶即又不肯授我。我聞今相國崑山顧秉謙者，嚴相國儔也。我走京師，求爲其門卒，三年日侍崑山相國於朝房，察其舉止，聆其語言，久乃得之，此吾之所爲師也。」華林部相與羅拜而去。馬伶名錦，字雲將，其先西域人，當時猶稱「馬回回」云。〔註59〕

這條資料不僅刻畫了明代戲曲演員的戲劇熱忱，更是兩個戲班打對臺「對棚」的實錄。

三、張衙老班

馮夢禎《快雪堂日記》萬曆己亥（二十七年，1599）十一月初一日：

　　李、秦二孝廉治酒昭慶僧房見款，鄭孔肩、戒山法兄陪，張衙老班演《鄭元和》。〔註60〕

馮夢禎在萬曆年間的政治界、戲曲界均是知名之士，李、秦二孝廉決不會請沒沒無聞的班子演戲款待他，張衙老班也該是當時頗具水準的戲班。

〔註59〕　〔清〕侯方域：《壯悔堂文集》（上海：上海古籍出版社，2002年《續修四庫全書‧集部別集類》第1406冊影印中國社會科學院圖書館藏清順治刻增修本），卷5，頁31a～32b，總頁16。

〔註60〕　馮夢禎：《快雪堂日記》，卷11，頁146。

四、沈周班

袁中道《遊居柿錄》卷十一記：

> 江陵闈藩理問李太和見召，遍覓名戲，得沈周班，演《武松義俠記》，
> 中有扮武大郎者，舉止語言，曲盡其妙。〔註61〕

這是萬曆丙辰年間（四十四年，1616）的事，既是「遍覓名戲」後才得沈周班，可見其劇藝。《義俠記》是沈周班的招牌戲，飾武大郎的演員更爲出色。

五、呂三班

《快雪堂日記》萬曆壬寅（三十年，1602）十月二十八日及十一月八日日所記，均有呂三班到宅第中席間演戲的資料，分別演出《麒麟記》及《香囊記》。〔註62〕

六、沈香班

明無名氏《爐宮遺錄》記載：

> （崇禎）五年（1632）皇后千秋節，諭沈香班優人演《西廂記》五
> 六齣；十四年，演《玉簪記》一二齣。〔註63〕

沈香班承召入宮御前獻演，一定是明末的名班。

至於崑劇中有名的「寒香、凝碧、妙觀、雅存」諸班，則時代稍晚已入清初了。此外，《祁忠敏公日記》中召優人至宅第演戲的資料非常多，可惜都沒有記下戲班名。

明代著名的戲曲演員，在萬曆初有吳中「鐵炮杖」，《古今譚概》說：「某百戶以紅袍赴新親宴，坐客囑優嘲之。適演考試事，出紙灰飛作白蝴蝶，鐵炮仗對曰：百戶變了紅蜻蜓。一坐大笑。」〔註64〕能夠即興起諢，隨時「抓哏」，鐵炮仗應該是個淨丑腳色。

萬曆中南京有名丑劉淮，擅演《繡襦記》的來興。演至殺五花馬賣興時，劉淮表演生動，真切感人，而使得目不識字對戲劇又不諳練的極品貴人當場

〔註61〕〔明〕袁中道：《遊居柿錄》，《珂雪齋集》（上海：上海古籍出版社，1989年），卷11，頁1362。

〔註62〕馮夢禎：《快雪堂日記》，卷13，頁186、頁187。

〔註63〕〔明〕無名氏：《爐宮遺錄》（臺北：藝文印書館，1970年《原刻景印叢書集成續編》影印吳興張鈞衡輯《適園叢書》刊本），卷下，頁6b。

〔註64〕〔明〕馮夢龍輯：《古今譚概》（上海：上海古籍出版社，1995年《續修四庫全書・子部雜家類》第1195冊影印明刻本），卷28〈巧言部・鐵炮杖〉，總頁505。

出了洋相。〔註65〕

　　馮夢禎《快雪堂日記》中有「歌者劉生，演《無雙》甚佳」，〔註66〕劉生一定也是萬曆中優秀的演員。

　　潘之恆〈續艷品〉讚美二淨腳，一爲「和美度」，一爲「寰無方」：

　　　　和美度，身不滿五尺，虹光繚繞，氣已吞象，壯夫不當如是耶？

　　　　寰無方，跳波浪子，巧舌如簧，脫逢吳兒，尚當掩袂。〔註67〕

和美度、寰無方想必是藝名，而所謂「壯夫不當如是耶」，他們大概都是男性伶人。不過在〈曲艷品〉及〈後艷品〉中所列舉的十位藝人：國璃枝、曼修容、希疏越、元靡初、掌翔風、慧心憐、瑤蕚英、直素如、正之反、昭冰玉，觀其讚語，如「閨中雅度」、「蕙情蘭性」、「百媚橫陳」、「色艷而桃」、「美秀而潤」等，似乎皆是女性，且皆爲生旦色。明代出名的女伶甚多，《雲間據目抄》卷二所云「故蘇人鬻身學戲者甚眾，又有女旦、女生，插班射利」，〔註68〕即是萬曆年間崑曲在松江流行後女戲盛行的現象。秀水李日華在萬曆三十九年辛亥（1611）的日記中所提到的王鳳臺和傳生二人都是著名的女伶：

　　　　（三月）二十八日，赴鉏兩歧招，賞芍藥。女優王鳳臺者演戲，頗
　　　　足觀。

　　　　（十一月十一日）梨園女旦傳生，年十七矣，風致翩翩。金壇富人
　　　　廑五百金圖爲側室。生鄙其爲人，一夕遁去，亦可兒也。〔註69〕

又有女優傳壽字靈修，工北曲，乃「其親生父家傳，誓不教一人」。〔註70〕同時亦擅南曲，曾在金陵舊院演《相如記》，僅〈文君取酒〉一折，即得百金纏頭。〔註71〕

〔註65〕周暉：《金陵瑣事》，卷4，〈痴絕〉條，頁1844～1845。

〔註66〕馮夢禎：《快雪堂日記》，卷3（萬曆己丑十月二十九日），頁44。

〔註67〕潘之恆：〈續艷品〉，見〔明〕陶珽輯：《說郛續》（上海：上海古籍出版社，1988年《說郛三種》第9～10冊影印四十六卷本），卷44，頁6a～b，總頁2056。又題爲〈廣陵散二則〉（包括《續說郛》所收〈曲艷品〉、〈後艷品〉及〈續艷品〉），收入汪效倚輯注：《潘之恆曲話》（北京：中國戲劇出版社，1988年），頁215。

〔註68〕范濂：《雲間據目抄·記風俗》，卷2，頁3a，總頁2629。

〔註69〕〔明〕李日華：《味水軒日記》（北京：學苑出版社，2006年《歷代日記叢鈔》第5冊影印民國十二年吳興劉氏嘉業堂刻本），卷3，頁6b，總頁486；頁39b～40a，總頁552～553。

〔註70〕沈德符：《萬曆野獲編》，卷25〈詞曲·北詞傳授〉，頁647。

〔註71〕〔明〕黃宗羲：《思舊錄·韓上桂》，沈善洪主編：《黃宗羲全集》（杭州：浙

宜黃班的宜伶吳迎，最擅唱《紫釵記》，湯顯祖曾爲他作詩二首，題爲〈寄生腳張羅二恨吳迎旦口號二首〉，序曰：「迎病裝唱《紫釵》，客有掩淚者。近絕不來，恨之。」〔註72〕吳迎唱《紫釵》能令觀眾掩淚，可見其演技之動人。又有杭州女伶商小玲，於《還魂記》尤擅場：

> 杭有女伶商小玲者，以色藝稱，於《還魂記》尤擅場。嘗有所屬意，而勢不得通，遂鬱鬱成疾。每作杜麗娘〈尋夢〉、〈鬧殤〉諸劇，眞若身其事者，纏綿淒婉，淚痕盈目。一日演〈尋夢〉，唱至「待打併香魂一片，陰雨梅天，守得個梅根相見」，盈盈界面，隨聲倚地。春香上視之，已氣絕矣。〔註73〕

商小玲雖然殉身於舞臺，但她善體劇情、愛好戲劇的精神，卻在戲劇史上永垂不朽。

《陶庵夢憶》卷五〈朱楚生〉，記有女優朱楚生對戲劇熱衷的情形，她與四明姚益城先生講究關節、細細摹擬。曲白若有誤，稍爲訂正之，雖後數月必不重犯。班中其他腳色也都嚴格挑選，「足以鼓吹楚生者方留之」，所以班次愈妙。楚生之於戲，實可謂「性命於戲，下全力爲之」。不過她是「調腔戲」的女演員，並非崑班戲子。〔註74〕《陶庵夢憶》中另一位女伶陳素芝，也是唱調腔戲的。〔註75〕

以上這些優秀的女伶，和她們同臺合演的，似乎還包括男性演員。《陶庵夢憶》卷四〈不繫園〉條說：「是夜彭天錫與羅三、與民串本腔戲，妙絕；與楚生、素芝串調腔戲，又復妙絕。」〔註76〕即是男女演員合演之證。《盛明雜劇》本《同甲會》戲中串戲一場，雖是宋朝故事、雜劇體製，但依舊可看出明代男女合演的演劇狀況。此外，還有一種清一色女伶組成的「女梨園」，見《祁忠敏公日記》：

> 午下施淡宥邀酌於玉蓮亭，觀女梨園演《江天暮雪》數齣。（崇禎八年〔1635〕六月初八）〔註77〕

江古籍出版社，2005 年增訂版），第 1 冊，頁 356。
〔註72〕〔明〕湯顯祖：〈寄生腳張羅二恨吳迎旦口號二首〉，徐朔方箋校：《湯顯祖全集》（北京：北京古籍出版社，1999 年），卷 18〈玉茗堂詩之十三〉，頁 797。
〔註73〕焦循：《劇說》引《碙房蛾術堂閒筆》，卷 6，頁 197。
〔註74〕張岱：《陶庵夢憶》，卷 5，頁 68。
〔註75〕張岱：〈不繫園〉，《陶庵夢憶》，卷 4，頁 45。
〔註76〕同前註。
〔註77〕〔明〕祁彪佳：《祁忠敏公日記》（北京：學苑出版社，2006 年《歷代日記叢

予與陳長耀、蔣安然出堰下觀女戲。（崇禎十一年〔1638〕八月十九

日）〔註78〕

閱女優演戲。（崇禎十二年〔1639〕三月二十五日）〔註79〕

及晚，復向西澤呼女優四人演戲數折。（崇禎十七年〔1644〕三月五

日）〔註80〕

元代的戲曲演員多由娼門兼任，明代妓女雖然也多擅唱曲演劇，但演戲終究
是附帶的才藝之一，與專門以演戲為職業的女優不同。這是元明兩代之不同，
也是明代戲子專業化之例證。關於明代妓女演劇情形，留待下文再論。

　　職業演員多半隨老優曲師學戲，有時，也會獲得精通音律的文人熱心指
點。湯顯祖曾特地寫信給宜伶羅章二，指點他如何演唱《牡丹亭》，叮囑他「《牡
丹亭記》要依我原本」，〔註81〕〈七夕醉答君東二首〉詩中也說：「自掐檀痕
教小伶」，〔註82〕可見湯顯祖在自己的劇本演出時，往往親臨觀賞、熱情指點，
在唱曲方面提出具體意見，以求達到原著意趣。四明精音律的姚益城先生也
曾與朱楚生輩「講究關節，妙入情理。如《江天暮雪》、《霄光劍》、《畫中人》
等戲，雖崑山老教師，細細摹擬，斷不能加其毫末也。」〔註83〕張岱對戲劇
要求的嚴格更是有名，所謂「主人精賞鑑，延師課戲，童手指千，僕僮到其
家謂『過劍門』，焉敢草草？」張岱至南曲觀戲，楊元等名妓因見有行家在座，
遂「膽怯膚栗，不能出聲」，嗣後連南曲中戲也必以張岱為導師了。〔註84〕張
岱友人張靈仍也是如此：

靈仍精於音律，其所著三劇，皆寫其胸中鬱勃。而見有梨園子弟歌
喉清雋，必鑑賞精詳，盤旋不去，如公瑾之按拍審音，而半字差訛，
必得周郎之一顧。〔註85〕

鈔》第7冊影印1937年紹興修志委員會校刊本），〈歸南快錄〉，頁9a，總頁
　　　　277。
〔註78〕同前註，〈自鑑錄〉，頁25b，總頁526。
〔註79〕同前註，〈棄錄〉，頁9b，總頁568。
〔註80〕同前註，《歷代日記叢鈔》第8冊，〈甲申日曆〉，頁9a，總頁425。
〔註81〕湯顯祖：〈與宜伶羅章二〉，徐朔方箋校：《湯顯祖全集》，卷49〈玉茗堂尺牘
　　　　之六〉，頁1519。
〔註82〕同前註，卷18〈玉茗堂詩之六〉，頁791。
〔註83〕張岱：〈朱楚生〉，《陶庵夢憶》，卷5，頁68。
〔註84〕張岱：〈過劍門〉，同前註，卷7，頁92～93。
〔註85〕張岱：〈公祭張靈仍文〉，據夏咸淳校點：《張岱詩文集·瑯嬛文集》（上海：

馮夢龍對於優人的指點則直接表現在《墨憨齋定本傳奇》的眉批、總評上，他一邊改編劇本，一邊即爲藝人的演出做了周詳的考慮，無論是腳色扮演、唱腔、服裝、砌末，都做了細膩的提示。例如他在《酒家傭》一劇之總評中說：「演李固要描一段忠憤的光景，演文姬、王成、李燮要描一段憂思的光景，演吳祐、郭亮要描一段激烈的光景。」〔註86〕提示演員，要依各人身分、性格、經歷之不同，而塑造出各自的人物形象；《女丈夫》一劇〈棋決雌雄〉折眉批說：「小淨手雖則下棋，眼亦要帶看小生，時時歎息，方是來意」，〔註87〕眼神往往能帶出人物心情與全劇精神，作者於此刻意叮嚀；至於《風流夢》三十七折〈皇恩賜慶〉中【南下小樓】一曲之眉批：「收拾一部情節，演者勿以底板而忽之」，〔註88〕則是對唱的提示。

　　職業演員除了向優師學戲外，有時還能得到文人學士的熱情關懷，因而促成了他們在舞臺上卓越的表現。而文士大夫對戲曲的愛好，除了在對職業藝人的指點上可見一斑外，更積極的則表現在家樂的備置上，將於下節詳論。

附　娼妓

　　明代的戲劇演員，還有一個主要來源，那就是樂戶的妓女。蓋自古「優」「倡」本無嚴格界限，《說文》：「倡，樂也。」、「優，饒也，……一曰倡也。」又說：「俳，戲也。」段《注》則云：「以其戲言之謂之俳，以其音樂言之謂之倡，亦謂之優，其實一物也。」〔註89〕《三國志·蜀書》卷四十二〈許慈傳〉：

> （許）慈、（胡）潛更相克伐，謗讟忿爭，形於聲色；書籍有無，不
> 相通借，時尋楚撻，以相震撼。其矜己妒彼，乃至於此。先主愍其
> 若斯，群僚大會，使倡家假爲二子之容，傚其訟閱之狀，酒酣樂作，

　　　　上海古籍出版社，1991年），卷6，頁363。

〔註86〕馮夢龍：《墨憨齋詳定酒家傭傳奇·總評》（上海：商務印書館，1955年《古本戲曲叢刊二集》影印長樂鄭氏藏明墨憨齋刊本），頁1b。

〔註87〕〔明〕張鳳翼、劉方原著，馮夢龍更定：《墨憨齋重訂女丈夫傳奇》（臺北：天一出版社，1983年《全明傳奇》影印明墨憨齋刊本），上卷，第15折〈棋決雌雄〉，頁33a。

〔註88〕〔明〕湯顯祖原著，馮夢龍更定：《墨憨齋重定三會親風流夢》（上海：商務印書館，1954年《古本戲曲叢刊初集》影印北京圖書館藏明墨憨齋刊本），下卷，第37折〈皇恩賜慶〉，頁63b。

〔註89〕〔東漢〕許慎撰，〔清〕段玉裁注：《眞書標眉說文解字注》（臺北：廣文書局，1969年影印經韻樓本），第8篇上，頁30b、22b、31a，總頁383、379、384。

以爲嬉戲。初以辭義相難，終以刀杖相屈，用感切之。〔註90〕

此即倡優不分之實證。後世娼女雖以賣笑爲生，而音樂歌舞始終是主要的必備技藝。元代大戲成型，娼妓多善演雜劇，試看《青樓集》所載：

> 順時秀：雜劇爲閨怨最高，駕頭諸旦本亦得體。

> 南春宴：長於駕頭雜劇。

> 天然秀：閨怨雜劇，爲當時第一手。花旦、駕頭，亦臻其妙。

> 國玉第：長於綠林雜劇。

> 天錫秀：善綠林雜劇。

> 平陽奴：精於綠林雜劇。

> 趙偏惜：旦末雙全。

> 李嬌兒：花旦雜劇特妙。〔註91〕

青樓娼女幾幾乎皆爲勾闌名角，所謂「元世曲調大興，凡諸雜劇，皆名曲寓焉。教坊名妓多習之。清歌妙舞，悉隸是中。」〔註92〕即指此而言。

及至有明一代，「以娼兼優」〔註93〕的風氣也盛行不輟。新劇一出，娼家多能及時學唱、演出，呂天成《曲品》有「麗調喧傳於白苧，新歌紛詠於青樓」之語，〔註94〕《金陵瑣事》也說徐霖的戲文，「娼家皆崇奉之」。〔註95〕蓋烏衣公子或巨商富室親至北里、流連平康之際，青樓佳人倘能錦箏象板、妙舞清歌，豈不更增幾分雅興逸致？在演劇之風如此盛行的明代，兼以「色」、「藝」事人的妓家，若不精於戲，又怎能應官身、侍酒宴呢？試看《板橋雜記》、《十美詞紀》、《陶庵夢憶》諸書中之曲中名娃，多半都以戲名：金陵舊院妓尹春，「專工戲劇排場，兼擅生旦」，曾在余懷家演《荊釵記》，「扮王十朋，至〈見娘〉、〈祭江〉二齣，悲壯淋漓，聲淚俱迸，一座盡傾，老梨園自嘆弗及。」〔註96〕想來尹春是習生腳的。陳圓「演《西廂》，扮貼旦紅娘腳色，

〔註90〕〔晉〕陳壽撰，〔劉宋〕裴松之注：《三國志》（北京：中華書局，1982 年），卷 42〈蜀書十二‧許慈傳〉，頁 1023。

〔註91〕夏庭芝：《青樓集》，分見頁 20、22、23、24、26、28、31。

〔註92〕〔清〕李調元：《劇話》引胡應麟《莊嶽委談》，《中國古典戲曲論著集成》，第 8 冊，頁 38。

〔註93〕〔明〕徐樹丕：《識小錄‧女戲》（臺北：新興書局，1990 年《筆記小說大觀》第 40 編第 3 冊影印國家圖書館藏佛蘭草堂鈔本），卷 2，總頁 205。

〔註94〕呂天成撰，吳書蔭校註：《曲品校註》，卷上，頁 57。

〔註95〕周暉：《金陵瑣事》，卷 2，〈曲品〉，頁 1592。

〔註96〕〔清〕余懷撰：《板橋雜記》中卷〈麗品〉，收入〔清〕張廷華（蟲天子）輯：

體態傾靡，說白便巧，曲盡蕭寺當年情緒。」〔註97〕李香「從吳人周如松受歌《玉茗堂四夢》，皆能妙其節，尤工琵琶，與雪苑侯朝宗善。」〔註98〕後來孔尚任編的《桃花扇》，還特別安排了一齣香君習唱《牡丹亭》的情節。又有吳門妓李蓮，因病不見客，惟知心友至則「撥絃索，唱《西廂·草橋驚夢》，歌徹首尾，宛轉瀏亮」，直至病勢沉重時，猶爲知己「歌【新水令】闋」，終至「氣短而止，持袂嗚咽不勝」，不數日即逝。〔註99〕舊院馬湘蘭「教諸小鬟學梨園子弟，日供張燕客，羯鼓琵琶聲，與金縷紅牙聲相間。」〔註100〕馬婉容「知音識曲，妙合宮商」，〔註101〕董白「針神曲聖，食譜茶經，莫不精曉」，〔註102〕沙才精於「吹簫度曲」，梁昭則爲虎邱中秋大會的主角：「度曲不逾年，精妙反過於徐（徐六），……虎邱中秋夜，勝會畢集，若昭等不來，皆以此夕爲虛度。」，〔註103〕冒辟疆《影梅庵筆記》記載了一位擅唱弋陽腔的陳姬，〔註104〕《陶庵夢憶》卷七〈過劍門〉不僅盛稱楊元、楊能、顧眉生、李十、董白等皆「以戲名」，更記錄了一段妓院演劇的實況：

> 南曲中妓以串戲爲韻事，性命以之。楊元、楊能、顧眉生、李十、
> 董白以戲名。屬姚簡叔期余觀劇，侯僮下午唱《西樓》，夜則自串。
> 侯僮爲興化大班，余舊伶馬小卿、陸子雲在焉。加意唱七齣戲，至

《香豔叢書·十三集》（臺北：進學書局、古亭書屋，1969年影印宣統元年至三年上海國學扶輪社排印本），冊7，卷3，頁5a，總頁3661。

〔註97〕〔清〕鄒樞：《十美詞紀·陳圓》，收入張廷華輯：《香豔叢書·一集》，冊1，卷1，頁29a，總頁63。

〔註98〕余懷：《板橋雜記》下卷〈軼事〉，張廷華輯：《香豔叢書·十三集》，冊7，卷3，頁16a，總頁3683。

〔註99〕鄒樞：《十美詞紀·李蓮》，張廷華輯：《香豔叢書·一集》，卷1，頁30b～31a，總頁66～67。

〔註100〕〔清〕錢謙益：《列朝詩集小傳·閏集》（上海：古典文學出版社，1957年），頁765。

〔註101〕余懷：《板橋雜記》中卷〈麗品〉，張廷華輯：《香豔叢書·十三集》，冊7，卷3，頁10a，總頁3671。

〔註102〕同前註，頁8a，總頁3667。

〔註103〕鄒樞：《十美詞紀·梁昭》，張廷華輯：《香豔叢書·一集》，卷1，頁30a～b，總頁65～66。

〔註104〕「是日演弋腔《紅梅》，以燕俗之劇，咿呀啁哳之調，乃出之陳姬身口，如雲出岫，如珠在盤，令人欲仙欲死。」見〔清〕冒辟疆：《影梅庵筆記》（上海：上海古籍出版社，1995年《續修四庫全書·子部小說家類》第1272冊影印清道光世楷堂刻《昭代叢書》本），頁3a，總頁234。

更定，曲中大咤異。楊元走鬼房周（問）小卿曰：「今日戲，氣色大異，何也？」小卿曰：「坐上坐者余主人，主人精賞鑑，延師課戲，童手指千，傒僮到其家謂『過劍門』，焉敢草草！」楊元始來物色余。《西樓》不及完，串〈教子〉，顧眉生：周羽；楊元：周娘子；楊能：周瑞隆。楊元膽怯膚栗，不能出聲，眼眼相覷。渠欲討好不能，余欲獻媚不得；持久之，伺便喝采一二；楊元始放膽，戲亦遂發。嗣後，曲中戲，必以余為導師，余不至，雖夜分不開臺也，以余而長聲價。以余長聲價之人，而後長余聲價者多有之。〔註105〕

這段小品文字生動，十足反應了妓女學習之認真，串戲並非他們的業餘消遣，而是全力以赴、性命以之的「韻事」。至於《板橋雜記》所謂的「然名妓俚娃深以登場演劇為恥」，〔註106〕與《陶庵夢憶》之說看似矛盾，實則並無相悖之處。名妓仙娃把串戲看作嚴肅的藝術活動，非輕佻少年任意聳動即可輕率登場者，是以「若知音密席、推獎再三，強而後可」。〔註107〕清人的《續板橋雜記》對此種心理有更詳盡的描述：「至于名妓仙娃，亦各嫺法曲，非知音密席，不肯輕囀歌喉，若【寄生草】、【剪靛花】淫靡之音，乃倚門獻笑者歌之，名姬不屑也。」〔註108〕她們對於表演的時機、場合，甚至曲調劇目都精挑細選、考究異常，其於藝術之熱忱於此可見。

妓女樂戶歸「教坊司」掌管：

> 樂戶統於教坊司，司有一官以主之，有衙署、有公座，有人役刑杖籤牌之類，有冠有帶，但見客則不敢拱揖耳。〔註109〕

樂戶要向教坊官納稅，謂之「脂粉錢」。樂戶人數甚多，《五雜組》說「今時娼妓布滿天下」，燕雲一帶更是「娼妓多於良家」，凡是交通發達、商業繁榮的「大都會」，娼女動輒以千百計。〔註110〕洪武年間太祖曾於南京建酒樓以處

〔註105〕張岱：《陶庵夢憶》，頁92～93。

〔註106〕余懷：《板橋雜記》上卷〈雅游〉，張廷華輯：《香豔叢書・十三集》，冊7，卷3，頁3a，總頁3657。

〔註107〕同前註。

〔註108〕〔清〕珠泉居士：《續板橋雜記》卷上〈雅游〉，張廷華輯：《香豔叢書・十三集》，冊9，卷1，頁7a，總頁4937。

〔註109〕余懷：《板橋雜記》上卷〈雅游〉，張廷華輯：《香豔叢書・十三集》，冊7，卷3，頁2a～b，總頁3655～3656。

〔註110〕〔明〕謝肇淛：《五雜組》（臺北：新興書局，1975年《筆記小說大觀・八編》影印國立臺灣大學圖書館藏日本寬文元年〔1661〕刊寬政七年〔1795〕安平

官妓，淡粉輕煙、綺樓佳會，亦一時之盛。宣德間雖有官吏狎娼之禁，〔註111〕然縉紳家居者仍不論，故娼妓仍充斥里閈，商賈尤無禁忌。明李樂《見聞雜記》云萬曆十六年（1588）前後「兩鎭通患通弊，又有大者，牙人以招商爲業，商貨有厚至一二百金者。初至，牙主人豐其款待、割鵝開宴、招妓演戲以爲常。」〔註112〕又李晉德的《客商一覽醒迷》，原爲客商指點迷津而作，但其文卻正指出了當時商業都城招妓唱戲筵宴風氣之盛。〔註113〕明末南京十六樓雖古蹟寢湮，惟存南市珠市及舊院而已，然行酒傳觴、紅牙碧串，依舊是艷冶極盛之地。而這些娼妓樂戶是由何而來的呢？罪臣妻孥是個主要來源，試看下列資料：

> 永樂初，發教坊及浣衣局，配象奴，送軍營姦宿者，多黃子澄、練子寧、方孝孺、齊泰、卓敬親屬。而其他奸惡則稍輕矣。〔註114〕

> （鐵鉉）妻楊氏，三十五年十二月初五日，取送教坊司。……（茅大方）妻張氏，年五十六，發教坊司，本年十二月病故。教坊司右韶舞安政等官於奉天門奏：有茅大方妻張氏年五十六歲病故。奉聖旨：著錦衣衛分付上元縣攛去門外著狗喫了，欽此。〔註115〕

> 方正學冢在雨花臺下，以雙梅樹爲記。其女流發教坊，遂隸籍焉。〔註116〕

> 豬市伶人徐公望善別古器，其祖牛某不從靖難之師，子孫發教坊。〔註117〕

書肆修訂點刊本），卷8〈人部四〉，頁29b，總頁3794；卷3〈地部一〉，頁9a，總頁3323。

〔註111〕沈德符《萬曆野獲編・補遺》卷三〈畿輔・禁歌妓〉：「宣德中，以百僚日醉狹邪，不修職業，爲左都御史顧佐奏禁，廷臣有犯者至褫職。」（頁900）

〔註112〕〔明〕李樂：《見聞雜記》（上海：上海古籍出版社，1986年《瓜蒂庵藏明清掌故叢刊》影印謝國楨藏明萬曆刻清補修本），卷11，第29條，頁30a，總頁1021。

〔註113〕〔明〕李晉德著，楊正泰校注：《客商一覽醒迷》（太原：山西人民出版社，1992年）（與黃汴《天下水陸路程》、憺漪子輯《天下路程圖引》合刊）。

〔註114〕沈德符：《萬曆野獲編》，卷18〈刑部・籍沒奸黨〉，頁455。

〔註115〕〔明〕宋端儀：《立齋閑錄》（成都：巴蜀書社，2000年《中國野史集成續編》第26冊影印遼寧省圖書館藏明鈔本），總頁155、156。

〔註116〕〔清〕張怡：《玉光劍氣集・詩話》（北京：中華書局，2006年），卷23，頁831。

〔註117〕〔明〕姚旅：《露書》（臺南：莊嚴文化事業有限公司，1995年《四庫全書存

雲儀者，玉樹宇也，其先林某係殉建文，逮及籍其拏教坊司。今苗
裔寖衰於執巾司篋之流，猶可想烈士風焉。〔註118〕

以上是靖難忠臣妻女被發入教坊之例。他如太祖時的胡黨、藍黨大獄，及嘉
靖時嚴嵩、嚴世蕃的家眷，也都是淪入樂戶的。清人章學誠在〈婦學〉中所
說：「前朝虐政，凡縉紳籍沒，波及妻孥，以致詩禮大家，多淪北里。」〔註119〕
即指此而言。

此外，還有因家貧或被騙而賣入娼門的。如《萬曆野獲編》卷十八有云：

先是彭城衛千戶吳能，有女名滿倉兒，託張媼鬻之。媼私售之樂戶，
亦張姓，而詭云周宦後。張攜至臨清，轉售樂戶焦氏，再售袁璘，亦
樂工也。時吳能已死，能妻轟氏，蹤跡得之娼樓，其女懟母，不肯認，
乃與其子吳政強奪歸，袁璘以金贖不許，且訟之官。……〔註120〕

後來這場官司還驚動了孝宗皇帝令法司會勘，三四訊始定案。由此可見，當
時確有許多販賣人口，逼良爲娼之事。《天香閣隨筆》所記平西王次妃陳元（即
《板橋雜記》中所說的曲中名妓陳圓），是父死家貧，不得已才失身爲妓的；
〔註121〕明代劇本中，也反映了此一現象，例《焚香記》的主角桂英，自報家
門時說道：

奴家敫氏，小字桂英，出自名家，頗知詩禮。不幸父母雙亡，別無
兄弟，囊篋蕭然，衣棺無措，奴家豈惜微軀，忍將父母暴露？只得
央媒賣身津送，卻過繼在鳴珂巷謝家爲女。不料他是煙花門戶，其
時驚惶痛切，竟無脫身之計。〔註122〕

《占花魁》中的莘瑤琴，原爲宦門之女，在兵亂中被人拐綁賣入娼門，也是

目叢書・子部雜家類》第 111 冊影印北京圖書館藏明天啓刻本），卷 12〈諧
篇〉，頁 7b，總頁 758。

〔註118〕〔明〕潘之恆：〈李雲儀傳〉，《亘史鈔・亘史外紀》（臺南：莊嚴文化事業有
限公司，1995 年《四庫全書存目叢書・子部類書類》第 193 冊影印浙江圖書
館藏明刻本），卷 5，頁 27a，總頁 557。

〔註119〕〔清〕章學誠：〈婦學〉，葉瑛校注：《文史通義校注・內篇五》（北京：中華書
局，1994 年），卷 5，頁 535。

〔註120〕沈德符：《萬曆野獲編》，卷 18〈刑部・吏役參東廠法司〉，頁 459～460。

〔註121〕〔明〕李介：《天香閣隨筆》（上海：上海古籍出版社，1995 年《續修四庫全
書・子部雜家類》第 1195 冊影印清伍氏刻《粵雅堂叢書》本），卷 2，頁 7b
～8a，總頁 462～463。

〔註122〕〔明〕王玉峰：《焚香記》，毛晉編：《六十種曲》，第 7 冊，第 3 齣〈閨歎〉，
頁 5～6。

同一類的遭遇。還有自幼生長於樂戶之中的，如《煙花夢》雜劇的蘭紅葉原是魏媽媽之童養媳，卻被強逼接客；《桃源景》雜劇的女主角與《香囊怨》雜劇的劉盼春俱為樂戶中人之女，自小在院中即學得吹彈歌舞；《投梭記》傳奇的元縹風，繼母原為娼門出身；《玉玦記》和《繡襦記》中的李娟奴及李亞仙，俱為娼妓，因此也承襲母業。又有前朝遺民流入教坊者：

> 明滅元，凡蒙古部落子孫流竄中國者，令所在編入戶籍，其在京省謂之樂戶，在州邑謂之丐戶。〔註123〕

> 金陵舊院有頓、脫諸姓，皆元人後沒入教坊者。順治末，予在江寧，聞脫十娘者，年八十餘尚在，萬曆中北里之尤也。〔註124〕

娼妓們除了在酒席之前陪酒侍宴外，還必須「應官身」，官衙府第可隨時傳喚教坊妓女承歡陪宴，唱曲演劇，當然「不隸於官，家居而賣姦」的「土妓」、「私窠子」是不必應官身的。妓女們對應官身多半是恐懼、不樂的，試看《萬曆野獲編》卷二十六敘衍聖公之劣行：

> ……出票拘集教坊妓女侍觴，則全是勳戚舉動，又非禮虐之，其持票者至曲中，必云聖人孔爺叫唱，諸妓迸匿，或重略之得免。
> 〔註125〕

《紅梨記》中的謝素秋也曾有過這樣的遭遇。不過妓女的遭遇雖然不幸，但若著眼於戲劇之發展，則「今天下遍布娼妓」，未始不是一可喜的現象？這麼多色藝雙絕的優秀女演員，合力推動了明代的劇運，北里平康，日日笙歌、夜夜梨園的景況，也正為中國戲曲史掀開瑰麗多姿的一頁。

第三節　私人家樂

席間以樂侑酒之風早見於先秦典籍，家樂之設也是古已有之，不過已往僅限於歌舞表演與樂器演奏，至於家樂演唱戲曲的歷史，則始於宋元。李日華《紫桃軒雜綴》：

> 張鎡字功甫，循王之孫，豪侈而有清尚。嘗來吾郡海鹽，作園亭自

〔註123〕〔清〕瀛若氏：《三風十愆記・記色荒》，收入張廷華輯：《香豔叢書・二集》，冊1，卷1，頁1a，總頁281。

〔註124〕〔清〕王士禛：《池北偶談・脫十娘鄭妥娘》（北京：中華書局，1982年），卷12，頁287～288。

〔註125〕沈德符：《萬曆野獲編》，卷26〈嗤鄙・衍聖公〉，頁673。

恣，令歌兒衍曲，務爲新聲，所謂「海鹽腔」也。〔註126〕
又姚桐壽《樂郊私語》云：

> （海鹽）州少年多善歌樂府，其傳皆出於澉川楊氏。當康惠公（楊
> 梓）存時，節俠風流，善音律，與武林阿爾哈雅之子雲石交善。雲
> 石翩翩公子，無論所製樂府、散套，駿逸爲當行之冠；即歌聲高引，
> 可徹雲漢。而康惠獨得其傳。……其後長公國材，次公少中，復與
> 鮮于去矜交好，去矜亦樂府擅場，以故楊氏家僮千指，無有不善南
> 北歌調者。由是州人往往得其家法，以能歌名於浙右云。〔註127〕

至有明一代，則私人備置家樂唱曲演劇已蔚爲風氣。據《陶庵夢憶》卷四〈張
氏聲伎〉條所云：「我家聲伎，前世無之，自大父於萬曆年間，與范長白、鄒
愚公、黃貞父、包涵所諸先生講究此道，遂破天荒爲之。」〔註128〕則其風盛
於萬曆，一時之間，講究此道者競蓄聲伎、教習曲文，朱門綺席、紅氍彩串，
遂成明代戲曲史上一大特色。以下介紹一些有名的家班：

一、申時行（1535～1614）

潘之恆〈劇評〉云：「申班之小管，鄒班之小潘，雖工一唱三歎，不及
仙度之近自然也。」〔註129〕所謂「申班」，就是申時行的家班。時行字汝默，
長洲人，萬曆時曾任首輔。潘之恆在〈劇評〉裏屢屢誇讚的王仙度是位職業
藝人，而申班小管、鄒班小潘能與王仙度相提並論，必定是當行出色劇藝超
群的。申班中有此名伶，其班之水準也就可想而知了。當時蘇州上三班相傳
說「申《鮫綃》、范《祝髮》」，〔註130〕可見《鮫綃記》是申班最擅長的劇目。

二、鄒迪光（1550～1626）

上文「鄒班」是鄒迪光的家班。迪光字彥吉，無錫人，萬曆甲戌進士，

〔註126〕〔明〕李日華：《紫桃軒雜綴》（與《六研齋筆記》合刊），南京：鳳凰出版社，
　　　　2010 年），卷 3，頁 294。
〔註127〕〔元〕姚桐壽：《樂郊私語》，收入〔明〕陳繼儒輯：《寶顏堂秘笈》（臺北：
　　　　藝文印書館，1965 年《原刻景印百部叢書集成》第 106 冊影印萬曆繡水沈氏
　　　　尚白齋刻本），頁 24。
〔註128〕張岱：《陶庵夢憶》，卷 4，頁 54。
〔註129〕潘之恆：〈劇評〉，見〔明〕陶珽輯：《說郛續》，卷 44，頁 2a，總頁 2057。
　　　　又題爲〈與楊超超評劇五則〉，收入汪效倚輯注：《潘之恆曲話》，頁 45。
〔註130〕董康等纂輯：《曲海總目提要》（北京：人民文學出版社，1959〔1928〕年），
　　　　卷 13，頁 628。

罷官後徵歌度曲，極園亭歌舞之盛。《調象菴稿》卷二十有〈秋日鴻寶堂要丁建白，同劉仲熙、沈璧甫、林若撫諸兄小集，看衍《中郎》傳奇，分得十三章〉詩，卷十八有〈秋日尚熱，西湖舟中命侍兒作劇，人來聚觀，至夜分乃散，依若撫兄韻紀事〉詩，卷六有〈余有歌童陳元者，才技雙絕，溺水而死，心甚傷之，爲作此歌〉詩，卷二十一有〈余閱搬演《曇花》傳奇而有悟，立散兩部梨園，將于空門實力焉。示曲師朱輪六首〉詩，〔註131〕可見鄒迪光蓄有兩班梨園，或於席前或在舟中演戲作樂，嘗引得「人來聚觀」；除了〈劇評〉中提到的小潘之外，另有才技雙絕的家優陳元，但不幸溺水而死。後因閱屠隆（1543～1605）家樂搬演《曇花》傳奇而有悟，立刻解散兩部梨園，寫下「幾年心在法雲邊，選技徵聲亦偶然」之詩。〔註132〕

三、錢岱（1541～1622）

隆慶辛未進士，罷官後優遊林下，聲色自娛。築「百順堂」以聚女樂，造「山滿樓」設宴演劇，家有女優十三名：老生張寅舍、正旦韓壬壬、外馮觀舍、老旦張二姐、小生徐二姐、小旦吳三三、小旦周桂郎、大淨吳小三、二淨張五舍、小淨徐二姐、貼旦月姐等，由女教師沈娘娘、薛太太二人教之，咸能嫻習成戲、每月演出二、三次。〔註133〕

四、何良俊（1506～1573）

何良俊家自先祖以來即有戲劇，聘樂工二人，教童子聲樂，習簫鼓絃索，〔註134〕家有女樂一部，水準甚高，「一時優伶俱避舍」。〔註135〕其中有一女婢擅唱北曲，很得到老樂師頓仁的讚賞，見於《四友齋叢說》：

> 余家小鬟記五十餘曲，而散套不過四五段，其餘皆金元人雜劇詞也，
> 南京教坊人所不能知。老頓言：「頓仁在正德爺爺時，隨駕至北京，
> 在教坊學得，懷之五十年。供筵所唱，皆是時曲，此等辭並無人問

〔註131〕〔明〕鄒迪光：《調象菴稿》（臺南：莊嚴文化事業有限公司，1997年《四庫全書存目叢書·集部別集類》第159冊影印華東師範大學圖書館藏明萬曆刻本），卷20，頁14b～15a，總頁660；卷18，頁8b，總頁634；卷6，頁4a～4b，總頁503；卷21，總頁16a～17b，總頁674。

〔註132〕同前註，卷21，頁16b，總頁674。

〔註133〕〔清〕闕名：《筆夢敘》，收入張廷華輯：《香豔叢書·二集》，冊1，卷1，頁23a～26a，總頁325～331。

〔註134〕何良俊：《四友齋叢說》，卷13，頁110。

〔註135〕焦循：《劇說》，卷1，頁89。

及，不意垂死遇一知音。」〔註136〕

五、屠隆（1543～1605）

隆字長卿，又字緯眞，號赤水，浙江鄞縣人，萬曆五年（1577）進士。屠隆爲人放誕，於演劇頗有自負處，「每劇場，輒闌入群優中作技」。〔註137〕為青浦令時，與吳越名士如馮夢禎等，江舟置酒，肆筵曲宴，馮氏《快雪堂日記》及鄒迪光《鬱儀樓集》中，有許多屠隆家樂演戲的記載：快雪堂萬曆壬寅八月十五日記：「屠長卿、曹能始作主，唱西湖大會。飯於湖舟，席設金沙灘陳氏別業，長卿蒼頭演《曇花記》。」〔註138〕壬寅九月初十：「午後過煙雨樓赴長卿之約，……復演《曇花》。」〔註139〕壬寅十一月二十三日：「赴姚善長席。……屠氏梨園演《明珠記》。」〔註140〕壬寅十一月二十六日：「赴包鳴甫席。……屠氏梨園演《雙珠記》，找《北西廂》二折，復奏琵琶。」〔註141〕壬寅十一月三十日：「今日襲明、沖暘先生作主，家梨園演《北西廂》。」〔註142〕癸卯七月十一日：「……同屠沖暘駕樓船至矣。初闌入余舟，遂拉過其船，船以爲館，留余敍，張樂演《拜月亭》。」〔註143〕鄒迪光《鬱儀樓集》卷二十三有〈五月二日，載酒要屠長卿，暨俞羨長、錢叔達、宋明之、盛季常諸君，入慧山寺。飲秦氏園亭，時長卿命侍兒演其所製《曇花》戲。予亦令雙童挾瑟唱歌爲懽，竟日賦詩〉三首，〔註144〕可見當時屠隆家樂是相當活躍的。

六、包應登（涵所）

包涵所在萬曆年間與范長白、鄒迪光、張岱祖父張汝霖等講究音律、共蓄聲伎。《陶庵夢憶》卷三〈包涵所〉條描述包家聲伎「靚妝走馬，斐姍勃窣，穿柳過之，以爲笑樂」，「客至則歌童演劇，隊舞鼓吹，無不絕倫」，還

〔註136〕何良俊：《四友齋叢說》，卷37，頁340。

〔註137〕沈德符：《萬曆野獲編》，卷25〈詞曲・曇花記〉，頁645。

〔註138〕馮夢禎：《快雪堂日記》，卷13，頁179。

〔註139〕同前註，頁181。

〔註140〕同前註，頁188。

〔註141〕同前註。

〔註142〕同前註，頁189。

〔註143〕同前註，卷14，頁200。

〔註144〕鄒迪光：《鬱儀樓集》（臺南：莊嚴文化事業有限公司，1997年《四庫全書存目叢書・集部別集類》第158冊影印北京大學圖書館藏明萬曆刻本），卷23，頁2a～3b，總頁619。

創建樓船置歌筵，儲歌童。〔註145〕《快雪堂日記》也有包氏家優演戲的記錄：「（萬曆甲辰六月）初六，陰。楊蘇門與余共十三輩，請馬湘君，治酒于包涵所宅。馬氏三姊妹從涵所家優作戲。晚馬氏姊妹演《北西廂》二出，頗可觀。」〔註146〕

七、祁豸佳（1594～1683後）

祁豸佳字止祥，與彪佳為兄弟，俱好音律，與張岱亦多往來，《陶庵夢憶》卷四〈祁止祥癖〉說祁氏有「梨園癖」，親自教導家優：「咬釘嚼鐵，一字百磨，口口親授」，〔註147〕家優如阿寶者皆能盡力學習。《祁忠敏公日記》中有止祥家班演戲活動的記載：崇禎十七年（1644）一月十三日：「舉酌四負堂，觀止祥兄小優演戲」、〔註148〕一月二十五日：「午後延王雲岫、潘鳴岐、潘完甯小酌，錢克一同翁艾弟亦與焉，清唱罷，令止祥兄之小優演戲，乃別。」〔註149〕

八、張岱（1597～1679）

張岱可說是生長於戲劇世家，祖父張汝霖罷職後蓄聲伎、玩絲竹以澆磊塊，父爾弢「庚辰以來，遂興土木，造船樓一二，教習小傒，鼓吹劇戲」，叔父、兄弟俱能「傅粉登場」，〔註150〕張岱本人也「好梨園」，〔註151〕「畜梨園數部，日聚諸名士度曲徵歌」，〔註152〕先後共蓄家樂六班，見《陶庵夢憶》卷四〈張氏聲伎〉：

可餐班：以張綵、王可餐、何閏、張福壽名。

武陵班：以何韻士、傅吉甫、夏清之名。

梯仙班：以高眉生、李岕生、馬藍生名。

吳郡班：以王畹生、夏汝開、楊嘯生名。

蘇小小班：以馬小卿、潘小妃名。

平子茂苑班：以李含香、顧岕竹、應楚煙、楊騃駤名。〔註153〕

〔註145〕張岱：《陶庵夢憶》，卷3，頁41。
〔註146〕馮夢禎：《快雪堂日記》，卷15，頁210。
〔註147〕張岱：《陶庵夢憶》，卷4，頁56。
〔註148〕祁彪佳：《祁忠敏公日記》，〈甲申日曆〉，頁2b～3a，總頁412～413。
〔註149〕同前註，頁4b，總頁416。
〔註150〕張岱：〈家傳〉及〈附傳〉，《張岱詩文集・琅嬛文集》，卷4，頁256、頁265。
〔註151〕張岱：〈自為墓誌銘〉，同前註，卷5，頁264。
〔註152〕《紹興府志・張岱傳》，引自《張岱詩文集・附錄》，頁417。
〔註153〕張岱：《陶庵夢憶》，卷4，頁54。

其中夏汝開的演技，尤爲張岱所讚賞，〈祭義伶文〉中說：「汝生前，傅粉登場，弩眼張舌，喜笑鬼諢，觀者絕倒，聽者噴飯，無不交口讚夏汝開妙者。綺席華筵，至不得不以爲樂。死之日，市人行道，兒童婦女無不歎惜，可謂榮矣！」〔註154〕夏汝開可能是位淨丑演員。

九、阮大鋮（圓海，1587～1646）

阮氏家班是非常有名的，戲之關目、情理、筋節均甚考究，「與他班孟浪不同」所演劇目多爲主人自著，張岱曾在其家看《十錯認》、《摩尼珠》、《燕子箋》三劇，無論串架、鬥笋、插科、打諢均十分出色，至於《十錯認》之龍燈、紫姑，《摩尼珠》之走解、猴戲，《燕子箋》之飛燕、舞象、波斯進寶、紙紮裝束，「無不盡情刻畫」。〔註155〕相傳阮氏家班長日演劇，「會賓客於廣廈中，外設重幕，內列寶炬，名曰『不夜天』」。〔註156〕家班中有李姓優伶，是有名的義伶（詳見下文）。另有一位名朱音仙，直到康熙年間仍從事演劇活動，龔鼎孳曾寫詩贈他，〈口號四絕贈朱音仙（爲阮懷寧歌者）〉其一爲：

> 江左曾傳〈秋水篇〉，揚州煙月更堪憐；
>
> 難呼百子山樵客，重聽花前《燕子箋》。〔註157〕

其他如沈璟、顧道行、王錫爵、馮夢禎、譚公亮、錢德興等的家伶都很有名，〔註158〕朱雲崍、劉暉吉家的女樂分別以歌舞、砌末取勝，在《陶庵夢憶》卷

〔註154〕張岱：〈祭義伶文〉，《張岱詩文集‧瑯嬛文集》，卷4，頁355。

〔註155〕張岱：〈阮圓海戲〉，《陶庵夢憶》，卷8，頁97。

〔註156〕焦循：《劇說》，卷6，頁199。

〔註157〕〔清〕龔鼎孳：《定山堂詩集》（上海：上海古籍出版社，1995年《續修四庫全書‧集部別集類》第1403冊影印北京大學圖書館藏清康熙十五年吳興祚刻本），卷36，頁26b，總頁188。

〔註158〕「松陵詞隱沈寧菴先生、譚璟，……與同里顧學憲道行先生，並畜聲伎，爲香山、洛社之游。」見〔明〕王驥德：《曲律‧雜論第三十九下》，《中國古典戲曲論著集成》，第4冊，卷4，頁163～164。「義仍填詞，妙絕一時，語雖斬新，源實出於關、馬、鄭、白，其《牡丹亭》曲本尤極情摯。……世或相傳，云刺雲陽子而作。然太倉相君實先令家樂演之，且云：『吾老年人，近頗爲此曲惆悵。』假令人言可信，相君雖盛德有容，必不反演之於家也。」見〔清〕朱彝尊：《靜志居詩話‧湯顯祖》（北京：人民文學出版社，1990年），卷14，頁430。明馮夢禎於萬曆戊戌解大司成印後，歸築蒲園於西湖之上，日與歌兒吹簫度曲，還特別建「雨天花軒」爲諸姬習歌之所，見氏著《快雪堂日記》萬曆甲辰六月二十一日所記。（卷15，頁211）譚公亮家有歌兒八人，都以「文」字排行，稱「八文」，皆一時之選，見〔明〕張大復：《梅花草堂筆談》（上海：上海古籍出版社，1986年《瓜蒂庵

二、卷五中也都有詳細記載。〔註159〕

由以上各例可看出，明代蓄養家樂，是以士大夫階層為主。申時行是嘉靖四十一年（1562）進士，萬曆中累官吏部尚書，並曾任首輔；王錫爵為嘉靖四十一年會試第一、廷試第二，萬曆初掌翰林院，累官禮部尚書，兼文淵閣大學士；何良俊為嘉靖中貢生，以薦授南翰林孔目；錢岱乃隆慶五年（1571）進士，任福建提學副使；鄒迪光，萬曆二年（1574）進士，官湖廣學政；沈璟，萬曆二年進士，自吏部員外郎轉光祿寺丞；屠隆，萬曆五年（1577）進士，曾任潁上知縣，後調青浦，又遷禮部主事；馮夢禎，萬曆五年會試第一，官編修，累遷南國子監祭酒；阮大鋮萬曆四十四年（1616）進士，天啓年間官給事中，崇禎元年（1621）起用為光祿卿，後與馬士英迎立福王，得兵部尚書。可見明代的家樂伶人，甚至明代整個的戲劇活動，都是由士大夫階層推動的。士大夫們用家樂招待賓客、怡情遣興，自娛娛人之餘，當然也不免有借以展示才學的心理。而清代家班轉入富商鹽客之手後，蓄養戲班的目的似以迎駕供奉為主，主人的藝術熱忱是遠不及明代文士的。〔註160〕

明朝士大夫對戲劇之愛好，幾乎可用空前絕後來形容。官場應酬、文士宴集，無不借演劇以助興，戲劇已經成為他們生活中不可缺少的部分了。周暉《金陵瑣事》云：

> 指揮陳鐸，以詞曲馳名，偶因衛事，謁魏國公於本府。徐公問：「可是能詞曲之陳鐸乎？」陳應之曰：「是」。又問：「能唱乎？」鐸遂袖中取出牙板，高歌一曲。徐公揮之去。乃曰：「陳鐸是金帶指揮，不與朝廷作事，牙板隨身，何其卑也。」〔註161〕

又徐復祚《曲論》云：

> 衡州太守馮正伯（名冠），邑人。少善彈琵琶，歌金元曲。五上公車，未嘗挾笑，惟挾《琵琶記》而已。村老曰：余友秦四麟為博士弟子，亦善歌金元曲，無論酒間興到，輒引曼聲，即獨處一室，而嗚嗚不

藏明清掌故叢刊》影印原刊本），卷 6，〈八文〉條，頁 1b～2a，總頁 362～363。祁彪佳《祁忠敏公日記》崇禎九年四月初三日記：「子夜德輿復出家伶侑觴」（〈居林適筆〉，頁 11b，總頁 344），十二年十月十四日記：「赴錢德輿席，……德輿盡出家樂合作《浣紗》之〈採蓮〉劇。」（〈棄錄〉，頁 27a，總頁 603）

〔註159〕張岱：《陶庵夢憶》，頁 25～26、67～68。
〔註160〕清李斗《揚州畫舫錄》對富商蓄養戲班以迎駕供奉的情形有很多描述。
〔註161〕周暉：《金陵瑣事》，卷3，〈牙板隨身〉條，頁 1700。

絕於口。學使者行部至矣，所挾而入行笥者，惟《琵琶》、《西廂》二傳。或規之：「君不虞試耶？」公笑曰：「吾患曲不善耳，奚患文不佳也。」其風流如此。〔註162〕

又顧炎武《日知錄》云：

今世士大夫纔仕一官，即以教戲唱曲爲事，官方民隱，置之不講。〔註163〕

又《萬曆野獲編》卷二十四云：

近年士大夫享太平之樂，以其聰明寄之剩技。余髫年見吳大參（國倫）善擊鼓，眞淵淵有金石聲，但不知王處仲何如。吳中縉紳，則留意聲律，如太倉張工部（新）、吳江沈吏部（璟）、無錫吳進士（澄時），俱工度曲，每廣坐命技，即老優名倡，俱皇遽失措，眞不減江東公瑾。〔註164〕

又《紹興府志・張岱傳》：

畜梨園數部，日聚諸名士度曲徵歌。〔註165〕

又《四友齋叢說》也記何元朗之言：

余家自先祖以來即有戲劇。……又有樂工二人教童子聲樂，習簫鼓絃索。余小時好嬉，每放學即往聽之。見大人亦閒晏無事，喜招延文學之士，四方之賢日至，常張燕爲樂。〔註166〕

士大夫們纔仕一官即以教戲唱曲爲事，攜牙板以謁國公，挾《西廂》而上公車，「文學之士」閑晏無事即「張燕爲樂」、「度曲徵歌」，他們的戲曲造詣連老優名倡都「皇遽失措」。萬曆年間的《快雪堂日記》以及崇禎年間的《祁忠敏公日記》，可說是無日不飲宴、無日不觀劇之具體例證。他們除了看戲之外，還參與劇本的創作，甚至傅粉登場，親自表演，如祝希哲「常傅粉黛從優伶間度新聲」；〔註167〕張伯起「善度曲，自晨至夕，口嗚嗚不已」，「常與仲郎演《琵琶記》，父爲中郎，子趙氏」；〔註168〕屠隆「亦能新聲，頗以自炫，每劇

〔註162〕徐復祚：《曲論》，頁243。
〔註163〕〔明〕顧炎武撰，黃汝成集釋：《日知錄集釋》（上海：上海古籍出版社，2006年），卷13，〈家事〉條，頁798。
〔註164〕沈德符：《萬曆野獲編》，卷24〈技藝・縉紳餘技〉，頁627。
〔註165〕《紹興府志・張岱傳》，引自《張岱詩文集・附錄》，頁417。
〔註166〕何良俊：《四友齋叢說》，卷13，頁110。
〔註167〕〔明〕徐復祚：《曲論》，《中國古典戲曲論著集成》，第4冊，頁243。
〔註168〕徐復祚：《曲論》，頁246。

場輒闌入群優中作技」；〔註169〕曾以南京國子監丞左遷照磨的韓孟郁，也親自
登場串演自己編寫的《凌雲記》；〔註170〕嘉靖己酉年（二十八年，1549）的解
元周詩，於放榜前一夕還和鄰人一同觀劇，凌晨時甚至親自登場「歌〈范蠡
尋春〉曲」，門外呼周解元者聲百沸，竟若未聞；〔註171〕天啓辛酉經魁王昭平，
於榜發之時，「方雜梨園演《會真記‧草橋驚夢》齣未竟，促者再至，遂服其
衣冠歌鹿鳴焉，時目為狂。」〔註172〕這麼多的例子，在在都顯示出他們不滿
足於單純的觀眾身分，還期待能通過自己的指點、參與，使劇本的編撰能日
益精進、舞臺的演出能日趨洗練。面對職業戲班的演出，他們只能消極的在
日記中抒發感想，〔註173〕上節所述如張岱等親自指導職業演員的情況終究只
是臨時性的，而家樂之備置，一則便於招待客人，再則能滿足文士大夫們的
積極參與感，可以盡情提供他們對演出的意見，實現他們對戲劇的理想，甚
至還可成為他們展示才學、競爭排場的工具。《陶庵夢憶》卷二〈朱雲崍女戲〉
條，敘述朱雲崍家樂演「西施歌舞」，舞姿曼妙、排場繁華，令人目眩神移，
「雲老好勝，遇得意處，輒盱目視客，得一讚語，輒走戲房，與諸姬道之，
俔出俔入，頗極勞頓。」〔註174〕對於主人「好勝」的心理，有極生動的描寫。

除了對戲劇的熱愛及爭勝的心理外，還有一些文士大夫因在政治上無法
施展抱負，只有蓄聲伎、構園林、玩書畫以怡情遣興、寄託心志。例如沈璟，
即是因被讒遭忌、仕途不順而「屏跡郊居，放情詞曲」的，這在王驥德《曲
律》中有較詳細的記載：

> 松陵詞隱沈寧菴先生，諱璟。……仕由吏部郎轉丞光祿，值有忌者，

〔註169〕沈德符：《萬曆野獲編》，卷25〈詞曲‧曇花記〉，頁645。

〔註170〕蔡復一〈送韓孟郁〉詩其三註云：「韓演《凌雲記》。」〔明〕蔡復一：《遯菴詩
集》（北京：北京出版社，2005年《四庫禁燬書叢刊補編》第60冊影印明刻
本），卷10，頁19a，總頁188。

〔註171〕〔清〕吳陳琰：《曠園雜志》（臺南：莊嚴文化事業有限公司，1996年《四庫
全書存目叢書‧子部小說家類》第250冊影印甘肅省圖書館藏清康熙刻《說鈴》
本），卷上，〈兩解元演劇〉條，頁24a～b，總頁163。

〔註172〕〔清〕吳騫：《拜經樓詩話》，收入丁福保：《清詩話》（上海：上海古籍出版社，
1999年），卷2，第30條，頁748。

〔註173〕如馮夢禎《快雪堂日記》萬曆己亥（27年，1599）十一月初四日記：「戲子
松江人，甚不佳，演《玉玦記》。」（卷11，頁146）祁彪佳《祁忠敏公日記》
崇禎五年（1632）八月初三日記：「獨子偕吳五兄、丁天心觀教子劇，優人甚
佳。」（〈棲北冗言〉，頁31b，總頁170）之類。

〔註174〕張岱：《陶庵夢憶》，頁26。

遂屏跡郊居，放情詞曲，精心考索者垂三十年。雅善歌，與同里顧
學憲道行先生，並蓄聲伎。〔註175〕

前引《陶庵夢憶》中所謂「破天荒為之」創家班之始的張汝霖，也是因被訐
落職歸後，「數年間頗畜聲妓，磊塊之餘，輒以絲竹陶寫。」〔註176〕他如李
開先、鄒迪光、馮夢禎等人，也都是在罷職歸林後蓄養家樂的。〔註177〕鄒
迪光〈田間月夜命侍兒捴管按歌與客暢飲有作〉詩，可看出蓄聲伎的心理因
素：

幽居猶不少人群，讙浪淋漓坐夜分。

曲為過雲生婉轉，樂因留月奏殷勤。

胸中塊礧澆將盡，眼下雄雌了不聞。

莫怪東山競絲竹，己拚深隱答明君。〔註178〕

胸中塊壘只有在山水之美、絲竹之聲中逐漸撫平澆盡，家伶則是隱居生涯中
最好的伴侶。簡而言之，陳繼儒〈青蓮山房〉詩中所謂的「牢騷寄聲伎，經
濟儲山林」，為文士大夫蓄養家樂的心理因素做了最有力的說明。〔註179〕

　　基於對戲劇的愛好及「牢騷寄聲伎」的心理，明代文士大夫競相蓄養家
樂。家樂的成員，有的是就原有的家僮聘請教師予以訓練，也有為了建立戲
班而招收聲伎的。前者如《金瓶梅詞話》二十回，西門慶請樂工李銘來家，
月付五兩銀子，教丫環迎春、蘭香、春梅、玉簫等習學彈唱；〔註180〕後者則

〔註175〕王驥德：《曲律・雜論第三十九下》，卷4，頁163～164。
〔註176〕張岱：〈家傳〉，《張岱詩文集・瑯嬛文集》，卷4，頁253。
〔註177〕清姚燮《今樂考證》引錢謙益云：「章邱李伯華，名開先，歸田後多買歌童舞
　　　　女，徵歌度曲，為新聲小令，捴彈低唱。」（《中國古典戲曲論著集成》，第
　　　　10冊，頁199）；鄒迪光為「萬曆甲戌（二年，1574）進士，官至副使，提學
　　　　湖廣。罷官時年纔及強，以其間疏泉架壑，徵歌度曲，卜築惠錫之下，極園
　　　　亭歌舞之勝。」（見錢謙益：《列朝詩集小傳・丁集下》，頁647）；顧起元為
　　　　馮夢禎《快雪堂集》為序時云：「吾師具區先生以萬曆戊戌解大司成印綬，歸
　　　　築蒲園于西湖之上，日與友人嘯詠于其中，間命輕舠載歌兒吹簫度曲，蕩漾
　　　　六橋三竺間，人望之飄飄然若神仙也。」〔明〕顧起元：〈具區先生快雪堂集
　　　　序〉，馮夢禎：《快雪堂集》（臺南：莊嚴文化事業有限公司，1997年《四庫
　　　　全書存目叢書・集部別集類》第164冊影印北京大學圖書館藏明萬曆四十四
　　　　年黃汝亨朱之蕃等刻本），序頁1a～b，總頁1。
〔註178〕鄒迪光：《調象菴稿》，卷15，頁14b，總頁606。
〔註179〕張岱：〈青蓮山房〉，《西湖夢尋》（與《陶庵夢憶》合刊，北京：中華書局，
　　　　2007年），頁154。
〔註180〕蘭陵笑笑生：《金瓶梅詞話》，頁283。

如王九思「費重貲購樂工」〔註181〕、李開先「歸田後，多買歌童舞女，徵歌度曲。」〔註182〕又《瑯嬛文集》卷六〈祭義伶文〉：

> 夏汝開……汝在越四年，汝以余爲可倚，故攜其父母、幼弟、幼妹共五人來。半年而父死，汝來泣，余典衣一襲以葬汝父。又一年，余從山東歸，汝病劇，臥外廂不得見，閱七日而汝又死。汝蘇人，父若子，不一年而皆死於茲土，皆我殮之，我葬之，亦奇矣！亦慘矣！……汝未死前，以弱妹貿余四十金。汝死後，余念汝，舊所逋俱不問，仍備糧糒，買舟航，送汝母與汝弟若妹歸故鄉。……余四年前，糾集眾優，選其尤者十人，各製小詞。……今汝同儕十人，逃者逃，叛者叛，強半不在。汝不幸而蚤死，亦幸而蚤死，反使汝爲始終如一之人，豈天玉成汝爲好人耶？〔註183〕

由這篇祭文，我們可以知道當時的家樂多半是因家境清苦無以爲生，才將子女賣給人家，或像夏汝開一樣舉家投靠。他們的身分是奴僕，專爲一家一姓服務，若不告而別，則爲逃爲叛。不過一般而言，家優和主人們大都有深厚的情感。由〈祭義伶文〉可看出，夏汝開死後，張氏待他全家如此仁厚；看《陶庵夢憶》卷七〈龍山雪〉條，寫他帶著李岕生、高眉生、王畹生、馬小卿、潘小妃等家優登龍山賞雪的情形，也可體會出主僕間的深情。〔註184〕張岱好友祁止祥，於清兵南下、南都失守時攜帶家優阿寶逃難。途中「遇土賊，刀劍加頸，性命可傾」，至台州，又遭亂民擄掠，囊篋洗劫一空，而「阿寶沿途唱曲以膳主人」，〔註185〕又如《劇說》所引：

> 海鹽有優者金鳳，少以色幸於嚴東樓，晝非金不食，夜非金不寢也。嚴敗，金亦衰老，食貧里中。比有所謂《鳴鳳記》，金又塗粉墨身扮東樓矣。阮大鋮自爲劇，命家優演之。大鋮死，優兒散於他室。李優者，但有客命演阮所演劇，輒辭不能，復語其同輩勿復演。詢其故，曰：「阿翁姓字，不觸起尚免不得人說；每一演其劇，笑罵百端，

〔註181〕張廷玉等撰：《明史‧王九思傳》，卷286〈列傳第一百七十四‧文苑二〉，頁7349。

〔註182〕〔清〕徐釚：《本事詩》（上海：上海古籍出版社，2002年《續修四庫全書‧集部詩文評類》第1699冊影印清光緒十四年邵武徐氏刻本），卷4，頁6a，總頁255。

〔註183〕張岱：〈祭義伶文〉，《張岱詩文集‧瑯嬛文集》，卷6，頁354～355。

〔註184〕張岱：《陶庵夢憶》，卷7，頁87。

〔註185〕張岱：〈祁止祥癖〉，同前註，卷4，頁56。

使人懊惱竟日，不如辭以不能爲善也。」此人勝金鳳遠矣。漁洋云：

「金鳳事，較〈馬伶傳〉更奇。」按：金優何足道，李優有類申文

定公家優兒鐵墩，可以愧士大夫之寡廉鮮恥者。〈周鐵墩傳〉，鄭桐

菴作。〔註186〕

可見申時行家優周鐵墩、阮大鋮家李姓優伶等，都是有名的義伶，偶有寡情

無義如金鳳者，則當時、後代俱落罵名。主人與家優之間亦師亦友的情感，

使他們在藝術的道路上更能合作無間。戲劇的體悟，原非一時一地教習可得，

必須隨時薰染，隨處陶冶，風雅的主人帶著家優，無論是登山賞雪，或是泛

舟吟詩，俱都是藝術品味的提昇，這對家優劇藝的精進，具有無形卻又強大

的影響力。不過，二者之間有時也另有一層曖昧的關係，《陶庵夢憶》卷二〈朱

雲崍女戲〉云：

且聞雲老多疑忌，諸姬曲房密戶，重重封鎖，夜猶躬自巡歷，諸姬

心憎之。有當御者，輒遁去，互相藏閃，只在曲房，無可覓處，必

叱咤而罷。殷殷防護，日夜爲勞，是無知老賊，自討苦吃者也，堪

爲老年好色之戒。〔註187〕

可見家優的身分有時也和姬妾類似，因此「家樂」的名稱，除了「家優」、「家

伶」、「家伎」、「侍兒」、「家僮」、「聲伎」之外，〔註188〕還可以「家姬」稱之，

〔註189〕但家優並不全是女性，《四友齋叢說》：

〔註186〕焦循：《劇說》，頁 201～202。

〔註187〕張岱：《陶庵夢憶》，頁 26。

〔註188〕王驥德《曲律・雜論第三十九下》：「（顧道行）所畜家樂，皆教自之。」（卷4，頁 164），祁彪佳《祁忠敏公日記》崇禎十六（1643）年九月二十八日記：「永年舉酌，觀其家優演數劇」（〈癸未日曆〉，頁 36a，總頁 379）、又崇禎九年四月三日記「德輿復出家伶侑觴」（〈居林適筆〉，頁 11b，總頁 344）、茅元儀《石民橫塘集》卷二〈觀大將軍謝簡之家伎演所自述《蝴蝶夢》樂府〉（《四庫禁燬書叢刊・集部》第 110 冊〔北京：北京出版社，2000 年影印北京圖書館藏明崇禎刻本〕，頁 7a～b，總頁 205）、鄒迪光《調象菴稿》卷十八〈秋日尚熱，西湖舟中命侍兒作劇，人來聚觀，至夜分乃散，依若撫兄韻紀事〉（頁8b，總頁 634）；《萬曆野獲編》卷二十五〈絃索入曲〉：「嘉隆間，度曲知音者有松江何元朗，畜家僮習唱。」（頁 641）、《陶庵夢憶》卷四〈張氏聲伎〉：「我家聲伎，前世無之。」（頁 54）。

〔註189〕呂天成《曲品》卷上稱屠隆「偓㑊於變姬之隊，驕酣於仙佛之宗。」（吳書蔭校註：《曲品校註》，頁 75）馮夢禎《快雪堂日記》，萬曆癸卯七月十一「樂半，余諸姬奏伎隔船」（頁 200）、甲辰一月初二「諸姬唱《遊佛殿》一套」（頁205）、甲辰六月二十一「名樓下小軒爲『雨天花軒』，蓋初成而爲諸姬習歌之

> 王元美言：金兵備青州時，曾一造李中麓，中麓開燕相款，其所出
> 戲子皆老蒼頭也，歌亦不甚叶。〔註190〕

又《快雪堂日記》萬曆壬寅（三十年，1602）八月十五日載：

> 屠長卿、曹能始作主，唱西湖大會，飯於湖舟，席設金沙灘陳氏別
> 業，長卿蒼頭演《曇花記》。〔註191〕

又何良俊《四友齋叢說》：

> 蓋因小時喜聽曲，中年病發，教童子習唱，遂能解其音調，知其節
> 拍而已。〔註192〕

祁彪佳《祁忠敏公日記》崇禎十三年（1640）正月三十日所載「午後諸僕演戲」，恐怕也是男優。〔註193〕《金瓶梅詞話》四十二回慶元宵時，特請王皇親家之二十名小廝來扮唱《西廂記》；〔註194〕七十八回又請此班來家扮《小天香半夜朝元記》。〔註195〕既為「小廝」，可見也是男優家班。黃印《錫金識小錄》卷十〈優童〉條：「前明邑搢紳巨室，多蓄優童。……馮觀察龍泉童名桃花雨，苗知縣生菴童名天葩，陳參軍童名玉交枝，曹梅村童名大溫柔、小溫柔，葛救民童名大姑姑、小姑姑，朱玉仲愛奴稱六姐，可謂名妖，而主人放逸極矣。」〔註196〕這些孌童與主人間的關係，顯然可見。他們不僅在日常生活中性別曖昧，演劇時也多以旦腳的姿態出現。明左都御史顧佐在宣德三年（1428）的奏疏（詳見前節），不僅未能全面禁止歌妓，反倒使席間用孌童小唱及演劇用孌童粧旦之風應運而生。《萬曆野獲編》卷二十四〈男色之靡〉條云：

> 習尚成俗，如京中小唱、閩中契弟之外，則得志士人致孌童為廝役，
> 鍾情年少狎麗曁若友昆，盛於江南而漸染於中原。〔註197〕

所故也」（頁211）；《陶庵夢憶》卷五〈劉暉吉女戲〉：「天錫曲中南董，絕少許可，而獨心折暉吉家姬，其所賞鑑，定不草草。」（頁68）
〔註190〕何良俊：《四友齋叢說》，卷18，頁159。
〔註191〕馮夢禎：《快雪堂日記》，卷13，頁179。
〔註192〕何良俊：《四友齋叢說》，卷37，頁336。
〔註193〕祁彪佳：《祁忠敏公日記》，《歷代日記叢鈔》第8冊，〈感慕錄〉，頁3b～4a，總頁6。
〔註194〕蘭陵笑笑生：《金瓶梅詞話》，頁619。
〔註195〕同前註，頁1366。
〔註196〕〔清〕黃印輯：《錫金識小錄》（臺北：成文出版社，1984年《中國方志叢書·華中地方》第426號影印乾隆十七年修光緒廿二年刊本），卷10〈前鑑〉，〈優童〉條，頁3a，總頁406。
〔註197〕沈德符：《萬曆野獲編》，卷24〈風俗·男色之靡〉，頁622。

又卷二十五〈戲旦〉條云：

> 自北劇興，名男爲正末，女曰旦兒。……所謂旦，乃司樂之總名，以故金、元相傳，遂命歌妓領之，因以作雜劇。流傳至今，旦皆以娼女充之，無則以優之少者假扮，漸遠而失其眞耳。〔註198〕

可見除了女樂之外，也有變童粧旦的習慣。

家樂的師父，有的是向外延請，例如前舉《金瓶梅詞話》中之樂工李銘，何元朗家「又有樂工二人教童子聲樂」〔註199〕、錢岱家優則由申時行家舊伶沈娘娘教習。〔註200〕若主人本身精通音律，爲「風雅主盟」、「詞壇領袖」，則多半親自予以指導。〔註201〕如顧道行「所畜家樂，皆自教之」，〔註202〕張岱、阮圓海家班俱是主人親自教演，甚至衝冠一怒爲紅顏，在歷史上留下千載罵名的吳三桂，也曾「蓄歌童十數輩，自教之」。〔註203〕

家樂的人數沒有精確的資料可供參考，僅知譚公亮家有歌兒八人，錢岱家有女優十三人。李開先家「戲子幾二三十人」，〔註204〕是相當可觀的了。《金瓶梅詞話》中的王皇親家班，曾多次被邀往西門慶家表演，應是一很有規模的班子，人數也在二十人左右。〔註205〕

家樂的存在，至少具備了下列三項意義：

一、嚴格的訓練，提高了戲劇的水準。戲劇的演出若要出色動人，演員除了必須有宛轉美妙的歌喉嗓音、靈活紮實的身段科汎之外，還應對劇情有

〔註198〕同前註，卷25〈詞曲・戲旦〉，頁649。

〔註199〕何良俊：《四友齋叢説》，卷13，頁110。

〔註200〕「女教師沈娘娘，蘇州人，少時爲申相國家女優，善度曲，年六十餘，探喉而出，音節嘹亮，衣冠登場，不減優孟。」見闕名：《筆夢敘》，張廷華輯：《香豔叢書・二集》，冊1，卷1，頁24b，總頁328。

〔註201〕《閒情偶寄》載「教歌習舞之家，主人必多冗事，且恐未必知音，勢必委諸門客，詢之優師。門客豈盡周郎，大半以優師之耳目爲耳目；而優師之中，淹通文墨者少，每見才人所作，輒思避之，以鑿枘不相入也。故延優師者，必擇文理稍通之人，使閱新詞，方能定其美惡；又必藉文人墨客參酌其間，兩議僉同，方可授之使習。此爲主人多冗、不諳音樂者而言。若係風雅主盟、詞壇領袖，則獨斷有餘，何必知而故詢。」〔清〕李漁：《閒情偶寄・演習部・選劇第一・別古今》，《中國古典戲曲論著集成》，第7冊，卷4，頁75。

〔註202〕王驥德：《曲律・雜論第三十九下》，卷4，頁164。

〔註203〕〔清〕徐珂：《清稗類鈔・戲劇類・六燕班》（北京：中華書局，1984年），頁5050。

〔註204〕何良俊：《四友齋叢説》，卷18，頁159。

〔註205〕蘭陵笑笑生：《金瓶梅詞話》，第42回，頁618。

相當程度的體會，對劇中人物性格有深刻的揣摩，才能充分運用表演基礎，成功地塑造劇中人的形象。馮夢龍在《墨憨齋定本傳奇》眉批中，一再叮嚀、諄諄告誡的「演者亦須用心體會」〔註206〕、「演固之死宜憤多而悲少，此與王蠋死節一例，演者不可苟且」、「馬融僞儒，亦須還他架子」〔註207〕等，就是提醒演員要先將情感融入其中，再以表演技巧形諸於外，方是由技而藝的成功演出。李漁在《閒情偶寄》中也強調「欲唱好曲者，必先求明師講明曲義」，〔註208〕然而一般職業演員，卻只能隨著老優演習身段、按拍學唱，雖有熱情文人會爲他們細心地講解關目、分析曲情（如上節所舉之例），但終是偶然的現象。王驥德《曲律》說：

> 戲劇之行與不行，良有其故。庸下優人，遇文人之作，不惟不曉，
> 亦不易入口。村俗戲本，正與其見識不相上下，又鄙猥之曲，可令
> 不識字人口授而得，故爭相演習，以適從其便。以是知過施文彩，
> 以供案之積，亦非計也。〔註209〕

此段主旨雖在討論戲曲「雅」、「俗」的問題，但也反映了一般優伶缺乏文士指點的遺憾。而家樂於此，卻有得天獨厚之便。

家樂之設，固不乏豪門貴客藉以爭勝之例，但大部分有名的家班，都是由精通音律熱愛戲曲的主人一手調教而成，主人對家班多半投注了相當程度的關懷與指導，《陶庵夢憶》卷八〈阮圓海戲〉條記阮圓海家優是最明顯的例子。阮氏家班所演劇目都是主人「筆筆勾勒、苦心盡出」自編自製的，主人還爲之「講關目、講情理、講筋節」，無論「串架」、「鬥笋」、「插科」、「打諢」、「意色」、「眼目」，均分析其理、細細講明，使家優皆能「知其義味，知其指歸」。用心琢磨、融會貫通之後，搬演的成績自然是「本本出色，腳腳出色，齣齣出色，句句出色，字字出色」，使觀眾能「咬嚼吞吐、尋味不盡」。阮圓海不僅是家班的主人，更是劇本的編者，甚至還進一步成爲演出的導演，因此阮氏家班「與他班孟浪不同」、「與他班鹵莽者又不同」。〔註210〕阮圓海在政治上的作爲雖爲人所不齒，

〔註206〕〔明〕李玉原著，馮夢龍竄定：《墨憨齋重定人獸關傳奇》（臺北：天一出版社，1985年《全明傳奇》影印明墨憨齋刊本），下卷，第20折〈狡妻勸惡〉，頁8b。

〔註207〕〔明〕陸無從（弼）、欽虹江原著，馮夢龍更定：《墨憨齋詳定酒家傭傳奇》，卷上，第16折〈李固自裁〉，頁38a；第7折〈吳佑罵佞〉，頁12b。

〔註208〕李漁：《閒情偶寄·演習部·授曲第三·解明曲意》，卷5，頁98。

〔註209〕王驥德：《曲律·雜論第三十九上》，卷3，頁154。

〔註210〕張岱：〈阮圓海戲〉，《陶庵夢憶》，卷8，頁97。

但對於戲曲表演藝術的提升之功，卻是無可諱言的。

　　另一位對家優嚴格訓練的代表人物是張岱，詳細情形前節所引〈過劍門〉條已有說明，馬小卿、陸子雲等已轉入職業班的張家舊伶，看到舊主人在座時，依舊戰戰兢兢不敢稍有怠忽，所以楊元才會訝異的問道：「今日戲氣色大異，何也？」〔註211〕另《陶庵夢憶》卷四〈世美堂燈〉也說：「余敕小僕串元劇四五十本。演元劇四齣，則隊舞一回、鼓吹一回、絃索一回，其間濃淡繁簡鬆實之妙，全在主人位置，使易人易地為之，自不能爾爾。」〔註212〕可見戲劇之成功，必須有一精通之主人為之導演，方能使優人各展所長、各盡其能，正如張岱在〈張氏聲伎〉一文中：「主人解事，日精一日；而僕童技藝，亦愈出愈奇。」〔註213〕

　　此外，由《陶庵夢憶》卷四〈世美堂燈〉及卷二〈朱雲崍女戲〉二段文章中，我們還可看出主人對家班技藝的訓練是由「廣博」入手的：

　　　　鼓吹絃索，廝養臧獲皆能為之。〔註214〕

　　　　朱雲崍教女戲，非教戲也。未教戲，先教琴，先教琵琶，先教提琴、
　　　　弦子、簫管、鼓吹、歌舞；借戲為之，其實不專為戲也。〔註215〕

藝術原是彼此相通的，精通樂器者對於歌唱的吞吐收放、輕重緩急，當更能充分掌握。教習女樂學習各種歌舞琴曲，無非是借此培育、提升他們的藝術修養。而譚公亮對家優的訓練，當更有一層深意：

　　　　公亮故有家法，諸伶歌舞達旦，退則整衣肅立，無昏倚之容，舉止
　　　　恂恂，絕無謔語詼氣；考訂音律，展玩法書，濟如也。〔註216〕

譚公亮所要培育的那裏是一批戲子歌女，直可說是對藝術人才的專業訓練。而氣質的高雅、舉止的雍容合度，對於劇中人物的造型有著絕對的正面影響。家樂們經過這些精嚴而又廣博的全套訓練，藝術涵養日漸深厚，演出水準也日益精湛，因此家樂的表演往往能超越職業戲班，例嘉隆間的何良俊「蓄家僮習唱，一時優伶俱避舍」，〔註217〕家樂偶隨主人外出表演時，多半造成相當

〔註211〕同前註，卷7，頁92～93。
〔註212〕同前註，卷4，頁53。
〔註213〕同前註，卷4，頁54。
〔註214〕同前註，〈世美堂燈〉，卷4，頁53。
〔註215〕同前註，〈朱雲崍女戲〉，卷2，頁25。
〔註216〕張大復：《梅花草堂筆談》，卷6，〈八文〉條，頁1b，總頁362。
〔註217〕焦循：《劇說》，卷1，頁89。

的轟動，《陶庵夢憶》中〈金山夜戲〉、〈包涵所〉、〈閏中秋〉、〈冰山記〉等條可爲證，馬小卿等上元夜在嚴助廟登臺演唱《白兔記》，唱做俱佳，使得職業演員爲之氣奪，「鑼不得響、燈不得亮」，〔註218〕皆爲其例。

二、家樂的存在，不僅便於士大夫設戲酬賓，更提供了文士之間意見交流的機緣。尤其對於家班主人自製之劇本，更能反覆上演、相互切磋。當時諸名士閑晏無事之時，時以文酒相約，宴飲聚談之餘，必有劇團以侑觴佐酒。有時請外面戲班入府演戲，更多的時候，是自備家樂。請看下列資料：《快雪堂日記》萬曆戊戌（二十六年，1598）九月二十日所記：

> 是日婆娑范長倩齋中，候徐文江年兄。長倩開筵相款，遊榆繡園中。……徐生滋胄以家樂至，演《蔡中郎》數出，甚可觀。〔註219〕

又萬曆壬寅（三十年，1602）九月二十日：

> 相公置酒家園相款，余獨上坐，演家樂《金花女狀元》傳奇。〔註220〕

又祁彪佳《祁忠敏公日記》崇禎十七年（1644）正月十三日載：

> 歸，而吳玄素之令郎亦至，士女遊者駢集，舉酌四負堂，觀止祥兄小優演戲。〔註221〕

又崇禎十七年正月二十五日載：

> 午後延王雲岫、潘鳴岐、潘完甯小酌，錢克一同翁艾弟亦與焉，清唱罷，令止祥兄之小優演戲，乃別。〔註222〕

又崇禎十六年（1643）九月二十八日載：

> 至張永年家，……永年舉酌，觀其家優演數劇。〔註223〕

又崇禎十二年（1639）十月十四日載：

> 赴錢德興席，同席爲王遂東、張芝亭、王峩雲、姜玉舟、倪鴻寶，德興盡出家樂合作《浣紗》之〈採蓮〉劇而別。〔註224〕

馮夢禎與范長倩、徐文江、徐滋胄、王房仲、陳仲淳等，祁彪佳與王雲岫、潘鳴岐、潘完甯、錢克一、錢德興、王遂東、張芝亭、王峩雲、姜玉舟、倪

〔註218〕張岱：〈嚴助廟〉，《陶庵夢憶》，卷4，頁49～50。

〔註219〕馮夢禎：《快雪堂日記》，卷10，頁117。

〔註220〕同前註，卷13，頁182。

〔註221〕祁彪佳：《祁忠敏公日記》，〈甲申日曆〉崇禎十七年（1644）正月十三日，頁2b～3a，總頁412～413。

〔註222〕同前註，頁4b，總頁416。

〔註223〕同前註，〈癸未日曆〉，頁36a，總頁379。

〔註224〕同前註，〈棄錄〉，頁27a，總頁603。

鴻寶等，經常相聚看戲聽曲。錢德輿在家中「盡出家樂」，全力以赴演出《浣
紗》之〈採蓮〉；祁止祥、徐滋冑等各攜家班往友人府第中獻伎。家樂的存在，
促進了文士之間的交流，主人也往往借以展示自己對戲曲精研的程度，這在
屠隆與馮夢禎二家家樂的隔舟較量中可明顯看出。《快雪堂日記》萬曆癸卯（三
十一年，1603）七月十一日：

> ……同屠沖暘駕樓船至矣。初闌入余舟，遂拉過其船。船以爲館，
> 留余敍，張樂演《拜月亭》。樂半，余諸姬奏伎隔船，沖暘大加賞嘆。
> 〔註225〕

這種善意的較量競爭，對戲劇的影響當然是正面的。

　　家樂更可以及時演出主人自編的劇本，主人可藉著舞臺上的反覆上演
以檢視自己劇本的演出效果，同時由於有原作者親自的解說指導，家樂的
表演當更貼近原著精神。前舉阮圓海家班演其自製之《燕子箋》、《十錯認》、
《摩尼珠》，均能處處出色；屠隆也帶著家班邀集文友到處演其自著之《曇
花記》：

> 長卿先一日邀太尊諸公看《曇花》於煙雨樓，黃貞所陪。今日復邀
> 而邑侯，招余陪。……午後，過煙雨樓赴長卿之約，……復演《曇
> 花》。〔註226〕

> 五月二日，載酒要屠長卿，暨俞羨長、錢叔達、宋明之、盛季常諸
> 君入慧山寺，飲秦氏園亭。時長卿命侍兒演其所製《曇花》戲，予
> 亦令雙童挾瑟，唱歌爲懽，竟日賦詩三首。〔註227〕

如此以演戲爲中心的文士交往活動，對中國戲曲的演進有相當大的推動作
用。他們透過宴集對戲劇不斷進行切磋討論，不僅可與演員（家優）直接獲
得溝通交流，同時還可進一步對原作者提出意見。例如《萬曆野獲編》卷二
十五〈梁伯龍傳奇〉：

> 《浣紗》初出，梁（伯龍）游青浦，時屠緯眞（隆）爲令，以上客
> 禮之，即命優人演其新劇爲壽。每遇佳句輒浮大白酬之，梁亦豪飲
> 自快。演至〈出獵〉，有所謂「擺開擺開」者，屠屬聲曰：「此惡語
> 當受罰。」蓋已預儲洿水以酒海灌三大盂，梁氣索強盡之，大吐委

〔註225〕馮夢禎：《快雪堂日記》，卷14，頁200。
〔註226〕同前註，卷13（萬曆壬寅九月十日），頁181。
〔註227〕此爲詩題。見鄒迪光：《鬱儀樓集》，卷23，頁2a～3b，總頁619。

頓。次日不別竟去。屠凡言及必大笑，以為得意事。〔註228〕

屠隆此舉雖不免有些惡作劇，但換一角度看，不也正是觀眾對編劇出此「惡語」的當面鍼砭。《詞謔》中也有如下的記載：

> 渼陂設宴相邀，扮《遊春記》。開場唱【賞花時】，予即駁之曰：「『四海謳歌百姓歡，誰家數去酒盃寬』，兩注腳韻走入桓歡韻。」因請予改作「安」、「乾」二字。至「唐明皇出走益門鎮」，予又駁之曰：「平聲用陰者猶不足取，況用『益』字去聲乎？」復請改之。上句乃「太真妃葬在馬嵬坡」，拘於地名，急無以為應，若用「夷門」，字倒好，爭奈不曾由此去耳。因戲之曰：「非是王渼陂錯做了詞，原是唐明皇錯走了路。」滿座大笑，扮戲者亦笑，而散之門外。〔註229〕

劇本的創作，必須要集思廣益，經過多人的琢磨、修改，才能漸趨圓滿，李開先要王九思改韻腳便是例子。又如張岱接受守道劉半舫的建議，連夜修改《冰山記》劇本，加入「內操菊宴」等數事共七齣，「督小傒強記之」，次日演出，令「半舫大駭異」。〔註230〕像這種臨時修改劇本演出的情形，也只能求之於家班了。

三、家優有時也會在家宅之外演出，往往在民眾之中造成轟動，可提高民間欣賞水準。有的家優散入民間，進而提升民間戲班的水準，並造成聲腔之流變。

家班除了常隨主人往其他人家宅第中演戲之外，有時主人興起，還會在名園勝地甚至寺廟等地攜家班演出。張岱就曾將家班「攜之至兗，為大人壽」，〔註231〕或在山亭、城隍廟、金山寺等地演出，往往吸引許多百姓圍觀：

> 崇禎七年（1634）閏中秋，……命一傒芥竹楚煙，於山亭演劇十餘齣，妙入情理。擁觀者千人，無蚊虻聲，四鼓方散。〔註232〕

> 崇禎二年（1629）中秋後一日，余道鎮江往兗。……移舟過金山寺，已二鼓矣。經龍王堂，入大殿，皆漆靜。……余呼小傒攜戲具，盛

〔註228〕沈德符：《萬曆野獲編》，卷25〈詞曲・梁伯龍傳奇〉，頁644。

〔註229〕〔明〕李開先：《詞謔》，《中國古典戲曲論著集成》，第3冊，頁278～279。

〔註230〕張岱：〈冰山記〉，《陶庵夢憶》，卷7，頁93。

〔註231〕同前註。

〔註232〕同前註，〈閏中秋〉，卷7，頁89～90。

張燈火大殿中，唱韓蘄王金山及長江大戰諸戲。鑼鼓喧填，一寺人皆起看。〔註 233〕

吾友張望侯云：「檇李屠憲副於中秋夕，率家優於虎邱千人石上演此（指《冬青記》），觀者萬人，多泣下者。」〔註 234〕

是日（樓船）落成，爲七月十五日，自大父以下，男女老稚靡不集焉。以木排數重搭臺演戲，城中村落來觀者，大小千餘艘。……越舟中如蠡殼，跼蹐篷底，看山如矮人觀場，僅見鞋靸而已。〔註 235〕

魏璫敗，好事作傳奇十數本，多失實，余爲刪改之，仍名《冰山》。城隍廟揚臺，觀者數萬人，臺址鱗比，擠至大門外。一人上白曰：「某楊漣。」□□誶譟曰：「楊漣！楊漣！」聲達外，如潮湧，人人皆如之。〔註 236〕

包涵所的家班若乘興出演，則「觀者相逐，間其所止」。〔註 237〕觀眾欣賞戲劇的水準也需要訓練，家樂的精心演出若能走出廳堂，展示在群眾面前，一般民眾對戲劇的領悟程度必將相對提高。

家班的成員，有的購自外邊職業戲班（如前所述）；但也有家樂轉入民間的，例如馬小卿、陸子雲，原是張岱家伶，後來卻進入興化大班，成爲職業演員。〔註 238〕這種交流現象，對於家樂和職業演劇的型態，無疑的將有擴展與拓寬。《紅拂記》三十四齣〈華夷一堂〉，寫李靖夫婦與虬髯公重晤，劉文靜宣讀詔書，加封虬髯爲海道大總管。吳興凌氏校刻本於此有一則眉批：

近吳中演劇，作虬髯公聞詔至，乃謂衛公曰：「恩綸且至，請從此辭。後會未期，李郎珍重。」遂飄然先下。此般司馬串頭，余以爲極得虬髯之概，惜伯起見不及此。〔註 239〕

〔註 233〕同前註，〈金山夜戲〉，卷 1，頁 15。
〔註 234〕呂天成撰，吳書蔭校註：《曲品校註》，卷下〈新傳奇・卜大荒所著傳奇二本・冬青〉，頁 241。
〔註 235〕張岱：〈樓船〉，《陶庵夢憶》，卷 8，頁 96～97。
〔註 236〕同前註，〈冰山記〉，卷 7，頁 93。
〔註 237〕同前註，〈包涵所〉，卷 3，頁 41。
〔註 238〕同前註，〈過劍門〉，卷 7，頁 92～93。
〔註 239〕〔明〕張鳳翼：《紅拂記》（上海：商務印書館，1954 年《古本戲曲叢刊初集》影印北京圖書館藏明朱墨刊本），卷 4，第 34 齣〈華夷一堂〉，頁 28b。

張伯起原作安排虯髯接詔受封，還與眾人合唱了幾句「虞廷管取儀鳳凰，惟願天心永祐皇唐」，如此一來，虯髯客的性格就完全走樣了。而殷司馬卻另有安排，使虯髯不接詔即飄然遠去，可謂深得虯髯之概。這種演法由殷司馬先於家樂中修改，後來職業戲班也效法照演，遂成吳中演劇之常例。家樂對職業戲班之影響可見一斑。

家樂的班子，往往隨士大夫官職的升遷謫降在各地流動，對聲腔之流變造成莫大的影響。以下即舉一實例說明此一現象：海鹽腔源於浙江海鹽，最初流行於嘉興、湖州、台州、溫州等處，約在嘉靖末年，始通過大司馬譚綸的關係而傳入江西。在海鹽腔未來之前，江西原唱弋陽的變調徽州、青陽等腔。這些腔調仍保留弋陽「其節以鼓，其調喧」的特色，譚綸「聞而惡之」，因此「以浙人歸教其鄉子弟，能為海鹽聲」。譚綸在江西的寓館園池甚盛，其楹聯有云：「樓鳳林中，幾處笙簧吹夜月」之句，可見他從浙江帶回的戲子經常在寓中演唱，海鹽腔因此而傳播至江西，形成蓬勃發展的局面，〔註 240〕繼譚綸之後，南昌建安鎮國將軍朱府中也設有家班，女優十四五人「皆善海鹽腔」，時常表演，對促進海鹽腔在江西的發展，起了極大作用。〔註 241〕至湯顯祖寫〈宜黃縣戲神清源師廟記〉時，江西海鹽腔已進入鼎盛時期。

萬曆末年，崑腔開始步入江西，《湯顯祖集》卷十九〈口號付小葛送山子廣陵三首〉等詩即是崑腔到來的例證。〔註 242〕「山子」為江西金谿人謝廷讚號，謝氏罷官僑居揚州，家中蓄有一部崑腔班，萬曆末年謝氏帶領戲班回到家鄉，曾在臨川演戲，「小葛」即是家班演員。這次崑班進入江西，雖未能立即取代海鹽、宜黃腔，但畢竟為一新聲導引。由此可見，流動的家樂，往往與當地民間藝人結合，形成聲腔的流變、劇目的移植，甚至劇種的衍生，與遊食路歧「沿村串疃」對戲曲史發展的影響，有相同的意義。

〔註240〕湯顯祖〈宜黃縣戲神清源師廟記〉：「此道有南北。南則崑山，之次為海鹽，吳浙音也。其體局靜好，以拍為之節。江以西為弋陽，其節以鼓，其調喧。至嘉靖而弋陽之調絕，變為樂平，為徽、青陽。我宜黃大司馬綸聞而惡之，自喜得治兵於浙，以浙人歸教其鄉子弟，能為海鹽聲。大司馬死二十餘年矣，食其技者殆千餘人。」徐朔方箋校：《湯顯祖全集》，卷 34〈玉茗堂文之七〉，頁 1189。

〔註241〕〔明〕陳弘緒：《江城名蹟》（臺北：臺灣商務印書館，1983 年《景印文淵閣四庫全書・史部地理類》第 588 冊影印國立故宮博物院藏本），卷 2，頁 45a，總頁 329。

〔註242〕徐朔方箋校：《湯顯祖全集》，卷 18〈玉茗堂詩之十四〉，頁 835。

第四節　串　客

「串客」指的是業餘演員，他們並不以演戲爲職業，只是性好爲之而躬踐排場，和現在所謂的「票友」意義相同。「串客」一詞出現在較晚的資料中，〔註243〕但明代稱客串演戲爲「串戲」，〔註244〕稱經常串戲者爲「老串」，〔註245〕則「串客」之詞應已行於當代。《荷花蕩》傳奇中以「清客」稱之（文見下引），但其義不如「串客」之顯豁易明，故本節仍以「串客」爲題。

在《荷花蕩》傳奇裏有一齣戲中戲，內容寫揚州地方一個蔣姓商人宴客，邀請蘇州老串客和名妓劉谷香合演《連環記》。書生李素「聞得（劉谷香）被一蔣姓商人請去串戲去了，我想串戲，便去看一看。」以下是到達蔣家之後的對白：

（生）來此已是蔣商人門首了，不免竟入。（作進見介）

（丑）兄自何來？看兄像個在行人物，同在此請坐請坐！

（生）不敢。聞得有此勝會，特來請教。

（丑）妙妙，老兄莫不是蘇州麼？

（生）便是。

（丑）本鄉朋友，必然曉得此道的。

（生）略知一二。不知今日演那一本傳奇？

（丑）《連環》。只是一個粧生的今日有事，還未得來，兄可記得麼？

（生）記得些。

（丑）妙！做得成了。今日請得一個有名子妹叫做劉谷香，做貂蟬，屈兄就做了王允，幫襯幫襯，如何？

〔註243〕乾隆年間的《揚州畫舫錄》卷五〈新城北錄下〉，有「徐班副末余維琛，本蘇州石塔頭串客，落魄入班中」、「汪穎士本海府班串客，後爲教師」、「（陳）應如本織造府書吏，爲海府班串客」之語。〔清〕李斗：《揚州畫舫錄》（北京：中華書局，1960年），頁122、頁125。

〔註244〕《快雪堂日記》卷十六萬曆乙巳二月初一：「倪三舍串戲」（頁218）；《陶庵夢憶》卷四〈嚴助廟〉：「串〈磨房〉、〈撤池〉、〈送子〉、〈出獵〉四齣」（頁50），同書卷四〈不繫園〉：「彭天錫與羅三、與民串本腔戲，妙絕。與楚生、素芝串調腔戲，又復妙絕」（頁45），卷六有〈彭天錫串戲〉一文（頁71）；余懷《板橋雜記》下卷〈軼事〉：「沈公憲以串戲擅長，同時推爲第一。」（《香豔叢書·十三集》卷3，頁15b，總頁3682）同書同卷：「曲中狎客……丁繼之、張燕筑、沈元甫、王公遠、宋維章串戲……或集於二李家，或集於眉樓。每集必費百金，此亦銷金之窟也。」（頁13b，總頁3678）

〔註245〕《陶庵夢憶》卷四〈嚴助廟〉一文，稱楊四、徐孟雅爲「老串」。（頁50）

（生）只是不該獻醜。

（丑）通是清客，這也何妨。〔註246〕

劇中丑腳說道「本鄉朋友必然曉得此道的」，似乎蘇州人都是串戲迷。其實串戲之風又何止蘇州一地流行，在前節「私人家樂」中所述祝希哲、張伯起、屠隆、韓孟郁、王昭平等人，都曾有躬踐排場的經驗。再看《快雪堂日記》萬曆癸卯（三十一年，1603）正月十五日和祁彪佳《祁忠敏公日記》崇禎十七年（1644）正月十三日所記：

> 同吳中諸客善傳奇者往天竺燒香，……街上燈火未上，吳中諸君演《姜詩》傳奇於舊廳。〔註247〕

> 舉酌四負堂，觀止祥兄小優演戲，諸友亦演數齣。〔註248〕

似乎在座看戲的「吳中諸客」、「諸友」個個都能隨時粉墨登場展露身手。家班的主人，在親自指導優伶之餘，也常隨興之所至，親自表演一番。例如「有梨園癖」的祁止祥，不僅對家優如阿寶輩「一字百磨，口口親授」，更曾於「燈下作鬼戲」，而且表演精彩，「眉面生動，亦一奇也」，博得祁彪佳等人讚賞；〔註249〕蓄有「六燕班」且親自教導家樂的吳三桂，也曾於商賈宴前「欣然為演〈惠明寄柬〉一折，聲容臺步，動中肯要，座客皆相顧愕眙」。〔註250〕在這一片串戲之風下，自然孕育出了不少著名的「串客」。串客雖不以演戲為職業，但由於表演精彩，所以也常有人邀請他們到家中獻藝，久而久之，便也產生了一些「老串」，和他們各自拿手的招牌戲。以下便分別介紹這些著名的串客：

一、金文甫的拿手戲是《琵琶記》，《梅花草堂筆談》說他六十餘歲時仍常被邀請演此戲，而每次演出都非常轟動，即使是「風雨之朝」，依舊是「窺戶以候演者，沽酒作食，無愆於懷」，〔註251〕他的藝術造詣由此可見。

二、王怡菴在長安時，曾「薄遊營妓間，戲演張敏員外，識者絕倒」，因此民間各職業戲班便「競相延致」邀演《尋親記》。其實據《梅花草堂筆談》

〔註246〕〔明〕馬佶人：《荷花蕩》（上海：商務印書館，1955年《古本戲曲叢刊二集》影印長樂鄭氏藏明崇禎刊本），下卷，第8齣，頁15b、17a。

〔註247〕馮夢禎：《快雪堂日記》，卷14，頁192。

〔註248〕祁彪佳：《祁忠敏公日記》，〈甲申日曆〉崇禎十七年（1644）正月十三日，頁2b～3a，總頁412～413。

〔註249〕同前註，〈歸南快錄〉崇禎八年（1635）八月十一日，頁16a，總頁291。

〔註250〕徐珂：《清稗類鈔・戲劇類・六燕班》，頁5050。

〔註251〕張大復：《梅花草堂筆談》，卷14，〈聲歌〉條，頁7a，總頁883。

所說，他的代表劇目應該是《西廂記》和《牡丹亭》。他對唱曲有獨到的心得，主張「閑字不須作腔」，否則賓主混而曲不清，又言「諧聲發調，雖復餘韻悠揚，必歸本字」。〔註252〕他的唱法在當時影響極大，明末馮夢龍《墨憨齋重定雙雄記傳奇》二十二折【滾浪煞】眉批云：「煞從來每句截板，此係王怡菴唱定，便於戲場，姑存之。」〔註253〕即是明證。

　　三、**趙必達**最擅長扮杜麗娘，《梅花草堂筆談》說：「趙必達扮杜麗娘，生者可死，死者可生。譬之以燈取影，橫斜平直，各相乘除；又如秋夜月明，林間可數毛髮。」〔註254〕

　　四、**彭天錫**極受張岱的賞識，稱他為「曲中南董」，〔註255〕說他「串戲妙天下」，《陶庵夢憶》卷六〈彭天錫串戲〉條，極意描寫其演技之精妙：「天錫多扮丑淨，千古之姦雄佞倖，經天錫之心肝而愈狠，借天錫之面目而愈刁，出天錫之口角而愈險，設身處地，恐紂之惡不如是之甚也。」其中「心肝」指他對劇中人心理的刻畫，「面目」指其表情，「口角」則為唱唸工夫。三者兼備，因此才有卓越的演技：「皺眉眠眼，實實腹中有劍，笑裏有刀，鬼氣殺機，陰森可畏。」繼而又提到他的學識、經歷、性格、氣質：「蓋天錫一肚皮書史、一肚皮山川、一肚皮機械、一肚皮磊砢不平之氣，無地發洩，特於是發洩之耳。」人生體驗往往能充實表演內涵，彭天錫有如此優異的演技，與他的人生體驗應有絕對的關係。而他學戲之認眞，也是不容忽略的因素，《陶庵夢憶》說他的戲「齣齣都有傳頭」，「曾以一齣戲，延其人至家費數十金者」，雖然他不是職業演員，但對戲劇的態度直是「性命以之」。〔註256〕

　　五、**倪三**姓名不可考，馮夢禎看了他的戲，讚為「吳兒第一長技」，見《快雪堂日記》萬曆乙巳（三十三年，1605）正月二十三日：

　　　　夜看倪三串《拜月亭》，閨情楚楚，逸調迴飈，寢丘之封，非欺我也，

　　　　此眞是吳兒第一長技。〔註257〕

同年二月初一，倪三又到馮家串戲，《快雪堂日記》也有記錄。〔註258〕

〔註252〕張大復：《梅花草堂筆談》，卷7，〈王怡菴〉條，頁12b～13a，總頁448～449。
〔註253〕馮夢龍編：《墨憨齋重定雙雄傳奇》（上海：商務印書館，1955年《古本戲曲叢刊二集》影印長樂鄭氏藏墨憨齋刊本），卷下，第22折〈龍神拯溺〉，頁11a。
〔註254〕張大復：《梅花草堂筆談》，卷11，〈趙必達〉條，頁5b，總頁676。
〔註255〕張岱：〈劉暉吉女戲〉，《陶庵夢憶》，卷5，頁68。
〔註256〕同前註，〈彭天錫串戲〉，卷6，頁71。
〔註257〕馮夢禎：《快雪堂日記》，卷16，頁217。
〔註258〕同前註，頁218。

六、楊　四

七、**徐孟雅**和楊四都是經常串戲的老票友──老串，他們於天啓三年
（1623）上元時同遊嚴助廟，看戲子唱戲。「劇至半，王岑扮李三娘，楊四扮
火工竇老、徐孟雅扮洪一嫂，馬小卿十二歲扮咬臍，串〈磨坊〉、〈撇池〉、〈送
子〉、〈出獵〉四齣。科諢曲白，妙入筋髓，又復叫絕。」〔註259〕

八、**丁繼之**

九、**張燕筑**

十、**朱維章**，《板橋雜記》云：「丁繼之扮張驢兒娘，張燕筑扮賓頭盧，
朱維章扮武大郎，皆妙絕一世。」〔註260〕直到清初，丁繼之、張燕筑仍常常
演戲。順治十四年（1657），龔鼎孳於夫人顧眉生辰時張筵設席，「命老梨園
郭長春等演劇。酒客丁繼之、張燕筑及王二郎（中翰王式之、水部王恒之）
串《王母瑤池宴》。」〔註261〕後來丁繼之八十歲時，仍演出《水滸》的赤髮鬼
劉唐。〔註262〕

十一、**沈公憲**，《板橋雜記》云：「沈公憲以串戲擅長，同時推爲第一。」
〔註263〕

以上這幾位著名的串客，雖然不是推動明代劇運的主力人員，但他們的
學習態度和研究精神著實令人感動。他們雖然只是偶而「客串」票戲，但他
們並不抱執著玩票的心情，請看串客顏容之演公孫杵臼：

> 顏容，字可觀，鎮江丹徒人，（周）全之同時也，乃良家子，性好爲
> 戲，每登場，務備極情態；喉暗響亮，又足以助之。嘗與眾扮《趙
> 氏孤兒》戲文，容爲公孫杵臼，見聽者無戚容，歸即左手挌鬚，右
> 手打其兩頰盡赤，取一穿衣鏡，抱一木雕孤兒，說一番、唱一番、
> 哭一番，其孤苦感愴，眞有可憐之色、難已之情。異日復爲此戲，
> 千百人哭皆失聲。端，又至鏡前，含笑深揖曰：「顏容，眞可觀矣。」

〔註264〕

〔註259〕張岱：〈嚴助廟〉，《陶庵夢憶》，卷4，頁50。
〔註260〕余懷：《板橋雜記》下卷〈軼事〉，張廷華輯：《香豔叢書·十三集》，冊7，卷
　　　　3，頁15a，總頁3681。
〔註261〕同前註，中卷〈麗品〉，張廷華輯：《香豔叢書·十三集》，卷3，頁7b，總頁3666。
〔註262〕焦循：《劇說》，卷6，頁216
〔註263〕余懷：《板橋雜記》下卷〈軼事〉，張廷華輯：《香豔叢書·十三集》，卷3，頁
　　　　15b，總頁3682。
〔註264〕李開先：《詞謔》，頁353～354。

既云「乃良家子，性好為戲」，可見演戲並不是顏容的職業，只是愛好客串而已。串客尚且如此認真揣摩以充實表演內涵，明人對戲劇藝術的講求也就可不言而喻了。他們在演技上的琢磨，不僅使其個人藝驚四座，甚至還超越了職業演員，更為後來的演出樹立了成功的典範。

第二章　明傳奇的演出場合及劇場形製

　　前章既已說明明傳奇之類別及組織，本章則就各劇團分別於那些場合表演，及各場合之劇場形製如何予以探討。宮廷劇團自然是在宮中演出，私人家樂則以家宅演劇為主，偶亦隨主人旅遊於外，在船舫、祠廟等地公開演出。職業戲班則有專駐一地者，以勾闌營業為生；亦有遊食樂工，或在祠廟作場，或於廣場空地打野呵，或被召入宮廷、家宅、船舫、酒館、客店獻藝。本章以演出場合分節，將就「宮廷」、「祠廟」、「勾闌」、「廣場」、「客店」、「酒館」、「家宅」、「船舫」等地分別考述，為行文方便，劇場形製不另立章節，而與各演出場合合併敘述。其中客店與酒館演劇性質相仿、劇場形製亦相類，故合為一節；而祠廟、勾闌、廣場三地的劇場形製也大致相近，惟因祠廟演劇篇幅較長，故獨立一節。

第一節　宮廷演劇

　　明代的帝王對戲劇都十分愛好，宮廷之中絃管不輟的景象是可以想見的。太祖於即位之初，即以詞曲一千七百本賜之親王之國，〔註1〕並以十六樓處官妓，〔註2〕對於劇運之興盛有推波助瀾之功。《明史》還記載他曾欲以女

〔註1〕　〔明〕李開先：〈張小山小令後序〉，卜鍵箋校：《李開先全集・閒居集》（北京：文化藝術出版社，2004年），卷6，頁533。

〔註2〕　《金陵瑣事・詠十六樓集句》條云「洪武中建來賓、重譯、清江、石城、鶴鳴、醉仙、樂民、集賢、謳歌、鼓腹、輕煙、淡粉、梅妍、翠柳十四樓於南京以處官妓。」（卷1，頁1402）沈德符《萬曆野獲編・補遺》卷三〈畿輔・建酒樓〉云：「洪武二十七年，上以海內太平，思與民偕樂，命工部建十酒樓於江東門外，有鶴鳴、醉仙、謳歌、鼓腹、來賓、重譯等名。既而又增作五樓，至是皆成，詔賜文武百官鈔，命宴於醉仙樓，而五樓則專以處侑酒歌妓

樂入宮中，此舉雖遭監察御史周觀政阻止，〔註3〕但太祖關心伎樂的心態已十分明顯。至於《南詞敘錄》的記載，更是宮中演劇的重要資料：

> 我高皇帝即位，聞其（高明）名，使使徵之，則誠佯狂不出，高皇不復強。亡何，卒。時有以《琵琶記》進呈者，高皇笑曰：「《五經》、《四書》，布、帛、菽、粟也，家家皆有；高明《琵琶記》，如山珍海錯，貴富家不可無。」既而曰：「惜哉！以宮錦而製鞵也。」由是日令優人進演。尋患其不可入絃索，命教坊奉鑾史忠計之。色長劉杲者，遂撰腔以獻。南曲北調，可於箏琶被之。然終柔緩散戾，不若北之鏗鏘入耳也。〔註4〕

「以宮錦而製鞵」，太祖對於戲曲仍不免存有鄙視之心，不過，「日令優人進演」則是不爭的事實，太祖甚至還命教坊樂師創製新腔，以北曲樂器之箏、琶爲南戲伴奏，創爲「絃索官腔」。此調雖然「柔緩散戾」而未普及，但南北兩京教坊也曾傳唱一時，甚至還影響了民間優伶的唱法，《金瓶梅詞話》中即有不少以箏、琶伴唱南曲之例。〔註5〕明初南戲唱法之遞變，即是太祖宮中演戲所促成的。

成祖對於明初雜劇十六子十分禮遇，《錄鬼簿續編》說：「湯舜民，……文皇帝在燕邸時，寵遇甚厚。永樂間，恩賚常及。」「楊景賢，……永樂初與舜民一般遇寵。」「賈仲明，……嘗侍文皇帝於燕邸，甚寵愛之，每有宴會，應制之作，無不稱賞。」〔註6〕對於劇作者禮遇有加，成祖對戲劇的愛好是可

者，蓋傚宋世故事，但不設官醞以收榷課，最爲清朝佳事。」（頁 899～900）又有十六樓之說：「太祖造十六樓待四方之商賈士大夫，用官妓無禁。宣德二年大中丞顧公佐始奏革之。」見〔明〕周暉：《續金陵瑣事》（臺北：新興書局，1977 年《筆記小說大觀》第 16 編第 4 冊影印本），上卷，〈不禁官妓〉條，頁 1953；另朱彝尊《靜志居詩話》（卷 3，頁 63～64）、余懷《板橋雜記・序》（《香豔叢書・十三集》，卷 3，頁 1a，總頁 3653）、《五雜組》卷三〈地部一〉（頁 22a～b，總頁 3349～3350）等皆云是十六樓。

〔註3〕 《明史・周觀政傳》：「觀政亦山陰人。以薦授九江教授，擢監察御史。嘗監奉天門。有中使將女樂入，觀政止之。中使曰：『有命。』觀政執不聽。中使慍而入，頃之出報曰：『御史且休，女樂已罷不用。』觀政又拒曰：『必面奉詔。』已而帝親出宮，謂之曰：『宮中音樂廢缺，欲使內家肄習耳。朕已悔之，御史言是也。』左右無不驚異者。」（卷 139，頁 3983～3984）

〔註4〕 徐渭：《南詞敘錄》，頁 240。

〔註5〕 詳見第一章第一節。

〔註6〕 〔明〕無名氏：《錄鬼簿續編》，《中國古典戲曲論著集成》，第 2 冊，頁 283、頁 284、頁 292。

想而知的。

宣宗時宮廷演劇資料見《人譜類記》卷五：

> 黃忠宣公在宣廟時，一日命觀戲，曰：「臣性不好戲。」命圍棋，曰：
> 「臣不會著棋。」問何以不會，曰：「臣幼時父師嚴，只教讀書，不
> 學無益之事，所以不會。」〔註7〕

大臣進見時，想必宣宗經常於宮中設戲，君臣同觀，否則黃忠宣公必不至於
以「不學無益之事」嚴詞回絕。

英宗是明代帝王中唯一對戲劇比較缺乏興趣的，即位之初即諭禮部曰：
「教坊樂工數多，其擇堪用者量留，餘悉發爲民，凡釋教坊樂工三千八百餘
人。」〔註8〕當時有吳優至京師爲南戲而遭逮捕之例，詳見第一章所引。〔註9〕
英宗本因其「惑亂風俗」而予逮捕並親自審問，結果卻因一場實際演出而肯
定了其中「勸化風俗」的戲劇功能，這次的宮廷演劇，可說是非常特殊，對
優人而言，則是一次有驚無險的承應經驗。

憲宗極好戲劇，李開先《閒居集》卷六〈張小山小令後序〉：「人言憲朝
好聽雜劇及散詞，搜羅海內詞本殆盡」，〔註10〕《震澤紀聞》卷下〈劉瑾〉條：
「成化中，好教坊戲劇，瑾領其事得幸。」〔註11〕也是園舊藏《古今雜劇》
中有「本朝教坊編演」的雜劇，存目二十一本，除去重出、改竄及亡佚之外，
現存十六本。據曾師永義考證，大部分都是憲宗成化年間所作，節日、壽誕
時演於內廷。〔註12〕同時，民間新編的戲文也已進入大內，而且不限於雜劇。
根據資料，至少有《金丸記》及《劉公子賞牡丹亭記》曾在宮中演出。呂天
成《曲品》及《遠山堂曲品》俱云《金丸記》出於成化年間，「曾感動宮闈」。
〔註13〕《震澤紀聞》卷下〈萬安〉條則記載：

〔註7〕　〔明〕劉宗周：《人譜類記》（長沙：商務印書館，1940 年《國學基本叢書》
　　　　排印本），卷 5〈考旋篇〉，頁 63。

〔註8〕　沈德符：《萬曆野獲編》，卷 1〈列朝・釋樂工夷婦〉，頁 15。

〔註9〕　都穆：《都公譚纂》，卷下，頁 49～50。

〔註10〕　李開先：〈張小山小令後序〉，《李開先全集・閒居集》，卷 6，頁 533。

〔註11〕　〔明〕王鏊：《震澤紀聞》（上海：上海古籍出版社，1995 年《續修四庫全書・
　　　　子部雜家類》第 1167 冊影印北京圖書館藏明末刻本），卷下，頁 15a，總頁
　　　　494。

〔註12〕　曾師永義：《明雜劇概論》（臺北：嘉新水泥公司文化基金會，1978 年），第 2
　　　　章第 3 節，頁 128～133。

〔註13〕　呂天成：《曲品》，卷下〈舊傳奇・能品八〉，頁 185；及祁彪佳：《遠山堂曲品・
　　　　艷品》，頁 25。

（劉）鎡之挾妓也，飲于牡丹亭。里人趙賓者，工於詞曲，戲作《劉
公子賞牡丹亭記》，或以告（萬）安，遂達于禁廷。時上好新音，教
坊日進院本，以新事爲奇。一日中使忽至賓家，索《牡丹亭記》，賓
不在，明日以獻，旋加粉飾，增入聚麀之事，陳於上前。上大怒，（劉）
珝用是去位。〔註14〕

可見《劉公子賞牡丹亭記》曾演於宮中，而既是「上好新音，教坊日進院本，
以新事爲奇」，宮中所演的「外戲」應不在少數，當時宮中演劇之頻繁，也由
此可見。宮中演劇之風日盛，帝王淫靡放佚之風也愈甚，成化二十一年（1485）
李俊疏中遂有「俳優僧道亦玷班資」之語。〔註15〕不過試看《都公譚纂》所
記內官阿丑演戲譏刺汪直及保國公事，〔註16〕分明仍承襲了唐宋參軍戲之遺
風，即事設戲，以滑稽達到諷諫目的。而孝宗弘治朝耕藉田行九推禮時，教
坊司以雜劇承應，竟然「或出狎語」，因而引來左都御史馬端肅之屬色直斥：
「天子當知稼穡難艱，豈宜以此瀆亂宸聰？」〔註17〕《續金陵瑣事》也曾記
載朝鮮國公以本國天子在諒陰之中而拒卻女樂之事，使一國君臣「相顧愧
歎」。〔註18〕此種淫靡之風至武宗朝爲尤甚。

　　武宗在位時，劉瑾「日進鷹犬歌舞角觝之戲，導帝微行，帝大歡之」，

〔註14〕 王鏊：《震澤紀聞》，卷下，頁 2a～b，總頁 488。按：劉珝爲劉鎡之父。
〔註15〕 張廷玉等撰：《明史・李俊傳》，卷 180〈列傳第六十八〉，頁 4779。
〔註16〕 明都穆《都公譚纂》卷下：「成化末，內官阿丑年少機敏，善作教坊雜劇，憲
宗每令獻技以爲戲。時汪直勢方赫赫，丑欲傾之，裝一醉人，仆臥于地，或
呵之曰：『某官至。』醉人不起。又曰：『皇帝駕至。』臥亦如故。後云：『汪
直至矣。』醉人倉惶驚起。或問之曰：『汝不畏駕至而畏汪直，何也？』曰：
『當今之世，吾知有汪直而已，他不知也。』上悟，待直頓衰。保國公朱永治
居第，私役軍士頗眾，丑一日裝兩人于上前，一人誦詩曰：『六千兵散楚歌聲。』
一人擊之曰：『何爲誤八千爲六千？』一人答曰：『二千在保國公家造房。』
上疑之，勿信；密令人視之，果然。保國公懼，即日撤工。」（頁 41）
〔註17〕 《田居乙記》卷三〈伐閱第三・記作用〉：「弘治初，馬端肅爲左都御史，奉
上耕藉田，行九推禮。教坊司以雜劇承應，或出狎語。端肅屬色曰：『天子當
知稼穡難艱，豈宜以此瀆亂宸聰？』即斥去。」〔明〕方大鎭：《田居乙記》（臺
南：莊嚴文化事業有限公司，1995 年《四庫全書存目叢書・子部雜家類》第
134 冊影印山西省祁縣圖書館藏明萬曆繡水沈氏刻《寶顏堂秘笈》本），頁 47a，
總頁 180。
〔註18〕 「竹堂王公敞，成化丁未官工科右給事中。弘治戊申，孝宗即位，賜一品服，
使朝鮮國。其國主會，陪臣出女樂燕公，公曰：『天子在諒陰中，吾何以忍聽
此？』其國君臣相顧愧歎，乃遣去。」見周暉：《續金陵瑣事》，上卷，〈卻女
樂〉條，頁 2020。

〔註 19〕兵部尚書韓文所上奏摺即有「太監馬永成、谷大用、張永、羅祥、魏彬、丘聚、劉瑾、高鳳等造作巧偽，淫蕩上心。擊毬走馬、放鷹逐犬，俳優雜劇，錯陳於前」〔註 20〕之句。而武宗之好戲，亦已幾於淫靡，不僅宮中「日進俳優雜劇」，當武宗於近郊遊戲或南遊巡幸時，均有梨園承應。《花當閣叢談》卷一記江彬、許泰等「每導上出宮遊戲。……（閏十二月）丁亥立春，迎春於宣府，備諸戲劇」；〔註 21〕《萬曆野獲編》卷一也錄有楊文襄於正德末武宗南巡駕幸其第時所作詩句：「漫衍魚龍看未了，梨園新部出《西廂》」，〔註 22〕這是帝王親身參與士大夫家宅演劇的實例。

　　嘉靖二十七年（1548），增設伶官左右司樂以及俳長色長，〔註 23〕可說是世宗愛好戲劇的明證。也是園舊藏《古今雜劇》中的教坊戲《五龍朝聖》，中有「為因下方當今聖上壽誕之辰，年年三界神祇在南天門下祝讚」及「嘉靖年海宴河青」之句，〔註 24〕當是世宗時內廷供奉劇，由此劇之排場看來，當時宮中演劇，當有一番盛況。神宗時，「每諭司禮監臣及乾清宮管事牌子，各於坊間尋買新書進覽。凡竺典、丹經、醫卜、小說、出像、曲本，靡不購及」，〔註 25〕不僅廣泛搜求劇本，內廷演戲規模亦大，除由鐘鼓司負責「過錦之戲」及「水嬉之製」外，另選近侍二、三百名，在「玉熙宮」學習「外戲」，「如弋陽、海鹽、崑山諸家俱有之」，〔註 26〕諸腔兼備，雅俗並陳，凡太后陞座，則不時承應。蔣之翹《天啟宮詞》有神宗時宮中演《華嶽賜環記》之記載：

　　「歌徹咸安分外妍，白鈴青鷁入冰絃。

　　四齋供奉先朝事，《華嶽》新編可尚傳。」

　　原注：神廟孝養兩宮，設有四齋，近侍二百餘名，習戲承應。一日兩宮陞座，神宗侍側，演新編華嶽賜環記，中有權臣驕橫，

〔註 19〕張廷玉等撰：《明史‧劉瑾傳》，卷 304，頁 7786。
〔註 20〕同前註，卷 186〈列傳第七十四〉，頁 4915。
〔註 21〕〔明〕徐復祚：〈巡遊考詳節〉，《花當閣叢談》（臺北：廣文書局，1969 年），卷 1，頁 32a～32b。
〔註 22〕沈德符：《萬曆野獲編》，卷 1〈列朝‧御賜故相詩〉，頁 31。
〔註 23〕同前註，卷 14〈禮部‧園陵設教坊〉，頁 361。
〔註 24〕〔明〕闕名：《賀萬壽五龍朝聖雜劇》（北京：商務印書館，1958 年《古本戲曲叢刊四集‧脈望館鈔校本古今雜劇》影印明萬曆間趙琦美鈔校內府本），第 4 折，頁 48b、頁 61b。
〔註 25〕劉若愚：《酌中志‧憂危竑義前紀》，卷 1，頁 1。
〔註 26〕沈德符：《萬曆野獲編‧補遺》，卷 1〈列朝‧禁中演戲〉，頁 798。

宵宗不振，云：「政歸宵氏，祭則寡人。」神廟囑目不言久之。
〔註27〕

《華嶽賜環記》今不傳，《曲錄》著錄有《賜環記》，馮夢龍〈量江記序〉中引陳藎卿云：「聿雲氏所爲樂府，有《錫環記》、《鎖骨菩薩》雜劇。余恨未悉覩，尙當問諸池陽也。」〔註28〕呂天成《曲品》中《量江》條下亦云：「尙有《賜環記》未見。」〔註29〕未知是否即神宗所觀之《華嶽賜環記》。

光宗也「樂觀戲」，在宮中教習戲曲的是近侍何明及鐘鼓司官鄭稽山等人。〔註30〕熹宗時內廷演劇的情況，在蔣之翹、秦徵蘭的《天啓宮詞》中有較多的資料，蔣之翹云：

「角觝魚龍總是雲，昭忠漫演岳家軍。

風魔何獨嘲長腳，長舌東緦迥不聞。」

原注：帝好閱武戲，于懋勤殿設宴，多演「岳忠武」傳奇。至〈風魔罵秦檜〉，忠賢時避之。〔註31〕

又秦徵蘭《天啓宮詞》云：

「懋勤春煖御筵開，細演東窗事幾回。

日暮歌闌牙板歇，蟒襴珠總出屏來。」

原注：上設地坑於懋勤殿，御宴演戲，恆臨幸焉。嘗演《金牌記》。至風魔和尚罵秦檜，魏忠賢趨匿壁後，不欲正視。牌總，內臣所懸於貼裏外者，飾以明珠，自忠賢始。〔註32〕

又云：

「美人眉黛月同彎，侍駕登高薄暮還。

共訝洛陽橋下曲，年年聲遶兔兒山。」

原注：兔兒山即旋磨臺。乙丑（五年，1625）重陽，聖駕臨幸，鐘

〔註27〕蔣之翹：《天啓宮詞》，頁50。
〔註28〕馮夢龍：〈量江記序〉，《全明傳奇》影印本未收此序，此據蔡毅編：《中國古典戲曲序跋彙編》（濟南：齊魯書社，1989年），卷11，頁1320。
〔註29〕呂天成撰，吳書陰校註：《曲品校註》，卷下〈新傳奇‧佘聿雲所著傳奇一本‧量江〉，頁282。
〔註30〕劉若愚：《酌中志‧見聞瑣事雜記》，卷22，頁190。
〔註31〕蔣之翹：《天啓宮詞》，頁60。
〔註32〕〔明〕秦徵蘭：《天啓宮詞》，收入朱權等撰：《明宮詞》，頁22。按：本書作者有異說，或謂陳悰所作。

鼓司掌印邱印執板唱《洛陽橋記》「攢眉鎖黛不開」一闋，次
年復如之。宮人知書者，相顧疑怪，非特景物無取，語意實
近不祥也。不期年而鼎湖龍逝矣。〔註33〕

熹宗常在「懋勤殿」設宴演戲，戲碼則以武戲爲主。「岳忠武傳奇」與《金牌
記》當是同一劇。《遠山堂曲品》著錄《金牌記》爲陳衷脈所著，並云：「《精
忠》簡潔有古色，而詳覈終推此本。且其聯貫得法，武穆事功，發揮殆盡。」
〔註34〕《天啓宮詞》所云或即陳本。這是屬於「外戲」一類的。至於宮中原
有的打稻、過錦、大儺諸戲，仍由鐘鼓司承應，僉書王癡子更常借戲諂媚魏
忠賢，尤爲無恥。〔註35〕熹宗還創演水傀儡，演方朔偷桃、三保太監下西洋
諸事。〔註36〕而更可貴的則是秦徵蘭《天啓宮詞》「趾蹲回龍六角亭，海棠花
下有歌聲。葵黃雲字猩紅辮，天子更裝踏雪行」一首，原注云：

回龍觀多植海棠，旁有六角亭，每歲花發時，上臨幸焉。嘗於亭中
自裝宋太祖，同高永壽輩演〈雪夜訪趙普〉之戲。民間護帽，宮中
稱雲字披肩。時有外夷所貢，不知製以何物，色淺黃，加之冠上，
遙望與秋葵花無異，特爲上所鍾愛。扁辮，絨織角帶也。值雨雪，
內臣用此束衣離也，以防泥污。演戲當初夏，兩物咸非所宜。上欲
肖雪夜裝，故冒暑服之。〔註37〕

原來熹宗曾躬踐排場演出《宋太祖龍虎風雲會》中〈雪夜訪普〉一折，雲字
披肩、絨織角帶，冒暑服之，熹宗對戲劇的熱忱令人感動。

　　思宗雖不像熹宗般地熱衷於戲曲，然鐘鼓司逢時遇節奏水嬉過錦諸戲
時，「上每爲之歡笑」，後因寇氛不靖才「恆諭免之」。〔註38〕崇禎五年（1632）
皇后千秋節，曾召「沈香班優人」入宮演《西廂記》五、六齣；十四年（1641），

〔註33〕同前註，頁35～36。
〔註34〕祁彪佳：《遠山堂曲品・能品》，頁74。
〔註35〕蔣之翹《天啓宮詞》：「宣索尋常院本看，紅衣抹額按吹彈。擅場最是王癡子，
合殿春風笑紫蘭。」原注：「五年後，御前凡撒科打院本，有鐘鼓司僉書王癡
子名朝進，抹臉詼諧，多稱頌忠賢，獲賢賞賚，帝顏亦爲之霽。」收入朱權
等撰：《明宮詞》，頁53。
〔註36〕秦徵蘭《天啓宮詞》：「機運銅池繡幔張，玉桃偷罷下西洋。中宮性癖嫌簫皼，
翠輦還宮未夕陽。」原注：「上創造水傀儡，……所演有東方朔偷桃、三寶太
監下西洋諸事。張后數辭召不欲觀，上曾強邀之至，不久回宮。」同前註，
頁28。
〔註37〕同前註，頁29～30。
〔註38〕無名氏：《燼宮遺錄》，卷下，頁2a～2b。

演《玉簪記》一、二齣，這是教坊樂戶承應之例。〔註39〕萬壽節排宴昭仁殿，也例有梨園樂人祇應。〔註40〕

　　南明諸王於國勢飄搖之際仍耽好戲劇，阮大鋮曾以吳綾作朱絲闌，書《燕子箋》進宮中，〔註41〕顧炎武《聖安本紀》說「時上（福王）深居禁中，惟飲燒酒、淫幼女及伶官演戲爲樂」。〔註42〕宮中演戲資料在《聖安本紀》中有：

　　　　上傳天財庫，召內豎五十三人進宮演戲劇、飲酒。（弘光元年乙酉正
　　　　月十六日）

　　　　內豎進宮演戲。（弘光元年乙酉正月二十日）〔註43〕

　　　　端陽節也，上以演劇故不視朝。（弘光元年乙酉五月初五日）〔註44〕
是年（乙酉）五月十六日趙之龍等請豫王進城後，也以演戲爲榮。十八日文武官既坊保進牲醴、米麵、熟食、茶果於營，絡繹塞路。「趙之龍喚戲十五班進營，開宴，逐齣點演。」正飲酒間報各鎮兵至，之龍跪稟豫王，而「豫王殊不爲意，又點演四五齣」，才撤席發兵。〔註45〕

　　以上所述之宮廷戲劇的演出，都是在宮殿之中，如世宗建於西苑中的「無逸殿」，穆宗曾幸臨觀內臣作打稻諸戲，神宗設劇於「玉熙宮」，熹宗於「懋勤殿」演武戲，思宗排宴「昭仁殿」，由梨園樂人承應。《水滸》八十二回〈梁山泊分金大買市，宋公明全夥受招安〉之插圖（圖一），是於宮殿之上鋪氍毹一方，當廷表演，殿前臺階旁，一邊爲伴奏文武場，一邊則爲等待上臺的伶人。〔註46〕此種氍毹表演的方式，應是明代宮廷的部分實況。不過以明代諸帝對戲劇愛好的程度，既是「日進俳優雜劇」，演劇必十分頻繁，雖未必有乾隆時於內廷、行宮、苑囿等處皆設舞臺之盛況，但至少應當有一常設之劇場，爲大規模演劇之用；且如《萬曆野獲編》卷二所云：「世宗初建無逸殿於西苑，……而時率大臣

〔註39〕同前註，頁6b。
〔註40〕同前註，頁4a。
〔註41〕姚燮：《今樂考證・著錄七》引王士禎語，頁234。
〔註42〕〔明〕顧炎武：《聖安本紀》（臺北：臺灣銀行經濟研究室，1964年），卷3，頁104。
〔註43〕同前註，卷4，頁130、132。
〔註44〕同前註，卷6，頁173。
〔註45〕同前註，頁184。
〔註46〕〔元〕施耐庵撰，羅貫中纂修：《李卓吾批評忠義水滸傳全書》（臺北：天一出版社，1985年《明清善本小說叢刊初編・第十七輯》影印楊定見序袁無涯編刻本），插圖頁43a。

游宴其中。……至尊於西成時，間亦御幸，內臣各率其曹，作打稻之戲。」〔註47〕及《補遺》卷一「至今上始設諸劇於玉熙宮，以習外戲。」〔註48〕玩其文義，似是宮中設有舞臺。可惜缺乏實證，無法明確指出。

　　內廷演劇排場之繁華與行頭砌末之講究，是民間百姓無法與之比擬的，而御用戲班人數之多也是其得天獨厚之處。試看《酌中志》對宮中演傀儡戲之描述，即可想見內廷演戲各方面之考究：

> 其製用輕木雕成海外四夷蠻王及仙聖、將軍、士卒之像，男女不一，約高二尺餘，止有臀以上，無腿足，五色油漆，彩畫如生。每人之下，平底安一榫卯，用三寸長竹板承之。用長丈餘、闊數尺、深二尺餘方木池一箇，錫鑲不漏，添水七分滿，下用欓支起又用紗圍屏隔之，經手動機之人，皆在圍屏之內，自屏下游移動轉。水內用活魚、蝦、蟹、螺、蛙、鰍、鱔、萍、藻之類浮水上。聖駕陞殿，座向南，則鐘鼓司官在圍屏之南，將節次人物各以竹片托浮水上，遊鬬頑耍、鼓樂喧哄，另有一人執鑼在旁宣白題目，贊傀儡登答，道揚喝采。……其人物器具，御用監也；水池魚蝦，內官監也；圍屏帳帷，司設監也；大鑼大鼓，兵仗局也。〔註49〕

僅演傀儡戲即動用了「御用監」、「內官監」、「司設監」、「兵仗局」共同支援，那麼當宮中太監或教坊伶人搬演戲劇時，行頭砌末當然更是無虞匱乏的。如此考究的演出，雖然僅供皇室欣賞，但對明代戲劇的整體發展，仍有不可忽視的影響力。

第二節　祠廟演劇

　　中國一向以農立本，為了配合季節氣候的變化以適應農事生活，人們不斷定出許多節日，分別以不同的方法、儀式來慶祝。每逢佳節，民間百姓都暫時放下工作，熱烈參與慶祝活動，久而久之，這些歲時節令便成為民間普遍遵循的假期。同時由於祈福於神的迷信心理根植民心，各項節日往往與迎神祭典相互結合。歲時活動不僅可調劑單調的農事生涯，更兼有祈求平安的

〔註47〕沈德符：《萬曆野獲編》，卷2〈列朝・無逸殿〉，頁49。
〔註48〕沈德符：《萬曆野獲編・補遺》，卷1〈列朝・禁中演戲〉，798。
〔註49〕劉若愚：《酌中志・內府衙門職掌》，卷16，頁108。

酬神目的，因此帶有祭祀意味的慶祝儀式遂備受民間重視。

明代經濟發達、社會繁榮、民生富裕，歲時節令、迎神賽會的活動也更加熱鬧。首先讓我們來看看元宵的活動。據《帝京景物略》等書所載，自太祖初建南都，每逢元宵燈市即盛爲綵樓，招徠天下富商，自初八至十七，連續放燈十日，一時花燈煙火與星月爭輝，官宦士女俱傾城而出，又有隊舞細舞、蹬罈蹬梯等百戲雜耍，諸技並陳；而海青十番、套數小曲，更是極聲樂絃索之盛，〔註50〕如此盛況，非惟建國之初南都一地如此，即如山東諸城亦是「舞鬼燈、鳴鑼鼓、搬雜劇」，以致「里巷喧塡，夜分始罷」。〔註51〕其餘各地的熱鬧景象當可類推，不必一一列舉。關於迎春儀式的記載更多了：立春之儀式由相鄰數縣輪年遞辦，多於寺廟舉行。前期十日，先由縣官督委坊甲選集優人戲子小妓，裝扮社夥，教習數日，謂之「演春」。前一日先迎芒神土牛，結束鮮麗，以爲時和年豐之兆。至日，郡守率僚屬親迎社夥春牛，里中少年士女，戲車走馬、汲汲如狂，俳優戲隊，騰逐誼謀，前後十餘日乃罷。〔註52〕類似立春、上元等本是農業社會中極受重視的節令，歷代人民均曾熱

〔註50〕《帝京景物略》卷二〈燈市〉：「太祖初建南都，盛爲綵樓，招徠天下富商，放燈十日。……向夕而燈張、樂作、煙火施放。於斯時也，絲竹肉聲，不辨拍煞。」原文於「樂作」下有作者自註：「樂則鼓吹、雜耍、絃索。鼓吹則橘律陽、撼東山、海青、十番。雜耍則隊舞、細舞、筒子、斛斗、蹬罈、蹬梯。絃索則套數、小曲、數落、打碟子。」〔明〕劉侗、于奕正：《帝京景物略》（北京：北京古籍出版社，1983年），頁57～58。

〔註51〕「正月十五……市井儇佻少年合夥群行，舞鬼燈、鳴鑼鼓、搬雜劇。里巷喧塡，夜分始罷。」〔明〕王之臣修、陳燁纂：《萬曆諸城縣志》（臺北：國立故宮博物院，1997年微縮院藏明萬曆癸卯〔三十一年，1603〕刊殘本），卷7，〈歲時〉，頁50b。

〔註52〕「立春之儀，附郭兩縣，輪年遞辦。仁和縣於仙林寺，錢塘縣於靈芝寺。前期十日，縣官督委坊甲整辦什物。選集優人戲子小妓，裝扮社夥。如《昭君出塞》、《學士登瀛》、《張仙打彈》、《西施採蓮》之類，種種變態，競巧爭華，教習數日，謂之『演春』。至日，郡守率僚屬往迎。前列社夥，殿以春牛，士女縱觀，闐塞市街。」見〔明〕田汝成：《熙朝樂事》（上海：上海古籍出版社，1995年《續修四庫全書・史部時令類》第885冊影印浙江圖書館藏明刻《廣百川學海》本），頁1b，總頁571。明胡松〈滁陽風俗紀〉：「其迎春，諸里中少年僮伴，耦被妖麗，戲車走馬，馳騁道上以爲俊，汲汲如狂，前後凡十餘日乃罷。（中略）其甚俳優戲劇相率爲胡裘帽服，騰逐誼謀，戰鬥跳踉，居然胡也。」（見氏著：《胡莊肅公文集》〔臺南：莊嚴文化事業有限公司，1997年《四庫全書存目叢書・集部別集類》第91冊影印北京大學圖書館藏明萬曆十三年胡楩刻本〕，卷6，頁38a～b，總頁247。）明張大復則說：「立春前一日迎芒神土牛，野人競觀，以鋪張美麗爲時和年豐之兆。而留心民事者，亦

烈參與，至宋代已可謂盛況空前。但據《東京夢華錄》記載的節目，係以「奇術異能、歌舞百戲」為主，〔註53〕搬演雜劇只是其中一項而已。及至明代，戲劇本身早已成熟定型，觀劇之風也已盛行全國，因而在雜耍百戲之外，戲劇搬演乃成為慶祝活動中最重要的節目，「俳優戲隊」「絃索套數」「優人戲子小妓」遂成表演之重心。

　　至於迎神賽會的儀式，王穉登《吳社篇》記敘最詳：本是「祈年穀祓災祲、洽黨閭樂太平」的「里社之設」，在人民迷信心理及侈靡的民風影響之下，遂成為「百戲羅列、威儀雜遝」的「迎神之會」了。〔註54〕會之籌備工作達數月之久，先由「里豪市俠」或「富人有力者」捐金穀、釀金錢、召儔侶、倩伎樂以為「會首」，〔註55〕畢力經營，主持其事，里中「朱門纓緌之士、白首耄耋之老、草莽鑄笠之夫、建牙羆虎之客、紅顏窈窕之媛」，無不解囊輸銀、共襄盛舉。至會之期，家家戶戶籩豆殽核、紅炬金鑪，拜迎神像，〔註56〕而「迎神接會」不僅須挑選適當之人模擬妝扮，更須簫鼓雜戲、歈唱吹彈以壯威儀，而戲劇搬演更能為社會掀起最高潮。

　　以上乃據《吳社編》所述吳中一地之情狀，另據范濂《雲間據目抄》卷二〈記風俗〉所記：

　　　　倭亂後，每年鄉鎮二三月間迎神賽會，地方惡少喜事之人先期聚眾，
　　　　搬演雜劇故事。……郡中士庶爭挈家往觀，遊船馬船，擁塞河道，

　　　　號召妓女樂工，聲歌襟遝，結束鮮麗。」（氏著：《梅花草堂筆談》，卷1，〈樊父語〉條，頁3b～4a，總頁62～63）。
〔註53〕語見〔宋〕孟元老：《東京夢華錄‧元宵》，據《東京夢華錄（外四種）》，卷6，頁36。
〔註54〕「里社之設，所以祈年穀、祓災祲，洽黨閭、樂太平而已。吳風淫靡，喜詭尚怪，輕人道而重鬼神，舍醫藥而崇巫覡，毀宗廟而建淫祠，黜祖禰而尊野屬。嗚呼！弊也久矣。每春夏之交，妄言神降。於是游手逐末，亡賴不逞之徒，張皇其事，亂市井之聽，惑稺狂之見。朱門纓緌之士、白首耄耋之老、草莽鑄笠之夫、建牙羆虎之客、紅顏窈窕之媛，無不驚心奪志，移聲動色。金錢玉帛，川委雲輸，百戲羅列，威儀雜遝。」「凡神所棲舍，具威儀簫鼓雜戲迎之，曰『會』。」〔明〕王穉登：《吳社編》（臺北：新興書局，1974年《筆記小說大觀》第4編第6冊影印本），頁4041。
〔註55〕「會所集處，富人有力者捐金穀，借乘騎，出珍異，倩伎樂，命工徒雕朱刻粉，以主其事，曰『會首』。里豪市俠，能以力嘯召儔侶，釀青錢、率黃金、誘白粟，質錦貸繡，歙翠裒香，各一其務者，亦曰『會首』。」王穉登：《吳社編‧會首》，頁4042。
〔註56〕王穉登：《吳社編‧接會》，頁4043。

正所謂舉國若狂也。每鎮或四日、或五日乃止。〔註57〕

由此看來，迎神賽會演劇助興之風已經相當普及了。戲劇演出，不僅是農業社會人民最佳的休閒逍遣，同時更因節令慶典與迎神賽會的相互結合，帶有祭祀性質的演劇遂成爲「酬神」兼「娛人」神人共樂的重要節目。而此類民間演劇，自然是由民間職業戲班演出；節令迎神的公演，也正是民間劇團展露劇藝的重要場合。

《陶庵夢憶》卷四〈嚴助廟〉，可說是天啓初年民間戲班於上元廟會演劇之實錄，茲錄之於後以供參考：

> 陶堰司徒廟，漢會稽太守嚴助廟也。歲上元設供，任事者聚族謀之終歲。……十三日，以大船二十艘載盤亙，以童崽扮故事，無甚文理，以多爲勝。城中及村落人，水逐陸奔，隨路兜截轉摺，謂之「看燈頭」。五夜，夜在廟演劇，梨園必倩越中上三班，或僱自武林者，纏頭日數萬錢。唱《伯喈》、《荊釵》，一老者坐臺下對院本，一字脫落，群起噪之，又開場重做。越中有《全伯喈》、《全荊釵》之名起此。天啓三年，余兄弟攜南院王岑，老串楊四、徐孟雅，圓社河南張大來輩往觀之，到廟蹴踘，張大來以一丁泥一串珠名世。……劇至半，王岑扮李三娘，楊四扮火工竇老，徐孟雅扮洪一嫂，馬小卿十二歲扮咬臍，串〈磨房〉、〈撇池〉、〈送子〉、〈出獵〉四齣。科諢曲白，妙入筋髓，又復叫絕，遂解維歸。劇場氣奪，鑼不得響，燈不得亮。〔註58〕

這段文章提供了完整的戲劇史料，下文即以此爲主，另配合其他資料，分別討論演出係由何人主辦，如何籌備費用，如何挑選戲班，以及觀眾成員、演出場合，劇場形製等問題，以期釐清寺廟演劇之面貌。

一、迎神賽會乃民間盛事，主事者（即上述之「會首」）往往籌備經年，〈嚴助廟〉所謂的「聚族謀之終歲」，與《吳社編》之「會首之家，先期數月，畢力經營」，〔註59〕皆可見出其慎重其事的態度。另外《陶庵夢憶》卷四的〈楊神廟臺閣〉一條，所述者雖僅是賽會的模擬造型，與民間演劇不完全相同，但於「會首」之認眞精神，則有相當的描述，足資參考：

〔註57〕范濂：《雲間據目抄・記風俗》，卷2，頁 6a～b，總頁 2635～2636。
〔註58〕張岱：《陶庵夢憶》，頁 49～50。
〔註59〕王穉登：《吳社編・會首》，頁 4042。

十年前迎臺閣，臺閣而已；自駱氏兄弟主之，一以思緻文理爲之，扮馬上故事二三十騎，扮傳奇一本，年年換，三日亦三換之。其人與傳奇中人必酷肖方用，全在未扮時，一指點爲某似某，非人人絕倒者不之用。迎後，如扮胡槤者，直呼爲胡槤，遂無不胡槤之，而此人反失其姓。人定，然後議扮法，必裂繒爲之。果其人其袍鎧須某色、某緞、某花樣，雖匹錦數十金不惜也。一冠一履，主人全副精神在焉。〔註60〕

文中的駱氏兄弟即爲「會首」，由選戲、選角、扮法，無不有「全副精神在焉」，甚至還不惜高價，訂製合適之服飾，以期演出出色。又《陶庵夢憶》卷七〈及時雨〉，記村民夏季禱雨，模擬造型扮水滸人物之經過。張氏似爲主事者，於是「分頭四出，尋黑矮漢、尋稍長大漢、尋頭陀、尋胖大和尚、尋苲壯婦人、尋姣長婦人、尋青面、尋歪頭、尋赤髮、尋美髯、尋黑大漢、尋赤臉長鬚。大索城中，無，則之郭、之村、之山僻、之鄰府州縣，用重價聘之，得三十六人」，經此一番費力經營，終使梁山泊好漢竟似「個個呵活」一般。張氏五雪叔還遠自廣陵多購「法錦宮緞」爲之設色，於是里中「人馬稱娖而行，觀者兜截遮攔，直欲看殺衛玠」。〔註61〕這些例子，不僅可看出主事者負責的態度，同時社戲演出之深受重視也顯然可見。

不過，據《吳社編》所記會首之工作，除「捐金穀」、「借乘騎」、「出珍異」、「倩伎樂」、「命工徒雕朱刻粉」之外，還必須「釀青錢」，里中男女老少也無不「金錢玉帛，川委雲輸」，可見會首乃有利可圖之工作。因此「要之皆亡賴爲之，亦有夤緣衣食者」，多有無賴惡徒混充其間，借以斂財。〔註62〕《雲間據目抄》也說迎神賽會時聚眾搬演雜劇的爲「地方惡少喜事之人」，陳龍正在《幾亭全書》卷二十四〈同善會講話〉中更明白指出：

又如近日迎神賽會一節，乖人曉得借名取樂。……豈有神明愛出巡游、貪看淫戲？一切奸情劫盜殺人之事，每每從迎會時做出來，……只因其間有包頭數人，常從中取利，挨家斂分，小民從風而靡。〔註63〕

〔註60〕張岱：《陶庵夢憶》，頁48。

〔註61〕同前註，卷7，頁85。

〔註62〕王穉登：《吳社編》卷首文字及〈會首〉條，頁4041～4043。

〔註63〕〔明〕陳龍正：《幾亭全書》（北京：北京出版社，2000年《四庫禁燬書叢刊·集部第12冊》影印中國社會科學院文學研究所圖書館藏清康熙雲書閣刻本），卷24〈政書·鄉籌二·同善會講話〉，頁5a，總頁173。

可見每有無賴惡徒混充會首借此歛財牟利，甚至引起許多奸情盜殺之事。這些由民間集會導致社會變亂的情形與本文無關，不過由這些資料中可得知「社會」所需之費用，除由會首負擔部份（如駱氏兄弟、張氏叔侄之不惜高價選購行頭、重金禮聘適當人選），還可向村民募捐，甚或「挨家歛分」而得。

民間演戲由「會首」主辦的習俗，其實早在宋代已是如此，清光緒刊本《漳州府志》卷三十八〈民風〉編中收有南宋陳淳的〈與傅寺丞論淫戲書〉，主張禁止民間演戲，其中有一段云：

> 某竊以此邦陋俗，當秋收之後，優人互湊諸鄉保作淫戲，號「乞冬」。群不逞少年，遂結集浮浪無賴數十輩，共相率唱，號曰「戲頭」，逐客裒歛錢物，豢優人作戲，或弄傀儡，築棚於居民叢萃之地，四通八達之郊，以廣會觀者。至市廛近地，四門之外，亦爭為之不顧忌。〔註64〕

所謂「戲頭」即是「會首」，可見其制宋代已然。直至清代，賽會演戲仍是由村民集資邀請戲班，從《曲海揚波》引清邱煒萲《五百石洞天揮塵》所錄的〈演春臺〉詩中可看出：

> 前村佛會歇還未，後村又唱春臺戲。
> 歛錢里正先訂期，邀得梨園自城至。
> 紅男綠女雜沓來，萬頭攢動環當臺。
> 臺上伶人妙歌舞，臺下歡聲潮壓浦。
> 腳底不知誰氏田，菜踏作齏禾作土。
> 梨園唱罷斜陽天，婦稚歸話村莊前。
> 今年此樂勝去年，里正夜半來索錢。
> 東家五百西家千，明朝竈突寒無煙。〔註65〕

這首詩典型地反映了當時農村演戲的情況。一方面是個熱鬧非凡的場面，一方面卻也是無賴之徒進行敲詐勒索的時機。在明代，雖然不免有不法之徒混充其間、趁機歛財，但是，更有如駱氏兄弟、張岱叔侄等對於戲劇有高度熱

〔註64〕〔宋〕陳淳：〈與傅寺丞論淫戲書〉，收入〔清〕李維鈺原本，吳聯薰增纂，沈定均續修：《光緒漳州府志》（上海：上海書店，2000 年《中國地方志集成‧福建府縣志輯》第 29 冊影印清光緒三年〔1877〕芝山書院刻本），卷 38〈民風〉，頁 17b，總頁 921。

〔註65〕任中敏編：《曲海揚波》，《新曲苑》（臺北：臺灣商務印書館，1970〔1940〕年），卷 3，頁 2b～3a。

忱之人，憑著本身的藝術修養，以全副精神主辦其事，這對民間戲劇水準的提升，可說是功不可沒的。

二、擔任社戲演出的，必是高水準的職業戲班。所謂「必倩越中上三班，或僱自武林者」，必須是紹興會稽一帶的「上三班」，或專程自杭州請來的名班。

廟會演劇本來是沒有私人家樂參加的，而〈嚴助廟〉中卻記載王岑、楊四等登場串〈磨房〉等四齣的情形。其中馬小卿是張岱家優，楊四、徐孟雅為「老串」票友，王岑是南院中人，他們本是隨張氏兄弟來看戲的，演劇至半，卻忍不住親自下場表演起來了。明代不但觀劇之風甚熾，「串戲」亦頗流行，這在第一章第四節「串客」中已有說明，明乎此，則對於徐孟雅等「觀眾」突然興起登臺當起「演員」的情形當不難理解。不過這終是特例，一般酬神演劇都是請職業劇團演出的。至於《雲間據目抄》卷二〈記風俗〉所云「又增妓女三四十人，扮為《寡婦征西》、《昭君出塞》名目，華麗尤甚」，〔註66〕及周憲王《桃源景》雜劇賓白「你如今嫁了李咬兒，伴幾箇唱的，城裏官長家，鄉裏趕賽處，覓衣飯卻不好？」〔註67〕可見妓女也有參加「鄉裏趕賽」的。妓女扮戲，則是「以娼兼優」的觀念使然（詳見前章）。

三、社戲觀眾往往遍及各階層，不似文士大夫小宴雅集時的局限。《雲間據目抄》說：「郡中士庶爭挈家往觀」，〔註68〕《吳社編》說：「朱門纓緌之士、白首耄耋之老、草莽鑄笠之夫、建牙羆虎之客、紅顏窈窕之媛，無不驚心奪志，移聲動色。」〔註69〕馮夢禎萬曆乙巳三月二十日記記有「溪邊關王廟看迎會」，〔註70〕祁彪佳《祁忠敏公日記》崇禎九年（1636）三月初二、十一年（1638）八月十六、十二年（1639）八月十五日分別有看社戲的記錄：「劉北生適至，與觀社戲」、「至社廟看戲」、「至丁巷廟觀戲一齣」，〔註71〕可見文人學士也曾參與寺廟的演戲活動。不過此類為配合節氣變化、農耕時序的迎神祭典戲劇演出，觀眾仍以一般村鎮居民為主體。呂天成《曲品》卷下著錄《妙

〔註66〕范濂：《雲間據目抄·記風俗》，卷2，頁6b，總頁2636。

〔註67〕朱有燉：《新編美姻緣風月桃源景》，楔子，頁2，總頁165。

〔註68〕范濂：《雲間據目抄·記風俗》，卷2，頁6a～b，總頁2635～2636。

〔註69〕王穉登：《吳社編》，頁4041。

〔註70〕馮夢禎：《快雪堂日記》，卷16，頁224。

〔註71〕祁彪佳《祁忠敏公日記》，〈居林適筆〉，頁8a，總頁337；〈自鑑錄〉，頁25b，總頁526；〈棄錄〉，頁21b，總頁592。

相記》，云「鬨動鄉社」；〔註72〕《遠山堂曲品·雜調》著錄《勸善記》云「鬨動村社」；〔註73〕祁彪佳《祁忠敏公日記》乙酉（1645）三月二十五日載：「城中舉社劇供東岳大帝，觀者如狂，予舉家亦去。」〔註74〕俱可看出廟會演戲在村民中所造成的轟動景象。

社戲觀眾雖不盡是深具藝術修養的知識分子、文人雅士，但看戲的態度卻是嚴肅認真的，絲毫馬虎不得。〈嚴助廟〉中說：「一老者坐臺下對院本，一字脫落，群起噪之，又開場重做。越中有《全伯喈》、《全荊釵》之名起此。」所謂「全」，不僅是演出全本，更是要求完全、完美。民眾對戲劇要求之嚴格由此可見。

四、迎神社戲多半在寺廟前空地上舉行。〈嚴助廟〉說「在廟演劇」，《熙朝樂事》也說「立春之儀，附郭兩縣輪年遞辦，仁和縣於仙林寺，錢塘縣於靈芝寺」。〔註75〕蓋戲劇與祭祀之關係密切，因此在寺廟觀劇之風是其來有自的，唐代長安戲場多集於「慈恩」、「青龍」、「薦福」、「永壽」等等，〔註76〕陸游《劍南詩稿》卷三十七〈書喜〉詩也有「酒坊飲客朝成市，佛廟村伶夜作場」之句，〔註77〕顯然宋代也有在寺廟作場的，至明代在廟演劇則已蔚為風習。

一般說來，演戲既是酬神，則當在寺廟之前，正對著所祀之神演出，如今臺灣鄉間還常看到這種情形，宜蘭礁溪現存嘉慶時建的協天廟，戲臺位置也正對著廟。〔註78〕這些共同的現象，當是自古而然的。

五、〈嚴助廟〉有「一老者坐臺下對院本」之句，可見必有高起之戲臺，而非演員就地做場，觀眾四周圍觀或居高臨下觀賞的形式。不過仍有臨時性的搭臺建棚，與永久性的固定舞臺之別。

「樂棚」之稱見於唐元稹〈哭女樊四十韻〉詩：「騰踏遊江舫，攀緣看樂棚」，〔註79〕其制則大備於宋。《東京夢華錄》卷八〈六月六日崔府君生日二

〔註72〕呂天成撰，吳書蔭校註：《曲品校註》，卷下〈新傳奇·金懷玉所作傳奇九本·妙相〉，頁363。

〔註73〕祁彪佳：《遠山堂曲品·雜調》，頁114。

〔註74〕祁彪佳：《祁忠敏公日記》，〈乙酉日曆〉，頁9a，總頁539。

〔註75〕田汝成：《熙朝樂事》，頁1b，總頁571。

〔註76〕錢易：《南部新書》，戊卷，頁67。

〔註77〕〔宋〕陸游著，錢仲聯校注：《劍南詩稿校注》（上海：上海古籍出版社，2005年），卷37，頁2416～2417。

〔註78〕李乾朗：〈臺灣的戲臺建築〉，《民俗曲藝》第8期（1981年6月），頁31。

〔註79〕〔唐〕元稹：〈哭女樊四十韻〉，《元稹集》（北京：中華書局，1982年），卷9，

十四日神保觀神生日〉條：「作樂迎引至廟，於殿前露臺上設樂棚，教坊鈞容直作樂，更互雜劇舞旋。」〔註80〕此種於露臺上覆頂棚的建築，最適於臨時性的演出，隨建隨拆，極爲方便。因此當金元固定石砌舞臺之建築已流行之後，戲棚並未被取代淘汰，直至清代，不論宮廷、民間，仍常有臨時搭臺建棚演戲之舉，〔註81〕金昌業（1658～1721）《老稼齋燕行日記》康熙五十二年（1713）二月二十一日所說的：「凡州府村鎮市坊繁盛處皆有戲屋。而無其屋處，皆臨時作簣屋設戲。」〔註82〕即可說明此一現象。明代社戲，也多在寺廟廣場臨時搭棚。而搭棚之基礎——「露臺」，又有木構與石砌之別，木構的可隨棚一起拆除，石砌的則固定於廟前，演戲時在上面搭一蓆棚即可。這類戲棚，觀眾可在臺下三面觀看，且只要廣場夠大，即可容納成千上萬的觀眾，很適合社戲演出。

　　不過由於酬神演戲是民間極重要的活動，廟宇中遂逐漸附帶配置戲臺，作爲永久性的固定建築。其實早在金元間即有此種建構，現存的金元舞臺幾乎都是附設於寺廟的。〔註83〕明代關於寺廟舞臺的資料也不少，一一羅列於後：

頁 160。

〔註80〕 孟元老：《東京夢華錄》，卷8，頁47。

〔註81〕 如清曹心泉〈前清內廷演戲回憶錄〉：「七、壽星殿，八、皇極殿，此二殿均在大內，皆無戲臺，演戲時臨時搭設。」（原載於《劇學月刊》第2卷第5期〔1933年5月〕，影印收入姜亞沙、經莉、陳湛綺主編：《中國早期戲劇畫刊》〔北京：全國圖書館文獻微縮複製中心，2006年〕，第20冊，總頁58。）又如清李斗《揚州畫舫錄》卷五〈新城北錄〉下第一條：「天寧寺本官商士民祝釐之地，殿上敬設經壇，殿前蓋松棚爲戲臺。演仙佛麟鳳太平擊壤之劇，謂之大戲。事竣拆卸，迨重寧寺構大舞臺，遂移大戲于此。」（頁107）康熙六旬萬壽曾搭演劇綵臺四十四所，包括「竹式演劇臺」、「八角演劇臺」、「六角演劇臺」等。乾隆八旬萬壽盛典，也自西華門至圓明園雜列各式演劇綵臺。《欽定四庫全書》收「萬壽盛典」及「八旬萬壽盛典」中有許多圖片可證。參〔清〕王原祁、王奕清等撰：《萬壽盛典》（臺北：臺灣商務印書館，1985年《景印文淵閣四庫全書·史部政書類》第653～654冊影印國立故宮博物院藏本）、〔清〕阿桂等纂修：《八旬萬壽盛典》（同前，第660～661冊）。

〔註82〕 〔韓〕金昌業：《老稼齋燕行日記》，林基中編：《燕行錄全集》（首爾：東國大學校出版部，2001年），第33冊，頁300。

〔註83〕 山西萬榮縣（原萬泉縣）橋上村宋建后土廟已毀於日軍，據宋天禧四年碑文所記有「舞亭」一座；沁縣宋建關帝廟現已不存，僅餘宋元豐二年所立碑，碑文中有「舞樓」一座；洪洞縣伊壁村東嶽廟有金大定八年重修露臺碑；臨汾縣東羊村聖母祠原有金代舞臺一座，今已不存，尚留碑記；萬榮縣太趙村稷王廟大殿前原有一座元代舞臺，可惜民初重修後，已失去宋元舊觀，惟碑記中仍存「舞廳」之名；萬榮縣孤山風伯雨師廟原有元代舞臺一座，廟毀於

　　張岱《瑯嬛文集・岱志》：

　　　　東嶽廟大似魯靈光殿，櫺星門至端禮門，闊數百畝。貨郎扇客，錯
　　　　雜其間，交易者多女人稗子。其餘空地，鬥雞、蹴踘、走解、說書，
　　　　相撲臺四五，戲臺四五，數千人如蜂如蟻，各占一方，鑼鼓謳唱，
　　　　相隔甚遠，各不相溷也。〔註84〕

　　光緒十年修陝西《岐山縣志》卷八明王褘〈謁周公廟記〉：

　　　　洪武辛亥春，余還自西隴。……至岐山縣，明日謁周公廟。廟去縣
　　　　十五里。……又正殿前有戲臺，爲巫覡優伶人之所集。〔註85〕

　　雍正八年修山西《屯留縣志》卷二〈城隍廟〉：

　　　　明成化十四年，知縣王紳移東南隅，正殿五楹，……南樂樓五楹。

　　　　〔註86〕

　　民國十二年修山西《襄陵縣志》卷二十四邢霖〈新修城隍廟記〉：

　　　　成化丙午歲，河南西平張侯良弼由進士來知縣事，……儀門外樂樓
　　　　五間。〔註87〕

　　光緒七年修山西《補修徐溝縣志》卷一〈城隍廟〉：

　　　　成化間，知縣楊翱重修，廟門上建樂樓一座。〔註88〕

　　康熙五十一年修《陝西省朝邑縣後志》卷八王三省〈重修漢高帝廟記〉：

日軍，而舞臺前兩根石柱尚存，仍留「舞廳」之名；臨汾縣魏村西牛王廟現
存元代舞臺一座，洪洞縣景村牛王廟原有元代舞臺一座，今已不存，臺前兩
根石柱尚在；臨汾縣東羊村東嶽廟現存元代舞臺一座；石樓縣張家河村殿山
寺，有座元至正年間重修的舞臺；萬榮縣西景村東嶽廟，舞臺毀於日軍，金
大定二年所建碑的碑文中記有「舞廳」；萬榮縣四望村后土廟內原有舞臺，毀
於日軍。

〔註84〕 張岱：〈岱志〉，《張岱詩文集・瑯嬛文集》，卷2，頁151～152。
〔註85〕 〔明〕王褘：〈謁周公廟記〉，收入〔清〕張殿元纂、胡昇猷修：《岐山縣志》
　　　　（南京：鳳凰出版社，2007年《中國地方志集成・陝西府縣志輯》第33冊影
　　　　印清光緒十年〔1884〕刻本），卷8〈藝文〉，頁62a～63a，總頁128。
〔註86〕 〔清〕楊篤、任來樸纂，劉鍾麟、何金聲修：《光緒屯留縣志》（南京：鳳凰
　　　　出版社，2005年《中國地方志集成・山西府縣志輯》第43冊影印清光緒十一
　　　　年〔1885〕刻本），卷2〈祠廟〉，頁11b，總頁358。
〔註87〕 〔明〕邢霖：〈新修城隍廟記〉，收入〔清〕李世祐修、劉師亮纂：《山西省襄
　　　　陵縣志》（臺北：成文出版社，1976年《中國方志叢書・華北地方》第402
　　　　號影印民國十二年刊本），卷24〈藝文〉，頁22b～23a，總頁926～927。
〔註88〕 〔清〕秦憲纂、王勳祥修：《補修徐溝縣志》（南京：鳳凰出版社，2005年《中
　　　　國地方志集成・山西府縣志輯》第3冊影印清光緒七年〔1881〕刻本），卷1
　　　　〈群廟・城隍廟〉，頁45b，總頁225。

成化中，村之父老創建漢高帝祠，祠之東西，附以他神，前爲樂樓，繞以周垣。迄今五十餘年，樓殿宮墙，漸就頹圮，風雨不蔽，豕羊外來。村人許式輩偕重修之，嘉靖丙戌及甲午歲，蓋兩用力焉。〔註89〕

道光五年重修《直隸霍州州志》卷二十五吳珉〈重修河東公祠記〉：

宏治癸亥春，義官牛寧屈，達里望族也，慨然欲修治，先出己資以倡，尚義者眾，皆樂捐施恐後。未幾，百費咸備，乃擇工匠興作。（中略）仍於庭之中央，建樓三楹。祭享之日，伶人奏樂於上，以和神人。〔註90〕

同治元年重修山西《榆次縣志》卷十三金中夫〈城隍神廟碑〉：

（正德年間）於是左桂原、李引道輩，欲報神惠，起樓於閣之北面，爲作樂之所。〔註91〕

光緒癸巳年修河南《盧氏縣志》卷十四知縣蔡彝〈盧氏縣重修城隍廟記〉（大明成化二年）：

天順甲申坊西士夫王孟平偕眾大發虔誠，舍捐己貲，鳩材傭工，勤勞懇欵，起正殿五楹，香祭亭轉角三間，樂樓轉角三楹，東夾室十楹、西夾室十楹。〔註92〕

乾隆三十年修《山西省聞喜縣志》卷十一李汝寬撰〈重修后稷廟記〉：

左聖母殿，右龍王殿，各三楹，享堂樂樓大門亦各三楹。……是役也，戒事於萬曆四年十一月，落成於七年十月。〔註93〕

〔註89〕〔明〕王三省：〈重修漢高帝廟記〉，收入〔清〕王兆鰲纂修：《陝西省朝邑縣後志》（臺北：成文出版社，1969年《中國方志叢書・華北地方》第241號影印清康熙五十一年〔1712〕刻後刊本），卷8〈藝文〉，頁44b，總頁420。

〔註90〕〔明〕吳珉：〈重修河東公祠記〉，收入〔清〕李培謙纂、崔允昭修：《直隸霍州州志》（南京：鳳凰出版社，2005年《中國地方志集成・山西府縣志輯》第54冊影印清道光六年〔1826〕刻本），卷25〈藝文志〉，頁47a，總頁349。

〔註91〕〔明〕金中夫：〈城隍神廟碑〉，收入〔清〕王序賓、王平格纂，俞世銓、陶良駿修：《榆次縣志》（南京：鳳凰出版社，2005年《中國地方志集成・山西府縣志輯》第16冊影印清同治二年〔1863〕鳳鳴書院刻本），卷13〈藝文中〉，頁7a，總頁489。

〔註92〕〔明〕蔡彝：〈盧氏縣重修城隍廟記〉，收入〔清〕郭光澍總修、李旭春贊修：《盧氏縣志》（臺北：成文出版社，1976年《中國方志叢書・華北地方》第478號影印清光緒癸巳〔十九年，1893〕刊本），卷14〈藝文・記〉，頁20a～b，總頁777～778。

〔註93〕〔明〕李汝寬纂修：〈重修后稷廟記〉，收入〔清〕李遵唐：《乾隆聞喜縣志》（南京：鳳凰出版社，2005年《中國地方志集成・山西府縣志輯》第60冊影

以上是文集、方志中的史料，至於田野調查方面的實物資料，也頗有所獲。一九五六年四月，文物工作學者據山西諸縣各時代的木構建築七十三座、磚石塔二十座、橋梁四座，及經幢、石窟等二十餘處，歸納出古代建築特色，寫成〈晉東南潞安、平順、高平和晉城四縣的古建築〉一文。文中先概述明清寺廟舞臺的建築：

> 早期寺廟多用前後兩個殿座，晚期者常常只有正殿和山門。……規模大的寺廟，多在正殿之前建造一座「樂亭」。……明清寺廟中的山門，幾乎全部是一個面闊三間重樓懸山頂的建築。它的底層，明間是寺廟的主要入口，兩次間內側開門可供居住；上層即戲臺。一些大村落往往擁有兩三個這樣的戲臺，可見它們和人民的生活是有密切關係的。〔註94〕

前述方志資料所云「廟門上建樂樓」，可能即是此類。該文既而又分述各廟建築，其中如潞安縣「東岳廟」、「炎帝廟」，高平縣「仙翁廟」等明代建築，都附設有戲臺。其中東岳廟的記錄最詳細：

> 東岳廟在縣城東南二十里的定流村北部高地之上，有正殿、山門及東西配房二十餘間。山門面闊三間，為重樓懸山頂建築，底層中央一間作為過道，上層為戲臺，它和東西配房都是明清之間所修建，為村里迎神演戲的地方。〔註95〕

又《中原文物》一九八三年第四期刊有楊煥成〈試論河南明清建築斗拱的地方特徵〉一文，據作者實地調查，得知河南盧氏縣仍保有明代建築的城隍廟戲樓，斗拱形製為螞蚱形正面峰棱內凹，角斜則用圓形瓜楞大斗。〔註96〕可惜這幾篇文章都未附戲臺圖片，無法附錄參考。

上述文字資料中，除前二條直呼「戲臺」外，其餘皆稱「樂樓」；山西潞安縣「炎帝廟」及高平縣「仙翁廟」則稱「樂亭」。宋元舞臺亦有稱「舞樓」者，〔註97〕其實即是「舞廳」。都是以「露臺」為舞基，於其上築頂蓋、牆壁。

印清乾隆三十一年〔1766〕刻本），卷11〈藝文中〉，頁17b，總頁176。

〔註94〕古代建築修整所：〈晉東南潞安、平順、高平和晉城四縣的古建築〉，《文物》1958年第3期，頁26。

〔註95〕同前註，頁29。

〔註96〕楊煥成：〈試論河南明清建築斗拱的地方特徵（下）〉，《中原文物》1983年第4期，頁100。

〔註97〕如宋元豐三年所立〈威勝軍新建蜀蕩寇將□□□□關侯廟記〉碑文中有「舞樓一座」，馮俊杰等編著：《山西戲曲碑刻輯考》（北京：中華書局，2002年），

因其高出地面如樓，故稱「舞樓」、「樂樓」；因其有頂有牆，故稱「舞廳」。名稱雖異，其實皆爲臺上有屋之建築。「樂亭」則爲下有臺基、中豎四柱、上覆頂蓋的建築，觀眾可圍繞四周觀賞，與舞廳、舞樓之不同僅在牆壁之有無。山西省侯馬市郊發掘的大金國大安二年（1210）董氏墓，後壁上端有一座磚砌仿木樓戲臺模型（圖二），臺基平座由兩根小柱支撐，舞臺上豎兩根八角柱，上托一大枋，枋上有柱頭補間等斗拱，頂部正面歇山，並有獸頭搏鳳裝飾。〔註98〕又山西省芮城縣發現元初潘德沖墓，墓石槨前端線刻畫中，刻出一座舞臺（圖三），舞臺平座在門樓之上，上有兩柱，臺面三面圍有欄杆，舞臺背景頗似宋金墓壁畫中所常見的上寫草字的屏風。〔註99〕觀此不難揣摩出「樂樓」之制。又從現存山西省臨汾縣東羊村東嶽廟之元代舞臺（圖四），〔註100〕及該省石樓縣張家河村殿山寺元代舞臺（圖五），更可得到清楚的印象。〔註101〕

神廟戲臺的「戲房」位置，周貽白曾調查現存明代建築而歸納成四式，在《中國劇場史》第一章第二節中說：

> 神廟的舞臺，有歷數百年巋然尚存者，其中不少明代的建築，其形式，臺面多高出人頭，作正方形。間有以戲房向後方或兩側展開者。略如下面幾個形式（圖六）。下面幾種形式，雖於戲房的設置各有不同，大抵皆作方形，第一式比較最古老，恐怕自從有舞臺以來，它的樣式完全不曾變更。第二式和第三式，戲房的展開，應由第一式進化而來。第四式戲房位於臺側，臺後僅留過道，仍存正方形的整個舞臺，與第一式更接近些。〔註102〕

至於「看席」的建築，以社廟演戲轟動鄉社的景況看來，恐怕看席是無法存在的，否則有限的空間無法容納上萬的觀眾。像《檮杌閒評》十三回寫進忠看戲：

> 看了半日，進忠道：「腿痛，回去吧。」……進忠道：「戲卻好，只是站得難過。」邱老道：「明日東家有事，要放幾日學，可以奉陪幾

頁 16～27。

〔註98〕暢文齋：〈侯馬金代董氏墓介紹〉插圖 13，《文物》1959 年第 6 期，頁 50～55。

〔註99〕「山西芮城永樂宮舊址出土元初宋德方墓石槨前壁上的雕刻」（黎新摹畫），見趙景深：〈北宋的雜劇雕磚〉插圖，《戲劇報》1961 年第 9、10 期，頁 77。

〔註100〕丁明夷：〈山西中南部的宋元舞臺〉，《文物》1972 年第 4 期，圖見該期圖版七之三。

〔註101〕山西省石樓縣張家河村殿山寺元代舞臺，見《文物》1972 年第 4 期封底。

〔註102〕周貽白：《中國劇場史》，頁 8。

日，我已對劉道士說過，在他小樓上看，又無人炒（吵）。」〔註103〕
可見觀眾是在廣場中站著看戲的，且邱老要進忠次日到劉道士小樓上去看，
而未提到「神樓」、「腰棚」之類的看席，想來寺廟戲臺是不附看席的，宋元
寺廟舞臺中也都沒有看席。

　　既然每逢節令、賽會，都會在寺廟中演戲，於是寺廟逐漸成為民眾看戲
的習慣性場所，更何況許多廟宇還附建了固定的戲臺，因此除了特定的節日
外，寺廟有時也還是公共演劇的場所，平常也有戲班在此營利公演。試看《檮
杌閒評》十三回的片段：

> 邱先生道：「好個伶俐孩子，無奈不肯學好。少野不在家，沒管頭了。
> 今日聞得城隍廟有戲，何不同兄去看看？」進忠道：「恐妨館政。」
> 邱老道：「學生功課已完。」遂叫兒子出來，道：「你看著他們，不許
> 頑耍，我陪魏兄走走就來。」二人來到廟前，進忠買了兩根籌進去，
> 只聽得鑼鼓喧天，人煙湊集，唱的是《蕉帕記》，倒也熱鬧。〔註104〕

前文說過，社戲是由會首向村民「挨家歛分」，集資聘請戲班演出的。而此處
「買了兩根籌進去」，憑票入場，當是在寺廟舉行的營利公演。又同書四十三
回，也有戲班在寺廟作場之例：

> 有個武進士顧同寅，……見單子上有本《彤弓記》，一時酒興，又觸
> 起過祠基下馬的氣來，遂點了一齣〈李巡打扇〉。班頭上來回道：「這
> 齣戲做不得，不是耍的。」顧同寅道：「既做不得，你就不該開在單
> 子上。」班頭道：「唯恐有礙不便。」顧同寅大怒，……在廟眾同年，……
> 反幫著他喝令戲子做。……早已報入東廠來，楊寰隨即差人來
> 拏，……訕謗朝廷大臣，妖言惑眾，擬定立斬。〔註105〕

至於前引《陶庵夢憶》卷七的〈冰山記〉，則是私人家樂有新劇欲公諸於世時，
借城隍廟「揚臺」演出的例子。

　　除了上述廟會演劇之外，還有在家祠演戲的例子，祁彪佳《祁忠敏公日
記》崇禎十一年十二月二十一日載：

> 於宗祠給贍族銀，老母演戲謝神，督工之暇，觀《白梅記》。〔註106〕

〔註103〕無名氏：《檮杌閒評》，卷13，頁7a，總頁465～467。
〔註104〕同前註，頁7a，總頁465。
〔註105〕同前註，卷43，頁2a～3a，總頁1435～1437。
〔註106〕祁彪佳：《祁忠敏公日記》，〈自鑑錄〉，頁36b，總頁548。

乾隆十八年《(浙江水澄) 劉氏家譜・宗約雜戒》：

> (崇禎甲戌) 舊規遇大慶，宴會於家廟。聚客七八十人，非梨園，
> 不鎮囂壓俗。

馮時可《馮元成選集》卷二十六〈禮說〉：

> 祭禮闊略，禴祠蒸嘗，不以時舉。……甚或演劇娛天，謂之天戲。
>
> 〔註107〕

在中國傳統的倫理觀念支配下，除了「地緣性」的廟會演戲外，「血緣性」的宗族合同演劇也是常見的情形。凡祭拜祖先、修建宗祠或逢遇節慶，常請戲班到宗祠家廟演戲熱鬧一番。不過「聚客七八十人」遠不及鄉村廟會成千上萬群聚臺前的聲勢驚人。

　　有的宗祠附設固定舞臺，否則則在宗祠前臨時搭臺。上列資料中未明確交代戲臺位置，清代資料則有明言：

> 於秋祭日，宗祠前演戲兩臺。〔註108〕
>
> 冬至節，在大宗祠前演戲一臺。〔註109〕

臺灣霧峰下厝林家有一座祠堂戲臺。這座戲臺二十多年前就倒了，然而從舊照片中仍可看出是一座雕鑿精細的建築。戲臺建在宗祠的庭院中，兩廂爲走馬樓式，上下均有看臺，舞臺後面尚有化粧準備室，各種設施非常健全，〔註110〕明代不知是否已有如此講究的祠堂戲臺。

第三節　勾闌、廣場演劇

　　職業戲班既是以營利爲目的，那麼除了迎神賽會及應貴族縉紳的召喚演出之外，經常性的公演當然是不可或缺的活動。近人錢南揚〈宋金元戲劇搬演考〉、馮沅君〈古劇四考〉及其跋等文章中對於元代藝人公演的情形已有考

〔註107〕 〔明〕馮時可：〈禮說下〉，《馮元成選集》(北京：北京出版社，2005 年《四庫禁燬書叢刊補編》第 62 冊影印上海圖書館藏明刻本)，卷 26，頁 15b，總頁 125。按：本文應作於萬曆末。

〔註108〕 〔清〕沈荇等修：《(浙江) 蕭山長巷沈氏續修宗譜》(清光緒十九年〔1893〕承裕堂木活字本)，卷 34〈宗約〉。

〔註109〕 〔清〕釋慧山：〈爲本生祖先設立祀產碑記〉，收入陳復生等修：《義門陳氏十三修宗譜》(成都：巴蜀書社，1995 年影印《中華族譜集成・陳氏譜卷》第 14 冊影印民國三十八年聚原堂鉛印本)，卷 4，總頁 274。

〔註110〕 李乾朗：〈臺灣的戲臺建築〉，《民俗曲藝》第 8 期 (1981 年 6 月)，頁 32。

證，曾師永義於〈元人雜劇的搬演〉一文中更有詳盡的闡發。所採的材料係以《藍采和》雜劇、《永樂大典戲文三種》、元杜善夫〈莊家不識构闌〉及宋元筆談爲主。而其中《藍采和》一劇，據嚴敦易《元劇斟疑》考證，以爲乃是明代永宣之際的作品。〔註111〕若以明初周憲王朱有燉（1379～1439）在宣德年間所作的《復落娼》、《桃源景》、《香囊怨》、《煙花夢》等劇中的劇場資料與《藍采和》相較，可以說是若合符節的，甚至於〈莊家不識构闌〉和宋元戲文等所述的演劇情形亦無差異。由此可見，至少明代初期演員營利公演的狀況與元代並沒有什麼出入。

經常性的公演多有固定的演劇場所，稱爲「勾闌」。藍采和在「梁園棚勾闌里做場」，〔註112〕《復落娼》的劉臘兒「每日價坐排場做构欄秦筝象板」，〔註113〕《桃源景》的橘園奴誇讚桃源景「他但构欄裏并官長家，都子喝采他」。〔註114〕藝人們都是在勾闌裏作場。勾闌多半在城市街頭熱鬧之處，所謂「明日箇大街頭花招子寫上箇新雜劇」，〔註115〕演出前先貼「花招子」廣告牌以招徠觀眾，演出那天先開勾闌門，觀眾繳錢始得入場。勾闌內部的構造分戲臺、戲房、看席。戲臺的形製與前述神廟舞臺相似，下有臺基，上有頂棚，中間有柱，並由板壁或席棚將前後臺分隔，後臺即「戲房」爲演員化粧、休息之所。觀眾席與舞臺不相連屬，頭等座叫「神樓」，正對戲臺；次等爲「腰棚」，較神樓爲低，且位置稍偏，也可站在臺三面的空地上看戲。

在《唐土名勝圖會》一書中，刊有一幅「查樓」的圖片（圖七），〔註116〕周貽白《中國劇場史》中並曾依原圖，去其人物點綴重摹一張（圖八），可更清楚地看出劇場的形製。〔註117〕《唐土名勝圖會》刊行於日本文化二年，也就是清嘉慶十年（1805），「查樓」本是乾隆時著名的營利劇場，但據戴璐在《藤陰雜記》中的考證，則當爲清初舊跡：

〔註111〕嚴敦易：〈藍彩和〉，《元劇斟疑》（北京：中華書局，1960年），頁439～456。

〔註112〕無名氏：《漢鍾離度脫藍采和》，頁2a。

〔註113〕〔明〕朱有燉：《新編宣平巷劉金兒復落娼》，姜亞沙、經莉、陳湛綺主編：《中國古代雜劇文獻輯錄‧誠齋雜劇》（北京：全國圖書館文獻縮微複製中心，2006年影印周藩原刻本），第1冊，第1折，頁2a，總頁379。

〔註114〕朱有燉：《新編美姻緣風月桃源景》，同前註，楔子，頁1a，總頁163。

〔註115〕朱有燉：《新編宣平巷劉金兒復落娼》，第1折，頁2a，總頁379。

〔註116〕〔日〕岡田玉山等編繪：《唐土名勝圖會》（北京：北京古籍出版社，1985年），卷4，頁3b～4a。

〔註117〕周貽白：《中國劇場史》，第1章第1節，頁6。

《亞谷叢書》云：京師戲館，惟太平園、四宜園最久；其次則查家
樓、月明樓，此康熙末年酒園也。查樓木榜尚存，改名廣和。餘皆
改名，大約在前門左右，慶樂、中和似其故址。〔註118〕

楊懋建（掌生、蕊珠舊史，1808～1870後）的《夢華瑣簿》也說：

嘉慶朝，湖州戴光祿（璐），久官京師，撰《藤陰雜記》，大半取材
《日下舊聞考》，於都城古蹟考證特詳，云乾隆間查家樓、月明樓，
皆國初舊蹟也。〔註119〕

查樓雖為清初戲場，然與上述明初、甚至宋元資料對比，大致還相符合：

〈莊家不識构闌〉套所見的大門是「椽做的門」，〔註120〕也就是柵欄門，
而查樓圖中是個牌坊，建築雖有異，而「入口」的意義仍相當。圖中在進牌
坊之後，路口有張長桌，桌上放著一條長凳，可能是收錢的地方，與〈莊家
不識构闌〉套所謂的「要了二百錢放過咱，入得門上箇木坡」入口處收錢之
說相合，圖中不見木坡，當在另一面。圖中正對戲臺，地位稍高的席棚為頭
等看席；兩旁地位稍低，斜對戲臺的自然是二等座，也就是《藍采和》雜劇
中的「神樓」及「腰棚」，圖中站在戲臺、神樓之間的空地上，呈半圓式圍
繞舞臺的人群，買的是三等票。〈莊家不識构闌〉套裏「往下覷卻是人旋窩」，
正是這種情形。戲臺左側兩間小屋為酒肆，看戲同時還可以飲酒。「构闌」
在《東京夢華錄》裏又作「勾肆」、「构肆」，〔註121〕這個「肆」字也許與酒
肆有關。舞臺下有臺基，高出地面，四柱支撐，三面圍以欄杆，上有重頂，
與前節所述「舞廳」之制相合。前後臺以板為隔，上有圓形圖飾，令人想起
潘德沖墓中石槨壁畫舞臺後方的題字屏風。從戲房的窗戶裏還可看到許多掛
著的巾帽、鬚髯。靠戲臺裏壁有一張長方形桌子，乃宋元時代樂牀的遺制。
「樂牀」一辭顧名思義，原是放置樂器的地方。如《京本通俗小說》之〈西
山一窟鬼〉云：「又好人材，卻有一床樂器都會」「因他一床樂器都會，一府
裏人都叫做李樂娘」。〔註122〕而在宋元時代戲臺上的樂牀，則是女演員「做

〔註118〕　〔清〕戴璐：《藤陰雜記》（北京：北京古籍出版社，1982年），卷5，頁50。
〔註119〕　〔清〕蕊珠舊史（楊建懋）：《夢華瑣簿》，據張次溪編纂：《清代燕都梨園史
　　　　　料》（北京：中國戲劇出版社，1988年），頁348。
〔註120〕　〔元〕杜仁傑（善夫）：【般涉調・耍孩兒】〈莊家不識构闌〉套數，隋樹森編：
　　　　　《全元散曲》，頁31～32。以下引用俱同此，不逐一出注。
〔註121〕　《東京夢華錄》卷三〈馬行街鋪席〉條（頁20）、卷七〈三月一日開金明池
　　　　　瓊林苑〉條（頁40）、卷八〈中元節〉條等（頁49），均有此語。
〔註122〕　〈西山一窟鬼〉，收入程毅中輯注：《宋元小說家話本集》（濟南：齊魯書社，

排場」的坐處。〔註123〕

　　總之，「查樓」圖中的戲臺、戲房、看席等與宋元及明初資料皆能符合，可見元明兩代劇場變遷的情形並不太大，明代職業演員在勾欄營利公演的情形可於此得其大概。

　　明代劇作家湯舜民在《筆花集》中有〈新建构欄教坊求贊〉套數，其中【要孩兒】的【七煞】、【六煞】、【三煞】，十分具體地描繪了新建构欄教坊規模的宏大與氣勢的雄偉，「构欄」即是「勾欄」。試舉其中【六煞】、【三煞】之辭，以見明初勾欄之制：

>　【六煞】上設著透風月玲瓏八向窗，下布著摘星辰嵯峨百尺梯。俯雕欄目窮天塹三千里，障風簷細瓢瓢簷牙高展文鴛翅，飛雲棟砍可可簷角高舒惡獸尾。多形勢。碧窗畔蕩悠悠暮雲朝雨，朱簾外滴溜溜北斗南箕。

>　【三煞】豁達似絳霞觀金碧粧，氣概似紫雲樓珠翠圍，光明似辟寒臺水晶宮裏秋無跡，虛敞似廣寒上界清虛府，廓落似兜率西方極樂國。多華麗。瀟灑似蓬萊島琳宮紺宇，風流似崑崙山紫府瑤池。〔註124〕

對於湯舜民，目前所能掌握的資料不多，《太和正音譜》於〈群英樂府格勢〉篇是把他列入國朝十六名家之內的。〔註125〕據無名氏《錄鬼簿續編》記載，他是象山縣人，初為象山縣吏，以不得志落魄江湖，卻被永樂皇帝看上。《續編》說成祖在燕邸時就對他「寵遇甚厚」，即位後又讓他到南京做官，「恩賚常及」，與劇作家賈仲名、楊景賢同是宮廷的御用文人。〔註126〕這首〈新建构欄教坊求贊〉該是在南京任官時所作的，【五煞】中對地點有明確交代，〔註127〕所謂「鳳凰臺」、「鐘山」、「朱雀」、「烏衣」、「踞虎盤龍」，很明顯是南京的勾欄劇場。

　　　　　2000 年），頁 213。
〔註123〕《藍采和》第一折白云：「這樂牀上不是你坐處，這是婦女做排場在這里坐。」（頁 3b）
〔註124〕收入謝伯陽編：《全明散曲》，頁 90～92。
〔註125〕〔明〕朱權：《太和正音譜》，《中國古典戲曲論著集成》，第 3 冊，頁 23。
〔註126〕無名氏：《錄鬼簿續編》，頁 283。
〔註127〕湯式〈新建构欄教坊求贊〉套數之【五煞】云：「門對著李太白寫新詩鳳凰千尺臺，地繞著張麗華洗殘粧胭脂一派水。敞南軒看不盡白雲掩映鍾山翠，三尺臺包藏著屯鶯聚燕閑人竄，十字街控帶著踞虎盤龍舊帝基。柳影濃花陰密，過道兒緊欄著朱雀，招牌兒斜拂著烏衣。」謝伯陽編：《全明散曲》，頁 91。

　　不過，在《藍采和》、朱有燉雜劇和湯舜民的散套之後，明代演劇資料中有關勾闌營利公演的記載並不多見，「勾闌」一辭之名義已漸由劇場轉爲妓院。例如《投梭記》第三齣〈逼娼〉，演小丑逼迫貼爲娼妓，貼抗議地唱道：「何須揀食穿衣絹，便是腹餒身寒，也勝是勾闌里串」；〔註128〕《玉環記》第六齣〈韋皋嫖院〉，生腳誇讚旦所飾的妓女「舉止從容，壓盡勾闌，壓盡勾闌占上風」；〔註129〕《紅梨記》十五齣旦飾的謝素秋唱【繡帶兒】：「煙霞性自矜幽雅，風塵厭殺繁華，休題起窄子弟勾闌，亦何心賣笑耍琵琶」；〔註130〕《繡襦記》第七齣的道白：

　　　　（末）相公，你要適興所在，此間勾闌裏到好耍子。

　　　　（淨）使得，就到勾闌裏，尋個表子耍一耍；〔註131〕

《玉玦記》第六齣〈訪友〉：

　　　　（生）解兄，小生下第不快，欲在此尋一個游樂去處。

　　　　（丑）勾闌裏如何？

　　　　（生）也可，不知有甚麼好妓者？〔註132〕

《春蕪記》第四齣〈宴賞〉：

　　　　（淨）夫人，今日我們兩口兒喫酒，全沒些興頭。聞得勾闌裏有個
　　　　　　　標致小娘兒，接來奉夫人一杯酒何如？

　　　　（丑）這話好古怪，你這幾日想瞞著我又去嫖了！〔註133〕

「勾闌」已經和「青樓」、「平康」的意義相當了。蓋勾闌本是欄干的別名，因其所刻花紋皆相互勾連，故有此稱，且在唐代已成爲普遍用語，如王建詩「風簾水閣壓芙蓉，四面勾闌在水中」，李頎詩「雲華滿高閣，苔色上勾闌」。〔註134〕

〔註128〕〔明〕徐復祚：《投梭記》（上海：文學古籍刊行社，1957 年《古本戲曲叢刊三集》影印長樂鄭氏藏汲古閣刊本），第 3 齣〈逼娼〉，卷上，9b。

〔註129〕楊柔勝：《玉環記》，毛晉編：《六十種曲》，第 8 冊，第 6 齣〈韋皋嫖院〉，頁 24。

〔註130〕徐復祚：《紅梨記》，毛晉編：《六十種曲》，第 7 冊，第 15 齣〈訴衷〉，頁 43～44。

〔註131〕徐霖（一說薛近兗）：《繡襦記》，毛晉編：《六十種曲》，第 7 齣〈長安稅寓〉，頁 17。

〔註132〕〔明〕鄭若庸：《玉玦記》，毛晉編：《六十種曲》，第 9 冊，第 6 齣〈訪友〉，頁 16。

〔註133〕〔明〕王錂：《春蕪記》，毛晉編：《六十種曲》，第 5 冊，第 4 齣〈宴賞〉，頁 8。

〔註134〕分見〔清〕彭定求等編：《全唐詩》（北京：中華書局，1960 年），第 10 冊，卷 302，頁 3433；第 4 冊，卷 134，頁 1364。

宋代藝人作場的地方，多圍以低矮的欄杆，因此稱作場之處為勾闌，一直到元代還沿用其稱。而元代的戲劇演員多由妓女兼任，勾闌便逐漸與妓院界限不清。明代仍沿宋代之舊，以勾闌為劇場，但後來妓院之義反倒更流行了。

既然清初查樓的形製仍與宋元相當，可見勾闌作場、營利公演的情形始終不輟。不過現代現存的圖片中，很難找到完整的勾闌圖繪，反倒是在廣場或通衢上搭棚演出的情形能得到充分證明。常熟翁氏舊藏明人繪製的〈南都繁會景物圖卷〉，描繪了明代南京商業繁榮的景況，其中一個部分，有用席棚搭成的卷角戲臺（圖九）。〔註135〕演出的節目似為《天官賜福》，舞臺上有一桌兩椅，後臺有一勾紅臉猴形狀者，似乎正在化妝扮演孫悟空的角色。舞臺三面有欄杆，觀眾可環繞觀之。左側搭有看棚，還有小販在向上面的觀眾兜售食品。戲臺旁邊為「京式靴鞋店」、「極品官帶鋪」及「萬源號通商銀鋪」，有的觀眾就在商店、銀鋪上看戲，這是在城市通衢中搭棚演戲之例。雖然戲臺、戲房、看席的構造與宋元勾闌相同，但它不是獨立的區域，沒有「門」將內部構造畫定成一個固定完整劇場，是其與宋元勾闌及清初查樓之別。宋張擇端的〈清明上河圖〉為我國畫史上的一大巨構，歷來摹本甚多，而只有明清以來的摹本有戲臺圖。例如明仇英的臨本（圖十），戲臺是木構的，上用蘆扉架蓋，戲房向兩邊伸展，整個戲臺呈凸字形，左有看臺；〔註136〕另外，在周貽白《中國戲劇史》一書內，也附有〈清明上河圖〉戲臺部分（圖十一），註明為惲公孚所收藏，戲臺與仇英臨本相似，惟是平頂布棚，看席也是布棚，臺上鋪有紅氈，演員表演於上，奏樂人員右側及後方，上下場不是布帘而為門板，戲房凸出，可看出內有衣箱、鬚髯及休息的演員。〔註137〕《善本戲曲叢刊》封面所附的〈南中繁會圖〉（圖十二），其戲臺甚至上演的節目均與明仿本〈清明上河圖〉類似，只是除了紅氈上有一張桌子外，前臺靠後還有「樂牀」，上面放置的樂器看不清楚，旁坐者為伴奏人員，紅氈旁邊也有伴奏者。同時還可看出前臺為平頂布棚，戲房則為卷角席棚。以上這幾幅畫中的戲臺都設於郊外空地。第十三圖是《千金記》上演圖，臺三面有欄杆，伴奏者在右側，樂器至少有鑼及鼓，長桌上放有令箭、印

〔註135〕〈明人畫南都繁會景物圖卷〉未見署名，簡稱〈南都繁會圖〉，全圖見中國歷史博物館編：《華夏之路》（北京：朝華出版社，1997 年），第 4 冊〈元朝時期至清朝時期〉，圖 90，頁 94～95。

〔註136〕參考金祥恆：〈記明仇英臨本清明上河圖〉，《大陸雜誌》第 9 卷第 4 期（1954年 8 月），頁 101；圖見該期封面。

〔註137〕周貽白：《中國戲劇史》（北京：中華書局，1954 年），頁 120。

信及驚堂木，與今崑曲、皮黃之砌末完全相同，臺上演員俱披掛。〔註138〕又清順治刊本《比目魚》傳奇附有明代江南農村演戲圖（圖十四），畫的是江南農村祀神演戲的圖景，戲臺一半搭在岸上，一半搭在水中，觀眾可以在岸上看戲，也可以在船上看戲。〔註139〕據曲文所示，演的是《荊釵記》中〈男祭〉一齣，長桌上有牌位、祭禮，演員在紅氈上演出。這種舞臺，在明清兩代的江南水鄉中較爲普遍，這幅圖片非常可貴。另外清院本〈清明上河圖〉中的戲臺部分（圖十五、十六），對臨時搭蓋的戲棚有很完整的描繪，雖然時代稍晚，但仍極具參考價值。〔註140〕臺基以木柱支撐，前臺平頂，戲房尖頂，似是以木板搭成，臺三面圍有欄干，臺上鋪氍毹，演員扮的是呂布與貂蟬，站在下場門的是董卓。前後臺以布幔隔之，布幔前有樂牀，敲鑼與吹笛的人坐在兩邊。這座劇場搭在水邊，未設看棚，觀眾呈半圓式圍繞著看戲，樹上、房上、戲臺的支架上、船的頂棚上處處是人。

　　明代的廣場演劇，除了上述圖片資料外，文字記載的以《陶庵夢憶》卷六的〈目蓮戲〉足稱代表，〔註141〕另外《水滸傳》一〇三、一〇四回也可供參考：

> 余蘊叔演武場搭一大臺，選徽州旌陽戲子，剽輕精悍，能相撲跌打者三四十人，搬演目蓮，凡三日三夜。四圍女臺百什座，戲子獻技臺上，如度索舞絚、翻桌翻梯、斛斗蜻蜓、蹬罈蹬臼、跳索跳圈、竄火竄劍之類，大非情理。凡天神地祇、牛頭馬面、鬼母喪門、夜叉羅刹、鋸磨鼎鑊、刀山寒冰、劍樹森羅、鐵城血澥，一似吳道子〈地獄變相〉，爲之費紙札者萬錢，人心慌慌，燈下面皆鬼色。戲中套數，如〈招五方惡鬼〉、〈劉氏逃棚〉等劇，萬餘人齊聲吶喊。熊太守謂是海寇卒至，驚起，差衛官偵問，余叔自往復之，乃安。〔註142〕

〔註138〕引自唐文標：《中國古代戲劇史初稿》（臺北：聯經出版事業公司，1984年）書前圖版（無頁碼）。

〔註139〕李漁撰，秦淮醉侯批評：《比目魚》，清順治原刻本，頁6a。引自唐文標：《中國古代戲劇史初稿》書前圖版。

〔註140〕那志良：《清明上河圖》（臺北：國立故宮博物院，1993年），圖版5、6，頁70～73。

〔註141〕張岱：《陶庵夢憶》，頁72。目連戲通常在中元節時上演，不過此條資料未說明時間，僅指出在「演武場」上搭一大臺，因此不列入節目性的「寺廟演劇」類，而於「廣場演劇」中討論。

〔註142〕張岱：〈目蓮戲〉，《陶庵夢憶》，卷6，頁72。

莊客道：「李大官不知，這里西去一里有餘，乃是定山堡內段家莊，段氏兄弟向本州接得箇粉頭，搭戲臺說唱諸般品調。那粉頭是西京來新打靆的行院，色藝雙絕，賺得人山人海價看，大官人何不到那里睃一睃？」……話說當下王慶闖到定山堡，那裡有五六百人家，那戲臺卻在堡東麥地上，那時粉頭還未上臺，臺下四面有三四十隻桌子，都有人圍擠著在那里擲骰賭錢。……那時粉頭已上臺做笑樂院本。〔註143〕

前者是張爾蘊選徽州旌陽戲子演目連戲，後則爲段氏兄弟向本州接得粉頭說唱諸般品調並做笑樂院本，可見這兩臺戲係由私人邀請演出的，也就是說費用是由張爾蘊及段氏兄弟負擔，而不是由觀眾繳錢入場。戲臺分別搭在「演武場」及「麥地」上，都是四周可觀的露臺。演武場大臺四圍有「女臺」百什座，女臺是較矮的臺，供觀眾看戲用；麥地舞臺「臺下四面有三四十隻桌子」，既然四面都有桌子，當然應是「露臺」，因爲若有棚則「神峥」一面恐無法觀看。《水滸傳》七十四回〈燕青智撲擎天柱，李逵壽張喬坐衙〉插圖，有一無頂露天，以木壘成高於地面的露臺，觀眾可以從四方或上下觀看，此圖可爲參考（圖十七）。〔註144〕演武場上是以武術特技爲主的戲，麥地農場上則是粉頭說唱，都適合四面觀賞。不過一般演戲仍是以有棚的建築爲多，前附圖片可爲證。至於廣場演劇轟動的情形，〈目連戲〉中有生動的記載，「萬餘人齊聲吶喊」，嚇得太守誤以爲是海寇來犯，直到主辦人親自說明，這才安下了心。

　　前節敘述了迎神賽會在寺廟演戲的情形，而社戲有時也會在山谷、橋樑、水驛、街道等處覓空地臨時建棚演出。例如祁彪佳《祁忠敏公日記》載崇禎十七年（1644）元宵節，當日「至山，有村中人來演雜劇爲樂」，〔註145〕《雲間據目抄》卷二〈記風俗〉有云：「街道橋樑，皆用布幔，以防陰雨。郡中士庶，爭挈家往觀，遊船馬船，擁塞河道，正所謂舉國若狂也。」〔註146〕郭之奇《宛在堂文集》卷二十八〈墟市議〉：

韓緒仲宗伯志博羅，謂「新墟便盜，舊墟便民」……。夫新墟之設，

〔註143〕施耐庵撰，羅貫中纂修：《李卓吾批評忠義水滸傳全書》，第103回，頁12a～b；第104回，頁1a、4b。

〔註144〕同前註，插圖頁37a。

〔註145〕祁彪佳：《祁忠敏公日記》，〈甲申日曆〉，頁3a，總頁413。

〔註146〕范濂：《雲間據目抄·記風俗》，卷2，頁6a～b，總頁2635～2636。亦見前文〈祠廟演劇〉節引文。

類於山谷之間，演戲聚賭，叢集奸盜，而又依豪家以舉幟。〔註147〕
祁彪佳《祁忠敏公日記》中所說的：

市上演戲。（崇禎十一年二月十九日）〔註148〕

出堰下觀女戲。（崇禎十一年八月十九日）〔註149〕

登小隱山觀《五桂記》。（崇禎九年四月初三）〔註150〕

與內子入城至驛前觀戲。（崇禎十二年二月二十九）〔註151〕

晚與諸友乘醉步行過渡看戲於梅源橋。（崇禎十六年十二月初一）

〔註152〕

想必是去看廣場上的臨時搭棚演出。

　　勾闌之名義既已兼指妓院，則妓院演劇也附論於此節。妓院中陪觴侍宴既免不了梨園搬演，那麼是在妓院中何地演出呢？《板橋雜記》對舊院屋舍有所描述，但並未提到舞臺；《陶庵夢憶》卷七〈過劍門〉中有云「楊元走鬼房」及「余不至，雖夜分不開臺」之句。〔註153〕「鬼房」即戲房，可以鄰近表演區的房間充任，不必作為眞有舞臺建築之證明；「開臺」亦可能是虛指，未必眞有其臺。然而黃宗羲《思舊錄》提到女優傅靈修在舊院演韓上桂所作《相如記》，則有「珠釵翠鈿，掛滿臺端，觀者一贊，則伶人摘之而去」之語，〔註154〕既云「掛滿臺端」，則是分明有臺了。另據《十美詞紀》等書對妓女歌容舞態的描述詞語看來：

看鳳曲鶯喉鳩驚燕，舞態盡花茵。〔註155〕

聲驟平康，苔翠氍毹，花紅錦毯。〔註156〕

〔註147〕〔明〕郭之奇：〈地紀文‧墟市議〉，《宛在堂文集》（北京：北京出版社，2000年《四庫未收書輯刊‧第陸輯》第27冊影印明崇禎刊本），卷28〈輯志副指〉，頁10b，總頁333。

〔註148〕祁彪佳：《祁忠敏公日記》，〈自鑑錄〉，頁7a，總頁489。

〔註149〕同前註，頁25b，總頁526。

〔註150〕同前註，〈居林適筆〉，頁11b，總頁344。

〔註151〕同前註，〈棄錄〉，頁7a，總頁563。

〔註152〕同前註，〈癸未日曆〉，頁45a，總頁397。

〔註153〕張岱：《陶庵夢憶》，頁92～93。

〔註154〕黃宗羲：《思舊錄‧韓上桂》，頁356。

〔註155〕鄒樞：《十美詞紀‧羅節》，張廷華輯：《香豔叢書‧一集》，卷1，頁31b，總頁68。

〔註156〕同前註，〈陳圓〉條，頁29a，總頁250。

公孫渾脱舞氍毹。〔註157〕

既云「氍毹」、「花茵」、「錦毯」，則氍毹式的演出應還是在妓館中常見的演劇方式。民初猶是如此，《申江時下勝景圖說》所收〈貓兒戲〉圖八（圖十八），〔註158〕並無特別建構之舞臺，只是挪出一塊空地，鋪上地毯，將後面房間當作戲房，開左右二門，掛門帘，以為上下場之鬼門道，這種演出方式十分方便，明代妓院中很可能即類似於此。

第四節　客店、酒館演劇

飲宴觀劇之風自古已然，漢代宴飲即已有歌舞百戲的穿插。元代茶坊酒肆中常召妓女樂戶唱曲演戲，例如《宦門子弟錯立身》十二出，且才在勾闌散罷，又被召入茶坊。劇中寫生的科白：

（看招子介）（白）且入茶坊裏，問箇端的。茶博士過來。（淨上白）

茶迎三島客，湯送五湖賓。（見生介）（生白）作場。（分付請旦介）

〔註159〕

可見茶坊中也貼「花招」，也可「作場」。另外《太平樂府》卷九，《雍熙樂府》卷七有無名氏【要孩兒】散套〈拘刷行院〉，寫的正是妓女在酒樓肆應召獻技的情形：

【十三煞】穿長街，驀短衢，上歌臺，入酒樓。忙呼樂探差祗候：
　　　　　眾人暇日邀官舍，與你幾貫青蚨喚粉頭，你休要辭生受，
　　　　　請箇有聲名旦色，迭標垛嬌羞。

【六煞】行艷作不轉睛，行交談不住手，顛倒酒淹了他衫袖，狐朋
　　　　狗黨過如打摟，虎嚥狼餐勝似趁熟，灌得十分透。鵝脯兒
　　　　竊摸包裏，羊腿子花簍裏忙收。

【三煞】江兒裏水唱得生，小姑兒聽記得熟。入席來把不到三巡酒，
　　　　索怯薛側腳安排起，要賞錢連聲不住口。沒一盞茶時候。
　　　　道有教坊司散樂，拘刷煙月班頭。

〔註157〕潘之恆：〈廣陵散二則‧續品〉，汪效倚輯注：《潘之恆曲話》，頁215。（即《續
　　　　說郛》卷44所收〈續艷品〉）
〔註158〕〔清〕談寶珊繪：《申江時下勝景圖說》，臺北：中央研究院歷史語言研究所
　　　　傅斯年圖書館藏清光緒二十二年（1896）石印本。
〔註159〕錢南揚校注：《永樂大典戲文三種校注》（北京：中華書局，1979年），頁242。

【二煞】提控有小朱，權司是老劉，更有那些隨從村禽獸，諕得煙
　　　　迷了蘇小小夜月鶯花市，驚得雲鎖了許盼盼春風燕子樓，
　　　　慌煞俺曹娥秀，攧樂器眩了眼腦，覷幅子叫破咽喉。

【尾】老鴇兒藉不得板一味地赳，狠攦丁夾著鑼則得走。也不是沿
　　　村串疃鑽山獸，則是喑氣吞聲喪家狗。〔註160〕

可見至酒樓作場的除了粉頭之外，還有老鴇兒、狠攦丁，既有鑼、板、一定
也有伴奏者。【六煞】中的「竊摸」就是「砌末」，所以他們不只是清唱，而
是搬演。周憲王朱有燉在宣德年間所作的《桃源景》雜劇中，還有「串了些
茶房酒肆，常子是待客迎賓」之曲文，〔註161〕可見〈拘刷行院〉散套的情形，
可貫串元明二代，祁彪佳《祁忠敏公日記》崇禎五年（1632）五月二十日及
六年正月十二日分別有至酒館看戲的記錄：

羊羽源及楊君錫緱皆候予晤，晤後小憩，同羊至酒館，邀馮弓閭、
徐悌之、施季如、潘葵初、姜端公、陸生甫觀半班雜劇。〔註162〕
就樓小飲，觀《灌園記》。〔註163〕

《陶庵夢憶》卷四〈泰安州客店〉對於客店中演劇情形有詳細描述：

客店至泰安州，不敢復以客店目之。余進香泰山，未至店里許，見驢
馬槽房二三十間；再近，有戲子寓二十餘處；再近，則密戶曲房，皆
妓女妖冶其中。余謂是一州之事，不知其為一店之事也。……店房三
等，下客夜素，早亦素，午在山上用素酒果核勞之，謂之「接頂」。
夜至店設席賀，謂燒香後，求官得官，求子得子，求利得利，故曰賀
也。賀亦三等：上者專席，糖餅、五果、十餚、果核、演戲；次者二
人一席，亦糖餅、亦餚核、亦演戲；下者三四人一席，亦糖餅、餚核，
不演戲，用彈唱。計其店中演戲者二十餘處，彈唱者不勝計。〔註164〕

《瑯嬛文集》的〈岱志〉一文也記載店中「夜劇戲開筵，酌酒相賀」之事。
〔註165〕客店酒館中演戲，想來也是在紅氍毹上。清代有宴飲聚會備舞臺演

〔註160〕無名氏：【般涉調·耍孩兒】〈拘刷行院〉套數，隋樹森編：《全元散曲》，頁
　　　　1821～1823。
〔註161〕朱有燉：《新編美姻緣風月桃源景》，頁 3b，總頁 168。
〔註162〕祁彪佳：《祁忠敏公日記》，〈棲北冗言〉，頁 20a，總頁 147。
〔註163〕同前註，〈役南瑣記〉，頁 3a，總頁 219。
〔註164〕張岱：《陶庵夢憶》，頁 56～57。
〔註165〕張岱：〈岱志〉，《張岱詩文集·瑯嬛文集》，卷 2，頁 156。

戲之「戲莊」，及僅供茶點而無酒饌之「戲園」，即是在明代已有的基礎之上發展而成的。

第五節　家宅演劇

　　貴客豪紳、文士大夫等上層社會的喜慶宴集，多半在自家宅第中舉行。舉酌設宴之餘，往往有戲劇演出以佐酒侑觴。此時經常出家樂奏技獻藝，或由與會賓客攜家伶赴宴表演。例如：祁彪佳《祁忠敏公日記》崇禎十六年（1643）九月二十八日：

> 以肩輿至張永年家，閨閣秀六人，永年舉酌，觀其家優演數劇。〔註166〕

馮夢禎《快雪堂日記》萬曆壬寅（三十年，1602）十一月二十三日：

> 赴姚善長席……屠氏梨園演《明珠記》。〔註167〕

祁彪佳《祁忠敏公日記》崇禎十七年（1644）一月二十五日：

> 午後延王雲岫、潘鳴岐、潘完宵小酌，錢克一同翁艾弟亦與焉，清唱罷，令止祥兄之小優演戲，乃別。〔註168〕

有時也召外邊戲班入府演戲，如《快雪堂日記》萬曆壬寅十月二十八日：

> 沈二官為內人生日設席款客，余亦與焉。呂三班作戲，演《麒麟記》。〔註169〕

茅坤《白華樓吟稿》卷六詩題有：

> 席間覽優人演習薛仁貴傳記……〔註170〕

祁彪佳《祁忠敏公日記》崇禎十三年（1640）正月十九日：

> 王子遠、子昌兄弟作歲會，齊企之適至，予兄弟皆預焉。優人晚至，演《綵樓記》。〔註171〕

由此可知，參與家宅演劇的藝人，包括了私人家樂及職業戲班兩類。此外，

〔註166〕祁彪佳：《祁忠敏公日記》，〈癸未日曆〉，頁36a，總頁379。

〔註167〕馮夢禎：《快雪堂日記》，卷13，頁188。

〔註168〕祁彪佳：《祁忠敏公日記》，〈甲申日曆〉，頁4b，總頁416。

〔註169〕馮夢禎：《快雪堂日記》，卷13，頁186。

〔註170〕〔明〕茅坤：〈席間覽優人演習薛仁貴傳記，感故督府胡公以罪沒於今猶未獲賜葬也，系之以詩〉，《白華樓吟稿》（臺南：莊嚴文化事業有限公司，1997年《四庫全書存目叢書・集部別集類》第106冊影印中央民族大學圖書館藏明嘉靖萬曆間刻本），卷6，頁24a～b，總頁728。

〔註171〕祁彪佳：《祁忠敏公日記》，〈感慕錄〉，頁2b，總頁4。

妓女有時也被延至家宅表演，例如《板橋雜記》中有「(顧)眉娘甚德余，於桐城方瞿菴堂中，願登場演劇爲余壽」之記載，余懷也曾將尹子春「延之至家演《荊釵記》」。〔註172〕演技優異的串客，也常應邀露演，如第一章所舉的金文甫、倪三、丁繼之等。

這種宴會的演出情況，可以顧起元的《客座贅語》爲代表。惟文中頗多有關聲腔流變的記述，將留待下編再論，故此處不錄全文，僅撮其要：家宴有「大會」「小集」之分，小集多用散樂清唱，大會則做大套戲曲的搬演；萬曆以前大會多演「北曲大四套」，其後則用「南戲」，由弋陽、海鹽而四平、崑山。〔註173〕這段記載在《金瓶梅詞話》串可得到印證。例如該書七十回：

> 須臾遞畢，安席坐下。一班兒五個俳優，朝上箏簑琵琶，方響箜篌，紅牙象板，唱了一套【正宮端正好】，端的餘音繞梁，聲清韻美。〔註174〕

這【正宮端正好】一套，也就是顧起元所說的在宴會小集上所用的「大套北曲」。又該書六十三回：

> 晚夕，親朋夥計來伴宿，叫了一起海鹽子弟搬演戲文。……下邊戲子打動鑼鼓，搬演的是「韋皋、玉簫女兩世姻緣」《玉環記》。……不一時吊場，生扮韋皋，唱了一回下去。貼旦扮玉簫，又唱了一回下去。……〔註175〕

這一段是海鹽腔藝人在西門慶家上演《玉環記》的情況，也就是顧起元所謂的「大會則用南戲」。

家宅演劇多半在廳堂上舉行，例如鄒迪光《始青閣稿》所提到的「鴻寶堂」、「蔚藍堂」，〔註176〕《石語齋集》的「一指堂」，〔註177〕《祁忠敏公日記》

〔註172〕余懷：《板橋雜記》中卷〈麗品〉，張廷華輯：《香豔叢書・十三集》，冊7，卷3，頁7b，總頁3666；頁5a，總頁3561。

〔註173〕〔明〕顧起元：《客座贅語》（北京：中華書局，1987年），卷9，頁303。

〔註174〕蘭陵笑笑生：《金瓶梅詞話》，頁1151。

〔註175〕同前註，頁1016。

〔註176〕鄒迪光《始青閣稿》（北京：北京出版社，2000年《四庫禁燬書叢刊・集部》第103冊影印中國科學院圖書館藏明天啓刻本）卷九〈立秋後二日，集客鴻寶堂，演《蕉帕(帕)傳奇》，和錢徵榮韻〉詩（頁21a～b，總頁272）、〈周承明有端午前一日蔚藍堂觀演《裴航傳奇》之作，余於午日集客觀劇，就其韻和之〉詩（頁9b～10a，總頁266）。

〔註177〕《石語齋集》卷九有〈正月十六夜，集友人于一指堂，觀演崑崙奴紅線故事，分得十四寒〉詩。〔明〕鄒迪光撰：《石語齋集》（臺南：莊嚴文化事業有限公

中的「四負堂」〔註178〕等，廳堂若是不夠寬敞，還可以建築技巧抽梁換柱，例如《陶庵夢憶》卷三〈包涵所〉條形容包涵所家屋宇建構時云：「大廳以拱斗擎梁，偷其中間四柱，隊舞獅子甚暢。」〔註179〕擴充廳堂，挪騰空間，爲的是容納更繁複的戲劇與雜技表演。有的時候，也在書齋或花園擺宴觀劇，〔註180〕《金瓶梅詞話》中更有在家門口搭綵棚席開數十桌的例子，〔註181〕不過一般而言，家宅宴客仍以廳堂爲常例。以下分別根據文字及圖片資料，對廳堂中演戲的舞臺、戲房、看席、伴奏位置等問題予以說明。

　　明代有私人舞臺的甚少，一般都是在廳堂中畫出一塊區域，鋪上紅色地毯，即當舞臺面，作「氍毹式」的表演。崇禎刊本《荷花蕩》，有一幅「戲中戲」的插圖，是廳堂中演崑山腔《連環記》的畫面（圖十九），掛著髭髯的王允正站在氍毹之上表演；〔註182〕《金瓶梅詞話》六十三回〈西門慶觀戲動深悲〉的插圖（圖二十），是海鹽子弟演《玉環記》，氍毹上的是淨腳包知木與貼旦玉簫；〔註183〕《盛明雜劇初集》本《袁氏義犬》有弋陽子弟演出圖（圖

司，1997年《四庫全書存目叢書・集部別集類》第159冊影印北京圖書館藏明刻本），頁28a，總頁146。

〔註178〕祁彪佳《祁忠敏公日記》崇禎十年九月十八日：「更舉酌於四負堂，觀《千金記》。」（〈山居拙錄〉，頁30b～31a，總頁452～453）崇禎十一年二月十二日：「舉酌于四負堂，……同看戲數齣。」（〈自鑑錄〉，頁6a，總頁487）崇禎十七年一月十三日：「士女遊者駢集，舉酌四負堂，觀止祥兄小優演戲。」（〈甲申日曆〉，頁2b～3a，總頁412～413。）

〔註179〕張岱：《陶庵夢憶》，頁41。

〔註180〕祁彪佳《祁忠敏公日記・棲北冗言》崇禎五年十二月二十五日：「再於書齋觀《馬陵道》劇，三鼓餘歸。」（頁52b，總頁212）同年七月初五日：「出赴苗大兄招，即予春仲所寓園也。綠陰滿庭，又一番景色矣。與黃水田、彭洗存觀《西樓記》。」（頁26b，總頁160）袁中道《遊居柿錄》卷之十一：「（萬曆丙辰〔1616〕二月二十九日）……晚赴李開府約于魏戚畹園，封公在焉。招名劇，演《珊瑚記》。」（《珂雪齋集》，頁1359）郁迪光《始青閣稿》卷六有〈鴻寶堂秋蘭花下，留錢徵榮小集，看演《藍橋傳奇》。錢有作，和韻〉詩（頁1a～b，總頁237）。

〔註181〕《金瓶梅詞話》六十三回：「吩咐搭彩匠把棚起脊，搭大著些，留兩個門走，把影壁夾在中間。前廚房內還搭三間罩棚，大門首扎七間榜棚。」（頁1011）「晚夕西門慶在大棚內放十五張桌席，……廳上垂下簾，堂客便在靈前圍著圍屏，放桌席，往外觀戲。」（頁1016）同書四十九回：「西門慶知了此消息，與來保、賁四騎快馬，先奔來家，預備酒席。門首搭照山彩棚，兩院樂人奏樂，叫海鹽戲并雜耍承應。」（頁725）

〔註182〕馬佶人：《荷花蕩》，插圖頁5a。

〔註183〕蘭陵笑笑生：《金瓶梅詞話》，頁1007前。

二十一）〔註184〕，氍毹之上右邊掛三髭髯、背葫蘆的生腳是道人，左邊短髭
髯、持扇子的丑腳是莫奈何，正在演出《葫蘆先生》。此外，萬曆刊本《麒麟
記》（圖二十二）〔註185〕、《還魂記》（圖二十三）〔註186〕、崇禎刊本《鴛鴦
縧》（圖二十四）〔註187〕、富春堂本《玉玦記》（圖二十五）〔註188〕、環翠堂
原刊本《投桃記》（圖二十六）〔註189〕、繼志齋刊本《量江記》（圖二十七）
〔註190〕、世德堂本《驚鴻記》（圖二十八）〔註191〕、《盛明雜劇二集》本《同
甲會》、《龍山宴》（圖二十九、圖三十）〔註192〕等劇之插圖，均是氍毹表演的
明證，又清初孔尚任《桃花扇》第四齣〈偵戲〉，曾借楊文驄的訪問，描繪了
阮大鋮在南京寓所的演戲場地：

> （末巾服扮楊文驄上）……今日無事，來聽他《燕子》新詞，不免竟入。（進介）
>
> 這是石巢園，你看山石花木，位置不俗，一定是華亭張南垣的手筆了。（指介）
>
> 【風入松】花林疏落石斑斕，收入倪黃畫眼。（仰看，讚介）詠懷堂，孟
> 津王鐸書。（贊介）寫的有力量。（下看介）一片紅氍鋪地，此乃顧曲之所。草堂
> 圖裏烏巾岸，好指點銀箏紅板。〔註193〕

〔註184〕陳與郊：《袁氏義犬》，沈泰編：《盛明雜劇初集》，卷11，頁1a。

〔註185〕〔明〕寰宇顯聖公：《孔夫子周遊列國大成麒麟記》（上海：商務印書館，1955年《古本戲曲叢刊二集》影印北京圖書館藏明刊本），卷前插圖〈女輿夜宴〉，頁6b。

〔註186〕《還魂記》第50齣〈鬧宴〉插圖，湯顯祖：《牡丹亭還魂記》（臺北：臺灣商務印書館，1975年《四部叢刊三編》影印明萬曆朱元鎮玉海堂校刊本），卷下，頁51b。又收入昌彼得編纂：《明代版畫選初輯》（臺北：國立中央圖書館出版，漢華文化事業公司印行，1969年），頁24。

〔註187〕〔明〕路迪：《鴛鴦縧》（上海：商務印書館，1955年《古本戲曲叢刊二集》影印北京圖書館藏明崇禎刊本），卷上，頁6b。

〔註188〕〔明〕鄭若庸：《新刻出像音註釋義王商忠節癸靈廟玉玦記》（上海：商務印書館，1954年《古本戲曲叢刊初集》影印北京大學圖書館藏明富春堂刊本），卷上，第8折前插圖，頁18a。

〔註189〕〔明〕汪廷訥：《投桃記》（上海：商務印書館，1955年《古本戲曲叢刊二集》影印北京圖書館藏明環翠堂原刊本），卷下，第20齣〈秋懷〉，頁13b。

〔註190〕〔明〕佘翹：《新鐫量江記》（上海：商務印書館，1955年《古本戲曲叢刊二集》影印明繼志齋刊本），上卷，頁5b。

〔註191〕〔明〕吳成美：《新鍥重訂出像附釋標註驚鴻記題評》（上海：商務印書館，1955年《古本戲曲叢刊二集》影印北京大學圖書館藏明世德堂刊本），上卷，第7齣〈花萼驚鴻〉，頁13a。

〔註192〕〔明〕許潮：《同甲會》，收入沈泰編：《盛明雜劇二集》（臺北：廣文書局，1977年影印1925年董康誦芬室覆刊本），卷9，頁1b；又許潮：《龍山宴》亦收入同書，卷10，頁1b。

〔註193〕〔清〕孔尚任：《桃花扇》（上海：上海古籍出版社，1986年《古本戲曲叢刊

詠懷堂內紅毹鋪地，正是優人家樂表演之所，可與上列圖片互證。《菊莊新話》引王載揚〈書陳優事〉雖時代稍晚或已至清初，〔註194〕然所記演劇情形若與明代資料比較皆能符合，其中描寫陳明智至家宅演戲一段如下：

> 既而兜鍪繡鎧，橫矟以出，升氍毹，演〈起霸〉齣。〈起霸〉者，項羽以八千子弟渡江故事也。陳振臂登場，龍跳虎躍，傍執旗幟者咸手足忙蹙而勿能從；聳喉高歌，聲出征鼓鐃角上，梁上塵土簌簌墜肴饌中。座客皆屏息，顏如灰，靜觀寂聽，俟其齣竟，乃更鬨堂笑語，嗟歎以爲絕技不可得。〔註195〕

優人化妝完畢，即「升氍毹」演戲，因身段繁複有力，「龍跳虎躍」，以至「梁上塵土簌簌墜肴饌中」，可見氍毹就設在酒席筵前。《金瓶梅詞話》三十一回「地下鋪著錦裀繡毯」，四十二回「大廳上玳筵齊整，錦茵匝地」，〔註196〕也是爲了演戲而鋪設地毹。

演員在氍毹上表演，觀眾於兩旁或前方飲酒看戲，女眷則以簾爲隔，前附第二十圖「西門慶觀戲動深悲」最爲清晰，該書此回也說：「廳上垂下簾，堂客便在靈前圍著圍屏，放桌席，往外觀戲。」此外《人譜類記》及《板橋雜記》也有相關資料：

> 近時所撰院本，多是男女私媟之事，深可痛恨，而世人喜爲搬演，聚父子兄弟，并幛其婦人而觀之。〔註197〕

> 歲丁酉，尚書挈夫人重游金陵，寓市隱園中林堂。值夫人生辰，張燈開宴，請召賓客數十百輩，命老梨園郭長春等演劇，酒客丁繼之、張燕筑及二王郎（中翰王式之、水部王恒之）串《王母瑤池宴》。夫人垂珠簾，召舊日同居南曲、呼姊妹行者與燕。李六娘、十娘、王節娘皆在焉。時尚書門人楚嚴某赴浙監司任，逗遛居樽下，褰簾長跪，捧卮稱賤子上壽，坐者皆離席伏。夫人欣然爲罄三爵，尚書意甚得也。〔註198〕

五集》影印北京圖書館藏清康熙刊本），上卷，頁31b～32a。

〔註194〕文中敘陳明智演《千金記》事後即云：「居久之，聖祖南巡，江蘇織造臣以寒香、妙觀諸部承應行宮，甚見嘉獎。」可見演《千金記》是清初之事。引自焦循：《劇說》，卷6，頁201。

〔註195〕焦循：《劇說》，卷6，頁200。

〔註196〕蘭陵笑笑生：《金瓶梅詞話》，頁449、頁618。

〔註197〕劉宗周：《人譜類記》，卷5〈考旋篇〉，頁63。

〔註198〕余懷：《板橋雜記》中卷〈麗品〉，張廷華輯：《香豔叢書・十三集》，冊7，卷

所謂「幃其婦人」、「褰簾長跪」，正是垂簾觀劇的直接證據。又周亮工（1612〜1672）《因樹屋書影》卷一有「觀宅四十吉祥相」，其中第四條是「婦人不垂簾觀劇」。〔註199〕「垂簾觀劇」既屬禁列，適足反證這一風習之普遍。

氍毹既權充舞臺，廳堂兩旁的廂房則是「戲房」後臺，演員於此化妝、休息、用飯，也由此門上下場。插圖第十九《荷花蕩》中，廂房裏有正在化妝的呂布、貂蟬、董卓，衣箱放在地上，架上擺著巾帽、髯口，牆角放著旗幟、把子。《菊莊新話》引王載揚〈書陳優事〉中也說：「至演劇家，則衣笥俱異列兩廂」、「少頃，群優飯於廂。」「既而兜鍪繡鎧，橫矟以出，升氍毹，演〈起霸〉齣。……俟其齣竟，乃更闋堂笑話，嗟歎以爲絕技不可得。陳至廂，眾方驚謝，忽以鹽水去粉墨，曰……」〔註200〕廂房既是擺置「衣笥」及演員用飯、化妝、上下場之所，分明是「戲房」了。蘇州市博物館所撰寫的〈拙政園〉一文，介紹這座嘉靖年間的名園建築時說：

> 沿廊西進是「十八曼陀羅花館」和「三十六鴛鴦館」，這是西園的主要建築物，由同一幢四面廳式的建築組成，室內用一架格扇屏門劃成大小相同的兩個館，成爲兩廳結合的建築形式。……兩館內設書畫掛屏，古木家俱，布置極爲精緻。這裏過去是園主宴會和聽唱看戲的地方，廳四角各設耳室暖閣，是僕役們聽候使喚和演唱時作後臺用的地方。〔註201〕

無論是「耳室」還是「廂房」，總之以緊鄰氍毹的房間爲後臺才最爲方便。

伴奏樂隊在氍毹一旁靠後，由《荷花蕩》、《袁氏義犬》、《鴛鴦縧》、《浣紗記》等圖可看出。

畫出空間，就地做場的作風，原是其來自古的。早在漢代的宴飲之會，都是即席起舞的，現存漢「宴飲起舞畫象磚」、「丸劍宴舞畫象磚」及「加彩樂舞雜伎陶俑」（圖三十一、三十二、三十三）等可清楚看出。〔註202〕宋代的

3，頁 7b〜8a，總頁 3666〜3667。

〔註199〕 〔清〕周亮工：《因樹屋書影》（上海：上海古籍出版社，1995年《續修四庫全書·子部雜家類》第 1134 冊影印北京大學圖書館藏清康熙六年刻本），卷1，頁 1a〜b，總頁 280。

〔註200〕 焦循：《劇說》，卷6，頁 200。

〔註201〕 蘇州市博物館：〈拙政園〉，《文物》1978 年第 6 期，頁 86〜87。

〔註202〕 圖 31「宴飲起舞畫像磚」，見重慶市博物館編：《重慶市博物館藏四川漢畫像磚選集》（北京：文物出版社，1957 年）第 15 圖，頁 35；拓片引自趙無極、羅依 (Roy, Claude) 同撰，金恆杰譯：《漢拓》（臺北：雄獅出版社，1976 年），

「諸色路歧人」，也都是在牆下、街市等寬闊之地隨處做場。〔註203〕明代在廳堂空地演戲本是此種觀念的延伸。而氍毹之設也非明代始創。由唐周繇〈夢舞鍾馗賦〉、常非月〈詠談容娘詩〉及宋史浩的〈劍器舞〉，〔註204〕均可看出舞者是立在「華茵」、「錦筵」、「錦裀」之上的。蓋紅氍之設，一則可限定表演空間，再則有使表演者免於摔傷的實際作用，而明代演劇繁盛，紅氍毹上水袖翩翩，清音婉轉，演盡了古往今來人生百態，也勾勒出明代文士精緻雅麗的生活面貌，遂造就了戲曲史上的獨特風姿，甚至「氍毹」一詞的內涵也已擴大了，試看《陶庵夢憶》卷五〈劉暉吉女戲〉：

> 今唐明皇見之，亦必目睜口開，謂氍毹場中那得如許光怪耶！〔註205〕

又《遠山堂曲品・具品・底豫記》：

> 古帝王聖賢，原有屬禁，不入氍毹場中，此記宜亟毀之。〔註206〕

又《閒情偶寄・演習部・選劇第一》：

> 以致牛鬼蛇神，塞滿氍毹之上。〔註207〕

又《詞餘叢話》：

> 馮猶龍〈小青傳〉，宛轉如生，低徊欲絕，不必紅氍毹上始見亭亭倩女魂也。〔註208〕

頁57。圖32「丸劍宴舞畫像磚」及拓片，見《重慶市博物館藏四川漢畫像磚選集》第16圖，頁36～37。圖33引自座右寶刊行會編：《中國の陶磁：新出土の名品》（東京：小學館，1978年）

〔註203〕宋耐得翁《都城紀勝》之〈市井〉條：「此外如執政府牆下空地，諸色路歧人，在此作場，尤為駢闐。又皇城司馬道亦然，候潮門外殿司教場，夏月亦有絕伎作場。其他街市，如此空際地段，多有作場之人。」周密《武林舊事》卷六〈瓦子勾欄〉條：「或有路歧不入勾欄，只在要鬧寬闊之處做場者，謂之『打野呵』，此又藝之次者。」分見《東京夢華錄（外四種）》，頁91、頁441。

〔註204〕唐周繇〈夢舞鍾馗賦〉有「引鍾馗兮，來舞華茵」之句，見〔清〕董誥等編：《欽定全唐文》（京都：中文出版社，1976年影印清嘉慶內府刻本），卷812，頁22b，總頁10775。唐常非月〈詠談容娘〉詩：「舉手整花鈿，翻身舞錦筵，馬圍行處匝，人簇看場圓。」見彭定求等編：《全唐詩》，第6冊，卷203，頁2126。宋史浩〈劍舞〉有「二舞者對廳立裀上」及「一人左立，上裀舞，有欲刺右漢裝者之勢。」之句，其中竹竿子有念「錦裀上，蹌鳳來儀，軼態橫生，瑰姿譎起」詞，見劉永濟輯錄：《宋代歌舞劇曲錄要》（上海：古典文學出版社，1957年），頁30、32。

〔註205〕張岱：《陶庵夢憶》，頁68。

〔註206〕祁彪佳：《遠山堂曲品》，頁95。

〔註207〕李漁：《閒情偶寄》，卷4，頁73。

〔註208〕〔清〕楊恩壽：《詞餘叢話》，《中國古典戲曲論著集成》，第9冊，卷3〈原

又《綴白裘》十一集許苞承序：

> 有時以鄙俚之俗情，入當場之科白，一上氍毹，即堪捧腹。〔註209〕

以上各條資料都與玉堂華筵上的紅氍毹錦茵無關，而是以「氍毹」爲「戲房」之代稱。〔註210〕

以上討論的是家宅演劇的舞臺、看席、戲房等等，下文將分別敘述「點戲」、「拆戲」、「找戲」及戲價等問題。

家宴所演的劇目有時是預定的，例如：

> 《弇州史料》中〈楊忠愍公傳略〉，與傳奇不合。相傳：《鳴鳳》傳奇，弇州門人作，惟〈法場〉一折是弇州自填。詞初成時，命優人演之，邀縣令同觀。令變色起謝，欲亟去。弇州徐出邸抄示之曰：「嵩父子已敗矣。」乃終宴。〔註211〕

> 袁籜菴作《瑞玉》傳奇，描寫逆璫魏忠賢私人巡撫毛一鷺及織局太監李實搆陷周忠介公事甚悉。甫脫稿，即授優伶唱演。是日諸公畢集，而袁尚未至。優人請曰：「李實登場，尚少一引子。」於是諸公各擬一調，俄而袁至，告以優人所請，袁笑曰：「幾忘之！」即索筆書【卜算子】云：「（中略）。」語不多，而句句雙關巧妙，諸公歎服，遂各毀其所作。（下略）〔註212〕

有時則臨時「點戲」。點戲的習慣由來已久，根據《教坊記》記載：「凡欲出戲，所司先進曲名，上以墨點者即舞，不點者即否，謂之『進點』。」〔註213〕可見唐代宮廷演出，就已有點戲的規矩。元代職業劇團在勾闌演出時也流行點戲，有時是觀眾要求主要演員把拿手戲報出來，任其選點（如《藍采和》）；有時，則是把主要演員會演的劇目寫在招子上，貼在劇場四周梁上，任觀眾揀選。明代優人營利公演時，仍然保存著這個規矩，如「祠廟演劇」節所引

　　　　　　事〉，頁 270。

〔註209〕〔清〕許苞承：〈綴白裘外集敘〉，〔清〕玩花主人編選，錢德蒼續選：《綴白裘・十一集》（臺北：臺灣學生書局，1987 年《善本戲曲叢刊》第 5 輯影印乾隆四十二年武林鴻文堂重刊本），總頁 4482。

〔註210〕雖然舞廳、樂樓等建築的舞臺上也鋪有紅氍，如圖十、十一、十二、十四、十五、十六，但以氍毹代稱戲場，仍以明代氍毹表演之盛爲主要原因。

〔註211〕焦循：《劇說》，卷 3，頁 136。

〔註212〕同前註，卷 3，頁 131。

〔註213〕崔令欽：《教坊記》，頁 12。

《檮杌閒評》四十三回即是一例。〔註214〕而家宅堂會點戲的資料更爲普遍，如《金瓶梅詞話》五十八回寫西門慶做壽宴客：

> 西門慶令上席，各分頭遞酒。下邊樂工呈上揭帖。到劉、薛二內相席前，令揀了一段「韓湘子度陳半街」《升仙會》雜劇。〔註215〕

六十四回西門慶款宴薛劉二宦官：

> 兩位內相分左右坐了，吳大舅、溫秀才、應伯爵從次，西門慶下邊相陪。子弟鼓板響動，遞上關目揭帖。兩位內相看了一回，揀了一段《劉智遠紅袍記》。〔註216〕

都是於客齊席定之後，優人呈上「關目揭帖」，由首席主客點戲。「關目揭帖」上羅列的是能演的戲碼。《呂眞人黃粱夢境記》第九齣〈蝶夢〉，演夢中的呂洞賓高中後看梨園演戲，「梨園一班叩頭」後，「作請戲題科」，外飾的呂洞賓「作看戲題科」，並云：「內有《蝴蝶夢》一題，想是莊周了，請演此曲如何？」正是點戲的例子。〔註217〕另外《望湖亭》二十三齣〈迎婚〉也有段戲中戲，劇本交代：「眾照常定席介，副末執戲目上，照常規點讓介」，〔註218〕可見點戲乃宴會之常規，一來可以藉此表達主人對賓客的尊敬，同時也可因而選觀愛看的戲。不過點戲並不是一件容易的事，如果點戲之人不知劇情內容而只照劇名挑選，就很可能在喜宴之上點了悲劇，或是喪事時點了喜劇，使主客雙方都很難堪。甚至還會因點劇不當而引起不愉快的場面，例如：

> 公宴時，選劇最難。相傳：有秦姓者選《琵琶記》數齣，座有蔡姓者意不懌，秦急選〈風僧〉一齣演之，蔡意始平。歲乙卯，余在山東學幕，試完，縣令送戲，幕中有林姓者選〈孫臏詐瘋〉一齣，孫姓選〈林沖夜奔〉一齣，皆出無意，若互相誚者，主人阮公之叔阮北渚鴻解之曰：「今日演《桃花扇》可也。」懷寧粉墨登場，演〈鬧丁〉、〈鬧榭〉二齣，北渚拍掌稱樂，一座盡歡。〔註219〕

〔註214〕無名氏：《檮杌閒評》，卷43，頁2a～3a，總頁1435～1437。

〔註215〕蘭陵笑笑生：《金瓶梅詞話》，頁897。

〔註216〕同前註，頁1027～1028。

〔註217〕〔明〕蘇元儁（不二道人蘇漢英）：《重校呂眞人黃粱夢境記》（上海：商務印書館，1954年《古本戲曲叢刊初集》影印北京圖書館藏明繼志齋刊本），上卷，第9齣〈蝶夢〉，頁17b～18b。

〔註218〕〔明〕沈自晉：《望湖亭記》（上海：商務印書館，1955年《古本戲曲叢刊二集》影印長樂鄭氏藏明末刊本），卷下，頁11b。

〔註219〕焦循：《劇說》，卷6，頁208。

這雖是清代的資料，但「公宴時選劇最難」的事實當是明以來即存在的。清人陳維崧（1625～1682）也曾提到他爲點戲而深覺苦惱：

> 于皇曰：朋輩中惟僕與其年最拙，他不具論。一日旅舍風雨中，與
> 其年杯酒閒談。余因及首席決不可坐，要點戲是一苦事。余嘗坐壽
> 筵首席，見新戲有《壽春圖》，名甚吉利，亟點之，不知其斬殺到底，
> 終坐不安。其年云：「亦嘗坐壽筵首席，見新戲有《壽榮華》，以爲
> 吉利，亟點之，不知其哭泣到底，滿堂不樂。」〔註220〕

《壽春圖》一劇諸書皆未著錄，《壽榮華》是朱佐朝作品，壽、榮、華乃三美玉之名，劇情卻非干吉慶祥和，陳氏不知，誤點此劇，於是壽宴之上哭泣到底，使得「滿座不樂」，尷尬萬分。

既有呈「關目揭帖」由主客點戲的規矩，因此優人必須能戲甚多，方能應付。《香囊怨》中的劉盼春能記得五六十本雜劇，因此聲名大噪；《玉環記》中，生初見貼即說：「敢問大姐記得多少雜劇院本？」貼則頗爲自負地答道：「妾亦廣博，文武雜劇也曉得五六十本！」接著又沾沾自喜地唱【後庭花】曲，遍數所習的戲曲，可爲一例。〔註221〕

「拆戲」之名也見於前述《菊莊新話》引陳明智事之中：

> 優之例：凡受值，劇十色各自往。一色或遘疾，或以事不得與，則
> 專責諸司衣笥者，別徵一人以代，謂之「拆戲」。然優人徇名，每名
> 部關人，亦必更徵諸他名部，無濫拆者。〔註222〕

優人承召赴宅第表演時，各行腳色都各別前往。若有演員臨時有病或因事缺席，則由管衣箱者負責另找一人代演，稱爲「拆戲」。而所謂代演者之劇藝、聲名必須與班中原腳色齊鼓相當，否則即爲「濫拆」。例如陳明智本爲村優，偶應徵代替「寒香」名部之淨色，因其「衣藍縷」、「形眇小，言復呐呐不出口」，問以姓氏里居及本部名，又俱無人識者」，於是「群優皆愕眙」「群詬笥者」，以爲「濫拆」。直到他當堂展露絕活，「眾方驚謝」。

「找戲」不只是家宴演戲的規矩，祠廟中表演也有此例，惟資料不多，

〔註220〕〔清〕陳維崧：〈賀新郎‧自嘲用贈蘇崑生韻同杜于皇賦〉詞小序，《迦陵詞全集》（上海：上海古籍出版社，2002 年《續修四庫全書‧集部詞類》第 1724 冊影印清康熙二十八年刊本），卷 27，頁 1b～2a，總頁 363～364。
〔註221〕楊柔勝：《玉環記》，毛晉編：《六十種曲》，第 8 冊，第 6 齣〈韋皋嫖院〉，頁 19。
〔註222〕焦循：《劇說》，卷 6，頁 199。

故一併列於此處。《快雪堂日記》萬曆壬寅（三十年，1602）十一月二十六日：

> 赴包鳴甫席……屠氏梨園演《雙珠記》，找《北西廂》二折，復奏琵琶。〔註223〕

又《檮杌閒評》第三回：

> 王公子道：「只是難為雲卿了，一本總是旦曲，後我的三齣，又是長的。」〔註224〕

同書四十三回：

> 正戲完了，又點找戲。〔註225〕

戴不凡先生對「找戲」的解釋見《小說見聞錄》：

> 我幼時看金華戲崑腔班、三合班等都有「找戲」。凡祠廟正式做戲，每場演出約有一定之老規矩，不得短欠，演出次序如下：
>
> 　　1. 排八仙
>
> 　　2. 三跳（《天官賜福》、跳財神、跳魁星）
>
> 　　3. 找戲（一至三或四齣）
>
> 　　4. 正本戲（但並非全本，而只是其中若干重要場子）
>
> 每天日場如此，晚場亦如此。「找戲」云云，有「前三齣」之意，均是短劇，文武不拘。我疑應作「早戲」。〔註226〕

戴氏懷疑「找戲」或是「早戲」之訛。但根據前引三條資料，「找戲」都在正戲之後，似是正戲唱完而觀眾興猶未盡，演員遂另外奉贈數齣以饗知音，今口語中有「找補」一詞，即是「額外添加補足」之意，與「找戲」名義相符，恐非「早戲」之訛。至於金華戲班在三跳、正本戲之間演「找戲」，大概是「大軸子」觀念興起之後的事。楊懋建《夢華瑣簿》中言：

> 今梨園登場，日例有三軸子。「早軸子」，客皆未集，草草開場；繼則三齣散套，皆佳伶也，「中軸子」後一齣曰「壓軸子」，以最佳者一人當之；後此則「大軸子」矣。大軸子皆全本新戲，分日接演，旬日乃畢。〔註227〕

戲劇演出是漸入佳境的，正戲大多放在最後，前則以散齣墊之。原來是正戲

〔註223〕馮夢禎：《快雪堂日記》，卷13，頁188。

〔註224〕無名氏：《檮杌閒評》，卷3，頁3b，總頁78。

〔註225〕同前註，卷43，頁2b，總頁1436。

〔註226〕戴不凡：〈明清小說中的戲曲史料〉，《小說見聞錄》，頁169。

〔註227〕楊懋建（蕊珠舊史）：《夢華瑣簿》，頁354。

之後額外找補奉贈的「找戲」，今則提之於前，而仍沿用舊名，以至惹人疑議。

　　至於請戲班到家中演戲的費用，《金瓶梅詞話》四十三回戲子唱「戲文四摺」後，喬太太和喬大戶娘「賞了兩包一兩銀子，四個唱的，每人二錢」，月娘眾姊妹「管待戲子并兩個師範酒飯，與了五兩銀子唱錢，打發去了。」〔註228〕六十四回海鹽子弟連唱兩夜，「與了戲子四兩銀子」，〔註229〕七十九回海鹽班唱了一個下午，「二兩銀子唱錢，酒食管待出門。」〔註230〕除了演出的「唱錢」外，另外還有「賞錢」。該書二十四回記李嬌兒用五兩銀子買下一名丫頭，三十回西門慶以六兩銀子買下奶娘，〔註231〕由此看來，戲價與賞銀的數目頗爲不低。而《檮杌閒評》中戲子身價似乎更爲高漲：

> 今日有五六兩銀子賞錢，多做幾齣也不爲過。〔註232〕

> 做戲要費得多哩！他定要四兩一本，賞錢在外，那班蠻奴才好不輕
> 薄。還不肯吃殘餚，連酒水將近要十兩銀子。〔註233〕

原來演一本戲要四兩，另外還要賞錢。一般賞錢恐怕多在四兩左右，因此得了五六兩便「多做幾出也不爲過」。演劇家所資付的戲價，連賞錢加酒飯錢，將近要十兩銀子。給賞錢的習慣在《四友齋叢說》中也有例子，可作爲《檮杌閒評》這部小說之佐證：

> 許石城言：介老請東橋日，許亦在坐。堂中懸一畫，是〈月明千里
> 故人來〉，乃吳小仙筆也。作揖甫畢，東橋即大聲言曰：「此摹本也，
> 眞蹟在我南京倪清溪家，此畫妙甚，若覓得眞蹟纔好。」後上席，
> 戲劇盈庭，教坊樂工約有六七十人。東橋曰：「相別數年，今日正要
> 講話，此輩喧聒，當盡數遣去。」命從人取銀五錢賞之，介老父子
> 大爲沮喪。後數日，介老即請北京六部諸公，亦有教坊樂與戲子。
> 諸公聽命如小生，樂工賞賜各二三兩。是日亦請石城在坐，蓋所以
> 示意於石城也。〔註234〕

主人似乎還以賞銀的數目來顯示自己的身分地位。明末徐樹丕《識小錄》卷

〔註228〕蘭陵笑笑生：《金瓶梅詞話》，頁 644〜645。
〔註229〕同前註，頁 1029。
〔註230〕同前註，頁 1369。
〔註231〕同前註，頁 343、頁 433。
〔註232〕無名氏：《檮杌閒評》，卷 3，頁 3b，總頁 78。
〔註233〕同前註，卷 4，頁 9a，總頁 123。
〔註234〕何良俊：《四友齋叢說》，卷 15，頁 125〜126。

四吳優條，也有關於戲價的記載：

> 吳中幾十年來，外觀甚美而中實枵然。至近年辛巳奇荒之後，即外
> 觀亦不美矣。而優人鮮衣美食，橫行里中。人家做戲一本，費至十
> 餘金，而諸優猶恨恨嫌少。甚者有乘馬者、乘輿者，在戲房索人參
> 湯者，種種惡狀，然必有鄉紳主之人家惴惴奉之。〔註235〕

明末政治混亂，時局不隱，但演劇事業反而大為發展。蓋因士大夫們見政
治既不可為，遂轉而享受生活之侈靡，設筵觀劇早已成為社會風俗，社交
禮節，幾至「不敢不用」、「世俗必不能廢」的地步，《支華平先生集》卷三
十六：

> 優伶雜技，不惟蠱惑心志，亦多玷污家風，吾所常見。惟郡邑大夫
> 宴款不敢不用。〔註236〕

《人譜類記》也說：

> 梨園唱劇，至今日而濫觴極矣，然而敬神宴客，世俗必不能廢。
>
> 〔註237〕

衛道之士雖然明知優伶雜技會蠱惑心志，玷污家風，但敬神宴客仍不敢不用。
又《金陵瑣事》有云：

> 一極品貴人，目不識丁，又不諳練。一日家讌，扮演鄭元和戲文。
> 有丑角劉淮者，最能發感動人。演至殺五花馬，賣來興保兒。來興
> 保哭泣戀主，貴人呼至席前，滿斟酒一金杯賞之，且勸曰：「汝主人
> 既要賣你，不必苦苦戀他了！」來興保喏喏而退。此迺戲中之戲，
> 夢中之夢也，貴人所以為貴人乎！〔註238〕

這雖只是一則「目不識丁」又不懂戲的主人所鬧的笑話，但正可看出，家宴
演劇不僅是為了助興，更是炫耀。這種現象，對戲劇的發展固然有推波助瀾
之勢，但就社會風氣而言，則是令人痛心的。出身卑微的戲子們，在這「反
常」的時代裏，陡地成為達官貴人爭相邀請的對象，遂不免如暴發戶般地做
出「種種惡狀」，戲價、賞銀的數目，自然也有很高的要求。

〔註235〕徐樹丕：《識小錄》，卷4，總頁534～535。

〔註236〕〔明〕支大綸：《支華平先生集》（臺南：莊嚴文化事業有限公司，1997年《四
庫全書存目叢書・集部別集類》第162冊影印北京大學圖書館藏明萬曆清旦
閣刻本），頁17b，總頁402。

〔註237〕劉宗周：《人譜類記》，卷5〈考旋篇〉，頁63。

〔註238〕周暉：《金陵瑣事》，卷4，〈痴絕〉條，頁1844～1845。

第六節　船舫演劇

　　貴族豪紳、文人雅士張宴觀劇時，多半在家宅廳堂或花園中，但也有在船舫之中的。風雅的文人們，特別創設了「樓船」以增豪興，這在江南水鄉特別盛行，所謂「樓船簫鼓，峨冠盛筵，燈火優傒，聲光相亂」，正是西湖七月半時的一大奇觀。〔註239〕據《陶庵夢憶》卷三〈包涵所〉條所載：「西湖三船之樓，實包副使涵所創爲之。大小三號：頭號置歌筵、儲歌童；次載書畫；再次侍美人。」〔註240〕包涵所在萬曆年間與張汝霖、范長白、鄒愚公、黃貞父諸人一同品竹彈絲、講究聲伎，創爲樓船之後，張岱之父亦隨之效法，「家大人造樓，船之；造船，樓之。故里中人謂船樓，謂樓船，顛倒之不置」。七月十五落成之日，還特地「以木排數里搭臺演戲」，城中村落乘舟來觀者「大小千餘艘」，可謂盛況空前。〔註241〕此外，在舟中看戲的資料還有很多，例如《天香閣隨筆》卷二：

　　　　江邑顧赤文，……虎邱設樓船，作伎樂，與諸大老日事游宴。〔註242〕

馮夢禎《快雪堂日記》萬曆己亥（二十七年，1599）十一月：

　　　　初四日，陰。入冬此日最寒。沈薇亭二子設席湖中，款余及臧晉叔，諸柴及伯皋陪。以風大不堪移舟，悶坐作戲。戲子松江人，甚不佳。演《玉玦記》。〔註243〕

又萬曆壬寅（三十年，1602）九月十九日：

　　　　晴，……歸舟小憩。沈伯和、顧德甫作主，周丞陪，出戲，在吳中可當中駟，演《鸎釵》。〔註244〕

又萬曆癸卯（三十一年，1603）七月十一日：

　　　　同屠沖暘駕樓船至矣。初闚入余舟。遂拉過其船。船以爲館，留余敍，張樂演《拜月亭》。樂半，余諸姬奏伎隔船，沖暘大加賞嘆。〔註245〕

又萬曆癸卯七月十七日：

　　　　尋往斷橋，迎沖暘先生，既午過屠舟，久之，包儀甫至，遂過大舟。

〔註239〕張岱：〈西湖七月半〉，《陶庵夢憶》，卷7，頁84。
〔註240〕同前註，卷3，頁41。
〔註241〕同前註，〈樓船〉，卷8，頁96～97。
〔註242〕李介：《天香閣隨筆》，卷2，頁14b～15a，總頁466。
〔註243〕馮夢禎：《快雪堂日記》，卷11，頁146。
〔註244〕同前註，卷13，頁182。
〔註245〕同前註，卷14，頁200。

先令諸姬隔船奏曲，始送酒作戲。是日，演《紅葉》傳奇，坐又久之。

《調象菴稿》十八卷有七言律詩題為：

秋日尚熱，西湖舟中命侍兒作劇，人來聚觀，至夜分乃散，依若撫兄韻紀事。〔註246〕

祁彪佳《祁忠敏公日記》崇禎九年（1639）正月初十日：

趙應侯過訪，與之小酌，午後憩於舟中，乃邀王雲岫、王雲瀛及潘鳴岐小酌，觀《投梭記》。〔註247〕

又崇禎九年十一月二十二日：

（陶）石梁舉酌方半，棹舟以遊，時有女伴攜歌姬至，邀演數劇。

〔註248〕

又崇禎十五年十月十七日：

劉雪濤公祖見招，赴酌於湖舫，觀《紅梨花記》。〔註249〕

又崇禎十六年十月五日：

及舟，則李子木張宴待矣。舉酌觀《一捧雪記》。〔註250〕

《板橋雜記》：

嘉興姚壯若，用十二樓船於秦淮，招集四方應試知名之士百有餘人，每船邀名妓四人侑酒，梨園一部，燈火笙歌，為一時之盛事。〔註251〕

不僅家伶隨主人赴舟演出，甚至職業演員也有被邀至船舫之中的。《快雪堂日記》中屠、馮二家家優「奏伎隔船」的景況，更可看出文人雅士的風流逸致。另孫毓修的《綠天清話》記載「蕩河船」之事也足資參考：

吳縣王鶴琴先生耆年碩德，與談吳中掌故，則掀髯抵掌，如數家珍。嘗詢以吳中戲院之肇始，先生云：明末尚無此。款神宴客，侑以優人，則於虎邱山塘河演之，其船名捲梢；觀者別僱沙飛牛舌等小舟，環伺其旁，小如瓜皮；往來渡客者，則曰蕩河船，把獎者非垂髫少女，即半老徐娘，風流甚至。或所演不洽人意，岸上觀者輒拋擲瓦

〔註246〕鄒迪光：《調象菴稿》，卷18，頁8b，總頁634。

〔註247〕祁彪佳：《祁忠敏公日記》，〈居林適筆〉，頁2b，總頁326。

〔註248〕同前註，頁32a，總頁385。

〔註249〕同前註，〈壬午日曆〉，頁28a，總頁281。

〔註250〕同前註，〈癸未日曆〉，頁38a，總頁383。

〔註251〕余懷：《板橋雜記》下卷〈軼事〉，張廷華輯：《香豔叢書・十三集》，冊7，卷3，頁13b，總頁3678。

礫，劇每中止；船上觀客過多，恐遭覆溺，則又中止。一曲笙歌，周章殊甚。……〔註 252〕

明末「款神宴客，侑以優人」的場合，雖然非如王鶴琴所述以船舫爲主，但此段生動的描繪，仍可與《陶庵夢憶》卷八〈樓船〉所云「越中舟如蠡殼，跼蹐篷底，看山如矮人觀場，僅見鞋靸而已」的景況相互發明。〔註 253〕

第七節　其　他

有時也在勝地名園演戲。於亭間表演的例子有：崇禎五年（1625）八月初十，祁彪佳與田康宇等人「小酌於山亭」「就席觀《雙珠傳奇》」，〔註 254〕七年閏中秋，張岱攜小傒岕竹、楚煙等於山亭演劇十餘齣；〔註255〕八年（1628）六月初八祁彪佳赴施淡甯邀，於西湖玉蓮亭觀女梨園演《江天暮雪》。〔註 256〕蓋山亭即天然之舞亭，就地作場最爲方便，《西湖夢尋》卷三〈十錦塘〉之文曾描寫「望湖亭」說：「亭在十錦塘之盡，漸近孤山，湖面寬廠（敞）。孫東瀛修葺華麗，增築露臺，可風可月，兼可肆筵設席，笙歌劇戲，無日無之。」〔註 257〕《陶庵夢憶》卷七〈閏中秋〉說每位同遊者除了攜斗酒、五簋、十蔬果之外，還有「紅氈一牀」，或許亭臺之上也鋪設氍毹以便演出。〔註 258〕

也有置酒設戲於「昭慶僧房」的，見《快雪堂日記》萬曆己亥（二十七年，1599）十一月初一日記。〔註 259〕不過這與寺廟演戲不同，只是借用古剎舉辦私人家宴而已。昭慶寺雖爲佛，實已成爲遊覽勝地，《西湖夢尋》中有〈昭慶寺〉一文，說道「萬曆十七年，司禮監太監孫隆以織造助建，懸幢列鼎，絕盛一時。而兩廡櫛比，皆市廛精肆，奇貨可居。春時有香市，與南海天竺山東香客及鄉村婦女兒童，往來交易，人聲嘈雜，舌敝耳聾，抵夏方止。」〔註 260〕原來此地

〔註 252〕孫毓修（原署綠天翁）：《綠天清話》，載《小說月報》第 3 卷第 6 期（1912 年 6 月），〈郭生始創戲院〉條，頁 2。

〔註 253〕張岱：《陶庵夢憶》，頁 96～97。

〔註 254〕祁彪佳：《祁忠敏公日記》，〈棲北冗言〉，頁 33a，總頁 173。

〔註 255〕張岱：〈閏中秋〉，《陶庵夢憶》，卷 7，頁 89～90。

〔註 256〕祁彪佳：《祁忠敏公日記》，〈歸南快錄〉，頁 9a，總頁 277。

〔註 257〕張岱：〈十錦塘〉，《西湖夢尋》，卷 3，頁 162。

〔註 258〕張岱：《陶庵夢憶》，頁 89。

〔註 259〕馮夢禎：《快雪堂日記》，卷 11，頁 146。

〔註 260〕張岱：〈昭慶寺〉，《西湖夢尋》，卷 1，頁 127。

已成「市集」了。至於《陶庵夢憶》卷一〈金山夜戲〉在金山寺龍王堂演戲，則完全是隨興所至，因地作場，與寺廟社戲全不相干。

祁彪佳《祁忠敏公日記》中又有幾條在「會館」看戲的資料：

> （崇禎五年八月）十五日，……出晤鍾象臺、陸生甫，即赴同鄉公會，皆言路諸君子也。馮鄴仙次至，姜頲愚再至，餘俱先後至，觀《教子傳奇》，客情俱暢。奕者奕，投壺者投壺，雙陸者雙陸。〔註261〕

> （崇禎六年正月）十八日，……午後出於眞定會館，邀吳儉育、李玉完、王銘輈、水向若、凌茗柯、李淯磐、吳磊齋飲，觀《花筵賺記》。〔註262〕

> （崇禎六年正月）二十二日，……即赴稽山會館，邀駱太如，馬擎臣則先至矣，再邀潘朗叔、張三峩、吳于王、孫湛然、朱集菴、周無執飲，觀《西樓記》。〔註263〕

會館裏演戲，原是想同鄉們聚會時借看戲聯絡感情，後來卻成了公共娛樂場所。清代以後，專門的戲院出現，舞臺、客座包括於同一建築之內，觀眾席且設有包廂，如瀋陽「八旗會館」、北京「江西會館」均是，雖以「會館爲名」，其實即是公共戲院。明代的會館似已具備此種性質，試看祁彪佳專程約集了眾友人出入各會館，那裏是敘鄉情，分明是爲了看戲。會館中若有附設的舞臺，則屬於建於室內之舞臺，舞臺與客座均在同一屋頂之下。

〔註261〕祁彪佳：《祁忠敏公日記》，〈棲北冗言〉，頁 33b，總頁 174。
〔註262〕同前註，〈役南瑣記〉，頁 4a，總頁 221。
〔註263〕同前註，頁 5a，總頁 223。

第三章 演員、演出場合與劇場形製對戲劇的影響

　　戲劇乃是一項綜合藝術，文學、音樂、舞蹈、美術皆需兼而備之、融於一爐；而從劇本的完成，到搬上舞臺的一刻，其間猶有一段繁複的歷程。戲劇搬演必須與客觀環境相互配合，始能達成完美的劇場效果。舉凡演員、觀眾、演出場合、劇場形製，莫不與演出息息相關。本文前兩章既已將明傳奇的劇團組織及類別、演出場合及劇場形製詳加考述，本章則以上項研究爲基礎，進而探討其於戲劇題材、體製及劇場藝術（舞臺藝術）之影響，茲分三節敘述。

第一節　戲劇題材

　　清初宋犖之《筠廊偶筆》記載了以下一段事蹟：

> 袁籜庵于令以《西樓》傳奇得盛名，與人談及，輒有喜色。一日，出
> 飲歸，肩輿月下過一大姓門，其家方燕客，演〈霸王夜宴〉。輿人曰：
> 「如此良夜，何不唱『繡戶傳嬌語』？」籜庵狂喜，幾墮輿。〔註1〕

「繡戶傳嬌語」是袁于令《西樓記》中的名句。在豪門巨室的錦堂華筵之前，在良宵美景清風明月的襯映之下，應當是生旦並肩共傳「繡戶傳嬌語」的綺旎情致，而當時演的卻是韓信登臺拜將、霸王自刎烏江的《千金記》（霸王夜宴），此景此戲，是何等的不相宜啊！由肩輿者的這段話，我們可以看出：戲

〔註1〕 引自焦循：《劇說》，頁198。

劇題材與演出場合及劇場形製之間的相互配合，是所有觀眾的共同要求。因此在陶奭齡《小柴桑喃喃錄》中，遂依不同的場合而「第院本作四等」，予以分類：

> 余嘗欲第院本作四等：如《四喜》、《百順》之類，頌也，有慶喜之事則演之；《五倫》、《四德》、《香囊》、《還帶》等，大雅也，《八義》、《葛衣》等，小雅也，尋常家庭燕會則演之；《拜月》、《繡襦》等，風也，閒庭別館，朋友小集，或可演之。至於《曇花》、《長生》、《邯鄲》、《南柯》之類，謂之逸品，在四品之外，禪林道院，皆可搬演，以代道場齋醮之事。若夫《西廂》、《玉簪》等，諸淫媟之戲，亟宜放絕，禁書坊不得鬻，禁優人不得學，違則痛懲之，亦厚風俗、正人心之一助也。〔註2〕

陶氏的分類雖然過於精細，無法適用於現有資料，〔註3〕但戲劇題材與演出場合及劇場形製的關係則清楚的顯示出來了。本論文第二章曾分七節詳述明傳奇的演出場合及劇場形製，而此章因討論重心不同，不必再如前章般詳加區分，僅依劇場形製之不同大別為「戲棚」及「氍毹」表演兩大類。凡在勾闌、廣場、祠廟等處臨時搭臺架棚，或利用固定舞臺者屬前者；凡於家宅、酒肆、茶坊、妓院等地張宴備戲，就地鋪氍作場者屬後者。前者多由職業藝人擔任演出，對象是一般百姓，觀眾人數往往成百上千；後者的演員包括家樂與職業戲子，觀眾泰半為文人雅士，演出空間及觀眾人數均受限制。二者的演員、觀眾、演出場合、劇場形製皆有不同，戲劇題材當然也會有相當的差異。雖然劇目的選擇常牽涉許多主觀因素（如點戲者個人之喜好、戲子擅長與否等），並無其絕對性，不過仍能據所知資料予以分類而得其大較。

在田汝成《熙朝樂事》（以下簡稱《熙朝》）、范濂《雲間據目抄》（以下簡稱《雲間》）、〔註4〕王穉登《吳社篇》、〔註5〕李玉《永團圓》傳奇第四齣〈會

〔註2〕 陶奭齡《喃喃錄》卷上，轉引自王利器輯錄：《元明清三代禁毀小說戲曲史料》（上海：上海古籍出版社，1981年），第3編〈社會輿論〉，頁268。

〔註3〕 現有資料往往敘述籠統，無法分辨究竟是「有慶喜之事」，還是「尋常家庭燕會」，或「閒庭別館、朋友小集」。

〔註4〕 《熙朝樂事》及《雲間據目抄》見前文所引。

〔註5〕 王穉登：《吳社編・捨會》，頁4044～4045。茲引錄如下：
雜劇，則《虎牢關》、《曲江池》、《楚霸王》、《單刀會》、《遊赤壁》、《劉知遠》、《水晶宮》、《勸農丞》、《採桑娘》、《三顧草廬》、《八僊慶壽》。

響〉之南北合套曲文，〔註6〕以及明末小說《鼓掌絕塵》（以下簡稱《鼓掌》）三十三回中，〔註7〕提供了許多戲棚演戲的劇目。雖然仍未盡詳備，但因上述資料皆係專門記錄鄉鎮演戲的情形，因此列出的戲目都具有相當的代表性。馮夢禎《快雪堂日記》、祁彪佳《祁忠敏公日記》及其他明人文集、筆談中，則提供了大批氍毹演劇戲碼（如下附表一）足資參考。以下的討論，均以上

神鬼，則觀世音、二郎神、漢天師、十八羅漢、鍾馗嫁妹、西竺取經、雷公電母、后土夫人。

人物，則伍子胥、孫夫人、姜太公、王彥章、李太白、宋公明、狀元歸、十八學士、十三太保、征西寡婦、十八諸侯。

〔註6〕 李玉：《一笠菴新編永團圓傳奇》（上海：文學古籍刊行社，1957 年《古本戲曲叢刊三集》影印大興傅氏藏崇禎中刊本），卷上，第 4 齣〈會釁〉，頁 10b～12a。茲引錄曲文如下（部分缺字參考陳古虞、陳多、馬聖貴點校：《李玉戲曲集》〔上海：上海古籍出版社，2004 年〕，頁 306）：

【南普天樂】急攘攘、車和轎、鬧叢叢、獅和豹。昭君怨、昭君怨塞外迢迢。送京娘、匡胤名標。看回回獻寶羊裘粧似猱。百尺高竿，戲耍、戲耍吞劍輪刀。

【北朝天子】慣征西女曹，戰溫侯虎牢，征東跨海人爭道，鍾馗戲妹，扮將來恁喬。咬臍郎，真年少。朱買臣、老樵，嚴子陵、獨釣。雙妙雙妙雙雙妙，黑旋風元宵夜鬧。度函關青牛老，度函關青牛老。

【南普天樂】：小紅娘、真波俏，法聰僧、風魔了。達摩祖，達摩祖一葦乘潮。妙常姑，必正如膠。看綠毯星炤、書生投破窯。織女牛郎，偷度、偷度靈鶴填橋。

【北朝天子】小秦王奔逃，尉遲恭勇驍，少年打虎跨（當作誇）存孝，獨行千里、羨雲長義高。會偷桃東方朔，牡丹亭夢交，望湖亭新套。翻調翻調翻調，活觀音善才參著，採蓮舟歌聲噪，採蓮舟歌聲噪。

【南普天樂】遠西天、唐僧到，廣寒宮、明皇造。七紅間、七紅間八黑蹊蹺。劫生辰、晁蓋英豪。看狀元幼小、杏花奪錦鑣。並轡遊街，簇擁、簇擁幾隊笙簫。

〔註7〕 〔明〕金木散人撰：《新鐫出像批評通俗演義鼓掌絕塵・月集》（上海：上海古籍出版社，1994 年《古本小說集成》影印崇禎四年辛未〔1631〕刊本），第 33 回，頁 6b～7b，總頁 978～980。所引用的「二十八齣戲文故事」為：董卓儀亭窺呂布、崑崙月下竊紅綃、時遷夜盜鎖子甲、關公挑起絳紅袍、女改男粧紅拂女、報喜宮花入破窯、林沖夜上梁山泊、興宗大造洛陽橋、伍子胥陰擎伯嚭、李存孝力戰黃巢、三叔公收留季子、富童兒搬謀韋皐、黑旋風下山取母、武三思進驛逢妖、韓王孫淮河把釣、姜太公渭水神交、李豬兒黃昏行刺、孫猴子大鬧靈霄、清風亭趕不上的薛榮嘆氣、烏江渡敵不過的項羽悲嚎、會跌打的蔡扢搭飛拳飛腳，使猛力的張翼德輪棒輪刀。試看那瘋和尚做得活像、瞎倉官差不分毫、景陽崗武都頭單拳打虎、靈隱寺秦丞相拚命奔逃。更有那小兒童戴鬼臉跳、一個月明和尚度柳翠，敲鑼敲鼓鬧元宵。

述資料為根據。惟因傳奇體製龐大，常須歷述悲歡離合，詳備遭遇始末。而中國戲劇向來是寓教於樂的，作者常欲借忠臣、孝子、義士、節婦的事蹟感召人心、打動人情，傳奇腳色又須生旦兼備，愛情遂成每本戲中不可避免的主題之一。因此「男女愛情」、「倫理親情」、「道德教化」、「科舉功名」往往在傳奇中融合為一、彼此糾纏，很難嚴格畫分，討論時只能就其特別突出的主題予以強調，各類之間並非全無搭掛。

附表一

劇　名	快雪堂日記（萬曆）	祁忠敏公日記（崇禎）	其　他
八義記		5 年 10 月 24 日	遊居柿錄
千祥記		8 年 8 月 30 日 13 年閏正月 4 日	
千金記		8 年 12 月 19 日	
水滸記		9 年 1 月 28 日	
石榴花記		5 年 10 月 25 日 6 年 1 月 27 日 11 年 2 月 10 日	
玉合記	30 年 9 月 27 日	5 年 6 月 29 日 5 年 11 月 20 日	
百花記		5 年 10 月 12 日 5 年 11 月 27 日	
百順記		6 年 2 月 8 日 8 年 8 月 14 日	
西樓記		5 年 7 月 5 日 9 年 3 月 12 日	
牡丹亭		5 年 11 月 16 日	劇說
明珠記	30 年 11 月 23 日	5 年 9 月 22 日	
花筵賺記		6 年 1 月 9 日 9 年 3 月 16 日	
牧羊記		8 年 11 月 2 日 11 年 10 月 13 日	
紅絲記		10 年 5 月 24 日 11 年 4 月 23 日	

紅拂記		5 年 10 月 15 日 6 年 1 月 8 日 6 年 1 月 24 日	
香囊記	30 年 11 月 8 日	6 年 2 月 15 日 11 年 4 月 22 日	
拜月亭	31 年 7 月 11 日	5 年 5 月 18 日 5 年 8 月 25 日 5 年 10 月 28 日 9 年 9 月 11 日	
浣紗記		10 年 8 月 29 日 11 年 10 月 26 日 12 年 10 月 14 日	曠園雜志
連環記		5 年 10 月 13 日 11 年 1 月 27 日	
望湖亭記		6 年 5 月 20 日 11 年 7 月 7 日	
黃孝子記		8 年 5 月 28 日 11 年 1 月 26 日	
琵琶記	26 年 9 月 20 日		
紫釵記			石語齋集（兩見）
紫簫記			超然樓集
彩樓記		5 年 10 月 22 日 6 年 1 月 21 日 11 年 1 月 29 日 13 年 1 月 19 日	
蝴蝶夢			石民橫塘集
曇花記	30 年 8 月 15 日		鬱儀樓集
雙紅記		5 年 5 月 11 日 8 年 12 月 12 日 12 年 10 月 18 日	石語齋集
繡襦記		12 年 10 月 11 日	金陵瑣事
鸂釵記		10 年 2 月 24 日 10 年 4 月 21 日	

鸞釵記	30 年 9 月 19 日	12 年 1 月 26 日	
九錫記		9 年 1 月 29 日	
五福記		5 年 10 月 20 日	
永團圓		乙酉 4 月 13 日 乙酉 4 月 14 日	
四元記		10 年 10 月 23 日	
白兔記			遊居柿錄
白袍記			白華樓吟稿
玉玦記	27 年 11 月 4 日		
合紗記		5 年 11 月 18 日	
弄珠樓記		6 年 1 月 16 日	
孝悌記		12 年 1 月 23 日	
衣珠記		6 年 1 月 20 日	
空函記		8 年 5 月 22 日	
金雀記		11 年 1 月 22 日	
珍珠衫		5 年 4 月 26 日	
迴文劇		5 年 7 月 2 日	
春蕪記		5 年 9 月 28 日	
紅梅記		6 年 2 月 16 日	
紅葉記		12 年 1 月 28 日	
秋簫記		8 年 5 月 23 日	
南柯記		8 年 5 月 25 日	
神鏡記			石語齋集
珊瑚記			遊居柿錄
祝髮記			顧曲雜言、曲海總目提要
宮花劇		5 年 5 月 12 日	
宵光記		8 年 5 月 24 日	
荊釵記		12 年 9 月 17 日	
凌雲記			遯菴詩集
彩箋半記		5 年 7 月 3 日	
異夢記		5 年 8 月 27 日	
梅花記		8 年 5 月 21 日	

望雲記		8 年 12 月 11 日	
荷花蕩記		10 年 4 月 20 日	
教子劇		5 年 8 月 3 日	
雄辯記		6 年 2 月 12 日	
畫中人記		8 年 11 月 26 日	
葛衣記		6 年 1 月 19 日	
獅吼記		6 年 2 月 7 日	
萬壽記		11 年 1 月 10 日	
義俠記	30 年 9 月 25 日		
翠屏山記		9 年 2 月 19 日	
綠袍記		10 年 11 月 3 日	
綵毫記			石民橫塘集
蕉帕記			始青閣稿
鴛鴦棒		9 年 2 月 18 日	
薛仁貴傳奇			白華樓吟稿
檀扇記		5 年 10 月 14 日	
霞箋記		11 年 12 月 15 日	
療妒羹		16 年 9 月 29 日	
鮫綃記			曲海總目提要
雙串記		8 年 5 月 17 日	
題塔記		8 年 6 月 16 日	
雙飛神記		10 年 11 月 2 日	
藍橋記			始青閣稿
題紅記	31 年 7 月 17 日		
雙珠記	30 年 11 月 26 日		
寶劍記		5 年 7 月 15 日	
躍鯉記	31 年 1 月 15 日		
驚鴻記	32 年 5 月 3 日		
鳴鳳記			劇說
麒麟記	30 年 10 月 28 日		
銀牌記		11 年 11 月 28 日	
摩尼珠		12 年 1 月 25 日	
李丹記		6 年 5 月 21 日	
金花記	30 年 9 月 20 日		

　　職業演員在祠廟、廣場、勾闌的戲棚中演出時，臺下的景況在第二章中曾配合圖片詳細敘述。但見村里鄉民，扶老攜幼，簇擁環繞在戲棚之下，有的爬到樹上，有的攀上鄰家牆頭，過往行人不時駐足停觀，更有小販穿梭其間兜售食品，整個戲場可說是毫無秩序可言。而且許多觀眾被擠在遠處遙遙觀望，更有遊船暫停征棹攏岸看戲，劇場的空間範圍當然也無法確定。戲劇演出為了鎮壓住喧鬧的場面，為了要照顧廣大人群，戲碼的選擇務必要通俗而熱鬧，愛情戲在此上演時或不免變含蓄為熱情，放雅正為淫邪，方能投合大部分觀眾的味口。此外，由於祠廟演劇同時兼有祭祀意味，「宗教性」也成為社戲劇目的特色之一。以下即分別就上述各點敘述：

一、通　俗

　　內容的通俗，分別表現在歷史劇、時事劇及老戲三方面。

　　《雲間據目抄》卷二〈記風俗〉記鄉鎮演戲「皆野史所載，俚鄙可笑者」，「俚鄙可笑」未必為真，而「野史所載」則指出了題材大部分的來源，試看：

劇　名	吳社篇	永團圓	鼓掌絕塵	其　他
（不詳）	姜太公		姜太公渭水神交	
昭關記	伍子胥		伍子胥陰擎伯嚭	
漁樵記		朱買臣老樵		
金印記			三叔公收留季子	
千金記	楚霸王		烏江渡敵不過的項羽悲嚎	
千金記			韓王孫淮河把釣	
三國記	單刀會			
古城記		獨行千里羨雲長義高	關公挑起絳紅袍	
連環記	十八諸侯	戰溫侯虎牢	董卓儀亭窺呂布	
連環記	虎牢關			
草廬記	三顧草廬		使猛力的張翼德輪棒輪刀	
草廬記	孫夫人			

金貂記		小秦王奔逃尉遲恭勇驍		小秦王跳澗（雲間）
薛仁貴白袍記		征東跨海人爭道		
（不詳）		嚴子陵獨釣		
望雲記			武三思進驛逢妖	
（不詳）		廣寒宮明皇造		
雙忠記			李豬兒黃昏行刺	
（不詳）	十三太保	少年打虎誇存孝	李存孝力戰黃巢	
風雲記		送京娘匡胤名標		
（楊家將故事）	征西寡婦	寡婦征西	慣征西女曹	
剔目記		曹大本收租	瞎倉官差不分毫	
精忠記			靈隱寺秦丞相拚命奔逃	
精忠記			瘋和尚做得活像	
（水滸故事）		黑旋風元宵夜鬧	黑旋風下山取母	
偷甲記			時遷夜盜鎖子甲	
木梳記			會跌打的蔡犵搭飛拳飛腳	
義俠記			景陽崗武都頭單拳打虎	
水滸記		劫生辰晁蓋英豪		
寶劍記			林沖夜上梁山泊	

　　由於中國戲劇中同一題材每每有不同體製的多種劇本爲之搬演，因此僅憑故事情節的提示很難確指劇名。而作者不明確指出劇名，正可證明這些戲是大家耳熟能詳，而非新編生造的，也可看出這些戲之所以流行，正在其「情節」之動人。楚漢相爭、三國鼎立、楊門女將、梁山好漢，這是何等有名的故事，何等親切的人物。古來即爲人所仰慕的民族英雄，以及平話、說唱中傳頌已久的義士豪俠，一旦粉墨裝扮、躍然登場，必能立刻吸引住觀眾的注意力。因此歷史故事、民間傳說遂成爲高臺戲棚演出劇目的主要來源。其中尤以風格豪放並具忠義精神的戲最受歡迎。《遠山堂曲品》評《千金記》云：

「記楚、漢事甚豪暢，但所演皆英雄本色，閨閣處便覺寂寥」，〔註8〕所謂「英雄本色」是指以其忠義行徑、豪俠氣概打動人心，正切合於民間劇場的型態。雖然傳奇必須以生旦爲主角，但上述諸劇的生腳戲份均較旦爲重，這種陽剛豪放的風格、慷慨壯烈的情節，往往能在劇場中形成震憾人心的氣勢，顧彩的〈髯樵傳〉有如下的記載：

> 明季吳縣洞庭山鄉有樵子者，貌髯而偉，姓名不著，絕有力，自不知書，然好聽人談古今事。常激於義，出言辨是非，儒者無以難。嘗荷薪至演劇所觀《精忠傳》，所謂秦檜者出，髯怒，飛躍上臺，摔秦檜毆，流血幾斃。眾驚救，髯曰：「若爲丞相，奸似此，不歐殺何待！」眾曰：「戲也，非眞檜。」髯曰：「吾亦知戲，故毆；若眞檜，膏吾斧矣。」〔註9〕

又董含《蓴鄉贅筆》中也說：

> 楓涇鎮爲江、浙連界，商賈叢積。每上巳，賽神最盛，築高臺，邀梨園數部，歌舞達旦。曰：「神非是不樂也。」一日，演秦檜殺岳穆父子，曲盡其態。忽一人從眾中躍發臺，挾利刃直前，刺檜流血滿地，執縛見官，訊擅殺平人之故，其人仰對曰：「民與梨園從無半面，一時憤激，願與檜俱死，實不暇計眞與假也。」〔註10〕

由這兩段記載中，我們不僅可看出演員表演的逼眞，更可見壯烈史蹟在劇場中的影響力。

取材於近代時事的劇目也往往在民間形成轟動。《陶庵夢憶》卷七〈冰山記〉記載：

> 魏璫敗，好事作傳奇十數本，多失實，余爲刪改之，仍名《冰山》。城隍廟揚臺，觀者數萬人，臺址鱗比，擠至大門外，一人上白曰：「某楊漣。」□□誶讓曰：「楊漣！楊漣！」聲達外，如潮湧，人人皆如之。杖范元白、逼死裕妃，怒氣忿涌，噤斷嘆嗜。至顏佩韋擊殺緹騎，嘯呼跳蹴，洶洶崩屋。沈青霞縛薰人射相嵩以爲笑樂，不是過也。〔註11〕

〔註8〕 祁彪佳：《遠山堂曲品‧雅品殘稿》，頁129。
〔註9〕 顧彩〈髯樵傳〉，轉引焦循：《劇說》，頁203。
〔註10〕 轉引自焦循：《劇說》，同前註。
〔註11〕 張岱：《陶庵夢憶》，頁93。

楊漣等東林黨人為閹宦迫害之事，早為民間所熟知。忠良遭害，民間百姓徒懷忠憤卻無力可施，今既演為戲劇，難怪人人爭相競覩，激憤處甚且「怒氣忿涌、嚖斷喈嘆」、「嘯呼跳躍、洶洶崩屋」了。

　　《吳社篇》提到的《劉知遠》（《白兔記》），《永團圓》的「咬臍郎真年少」（《白兔記》），《陶庵夢憶》卷四〈嚴肋廟〉的《荊釵》、《琵琶》、《白兔》，都是屬於明初即傳下的骨子老戲之類。這些戲之所以常演於戲棚，一則是因千錘百鍊、雅俗共賞，二來則因傳唱既久，已具備了通俗性。民間百姓非但對劇情瞭若指掌，甚至曲調也能琅琅上口。例如第二章引過的〈嚴助廟〉中，記載臺上演出《琵琶》、《荊釵》時，「一老者坐臺下對院本，一字脫落，群起噪之，又開場重做」，可見百姓對這些戲之熟悉。越熟悉的戲，越能獲得廣大群眾的普遍共鳴。今京劇中《四郎探母》、《三堂會審》等劇之所以能屢演不輟，原因亦在此。

　　通俗的內容也必須有通俗的表現手法才能為觀眾所接受。駢詞儷句能為讌會雅集平添幾許文藝氣息，而在高臺廣場之上面對村舍耕夫，則顯得格格不入。上述諸劇的曲文多半質樸俚俗，出乎戲子之口即能直接入乎觀眾之耳，不必玩其文義，不必搜索典故，便能當下明瞭。呂天成《曲品》評《金印記》云：「寫世態炎涼曲盡，真足令人感喟發憤，近俚處具見古態」，〔註12〕能夠從其關目情節之動人處肯定此劇的價值，是十分公允的評斷。而其他諸戲卻沒有這麼幸運，往往因其曲文不工、音律不諧而被指斥，例如《遠山堂曲品》云：

　　《白袍》：曲之明者半，俚者半。俚語著一二齒牙，便覺舌本強澀。

　　　　　　　元有《比射轅門》劇，是亦傳薛仁貴者，今為村兒塗塞，

　　　　　　　令人無下手處矣。〔註13〕

　　《西遊》：將一部《西遊記》板煞填譜，不能無其所有，簡其所繁，

　　　　　　　祇由才思膚淺故也。〔註14〕

　　《古城》：《三國傳》散為諸傳奇，無一不是鄙俚。如此記通本不脫

　　　　　　　【新水令】數調，調復不倫，真村兒信口胡嘲者。〔註15〕

〔註12〕呂天成撰，吳書陰校註：《曲品校註》，卷下〈舊傳奇‧妙品五〉，頁173。「感喟發憤」，亦有版本作「感激」。

〔註13〕祁彪佳：《遠山堂曲品‧具品》，頁89。

〔註14〕同前註，頁99。

〔註15〕祁彪佳：《遠山堂曲品‧雜調》，頁112。

《和戎》：明妃青塚，自江淹恨賦而外，譜之詩歌，嫋嫋不絕。乃被
濫惡詞曲，占此佳境，幾使文人絕筆，惜哉！〔註16〕

《剔目》：包公按曹大本，反被禁於水牢，此段可以裂眦。〔註17〕

其中《古城》、《和戎》等俱被斥入「雜調」，即「不及品」之意。《勸善》、《妙相》二記也都未獲好評，如前所引。祁彪佳係以「音律」、「詞華」爲曲品之標準，〔註18〕殊不知通俗戲曲儘管詞采、音律俱不足道，卻自有其能撼動人心之處。而《香囊》、《玉合》、《玉玦》之類藻飾之作，卻幾乎不演於戲棚。

二、熱　鬧

《檮杌閒評》十三回進忠到廟裡看戲的一段，本篇第二章曾予節錄，當天唱的是《蕉帕記》，文中說「倒也熱鬧」。〔註19〕在「鑼鼓喧天、人煙湊集」的劇場中，如果演文雅細緻之戲，未免顯得冷淡寂寥，熱鬧和通俗可以說是戲棚演出最基本的要求。《永團圓》曲文中有「《七紅》間、《七紅》間《八黑》蹊蹺」之句，指的是《七紅記》和《八黑記》，《七紅》又名《寶釧記》，演朱聘、陳芳華相遇，以寶釧作合，又賴漢壽亭侯神力，同赤面者七神相助；「八黑」者，指項羽、張飛、周倉、尉遲恭、鍾馗、趙元壇、鄭恩、焦贊等八人，又名《劍丹記》。七紅、八黑穿梭場上，倒也熱鬧，而祁彪佳卻以文人眼光，斥爲「可見其取境之俗」，〔註20〕其實在戲棚廣場之上，這種熱鬧的戲很能吸引人。

如何能使得排場熱鬧，大抵而言可通過下列兩條途徑：紛華的歌舞與火熾的武打。《浣紗》之〈採蓮〉（《熙朝》）、《昭君出塞》（《雲間》、《熙朝》、《永團圓》）、《鍾馗嫁妹》（《吳社編》、《永團圓》）、《狀元遊街》（即《破窰記》，見《雲間》、《吳社編》、《永團圓》、《鼓掌》）、俱有大型歌舞場面，「目連戲」則有精彩的武術特技（詳見下文）。此外，《吳社篇》提到的《八仙慶壽》、「二郎神」、「漢天師」、「十八羅漢」、「西竺取經」、「雷公電母」、「十八學士」，《熙朝樂事》中的《張仙打彈》、《學士登瀛》（即《吳社篇》中的「十八學士」），《鼓掌絕塵》的《孫猴子大鬧雲霄》等神怪劇，也都穿插了大量的歌舞、武

〔註16〕同前註，頁115。

〔註17〕同前註，頁119。

〔註18〕祁彪佳《遠山堂曲品・敘》云：「予則賞音律而兼收詞華。」（頁5）

〔註19〕無名氏：《檮杌閒評》，卷13，頁7a，總頁465。

〔註20〕祁彪佳：《遠山堂曲品・具品》，頁89。

打，極受觀眾的歡迎。這些都是由題材本身即已提出了「排場熱鬧」的要求，即已決定了表演風格之趨向。至於排場情形將留待〈劇場藝術〉一節再論。不過，神怪劇之適於戲棚演出，除因排場熱鬧外，「宗教性」也是原因之一。

三、宗教信仰

　　前章曾詳述迎神賽會演戲的目的，不僅是「娛人」，更爲了「取悅神明」，因此劇中免不了要有神怪仙佛的出現，上述西遊、八仙諸劇均是如此。而目連戲的演出，尤與民間信仰有關。戲劇的功能，是透過舞臺效果去表達觀眾的心理需求，元代全眞道教普遍流行民間，因此元雜劇中便產生了不少「度脫劇」，反映異族統治下的人民對於度化成仙的願望。而明代以後，三教合一幾乎成爲社會上普遍的趨勢，目連戲即充分反映了此一現象。目連故事本出佛經，相傳其母墮入餓鬼道中受苦，目連想救母親卻無能爲力，於是求佛幫助。佛就命他在七月十五日，用盆裝滿各種飲食供品來齋僧，藉眾多僧人之力，使其母得到超昇。後來每年七月十五日舉行盂蘭盆會遂成定制。而七月十五，正是道教中元普渡的節日，儒家也於是日「具素饌享先」，〔註21〕因此七月中旬民間的祭祀高潮，實是兼採儒釋道三教儀式所造成的。目連戲的演出，宋代已很隆重，《東京夢華錄》卷八說：「构肆樂人，自過七夕，便搬《目連救母》雜劇，直至十五日止，觀者增倍。」〔註22〕明代鄭之珍更編了一百零二折的《目連救母勸善戲文》，極力強調三教合一的思想。〔註23〕雖然《遠山堂曲品》以爲此劇「全不知音調，第效乞食瞽兒沿門叫唱耳」，但每逢中元，仍「以三日夜演之」，且「鬨動村社」，〔註24〕《陶庵夢憶》卷六的〈目蓮戲〉條更生動地記載了轟動的實況。此劇之所以廣受歡迎，除了排場熱鬧之外，其中的宗教意味能與時令配合，當是另一個不可忽視的因素。另外又有金懷玉所作《妙相記》，《遠山堂曲品》云：「演說因果，止堪入村姑、牧豎之耳，內多自撰曲名，且以北曲犯入南曲，大堪噴飯」，〔註25〕儘管俚俗不文、音律

〔註21〕　〔宋〕陸游：《老學庵筆記》（北京：中華書局，1979年），卷7，頁87。
〔註22〕　孟元老：〈中元節〉條，《東京夢華錄》，頁49。
〔註23〕　代表性的例子可見鄭之珍：《新編目連救母勸善戲文》（上海：商務印書館，1954年《古本戲曲叢刊初集》影印明萬曆高石山房刊本），卷上，第3折〈齋僧齋道〉之數曲，頁6b～8a。
〔註24〕　祁彪佳：《遠山堂曲品·雜調》，頁114。
〔註25〕　祁彪佳：《遠山堂曲品·具品》，頁106～107。

不諧，但演出時卻仍能「鬧動鄉社」，且被稱為「賽目連」，也是社戲中受歡迎的劇目。此劇舊有萬曆間金陵富春堂刻本，今不詳藏於何處。〔註26〕《吳社篇》的「觀世音」及《永團圓》的「活觀音善才參著」，則疑指《香山記》而言，此劇今存富春堂刊本，演觀音在香山竹林寺成道的經過。它在舞臺上能夠流行，濃厚的宗教性當為主因。

四、風月淫戲

愛情是文學中永恆而普遍的主題，無論是文人學士或是鄉野村夫，無論在青樓紅氍或寺廟戲棚，它都是最受歡迎的。不過戲棚與氍毹的表現方式卻必須截然不同。三五文友、華堂小宴之際，觀眾有足夠的文學修養與閑適心情來欣賞才子佳人花前月下、和詩酬韻的文細場面，而圍繞在戲棚四周的廣大群眾，恐怕根本無法看清生旦之間眉目傳情、互遞心事的含蓄做表。因此，戲棚之中雖然也有《西廂記》、《玉簪記》、《牡丹亭》、《玉環記》等戲，不過演法卻不同於廳堂氍毹之文雅，而改以大膽熱情的方式出之。葉憲祖《三義成姻》第一折中有段對白：

> （貼）……我去年隨著媽媽到集上看戲，恰好唱一本《西廂》。二月十五日，張君瑞和那紅娘鬧道場，勾上了手，後來到書房裏，張君瑞叫他做親娘，又跪著他，好不有趣。這個書上有麼？
>
> （旦）這等淫穢的事，怎的出在書上？
>
> （貼）又曾見唱戲的做個〈金精戲寶儀〉，那寶儀只是讀書，不保那金精，人都罵他是一個呆鳥。這個書上一定有麼？
>
> （旦）這個書上也不見有，卻是寶儀做的是。〔註27〕

由此至少可看出兩點：一、集上演戲常有「淫穢」場面；二、劇本（「書上」）與舞臺實際演出有相當的差異。對白中舉了《西廂記》及《五桂記》兩個實例。《西廂記》中的紅娘原是古道熱腸的俏皮丫頭，而戲子作場之時，為了招徠觀眾，紅娘與張生之間似乎較原作多添了一層曖昧關係，對白也顯得粗鄙。試看萬曆三十八年刊行的《鼎刻時興滾調歌令玉谷新簧》卷之二所錄〈紅娘

〔註26〕傅惜華：《明代傳奇全目》（北京：人民文學出版社，1959年），頁141。

〔註27〕〔明〕葉憲祖：《葉憲祖雜劇四種·三義成姻》（桂林：廣西師範大學出版社，2006年《日本所藏稀見中國戲曲文獻叢刊》第1輯第17冊影印日本內閣文庫藏明萬曆刊本），頁2a，總頁60。

遞束傳情〉一段：

（生）小娘子不圖謝禮，敢只是圖著小生哩？

（紅唱）休看人似桃李春風墻外枝。

（生）紅娘到也會賣俏。

（紅）呸，又不比賣俏的倚著門兒，我雖是窮婆娘有些兒志氣。

（生）丫頭，你有甚麼志氣？

（紅）我怎的沒志氣，只是不教你，若是教你，俺小姐就到手。

（生）紅娘，沒奈何教道小生罷！

（紅）張先生要一個大（太）湖石，要一個腳門兒纏是。

（生）又要如此，紅娘，有了，把我這臥床當作大（太）湖石，書
　　　館門當作腳門。

（紅）這到去得。

（生）紅娘，又沒個小姐。

（紅）我有道理，你坐在上面當小姐，我在下面做你。

（中略）

（紅）衙內，書便替你帶去，將甚麼來謝我？

（生）打對釵子謝你。

（紅）我帶（戴）釵，小姐戴甚麼？

（生）做套衣服謝你。

（紅）我姊姊穿不盡的。

（生）做雙鞋子與你。

（紅）那是我婦人本等事。

（生）買雙銷金膝袴送你。

（紅）纏鶯鶯腿不上，到要來纏紅娘的足。

（生）紅娘說話甚蹺蹊，提起頭裏我便知，金釵衣服俱不要，只愛
　　　張珙做夫妻。

（紅）衙內說話甚顛狂，蝶本無心戀落香，若要紅娘傳簡帖，低頭
　　　叫我一聲娘。〔註28〕

〔註28〕〔明〕吉州景居士輯：《鼎刻時興滾調歌令玉谷新簧》（臺北：臺灣學生書局，
　　　1984 年《善本戲曲叢刊》第 1 輯影印日本內閣文庫藏萬曆三十八年書林劉次
　　　泉刊本），卷 2 下層，頁 7b～8b，總頁 84～86。

本段選自「滾調」的曲本，聲腔曲調的問題，下文將有論述。此處僅根據其對白，以見其於原著之外所增出的淫穢意味。至於〈金精戲寶儀〉，為《五桂記》之一段。此記今不見藏本，而在《八能奏錦》、《萬曲長春》、《詞林一枝》、《大明春》等選本中錄有散齣，可供參考。祁彪佳《遠山堂曲品》云此劇「內有自撰曲名，可笑」，〔註29〕而戲場中之流行與否，原不以其曲律為惟一因素。

除了以上的實例之外，清人余治《得一錄》卷一引明高忠憲《感應篇直講·戒點淫戲講語》云：

> 世人每喜點淫戲取樂，全不知小戲誨淫，不但得罪神明，而且為害自己。蓋臺上演出，臺下有數千百男女聚觀，其中之暗受其害者，不知多少。害人害己，造孽無窮。蘇州某人每喜點小戲，自誇得意，後來其妻女皆不端，同時跟姦夫逃走，某立時氣死，可以鑑矣。〔註30〕

陳龍正〈同善會講話〉中，也有敘迎神賽會演淫戲的資料，已錄於前，〔註31〕戲棚之中風月淫戲之盛由此可見。

職業演員在勾闌、祠廟、廣場的戲棚高臺中表演時，經常演出內容通俗、排場熱鬧、宗教性濃、曲文質樸及風月淫穢的劇目，而在富紳豪門、文士大夫的家宅之中，戲劇演出則展現了另一番風格：

一、文士愛情

生旦的愛情戲是氍毹上最主要的題材，所占的比例最大，計有《石榴花記》（演張幼謙、羅惜惜事）、《玉合記》（演韓翃、柳氏事）、《西樓記》（演于叔夜、穆素徽事）、《牡丹亭》（柳夢梅、杜麗娘）、《明珠記》（王仙客、劉無雙）、《花筵賺》（溫嶠玉鏡臺事）、《紅絲記》（郭代公婚姻事）、《香囊記》（張九成夫妻）、《紫釵記》、《紫簫記》（李益、霍小玉）、《繡襦記》（鄭元和、李娃）、《鸚釵記》（宋璟與荊燕紅、康璧與真國香互結姻緣事）、《玉玦記》（王商與妻及李娟奴事）、《合紗記》（崔袞與姚銀蟾、饒夢麟二女婚姻事）、《弄珠樓記》（阮翰與霏煙、柳枝二女婚姻事）、《衣珠記》（趙旭與湘雲及荷珠婚姻）、《珍珠衫》（蔣興哥重會珍珠衫事）、《春蕪記》（宋玉、季清吳）、《紅梅記》（裴

〔註29〕祁彪佳：《遠山堂曲品·具品》，頁82。

〔註30〕〔清〕余治（蓮村）：《得一錄》（臺北：文海出版社，2003年《近代中國史料叢刊三編》第92輯影印清同治刊本），卷1，頁29a。

〔註31〕陳龍正：《幾亭全書》，卷24，頁5a，總頁173。

禹與李慧娘及盧昭容事）、《凌雲記》（司馬相如、卓文君）、《異夢記》（王奇俊、顧雲容）、《荷花蕩記》（李素、傅蓮貞）、《江天暮雪》（崔君瑞、鄭月娘）、《畫中人記》（趙顏、眞眞）、《葛衣記》（任西華姻緣）、《綠袍記》（劉湛、鳳娘）、《鴛鴦棒記》（即金玉奴棒打薄情郎事，惟人名不同）、《檀扇記》（凌生姻緣事）、《霞箋記》（李彥直、張麗容）、《療妬羹》（馮小青）、《鮫綃記》（魏必簡、沈瓊英）、《藍橋記」（裴航遇雲英故事）、《紅葉記》及《題紅記》（御溝紅葉事）、《雙珠記》（王楫夫婦）、《驚鴻記》（明皇、梅妃事，夾寫楊妃）等劇。這些傳奇雖然不少爲新編，但彼此之間並無絕大差異，多半以物件（如明珠、紅絲、香囊、白紗、珍珠衫、鮫綃、紅葉等）貫穿針線，縮合關目，劇情不外是奸人作梗，或因嫌貧毀婚、或因錯認姓名而陡生波瀾，生旦離散、歷經磨難，最後終得以團圓收場。劇情既有可循之模式，精彩處惟在作者如何借曲文抒發劇中人情緒、演員如何借唱腔身段刻畫劇中人性格，劇情本身之起承轉合則並無多大誘人之處。換言之，觀眾的興趣在看「如何抒情」，而非「所敘何事」。例如《西樓記》即因「寫情之至，亦極情之變」而列爲《遠山堂曲品》之「逸品」；《紫簫》也獲「閱之不動情者，必世間癡男子」之佳評，列入「艷品」，〔註32〕這些戲均因抒情手法高妙而獲得極高的評價。無論是烏巾紫裘的詩酒佳會，或是紅袖青衫的秦樓楚館，生旦裝扮登場，或悲哀訴怨，或歡愉共舞，皆能增添綺旎情致以達侑觴侑酒之效果。

　　觀眾既以文士階層爲主，那麼他們喜愛的當然是佳人才子的戀愛劇，上述諸劇的男主角，如司馬相如、宋玉、潘安、韓翃、于叔夜、柳夢梅、溫嶠、李益、鄭元和、趙旭、裴禹、崔君瑞等，幾乎都是滿腹才華的書生才子，雖然他們都曾歷經困頓，而最後總是金榜題名，婚姻美滿。其中自然也免不了吟詩聯句、相互定情的情節，《弄珠樓記》、《霞箋記》、《紅葉記》、《題紅記》中的詩文都是不可或缺的關目。如此的內容，自然也需要典雅的曲文，方能與之相襯。明代的戲曲理論雖有「本色」之論，但文士間流行的仍是藻麗的詞采。《萬曆野獲編》及徐復祚《曲論》對梅禹金《玉合記》的評語可爲代表：

　　梅禹金《玉合記》，最爲時所尚，然賓白盡俱駢語，餖飣太繁。其曲半使故事及成語，正如設色骷髏，粉捏化生，欲博人寵愛難矣。〔註33〕

〔註32〕祁彪佳：《遠山堂曲品》，頁 10、17。
〔註33〕沈德符：《萬曆野獲編》，卷 25〈詞曲・填詞名手〉，頁 643。

梅禹金宣城人，作爲《玉合記》，士林爭購之，紙爲之貴。曾寄余，余讀之不解也。傳奇之體，要在使田畯紅女聞之而趯然喜、悚然懼；若徒逞其博洽，使聞者不解爲何語，何異對驢而彈琴乎？……余謂：若歌《玉合》於筵前臺畔，無論田畯紅女，即學士大夫，能解作何語者幾人哉？〔註34〕

二人的戲劇觀念均非常正確，能「使田畯紅女聞之而趯然喜、悚然懼」，當場打動人心的才是好戲。可惜文人學士卻只要求詞工曲諧，即能按拍賞句，自得其樂。因此像《玉合記》一般「徒逞博洽」、「賓白俱用駢語」、「餖飣太繁」的作品，卻依然「爲士所尚」，以至「士林爭購」而競相演出。

其他家宅常演劇目也都以典麗著稱，如呂天成評《香囊記》云：「詞工白整，儘塡學問」，〔註35〕徐復祚以爲「《香囊》以詩語作曲，處處如煙花風柳，……麗語藻句，刺眼奪魄」。〔註36〕《明珠記》則「事極典麗，第曲白類多蕪葛」，〔註37〕徐復祚亦云「《明珠》卻絕有麗句」，〔註38〕《遠山堂曲品》列入「雅品」，《列朝詩集》也記錄了《明珠》曲調編成之經過：「（陸采）年十九，作《王仙客無雙傳奇》（即《明珠記》），（兄）子餘助成之。曲既成，集吳門老教師精音律者，逐腔改定，然後妙選梨園子弟登場教演，期盡善而後出」，〔註39〕可見其音律之精審。列入《遠山堂曲品》「艷品」的《玉玦記》，《萬曆野獲編》以爲「使事穩帖，用韻亦諧」，呂天成則云「典雅工麗，可詠可歌，開後人駢綺之派」。〔註40〕《紫簫記》、《紫釵記》在《遠山堂曲品》中均列爲「艷品」，《紫簫》「工藻鮮美」、「字字有輕紅嫩綠」、「琢調鮮美、鍊白駢麗」，《紫釵》亦得「靡縟」之評。〔註41〕《紅梅記》之「手筆輕倩，每有秀色浮動曲白間」，〔註42〕《雙紅記》「雖未能大有錘鑪，卻自婉麗可玩」，〔註43〕呂天成

〔註34〕徐復祚：《曲論》，頁237～238。
〔註35〕呂天成撰，吳書蔭校註：《曲品校註》，卷下〈舊傳奇・妙品三〉，頁170。
〔註36〕徐復祚：《曲論》，頁236。
〔註37〕王驥德：《曲律・雜論第三十九上》，卷3，頁152。
〔註38〕徐復祚：《曲論》，頁239。
〔註39〕錢謙益：《列朝詩集小傳・丁集上》，頁396。
〔註40〕祁彪佳：《遠山堂曲品・艷品》，頁20；沈德符：《萬曆野獲編》，卷25〈詞曲・塡詞名手〉，頁642；呂天成撰，吳書蔭校註：《曲品校註》，卷下，頁237。
〔註41〕祁彪佳：《遠山堂曲品・艷品》，頁17；呂天成撰，吳書蔭校：《曲品校註》，卷下〈新傳奇・湯海若所著傳奇五本〉，頁219～220。
〔註42〕祁彪佳：《遠山堂曲品・能品》，頁57～58。

云《藍橋記》以「綺麗」見奇,《遠山堂曲品》列入「艷品」。〔註44〕雖然也有某些傳奇因藻繪雕飾,遠離本色而被指為「蕪葛」、「堆砌」、「拼湊」、「如盛書櫃子」,〔註45〕不過在家宴中仍是常見劇目,可見文人學士們最感興趣的,仍是以典雅藻麗的文辭、精審諧美的曲調,緩緩道出才子佳人的風流佳話。換言之,兼備「文人之情」與「才士之致」〔註46〕的傳奇,才是最適合氍毹演出的劇目。

二、吉祥慶賀

本論文第二章〈家宅演劇〉節點戲一段,曾提及陳維崧(其年)在壽筵席上點《壽春圖》、《壽榮華》的例子,〔註47〕這雖是清初之事,但仍可看出賀客盈門、佳賓滿堂,同為壽誕、得子、任官、喬遷而舉杯稱慶之時,若戲子們「殺伐到底」、「哭泣到底」,將是一樁煞風景又令人尷尬不安的事。此例不僅可看出點戲之難,同時也可知必須有特別幾齣吉祥好戲以備喜筵吉席之用。《傳奇彙考標目》著錄沈采《還帶記》,並云:「演裴晉公香山事,因楊一清生日,故作此以壽之。」〔註48〕《遠山堂曲品》評此記「局面正大」、「詞調莊練」;〔註49〕同書「能品」錄趙蘭如《忠孝記》,並云:「傳吳公百朋一生宦譜,段段襯貼忠、孝二字,所以絕無生趣;然曲白莊麗,宜演之喜慶筵前。」〔註50〕可見喜慶筵前宜演的劇目,必須「局面正大」,以忠孝、功名事蹟為主題,同時曲白、音調又還要求「莊練雅麗」。在明人文集、日記中所提到的吉

〔註43〕同前註,頁71。
〔註44〕呂天成撰,吳書蔭校註:《曲品校註》,卷下〈新傳奇〉,頁274;祁彪佳:《遠山堂曲品・艷品》,頁17;
〔註45〕王驥德評《玉玦記》:「句句用事,如盛書櫃子,翻使人厭惡」;評《明珠記》:「事極典麗,第曲白類多蕪葛」;見《曲律》,卷3,〈論用事第二十一〉、〈雜論第三十九上〉,頁127、頁152。清李調元評張鳳翼傳奇為「堆砌軒輊」,見《雨村曲話》,《中國古典戲曲論著集成》,第8冊,頁24。
〔註46〕《遠山堂曲品・雜調》評《明珠記》:「文人之情、才士之致,具見之矣。」(頁130)
〔註47〕陳維崧:〈賀新郎・自嘲用贈蘇崑生韻同杜于皇賦〉詞小序,《迦陵詞全集》,卷27,頁1b〜2a,總頁363〜364。
〔註48〕〔清〕無名氏:《傳奇彙考標目》,《中國古典戲曲論著集成》,第7冊,卷上,頁196。
〔註49〕祁彪佳:《遠山堂曲品・能品》,頁32。
〔註50〕同前註,頁71。

祥好戲有《百順記》、《四元記》、《五福記》、《九錫記》、《千祥記》等，俱能合乎上述的要求。《百順記》演王曾事，宋人王曾於眞、仁二宗時以連中三元位至宰相，富貴功名壽考，一時無比，劇中又增飾其子科名，以百年皆在順境，故以「百順記」爲名。事既「正大」，詞亦「爛然」，〔註51〕遂成吉席之上常演劇目。《曲海總目提要》指出「凡賓筵吉席，無不演此劇者」，〔註52〕陶奭齡《喃喃錄》列入「頌」類，並云「有慶喜之事則演之」。〔註53〕在《喃喃錄》中與《百順》同列「頌」類的《四喜記》，演宋郊、宋祁兄弟俱臻貴顯事，「詞亦明麗」。〔註54〕《四元記》演宋宋再玉鄉薦、會試皆第一，王安石敗後復出就試，又舉會元，延試擢狀元事。《五福記》演韓琦五福俱修，仁宗特頒匾賀之之事。《九錫記》記范雍一門三代盡被恩榮，《千祥記》雖然音律不諧，「粗曉音律，便欲拈毫」，〔註55〕但因演長沙守賈鳳鳴八十生子事，內容極宜於吉席，劇名本身又充滿喜氣，故常演之。祁彪佳於崇禎十一年（1638）正月初十席間所覽之《萬壽記》，〔註56〕本事雖不詳，而觀其劇名即可推想其情節。

至於《八義記》、《牧羊記》、《黃孝子記》、《孝悌記》、《祝髮記》、《教子記》、《躍鯉記》等特別強調忠孝的戲，雖然並無「吉祥」之意，劇中也不乏淒苦之境，但因「局面正大」，主題明確，也常以之慶賀。如《祝髮記》，演徐孝克賣妻祝髮孝養事，《萬曆野獲編》謂此記爲萬曆十四年（1586）張伯起祝其母八旬高壽而作，正取其母賢子孝之意。〔註57〕

三、自編劇目

文人自己編製的劇本，通常是指導家樂或交付梨園在家中上演，並邀集數位知音一同觀賞，以期交換意見集思廣益。如屠隆的《曇花記》、謝弘儀《蝴蝶夢》、王世貞的《鳴鳳記》、阮大鋮的《燕子箋》、《雙金榜》等，這類情形在第一章中已有說明，此不贅述。而這類文人自製，家伶搬演的戲，也都不

〔註51〕同前註，頁27。
〔註52〕董康等纂輯：《曲海總目提要》，卷15，頁695。
〔註53〕引自王利器輯錄：《元明清三代禁毀小說戲曲史料》，頁268。
〔註54〕祁彪佳：《遠山堂曲品・能品》，頁49。
〔註55〕同前註，〈具品〉，頁111。
〔註56〕祁彪佳：《祁忠敏公日記・自鑑錄》，頁2b，總頁480。
〔註57〕沈德符：《萬曆野獲編》，卷25〈詞曲・張伯起傳奇〉，頁644。

脫典雅特色。《蝴蝶夢》一名《蟠桃讌》，以莊周夢蝶開場，終之以赴西池蟠桃之讌，大段以《南華經》中〈說劍〉、〈秋水〉、〈至樂〉、〈外物〉等篇渲染，並攙入鼓盆思想，以爲登仙之結局。《曇花記》也「闡仙、釋之宗」，而「其詞華美充暢」，甚至「學問堆垛，當作一部類書觀」。〔註58〕阮大鋮諸作則是以錯認起波瀾，以物件貫針線的典型文人愛情劇，其曲文更爲世所艷稱。

　　至於《荊》、《劉》、《拜》、《殺》、《琵琶記》，因係千錘百鍊、雅俗共賞的好戲，也常在家宴中演出。而值得注意的是：在戲棚之中頗爲流行的歷史劇，卻不常見於氍毹，只有《千金記》、《水滸記》、《義俠記》、《寶劍記》、《翠屏山》、《白袍記》數齣而已。「伍子胥」、《三國演義》、「楊家將」等概不獻演於廳堂。這些戲曲的曲文質樸、音律不諧，當然是不受文人歡迎的主要原因之一；同時，此類劇目多以英雄俠士的事蹟爲主，風格趨於豪放粗獷，與閑庭別館的典雅莊練、文靜細緻大相逕庭。而且其中大都穿插武打，在狹隘的紅氍之上甚難施展，例如《筆夢敍》中記錢岱家伶在「山滿樓」中設宴款待來訪的鹽司，「適優人裝兀尤戰敗時跳跌狀，撼攤席上高果」；〔註59〕又前引陳明智在人家氍毹上演《千金記・起霸》齣時，因「振臂登場、龍跳虎躍」，致使「梁上塵土簌簌墮肴饌中」。〔註60〕雖然這是一場成功的演出，但也可看出劇目選擇未能完全與演出場合及劇場形製配合。

　　高臺戲棚之上，以通俗熱鬧，繽粉火熾的劇目爲主，目的是要直接動人，以期老少咸宜，並配合休閒節日熱烈歡騰的氣氛；畫閣雕梁，小庭深院之中，則以文人才子的情事爲主，細膩委宛、典雅精緻爲其特色。二者之不同，全在乎觀眾之身分與趣味、演出之場合，與夫劇場之形製。

　　宮廷中的戲劇搬演，可分鐘鼓司負責的宮廷戲劇及教坊司承應的民間戲劇兩大類，上文已有說明。其中民間戲劇，也就是「外邊戲文」，由於可供參考的材料有限，很難據常演劇目而歸納其題材之特徵。大抵而言，由於是專供皇家觀賞的戲劇，因此不必顧慮大眾興趣，僅需因皇上個人之喜好而投其所好，如熹宗好閱武戲，懋勤殿中遂「多演岳忠武傳奇」；〔註61〕如太祖好《琵琶記》，

〔註58〕祁彪佳：《遠山堂曲品・豔品》，頁19～20；呂天成撰，吳書蔭校註：《曲品校註》，卷下〈新傳奇・屠赤水所著傳奇三本・曇花〉，頁255。

〔註59〕闕名：《筆夢敍》，張廷華輯：《香豔叢書・二集》，冊1，卷1，頁23b，總頁326。

〔註60〕焦循：《劇說》，卷6，頁200。

〔註61〕蔣之翹：《天啓宮詞》，頁60。

由是宮人「日令優人進演」。〔註62〕至於宮中原有的戲劇，也都帶有濃厚的為帝王服務的色彩，題材大致可分以下三類：一、反映民情：由於帝王多生於宮苑內廷，因此演「打稻之戲」及「過錦之戲」、「扮農夫豔婦及田畯官吏，徵租交納詞訟等事」，或「備極世間騙局醜態，並閨壼拙婦駿男，及市井商匠刁賴詞訟」等，使帝王能知稼穡艱難，使「廣識見、博聰明、順天時、恤民隱」。〔註63〕二、諷刺或諂媚：鐘鼓司的太監，常以戲劇為工具，或諷刺貪官，或諂媚權臣，如《都公譚纂》中所記成化年間內官阿丑諷刺汪直及優人毀謗保國公之戲，〔註64〕《酌中志》之王瘋子，則抹臉詼諧公然誇讚「好箇魏公公」。〔註65〕三、詼諧有趣以博上歡笑：過錦戲除了能反映民情外，還「濃淡相間、雅俗並陳，全在結局有趣，如說笑話之類」，因此鐘鼓司遇節逢時奏過錦戲時，「上每為之歡笑」。〔註66〕不過由於過錦諸戲皆屬「小戲」範圍，與本論文關係不大，且明代戲劇發展仍以職業戲班及私人家樂為推動主力，宮廷劇團因只在御前承應，影響終究有限，因此宮中演劇之題材僅略述於上。

第二節　戲劇體製

劇場對於戲劇的體製也有相當的影響。「傳奇」既要「傳其事之奇焉者」，〔註67〕必是「因其事甚奇特，未經人見而傳之」，〔註68〕傳奇作者在選取題材、架構故事時，總要安排劇中人歷經離合、遍嚐悲歡，曲折複雜以引人入勝。因此劇本的篇幅勢必較長，齣數也相對地要多，才能容納複雜的故事內容。這和一本只有四折的北雜劇是完全不同的戲劇形式。由《金瓶梅詞話》中可看出一本雜劇的演出，通常就需要一個下午，〔註69〕傳奇各齣曲調雖多寡不

〔註62〕徐渭：《南詞敘錄》，頁240。

〔註63〕劉若愚：《酌中志・內府衙門職掌》，卷16，頁107～108。

〔註64〕都穆：《都公譚纂》，卷下，頁41。

〔註65〕劉若愚：《酌中志・內府衙門職掌》，卷16，頁108～109。

〔註66〕無名氏：《爐宮遺錄》，卷下，頁2a。

〔註67〕「傳奇者，傳其事之奇焉者也，事不奇則不傳。」見孔尚任：《桃花扇・小識》，卷下，頁150a。

〔註68〕「古人呼劇本為傳奇者，因其事甚奇特，未經人見而傳之，是以得名。」語見李漁：《閒情偶寄・詞曲部・結構第一・脫窠臼》，卷1，頁15。

〔註69〕《金瓶梅詞話》四十二回西門慶吩咐點燈時，「戲文扮了四摺」（頁626）；四十三回做《王月英月夜留鞋記》，「戲文四折下來，天色已晚」（頁644）；四十八回西門慶在墳莊上演戲也是「扮了四大摺，……看看天色晚來。」（頁712）

一，但全本搬演往往需要相當的時日，恐非一日所能演完。不少作者在編劇時，已考慮到了實際演出的問題，所以傳奇本子一般都有上下兩卷，分兩天演完，上半部結束叫「小收煞」，下半部團圓叫「大收煞」。小收煞是前半的結尾，在內容上不僅要將前半情節略作收束，以清眉目，更要暗伏線索導引下文；曲調安排也不能過簡，以免收場寥落冷清。李漁《閒情偶寄・論格局》中，於此有詳論：

> 上半部之末齣，暫攝情形，略收鑼鼓，名為「小收煞」。宜緊忌寬，宜熱忌冷，宜作鄭五歇後，令人揣摩下文，不知此事如何結果。如做把戲者，暗藏一物於盆盎衣襀之中，做定而令人射覆，此正做定之際，眾人射覆之時也。戲法無真假，戲文無工拙，只是使人想不到、猜不著，便是好戲法、好戲文。猜破而後出之，則觀者索然、作者赧然，不如藏拙之為妙矣。〔註70〕

李漁的戲劇理論，可以視作有明一代傳奇演出經驗的總結，絕非閉門造車、憑空杜撰而成的。李氏遍觀明人傳奇，再加上個人多年創作實踐的經驗，而提出小收煞之論，提醒作者要將重心平均分配，以免高潮全集中於後半，前半則沉悶乏味，令人索然無趣，不欲續觀，這是針對實際演出情形而論的。有不少作者也注意及此，都在上卷盡量製造波瀾、啟人疑竇、引人興趣，至下半方一一解決問題，逐步趨向團圓。例如汪廷訥的《彩舟記》，上卷最末第十七齣〈伺隙〉，演到江生與吳女的私情為吳家老婢識破，欲往告吳母。觀眾方屏息引頸欲觀其究竟之時，臺上卻停鑼歇鼓了，〔註71〕其所以在緊要處聳人耳目者，無非是要引起觀眾明日繼續觀賞的興趣。戲分兩日演是很明顯的。《博笑記》上卷最末也有「賣嫂事演過，戲文暫歇，下卷又有假婦人事登場」之白，可為證。〔註72〕也有的劇本多達百餘齣，更可連臺上演。例如鄭之珍的《目連救母勸善戲文》，共分三卷，每卷皆有敷演場目與開場，且各具終局，若釐而為三，皆可各自獨立，這分明是為實際演出而做的安排，《遠山堂曲品》即說此劇在村社中是「以三日夜演之」的。〔註73〕如此的長篇巨帙，在戲棚

〔註70〕李漁：《閒情偶寄・詞曲部・格局第六・小收煞》，卷3，頁68。

〔註71〕〔明〕汪廷訥：《環翠堂樂府彩舟記》（上海：商務印書館，1955年《古本戲曲叢刊二集》影印北京圖書館藏明環翠堂刊本），卷上，頁46b～47a。

〔註72〕沈璟：《新刻博笑記》（上海：商務印書館，1954年《古本戲曲叢刊初集》影印北京圖書館藏明刊本），卷上，第14齣，頁47a。

〔註73〕祁彪佳：《遠山堂曲品・雜調》，頁114。

中可以連臺上演，尤其是迎神賽會的節日，通常都要接連狂歡數日，《陶庵夢憶》記載中元節在嚴助廟就是接連演五夜的戲。（詳見第二章第二節）但是，連臺本戲在廳堂氍毹之上卻不太合適。

家宅中多演文戲，場面不致太過喧鬧。但全本傳奇演下來，動用的人員不在少數，場次的更迭也至少有數十餘番，何況隨著曲調節奏的放緩（文細之曲贈板增多），以及表演藝術的日益細膩，三四十齣以上的一本傳奇事實上已不能從頭到尾一一搬演了。雖然文士們也經常通宵達旦的飲酒看戲，〔註74〕雖然一本傳奇在家中也可分兩日接續演完，〔註75〕但終究不太方便。李漁嘗謂「好戲若逢貴客，必受腰斬之刑」，〔註76〕雖屬謔言，然的確是事實。針對這種篇幅過長、難演終場的情形，產生了以下三種應變方式：一、刪節原著。二、精選散齣。三、新編短劇。

一、刪節原著

藝人們常將全本原著去蕪存菁，只演重要場子。目前所看到的梨園抄本，就是舞臺實際演出本，若與原著相互核對比較，會發覺其間存在著不少差異。通常是刪去一些閑散、鬆緩的過場，使場次更加精簡、結構更加緊湊。這點可從《千鍾祿》中得到印證。《千鍾祿》今僅存梨園抄本，分上下兩卷，共二十五出，下卷始於第十四出，但上卷僅有七出，且出目俱未標明，可見其間必經刪改。〔註77〕所省略的情節，可推知至少有兩部分，一為方孝孺殉難，一為程濟父女分別事。《綴白裘》收有〈奏朝〉、〈草詔〉二齣，演方孝孺嚴拒草詔、罵朝被斬事，為鈔本所無，正可補其不足；〔註78〕又下卷一開頭（即第十四出）已是靖難之變十二年後，程濟之女思念其父並自嘆身世，由旦所

〔註74〕例如祁彪佳在崇禎六年二月十五日「邀李金戢、姜箴勝、丁印趨飲，席間邀張三戢來晤，觀《香囊記》，客散已雞鳴矣」（〈役南瑣記〉，頁9b，總頁232）；十一年二月初十與友人遊寓山歸後「舉酌，演《石榴花記》，子夜方別」（〈自鑑錄〉，頁5b，總頁486）；十年四月二十一日，與客觀《鵝叙記》，至「二鼓始散」（〈山居拙錄〉，頁12a，總頁415）。

〔註75〕例如《金瓶梅詞話》六十三、四回，眾戲子唱《玉環記》直至五更時分，眾人起身告辭，西門慶款留不住，只有次日再將未做完的折數搬演完畢。

〔註76〕李漁：《閒情偶寄‧演習部‧變調第二‧縮長為短》，卷4，頁77。

〔註77〕李玉：《千鍾祿》（上海：文學古籍刊行社，1957年《古本戲曲叢刊三集》影印程氏玉霜簃藏舊鈔本）。

〔註78〕玩花主人編選，錢德蒼續選：《綴白裘‧三編》，總頁1073～1090。

飾的程女主演。而值得注意的是，旦在上卷七出中並未出現，而這在傳奇體製中是不可能的，作者原著中旦在開場二、三出時一定已然登場，而在梨園演出本中卻被刪去。演出本上卷七出分別演的是：

一、燕王發兵攻城。

二、建文燒宮、馬后自焚。

三、君臣倉皇逃宮。

四、建文、程濟君臣逃往史仲彬家，燕王派人搜索，幸建文已知風先遁。

五、演君臣逃亡途中的感慨，唱有名的「收拾起」一套曲，《納書楹曲譜》等書中收有此齣，題曰〈慘覩〉。

六、建文、程濟與吳成學、牛景先相會。

七、吳成學、牛景先假扮建文、程濟代死。

這七出呈單線發展，是建文君臣逃出虎口的連串經過。很明顯的，伶人們爲了突出、集中這段驚險而悲涼的歷程，遂精心提煉，選出七出，做連續的上演，因而刪去了程濟父女及方孝孺罵朝之戲，以免枝蔓。這種現象十分普遍，今所見《翠屏山》、《釵釧記》、《牛頭山》、《太平錢》等抄本俱是如此。文士們對伶人的自行刪戲，往往十分憤怒，馮夢龍在《墨憨齋重定西樓楚江情傳奇》十四折〈錦帆空泊〉的眉批中就曾說過：「蠢梨園無識，反刪此折不演，可笑可恨」。〔註79〕但是有些戲卻是他們自己都認爲必須刪節方能搬演的，例如呂天成《曲品》評《三祝記》說：「若演行，亦須一刪」，〔註80〕《墨憨齋重定三會親風流夢傳奇》的〈總評〉也說：

> 原本如老夫人祭奠，及柳生投店等折，詞非不佳，然折數太煩，故削去，即所改竄諸曲，儘有絕妙好辭，譬如取飽有限，雖龍肝鳳髓，不得不爲罷箸。〔註81〕

儘管有「絕妙好辭」，但爲了場次的精簡，也只得割捨了。李漁針對此點。在《閒情偶寄·演習部》中，也提出了「縮長爲短」的辦法：爲免好戲演不終場，不如「取其情節可省之數折，另作暗號記之，遇清閒無事之人，則增入

〔註79〕〔明〕袁于令原著，馮夢龍重定：《墨憨齋重定西樓楚江情傳奇》（臺北：天一出版社，1983年《全明傳奇》影印墨憨齋刊本），卷上，第14折〈錦帆空泊〉，頁38a。

〔註80〕呂天成撰，吳書陰校註：《曲品校註》，卷下〈新傳奇·汪昌期所著傳奇十四本·三祝〉，頁263。

〔註81〕馮夢龍：《墨憨齋重定三會親風流夢·總評》，頁2a。

全演，否則拔而去之」，而在所刪一折之前後，另增數語，點出情節，使首尾得以銜接一貫。〔註 82〕這種縮長爲短的演法，戴不凡及徐扶明等皆以「正本戲」稱之，〔註 83〕似較「節本」更能表達「演重點場次」的意義。除了整場刪節不演的例子外，刪曲不唱也是普遍的情形。《詞餘叢話》中記載了《牡丹亭》被刪削唱曲之例：

> 各本傳奇，每一長齣例用十曲，短齣例用八曲。優人刪繁就簡，只
> 用五六曲。去留弗當，孤負作者苦心。《牡丹亭》初出，被人刪削。
> 湯若士題刪本詩云：「醉漢瓊筵風味殊，通仙鐵笛海雲孤。總饒割就
> 時人景，卻媿王維舊雪圖。」俗人慕雅，強作解人，固應醜詆也。
> 自《桃花扇》、《長生殿》出，長折不過八支，不令再刪，庶存眞面。
> 〔註 84〕

優人固然文學修養不足，以致任意刪減，產生了「去留弗當」的缺點，但原本太繁不宜演出卻是不可否認的。《望湖亭記》三十二齣〈報喜〉中，淨所扮的腳夫有一段念白：

> 來了來了，相公請上生（當作牲）口行路，如今那【甘州歌】也不
> 耐煩了，隨分謅個小曲兒，走幾步，當了一齣戲文吧！〔註 85〕

【甘州歌】本是行路時常用曲，但既然此處並非重要關目，就沒有必要照例演唱。

由以上這些刪節減省的例子可看出，案頭劇本與劇場搬演之間確實存在著一些矛盾，優人刪戲已不是偶然的現象，而是普遍性的藝術改革問題。有些劇作家也注意而正視了此一現象，遂於編劇時「爲俗伶豫留地步」，〔註 86〕兼顧到舞臺的演出。孔尚任在《桃花扇》的〈凡例〉中，就反映了這一現象：

〔註 82〕 李漁：《閒情偶寄・演習部・變調第二・縮長爲短》，卷 4，頁 77。
〔註 83〕 戴不凡〈明清小說中的戲劇史料〉一文中，戴氏記幼時在金華看祠廟演劇有「正本戲」：「但並非全本，而只是其中若干重要場子。」見《小說見聞錄》，頁 169；徐扶明在〈《紅樓夢》中戲曲演出〉一文中也以「正本戲」稱之，收入氏著：《紅樓夢與戲曲比較研究》（上海：上海古籍出版社，1984 年），頁 97、104～105。
〔註 84〕 楊恩壽：《詞餘叢話》，卷 2〈原文〉，頁 256。
〔註 85〕 沈自晉：《望湖亭記》，卷下，頁 35b～36a。
〔註 86〕 〔清〕梁廷柟：《曲話》，《中國古典戲曲論著集成》，第 8 冊，頁 271。

　　各本填詞，每一長折例用十曲，短折例用八曲。優人刪繁就減，只

　　歌五六曲，往往去留弗當，辜作者之苦心。今于長折，止填八曲，

　　短折或六或四，不令再刪故也。〔註87〕

但是仍有其他許多劇本未能顧及此點。既然劇作家不能全面配合舞臺演出，
只好繼續由優人們刪節演「正本」，甚或摘段演「散齣」了。

　　以正本戲取代全本的方式，在家宅中是被普遍接受的，如《金瓶梅詞話》
六十三回，記載了一段演戲的例子：

　　西門慶令書童催促子弟快吊關目上來，吩咐：「揀著熱鬧處唱罷。」

　　須臾打動鼓板，扮末的上來請問西門慶：「小的〈寄真容〉的那一摺，

　　唱罷？」西門慶道：「我不管你，只要熱鬧。」〔註88〕

當天演的是《玉環記》，〈寄真容〉指十一齣〈玉簫寄真〉。西門慶吩咐戲子「揀」
熱鬧精彩的部分演，因此戲子問道〈玉簫寄真〉一齣是否須刪去。儘管此戲
並未全本照搬，但仍分了兩夜才做完。而平日在宴會中一夜即散的戲，當然
也是經過刪節的。

二、精選散齣

　　「散齣」也就是俗稱的「折子戲」。就是從全本傳奇中摘出精華片段、單
獨演出。袁中道在《遊居柿錄》卷十二中說：

　　阮集之行人來，言及作宦事。予謂兄正少年，如演全戲文者，忽開

　　場作至團圓乃已；如予近五旬矣，譬如大席將散時，插一齣便下臺

　　耳。〔註89〕

本文第二章〈家宅演劇〉節，曾論及「找戲」，通常是在全本戲之後再饒上
其他傳奇的幾齣。袁中道所謂的「插一齣」，或許即是「找戲」。而找戲一定
要挑精彩片段，絕對不會隨隨便便插演一段鬆散的場子。這種揀取精華單獨
搬演的觀念，對於散齣表演當有某種程度的影響。《遊居柿錄》的這段資料
是萬曆四十五年（1617）的記載，雖然未必可視為折子戲的例證，但至少可
看出當時宴席上早已有演全本與散齣之別。《金瓶梅詞話》則充分反映了這
個現象。該書三十六回有席間演戲的一段，唱的是《香囊記》，唱了一摺下

〔註87〕孔尚任：《桃花扇·凡例》，頁 2a。

〔註88〕蘭陵笑笑生：《金瓶梅詞話》，頁 1019。

〔註89〕袁中道：《遊居柿錄》，《珂雪齋集》，卷 12，頁 1386。

來，蔡狀元卻換戲子們唱【朝元歌】，安進士又命苟子孝唱《玉環記》的「恩德浩無邊」；〔註90〕六十四回招待兩位內相看戲。由海鹽戲子演出，點的是《劉智遠紅袍記》，「唱了還未幾摺，心下不耐煩。一面叫上道情去，『唱個道情兒耍耍到好』。於是打起漁鼓，兩個并肩朝上，高聲唱了一套『韓文公雪擁藍關』故事下去。」〔註91〕七十六回，海鹽子弟搬演《裴晉公還帶記》，而主客侯巡撫只坐到日西時分，「酒過數巡，歌唱兩摺下來」。〔註92〕可見席間往往只做幾齣，並未演全。不過，《金瓶梅詞話》中多半都是因西門慶「心下不耐煩」，或主客先行告辭，才使戲劇演出中止，所演的幾折也未必即是精華所在。至於馮夢禎《快雪堂日記》萬曆戊戌（二十六年，1598）九月二十日載：「徐生滋胄以家樂至，演《蔡中郎》數出。」〔註93〕則顯然是經過事先挑選的，徐氏家樂對於《琵琶記》的某幾齣一定獨具心得。崇禎年間，演散齣之風更盛，《陶庵夢憶》卷七〈閏中秋〉寫崇禎七年閏中秋，張岱會諸友於蕺山亭，命小僕「於山亭演劇十餘齣」；〔註94〕同書同卷〈過劍門〉，記興化大班至南曲中唱《西樓記》七齣。〔註95〕《祁忠敏公日記》中更有不少折子戲的記載：

獨與林栩庵觀戲數折。（崇禎五年八月十三日）〔註96〕

觀《異夢記》數折。（崇禎五年八月二十七日）〔註97〕

觀散劇。（崇禎五年九月二十六日）〔註98〕

觀女梨園演《江天暮雪》數齣。（崇禎八年六月八日）〔註99〕

有女伴攜歌姬至，邀演數劇。（崇禎九年十一月二十二日）〔註100〕

同看戲數齣。（崇禎十一年二月十二日）

〔註90〕蘭陵笑笑生：《金瓶梅詞話》，頁534。
〔註91〕同前註，頁1028。
〔註92〕同前註，頁1290。
〔註93〕馮夢禎：《快雪堂日記》，卷10，頁117。
〔註94〕張岱：《陶庵夢憶》，頁89～90。
〔註95〕同前註，頁92～93。
〔註96〕祁彪佳：《祁忠敏公日記》，〈棲北冗言〉，頁33b，總頁174。
〔註97〕同前註，頁35b，總頁178。
〔註98〕同前註，頁40a，總頁187。
〔註99〕同前註，〈歸南快錄〉，頁9a，總頁277。
〔註100〕同前註，〈居林適筆〉，頁32a，總頁385。

拉諸友看戲數齣。（崇禎十一年二月十四日）〔註101〕

觀優人演《孝悌記》數齣。（崇禎十一年八月二十日）〔註102〕

（錢）德輿盡出家樂合作《浣紗》之〈採蓮〉劇。（崇禎十二年十月十四日）〔註103〕

及晚，復向西澤呼女優四人演戲數折。（崇禎十七年三月五日）〔註104〕

不僅民間如此，此風也已傳入大內。《爐宮遺錄》記載崇禎五年及十四年，分別召沈香班優人入宮承應，演「《西廂記》五、六齣」、「《玉簪記》一、二齣」。〔註105〕此外，在孟稱舜《貞文記》傳奇十六齣〈謀奪〉裏有這樣的對白：

（丑）我到他家說親，唱戲吃酒。……

（小生）……唱的甚麼戲？

（丑）唱的是《伯喈》、《西廂》、《金印》、《荊釵》、《白兔》、《拜月》、《牡丹》、《嬌紅》，色色完全。

（小生）怎麼做得許多，敢是唱些雜劇？〔註106〕

這裏所謂的「雜劇」，是雜取著名傳奇各選若干齣搬演的意思。《檮杌閒評》第三回也有「今日有五六兩銀子賞錢，多做幾齣也不爲過。」〔註107〕是演折子戲之證。李漁《閒情偶寄·演習部》所說的「止索雜單，不用全本」也說明了當時的風習。〔註108〕

　　由以上各例可知，折子戲已流行於廳堂家宴了。而折子戲還可以分爲兩種形式，一爲自同一本傳奇中挑出精彩的片段，做重點式的演出，如《祁忠敏公日記》中看「《江天暮雪》數齣」即是；一爲在不同的傳奇中各選精華組成花團錦簇的「摘錦」式表演，如《貞文記》所述，及《祁忠敏公日記》中

〔註101〕同前註，〈自鑑錄〉，頁6a，總頁487。
〔註102〕同前註，頁26a，總頁527。
〔註103〕同前註，〈棄錄〉，頁27a，總頁603。
〔註104〕同前註，〈甲申日曆〉，頁9a，總頁425。
〔註105〕無名氏：《爐宮遺錄》，卷下，頁6b。
〔註106〕〔明〕孟稱舜：《張玉娘閨房三清鸚鵡墓貞文記》（上海：商務印書館，1955年《古本戲曲叢刊二集》影印經中吳氏藏明崇禎刊本），卷上，頁72b～73a。按：此記前有作者崇禎癸未（十六年，1643）題詞。
〔註107〕無名氏：《檮杌閒評》，卷3，頁3b，總頁78。
〔註108〕李漁：《閒情偶寄·演習部·變調第二·縮長爲短》，卷4，頁78。

「邀演數劇」，都是此類。前者與正本戲之不同，在於不必在乎情節是否能連貫，只需挑選表演上有特色的散齣，即使只有一齣也可算一臺戲。如《祁忠敏公日記》中所記的錢德興盡出家樂，合作〈採蓮〉一條，可見錢氏家樂的這齣必定獨具風格，因此不必演全本《浣紗記》，僅揀此齣，讓全體家伶登場，通力合作，鄭重公諸同好。後者摘錦式的表演，則與正本戲截然不同，完全拋開了劇情的牽絆，純粹是表演藝術的欣賞，已是折子戲更進一步的發展了。

折子戲形成的基礎有二：一、傳奇的演出已臻於極盛，許多風行多年的戲，觀眾已觀之再三，對劇情的發展早已瞭若指掌，無須一一交代。二、前節分辨戲棚與氍毹演出劇目之不同時，曾說到《玉合》、《玉玦》等才子佳人戀情劇，情節發展已有既定模式，觀眾興趣便由看情節的起承轉合，轉而關注演員如何藉曲文、音樂、說白、身段來刻畫劇中人的性格，來交代劇中人的心理變化、情緒反應。換言之，觀眾的趣味在欣賞演員的表演藝術。所以折子戲形成之意義，在演員而言，代表表演藝術的日益精湛；就觀眾而言，則顯示欣賞水準的提升，已不再局限於看演故事了。

明人家宴中折子戲的方興未艾，對清代的戲劇發展起了很大作用。清代處於傳奇創作的低潮期，幸有折子戲以耀人的光彩，為劇壇帶來了活潑生動的局面。康熙末葉以迄乾嘉之際，折子戲的演出已蔚為風氣。當時多半採用集各劇精華於一臺的摘錦演法，例如康熙南巡時，御前承應的就是「雜齣」，〔註109〕《儒林外史》、《紅樓夢》等小說中的資料也都可做為雍正、乾隆時期摘錦演出的代表。〔註110〕完成於乾隆三十五年（1770）的《綴白裘》，則全面

〔註109〕姚廷遴《上浦經歷筆記》中曾詳載康熙二十三年十月二十六日康熙南巡至蘇州的情景：「上曰：『不必用你的。叫朕長隨來煮。這有唱戲的麼？』工部曰：『有。』立刻傳三班進去。叩頭畢，即呈戲目，隨奉御自親點雜齣。戲子稟長隨哈某曰：『不知宮內體式如何？求老爺指點。』長隨曰：『凡拜，要對皇爺拜，轉場時不要背對皇爺。』上曰：『竟照你民間做就是了。』隨演〈前訪〉、〈後訪〉、〈借茶〉等二十齣，已是半夜矣。」〔清〕姚廷遴編：《上浦經歷筆記》（北京：北京圖書館出版社，1999 年《北京圖書館藏珍本年譜叢刊》第 79 冊影印清鈔本），總頁297。按：〈前訪〉、〈後訪〉為《浣紗記》、〈借茶〉為《水滸記》。僅明舉三齣就包含了兩本劇，可見所演的二十齣戲都屬折子戲是毫無疑義了。

〔註110〕《儒林外史》三十回杜慎卿高會莫愁湖，出梨園榜，竟要南京水西門淮清橋一百三十多班做旦腳的，「一個做一齣戲」。四十九回秦中書宴客，點的四齣戲是〈請宴〉、〈餞別〉、〈五臺〉、〈追信〉。參〔清〕吳敬梓：《儒林外史彙評彙校本》（上海：上海古籍出版社，1999 年），頁 374～375、頁 602～603。《紅樓夢》中元妃省親，演的六齣戲為：《一捧雪・豪宴》、《長生殿・乞巧》、《邯

反映了折子戲的時代特色，此書不同於一般作爲歌唱範本的曲譜，而應視作當時流行劇目的舞臺演出本，其中有不少散齣至今仍能演出。

　　傳奇劇本的創作，在《長生殿》、《桃花扇》之後，雖然仍在繼續著，但卻再也沒有影響深遠、足以傳世的傑作了。藝人們既等不到傑出的新劇可供上演，就只有在舊有的現成劇目中，去蕪存菁、加工提煉，以優異的表演藝術、豐富的舞臺經驗，充實了折子戲的內涵。有許多在原著中並不顯眼的片段，散齣上演時由於細節的講究、強調，反倒更加生動。即以李玉的《人獸關》二十三齣〈癡擬〉爲例，此齣演尤滑稽隨桂薪至書房看圓領紗帽皀靴，原本桂薪穿戴試演時，唱【北耍孩兒】一支，中間並無插白。〔註111〕而《綴白裘》所收的此段（題曰〈演官〉），幾乎每唱一句就有對白細節穿插。接下來演習見官禮數時，桂薪唱【三煞】，《綴白裘》本也句句有對白穿插，並具體演習見上司、會同僚、迎賓客的過程。〔註112〕這些生動的穿插，將人物心理刻畫得淋漓盡致，也引發了詼諧有趣的劇場效果。再看《浣紗記》的第七齣〈通嚭〉，寫越國文種以黃金、綵緞、白璧、美女買通吳國太宰伯嚭，以獲得詐降之機緣。原本在文種出場之前有一大段伯嚭與千嬌調笑的唱白，甚是無聊，在《綴白裘》所收此齣（改題曰〈回營〉）中，把它全刪了，劇情反見酣暢。而其後文種送禮部份，念白則有更動，增加，使演員能充分發揮演技。先錄的是汲古閣本〈通嚭〉的片段（末扮文種，丑扮伯嚭）：

　　　　（末）不敢。禮物通在帳外，人夫頗多，每樣先進上一件，倘蒙叱
　　　　　　　留，方敢載進。這樣，黃金共五千兩，錦段（當作緞）共五
　　　　　　　千疋，白璧共十雙。

　　　　（丑）怎麼要許多，小廝殺起羊來，燙起酒來，留文老爹坐坐去。

　　　　　　〔註113〕

《綴白裘》的〈回營〉卻改爲：

　　　　（末）……黃金五千兩，這是呈樣。

　　　　（丑）許多禮物，只收兩錠罷！

　　　　鄲夢・仙圓》、《牡丹亭・離魂》、《釵釧記・相約、相罵》。
〔註111〕李玉：《一笠庵新編人獸關傳奇》（上海：文學古籍刊行社，1957 年《古本戲
　　　　曲叢刊三集》影印大興傅氏藏明崇禎刊本），卷下，第 23 齣〈癡擬〉，頁 29b。
〔註112〕玩花主人編選，錢德蒼續選：《綴白裘・五編》，總頁 2127～2131。
〔註113〕〔明〕梁辰魚：《浣紗記》，毛晉編：《六十種曲》（北京：中華書局，1958 年），
　　　　第 1 冊，第 7 齣，頁 19。

（末）一定要全收！

（丑）既如此，全收。吩咐擺酒宰雞。

（末）彩緞五千端，也是呈樣的。

（丑）好花樣！五千端，止收這兩端罷！

（末）一定要全收！

（丑）如此，一發收了。吩咐宰羊。

（末）白璧二十雙。

（丑）白璧乃無價之寶，一發收了。宰羊。〔註114〕

前後二者之間，內容雖完全一樣，但後者的念白增加了許多。前者送禮只是由文種單方面敘說，沒有通過「對白」的相互刺激導致情緒的提升；後者則改為分三次介紹禮物，伯嚭的貪婪之態與勢利面目，也隨著禮物的分開介紹，而一一逐層揭露。無疑的，改本較原著更富於戲劇性與動作性，更利於演技的充分發揮。由此可見，折子戲在表演藝術上的成就，是不容忽視的。而這種成就，乃日積月累而成，決非一蹴可幾的。自明代為了應付家宴齣齣的實際需要而嘗試了折子戲的演法之後，藝人們即在長期演出過程中不斷修正、實踐、加工、渲染，造就了乾隆之際折子戲的鋒芒。今日全本傳奇幾已無一能上演，而〈寄子〉、〈驚夢〉、〈琴挑〉、〈夜奔〉卻依舊如同燦爛的珍珠，點綴在菊壇之上，向現代觀眾展示著當年傳奇崑劇的華彩風流。如果沒有折子戲的流行，傳奇恐怕已絕跡於齣齣，今人只得於劇本文字之中追摹當年梨園的盛況了，這項「成果」，恐怕是當年為了應變而只演散齣的藝人們始料未及的。

　　不過明代戲棚中的觀眾，卻不習慣看散齣。鄉鎮演戲連歡數日的現象已如上述，同時由於戲棚中常演的劇目，多半是以激烈的情節、壯闊的排場取勝，人物性格是從一連串的行動事件中逐步展現，並不像文人愛情劇以細膩繁複的唱做交代其心理變化的過程。因此戲棚中不宜摘段演出，必須首尾俱至、一氣呵成，方覺痛快。試看《陶庵夢憶》卷六十四〈嚴助廟〉中所說的《全伯嚭》、《全荊釵》（文見前引），觀眾要求全本演出的觀念是多麼明確而強烈！「正本戲」去蕪存菁後，情節依然連貫，結構更加酣暢，仍頗受廣大群眾的歡迎，但折子戲卻無法滿足觀眾的要求。

〔註114〕玩花主人編選，錢德蒼續選：《綴白裘‧十編》，總頁4091。按：此本有部分文字缺漏，據汪協如點校四教堂本《綴白裘‧十集》補（北京：中華書局，1955年），卷1，頁9。

三、新編短劇

　　至於「短劇」與「南雜劇」，在曾師永義《明雜劇概論》一書中有詳盡的研究，略述於後：「南雜劇」有廣狹二義，狹義的南雜劇，是指每本四折、全用南曲的劇體，其形式和元人北雜劇正是南北相反；廣義的南雜劇，則指凡用南曲填詞，或以南曲為主而偶雜北曲、合套，折數在十一折之內任取長短的劇體。「短劇」也有廣狹二義，廣義的短劇是與傳奇相對而言的，亦即廣義的南雜劇，因為它較之傳奇，只是長短的不同而已；狹義的短劇則專指折數在三折以下的雜劇，因為它比起一般觀念中四折的雜劇是更為短小了。〔註115〕而此處所謂的短劇，乃指狹義而言，即三折以下的南雜劇。根據曾師的研究：嘉靖末葉，為了應付宴會小集的需要，於是短劇應運而生，而且流行發展得很快。論折數僅一二折，論內容俱屬雅雋，且獨具首尾，文人以此為賞心樂事，最適宜不過。〔註116〕因此，我們可以說，短劇的產生即是為了提供宴會小集的演唱而寫作的。這是劇場對戲劇體製影響的明確例證，不過由於短劇屬明雜劇範圍，本文不擬詳論，僅摘錄曾師結論如上。

第三節　劇場藝術

　　各劇團的演出場合，雖有宮廷、祠廟、廣場、勾闌、酒館、家堂等處，其劇場形製則可大別為宮廷、戲棚與氍毹三大類（詳見本章第一節），三者之劇場藝術又各有特色。

　　在戲棚演出時，排場必須熱鬧，才能鎮壓廣大人群、吸引觀眾興趣。紛華的歌舞與火熾的武打，是使得排場熱鬧最常採用的方式。本章第一節所舉〈採蓮〉、《出塞》、《鍾馗嫁妹》、〈狀元遊街〉等劇目，都有大型的歌舞場面，《雲間據目抄》卷二〈記風俗〉更詳述了演出時的華麗妝扮：

> 演劇者皆穿鮮明蟒衣靴革，而襆頭紗帽，滿綴金珠翠花。如扮狀元遊街，用珠鞭三條，價值百金有餘。又增妓女三四十人，扮為《寡婦征西》、《昭君出塞》色名，華麗尤甚。其他彩亭旂鼓兵器，種種精奇，不能悉述。〔註117〕

〔註115〕曾師永義：《明雜劇概論》，第 1 章第 6 節，頁 83。
〔註116〕同前註，頁 19。
〔註117〕范濂：《雲間據目抄・記風俗》，卷 2，頁 6b，總頁 2636。

載歌載舞，本已炫人眼目，再加上華麗的行頭砌末，更能增添歡慶熱鬧氣氛。前章所述《陶庵夢憶》卷七〈及時雨〉條，張岱叔父自廣陵購「法錦宮緞」，也是爲了「華重美都」更形熱鬧。〔註118〕火熾的武戲也極適合戲棚高臺。前述《陶庵夢憶》卷六〈目蓮戲〉可爲一例，戲子表演的「度索、舞絙、翻桌、翻梯、觔斗、蜻蜓、蹬臼、跳索、跳圈、竄火、竄劍」之類武術特技，惹得萬餘人齊聲吶喊，熊太守還以爲是海寇來了呢！〔註119〕

　　戲棚常演劇目即以通俗熱鬧取勝，則音律之和諧與否，已不重要。而且在戲棚演出的多爲職業戲子，沒有精通音律的文人指點，自然無法像家樂一樣字字講究，因此他們擅演的劇目，往往被文士們斥爲音律不諧、曲文不工，〔註120〕而在華堂錦茵之上，面對著文士清客，家樂們當然必須嚴格講求音律之諧美，首節所列舉的《西樓記》、《玉合記》、《牡丹亭》、《明珠記》等，也都有大段細膩的唱腔，可見氍毹演出時的表演藝術，是以唱工爲主的。

　　又下編第五章將論及明代戲曲聲腔之類別，有「海鹽」、「弋陽」、「崑山」等，各聲腔之音樂特質不同，故演出場合亦隨之而異。張牧的《笠澤隨筆》曾說：

> 萬曆以前，士大夫宴集，多用海鹽戲文娛賓客，……若用弋陽、餘
> 姚，則爲不敬。〔註121〕

可見弋陽、餘姚與海鹽腔，分別適用於不同的場合，擁有不同的觀眾。海鹽腔「體局靜好」，〔註122〕廣受士大夫歡迎，楊慎的《丹鉛總錄》卷十四〈北曲〉條，對此現象有所反映：

> 近日多尚海鹽南曲，士大夫稟心房之精，從婉孌之習者，風靡如一。
> 甚者北土亦移而耽之，更數十百年，北曲亦失傳矣。〔註123〕

不過自從魏良輔改革崑山腔後，這種情形逐漸有了變化。萬曆以來，改革後

〔註118〕張岱：《陶庵夢憶》，頁85。
〔註119〕同前註，〈目蓮戲〉，卷6，頁72。
〔註120〕古代戲曲論者，常將曲文與音律合論，故此處不另舉例，請參考本章首節例
　　　　證。
〔註121〕張牧《笠澤隨筆》，轉引自葉德均：〈明代南戲五大腔調及其支流〉，《戲曲小
　　　　說叢考》（北京：中華書局，1979年），頁28。
〔註122〕湯顯祖：〈宜黃縣戲神清源師廟記〉，徐朔方箋校：《湯顯祖全集》，卷34，頁
　　　　1189。
〔註123〕〔明〕楊慎：《丹鉛總錄》（臺北：臺灣商務印書館，1983年《景印文淵閣四
　　　　庫全書》影印臺北國立故宮博物院藏本），卷14，頁1a～b，總頁494。

的崑山水磨調，因其「清柔而婉折」，故於燕會小集多用之，取代了海鹽腔的地位，〔註124〕從此崑腔成爲小庭深院氍毹表演的主要節目，而有幫合、滾唱的弋陽腔，以及「雜白混唱」的餘姚腔（詳見第五章），則始終爲士大夫所不喜。試看《筆夢敘》記載錢侍御岱（字秀峰）至鹽司署設宴觀劇，偶遇徐監並獲贈家樂的經過：

> 晚至鹽司署設宴觀劇，凡揚郡名班皆集。有揚州監稅徐老公者亦在座，自云有家妓數名，頗嫻音樂，明早乞枉駕一顧，稍申款曲。至次日復往監稅署觀女樂，徐公屢詡其教習之善、選擇之審，（錢）侍御姑口譽之，以其爲弋陽腔，心勿悦也。徐監選女樂四名來送，固辭之，徐監乃喚滿江紅載四女遣管家二人、女侍二人，候鎮江口，隨侍御至家。（中略）侍御錦歸，會族慶宴，龍橋冠帶上座，命四女子侑酒，曲皆弋陽調，舉座大笑。〔註125〕

設宴觀劇，竟然引起「舉座大笑」的尷尬場面，弋陽腔之不受文士喜愛，是顯而易見的。席前若有以弋陽腔串戲者，多有調笑戲謔的性質，李玉《占花魁》二十三齣〈巧遇〉就安排由丑飾的万俟卨公子串弋陽戲，〔註126〕一方面刻畫丑的庸俗不文，一方面又可突出弋陽腔的鄙陋可笑。至於《西樓記》第六齣〈私契〉，小淨扮演的村妓許一官，說道：「我每那班彎話朋友，少不得我的弋陽曲子！」〔註127〕也具有同樣的作用。由此可見，弋陽腔是難登大雅之堂的，文人雅士們對它十分壓惡，袁宏道在《瓶史‧十二監戒》中提出的「花折辱凡二十三條」，其中一條就是「弋陽腔」，〔註128〕袁中道在《遊居柿錄》中也曾稱弋陽爲「下里惡聲」，〔註129〕王驥德《曲律》曾說弋陽之滾唱乃

〔註124〕顧起元：《客座贅語》，卷9，頁303。

〔註125〕闕名：《筆夢敘》，張廷華輯：《香豔叢書‧二集》，冊1，卷1，頁22a，總頁323。

〔註126〕李玉：《一笠庵新編占花魁傳奇》（上海：文學古籍刊行社，1957年《古本戲曲叢刊三集》影印大興傅氏藏崇禎中刊本），卷下，第23齣〈巧遇〉，頁33b～34b。

〔註127〕〔明〕袁于令：《西樓記》，毛晉編：《六十種曲》，第8冊，第6齣〈私契〉，頁19。

〔註128〕〔明〕袁宏道著，錢伯城箋校：《袁宏道集箋校》（上海：上海古籍出版社，2008〔1981〕年），卷24〈瓶史‧十二監戒〉，頁828。

〔註129〕「張阿蒙諸公攜榼宮中，帶得弋陽梨園一部佐酒。予曰：『……舍清泉不聽，而聽此下里惡聲，亦甚非計！』」袁中道：《遊居柿錄》，《珂雪齋集》，卷8，頁1282。

「拍板之一大厄也」，〔註130〕李漁更直言：「予生平最惡弋陽、四平等劇，見則趨而避之」。〔註131〕不過，弋陽腔在民間卻受到廣大群眾的喜好，在高臺廣場上流行著，試看本章第一節所列舉的戲棚常演劇目，如《古城記》、《白袍記》、《金貂記》、《草廬記》、《剔目記》、《木梳記》、《金印記》等，都是弋陽腔劇本，其中許多散齣，至今在各地高腔中還保留著；而首節所列《西樓記》、《繡襦記》等齪戲常演劇目，則大多是以崑腔演唱的。可見演出場合與劇場不同，對聲腔也有不同的選擇。

至於宮廷劇場藝術特質，由於沒有傳奇搬演的詳細記錄，不敢妄加揣測。不過由《脈望館鈔校本古今雜劇》的教坊劇中，可以看出其排場之熱鬧壯觀、富麗堂皇，這與御用劇團人數之眾多、宮廷內苑場地寬闊、砌末行頭的不虞匱乏當然有密切的關聯。

以上是三類劇場在劇場藝術上不同的表現。然而無論是築臺架棚、還是畫堂錦茵，舞臺上都是向無裝置、不設布景的，這由前章所附圖片可以清楚看出。因此，在空曠的舞臺上，腳色之上下場，便確定了表現區域，也掌握了全劇之樞紐。換言之，劇場形製決定了「分場」的表演形式。

宋元時的勾闌內，上下場門被稱為「鬼門道」，其義可由「搬演古人事，出入鬼門道」詩句看出。〔註132〕或訛為「鼓門道」、「古門道」，又有稱作「牛口」者，見徐渭《南詞敘錄》眉批所引定遠詩：「牛口定場先」。〔註133〕牛吃草反芻，「牛口」似指其入而復出。而所謂「定場先」，適足證明舞臺應以上下場門為其先決條件。腳色上下場，有關全劇之結構。如有些場子要集中、緊湊，有些場子卻只須輕描淡寫；有些故事情節，往往費許多筆墨也寫不清楚，可是有時只要一、兩次過場，就能把問題解決。不過這些結構問題，屬於劇本文學的範圍，而非劇場藝術之課題，此處僅藉以強調分場之重要性。明傳奇體製龐大、齣數繁多，分場遂更形重要。張師清徽於《明清傳奇導論》第四編中，曾以許多篇幅進行傳奇分場的研究。〔註134〕據張師研究，若以份量為分場之依據，則有大場、正場、短場、過場；若以表現形式區分，則有

〔註130〕王驥德：《曲律‧論板眼第十一》，卷2，頁118。
〔註131〕李漁：《閒情偶寄‧詞曲部‧音律第三》，卷2，頁34。
〔註132〕引自朱權：《太和正音譜》，頁54。
〔註133〕見何焯眉批，徐渭：《南詞敘錄》，頁254。
〔註134〕張師清徽（敬）：《明清傳奇導論》（臺北：華正書局，1986年），頁109～131。

文場、武場、文武合場、鬧場；若以內容而分，則有歡樂、悲哀、遊覽、行動、訴情、戰爭等。而後二者皆依存於大場、正場、短場、過場之內。大場必須在故事內容、文詞結構、人物登場、場景穿插、唱腔、扮演上，爲全劇最出色之組合；正場則以劇情、腳色之重要性爲其條件；短場正如具體而微的正場，劇情不輕不重，人物必爲主角或副主角，唱做要夠小品標準，聯套必用中套、短套；過場只是起承連絡的地位，只以一、二支曲子組場即可。若將上述各項綜而言之，則分場之依據當爲以下四點：

一、情節輕重

二、腳色分工

三、聯套配搭

四、科介運用

　　情節繫於劇本之中，後三者則爲推動情節之要素，換言之，也就是表演藝術。故知劇場的形製決定了分場的表演方式；而分場之基礎，則在於劇本情節與表演藝術之相互配合。所以我們可以說：表演藝術之價值，乃因劇場之形製而凸顯突出、倍受肯定。

　　分場的形式，如果脫離了具體的唱做念打，將只剩下一塊空空如也的舞臺面積，戲劇活動勢必無從展開。一旦腳色登場，開始表演，那麼固定的舞臺，就成爲具體而轉換自如的環境了。舞臺不設布景，並不表示舞臺沒有「景」，舞臺的景，是從演員的表演之中產生的。試看《霞箋記》十七齣〈追逐飛航〉的場面安排：

生唱【新水令】，下。

三旦唱【步步嬌】，下。

生唱【折桂令】，下。

三旦唱【江兒水】，下。

生唱【雁兒落】……我爲你茅店內、和衣睡；我爲你渡溪頭、忘水漩。（白）一路問來，此間是徐州了，且喜此處埠頭多有生（牲）口，那趕腳的牽驢兒來！

（丑）客官要驢兒往那里去？

（生）我要趕鐵木兒座船，你可見過去麼？

（丑）鐵木兒是兩隻大座船麼？

（中略）

（生上驢介，唱下）

三旦唱【僥僥令】，下。

生唱【收江南】丑隨上

（丑）下驢來！打壞了驢兒，將什麼去趁錢？

（中略）

（生）前面什麼山？

（丑）是望夫山。

（丑接銀上驢跑下）（生唱下）

三旦唱【園林好】，下。

生唱【沽美酒】（白）呀！不好了，一陣狂風驟雨來了，如何是好？……店主人，有麼？

（丑）釀成春夏秋冬酒，醉倒東西南北人。那一個？

（下略）〔註135〕

在短短一齣裏，舞臺的時空不斷地轉變。旦和隨侍的二名婢女是乘舟行船、順流而下，每登場一次，就代表路途又進展了一段，而生則苦苦追隨於後。生上下場共五次之多，分別做出渡溪涉水、步行趕路、騎驢追隨、攀山越嶺等不同的表演，舞臺場景亦隨之而異，及至最後丑飾的店家登場，舞臺環境又轉而為客店了。這齣戲利用腳色的雜沓上下，並配合唱腔、身段、賓白、砌末等的輔助，塑造了生動的「飛航」場面，而且類似的處理，在其他劇本裏還經常出現，可見舞臺空間的轉換與時間的流變，完全繫於表演藝術。

分場的意義，表現在對於舞臺時空的特殊處理，然而，戲劇「拘限在一個狹隘的空間和布置簡單的舞臺面上演出，而卻要表現出無限的時空流轉，如果不採用象徵性的手法，如何能將宇宙間的萬事萬物搬演出來，而且應付自如？」〔註136〕分場的形式，不僅突出了表演藝術的重要性，同時也決定了表演藝術的象徵性。上下場本身即是抽象的，腳色上場，只表示表演開始，並不說明是由某處「走」出來。如果一切表演都是寫實的，那麼從根本起就無法為觀眾所認同了。因此，戲曲無論在腳色類別、人物造型、音樂賓白、

〔註135〕〔明〕闕名：《霞箋記》，毛晉編：《六十種曲》，第 7 冊，第 7 齣〈追逐飛航〉，頁 50～52。

〔註136〕曾師永義：〈中國古典戲劇的象徵藝術〉，《中國古典戲劇論集》（臺北：聯經出版事業公司，1975 年），頁 17。

科介砌末等各方面，都在在顯示著超現實的象徵意味。這些將於下編中分項討論，不過論文係以「明代傳奇劇場藝術」為研究範圍，故重心不在泛論表演藝術之特質，而將致力於明傳奇於此之具體貢獻與歷史成就。

下　編

第四章　腳色與人物造型

　　「腳色」一詞之名義，曾師永義於〈中國古典戲劇腳色概說〉〔註1〕中曾詳爲論述，茲撮要如下：「腳色」一詞始見於南宋理宗時趙升所撰的《朝野類要》卷三〈入仕〉欄，指名銜或簡單的身家履歷；〔註2〕又見於南宋戲文《張協狀元》之開場：

　　　　似恁唱說諸宮調，何如把此話文敷演。後行腳色，力齊鼓兒，饒個
　　　　攛掇，末泥色饒個踏場。〔註3〕

此所謂「後行腳色」，顯然指戲劇之腳色而言。腳色之本義，究竟爲「名銜」、「履歷」，或爲戲劇之所謂「腳色」，已不可得而知。

　　戲劇之腳色，除《張協狀元》外，初但稱「色」。「色」本源於宋教坊之十三部色，稱「部」稱「色」，原是表明教坊中各種伎樂的類別，而「散樂，傳學教坊十三部，唯以雜劇爲正色」，〔註4〕則宋雜劇中由具有各種不同技藝之演員所扮飾的類型人物，自然亦以「色」稱之。以「腳」作爲戲劇「腳色」之意的，有元末夏伯和〈青樓集誌〉之「外腳」及王驥德《曲律・雜論第三十九下》之「雜腳」等。〔註5〕「腳」、「色」二字分稱，既然皆有戲劇腳色之義，則其合爲一複詞，亦是自然之趨勢。「腳色」爲詞，始見於《張協狀元》

〔註1〕　曾師永義：〈中國古典戲劇腳色概說〉，《說俗文學》，頁233～295。
〔註2〕　〔宋〕趙升：《朝野類要》（臺北：臺灣商務印書館，1983年《景印文淵閣四庫全書》第854冊影印國立故宮博物院藏本），卷3，頁3b，總頁121。
〔註3〕　錢南揚校注：《永樂大典戲文三種校注》，頁4。
〔註4〕　耐得翁：《都城紀勝・瓦舍眾伎》，收入《東京夢華錄（外四種）》，頁95。
〔註5〕　夏庭芝：〈青樓集誌〉，《青樓集》，頁7；王驥德：《曲律・雜論第三十九下》，卷4，頁159。

後，元明兩代未見其例，迄清康熙間李漁《閒情偶寄・詞曲部・格局第六》中乃又有「出腳色」一項，〔註6〕乾隆間《揚州畫舫錄》卷五亦有「江湖十二腳色」之語。〔註7〕民初王靜安先生《古劇腳色考》一書出，「腳色」二字成為戲劇之名詞，更無疑義。

　　中國古典戲劇之腳色只是一種符號，必須通過演員對於劇中人物的扮飾才能顯現出來。它對於劇中人物來說，是象徵其所具備的類型和性質；對演員來說，是說明其所應具備的藝術造詣和在劇團中之地位。本章即由此兩方面考察明傳奇在腳色分工上的成就，並就面部化妝及服飾穿戴以言其人物造型。

第一節　明傳奇的腳色分化

　　腳色之繁簡，因劇種之不同而有異。宋金雜劇院本只有末、淨二類，元雜劇則擴充為末、旦、淨三門，南戲傳奇又加上生、丑而成為五綱。每一大綱目之下，又分別因其在劇中之地位及專業劇藝而再行分化。嘉靖年間徐渭《南詞敍錄》所載南戲腳色名目，有生、旦、外、貼、丑、淨、末，而在「外」之名下，註有「生之外又一生也，或謂之小生。外旦、小外，後人益之」，〔註8〕可見「小生」已有從外腳中分化出來的趨勢，「外」則兼扮男女，《張協狀元》中張協之父與王勝花之母皆由「外」扮。而至萬曆年間王驥德《曲律・論部色》中，腳色的演進又有了進一步的發展。

> 今之南戲，則有正生、貼生（或小生）、正旦、貼旦、老旦、小旦、
> 外、末、淨、丑（即中淨）、小丑（即小淨），共十二人，或十一人，
> 與古小異。〔註9〕

這時「小生」、「小旦」已正式成為生旦之副腳，「外」專扮男性，「外旦」之稱已漸由「小旦」所取代，淨、丑更有新的分化。乾隆年間李斗《揚州畫舫錄》卷五所謂的「江湖十二腳色」，與同時期《梨園原》書中所列的腳色名目，即是在此基礎之上孳乳衍生而成的。以下即就傳奇各腳色之內涵及分化過程予以探討，所論的腳色名目係以劇本所出現者為限，至於戲班中習稱的行話，如「扇子生」、「雉尾生」、「方巾丑」、「五旦」、「六旦」等，則不在其內。而各類腳色

〔註6〕　李漁：《閒情偶寄》，頁68。
〔註7〕　李斗：《揚州畫舫錄・新城北錄下》，卷5，頁122。
〔註8〕　徐渭：《南詞敍錄》，頁245。
〔註9〕　王驥德：《曲律・論部色第三十七》，卷3，頁143。

命名之由及其淵源，則已見於前述曾師永義所著專文之中，此不贅述。

南戲之「生」爲男主角，扮演的人物如見利忘義之張協、不悌之兄孫必達、浪蕩子弟完顏壽馬，或忠正儒雅之蔡伯喈。後來由於劇目內容的需要，又在生之外分出了「小生」。例如《拜月亭》一劇，在北雜劇中係由正末扮蔣世隆、外末扮陀滿興福。到了南戲中，據明世德堂刊本，陀滿興福雖仍由外扮，但在最後一場〈成親團圓〉中，因與外扮的王尙書同場，乃改爲小生扮演。由此可見，後期南戲中，已有小生一行。〔註10〕至傳奇劇本中，生行已顯然可分「生」及「小生」二目，不過主要腳色仍由生應工。在《墨憨齋詳定酒家傭傳奇》之〈總評〉中，馮夢龍有云：

> 《漢書》李燮變姓名爲「酒家傭」，以此名傳，甚當。舊本生腳或用趙伯英，或用李固，總不如用李燮。滕公以女娶李燮，亦實事也。
> 〔註11〕

〈敍〉中也說：

> 存孤奇事，胡可無傳，先輩陸天池、欽虹江各有著述，……皆傳中奇觀也。然本存孤者文姬，而天池謬以已死，趙伯英爲生，未免用客掩主。〔註12〕

馮夢龍之《酒家傭》乃以陸天池及欽虹江二人之作爲底稿更改之，陸、欽原作名《存孤記》，今不存，據馮氏所云，其生腳分別爲趙伯英、李固，而馮氏卻以爲既是「李燮變姓名爲酒家傭」，自當以李燮爲主角，否則即是「用客掩主」。因此儘管李燮年甚幼小（劇中第二折「生扮李燮髫年上」），但仍以「生」爲之。劇中小生扮的是李固門生王成，年較李燮爲長，惟因地位次要，故用小生。是知生與小生無關年輩，只以在劇中地位之主從高低而加以區分。也就是說，生爲男主角，小生則爲次要腳色。他如《灌園記》之世子田法章（生）與田單（小生）、《永團圓》之蔡文英（生）與王晉（小生）、《雙雄記》之丹信（生）與劉雙（小生）、《浣紗記》之范蠡（生）與勾踐（小生）、《綵毫記》之李白（生）與唐明皇（小生）、《紅拂記》之李靖（生）與李世民、徐德言（小生）等，皆是以其戲份之多寡爲分。小生這一腳色的出現，只是爲生行

〔註10〕施惠：《新刊重訂出相附釋標註拜月亭記》（上海：商務印書館，1954年《古本戲曲叢刊初集》影印長樂鄭氏藏明世德堂刊本），卷之二，頁42a。

〔註11〕馮夢龍：《墨憨齋詳定酒家傭傳奇・總評》，頁1a。

〔註12〕馮夢龍：〈敍〉，同前註，頁1a～1b。

增添了副腳，二者之間並無「人物類型」及「專業劇藝」之畫分，生及小生所扮飾的人物類型均不限於一，《曲律‧雜論第三十九下》云：

> 嘗戲以傳奇配部色，……《琵琶》如正生，或峨冠博帶，或敝巾敗衫，俱嘖嘖動人。〔註13〕

無論是峨冠博帶之高爵尊官，或是敝巾敗衫的貧家子弟，俱可由生應工。生能飾演《連環記》的王允、《躍鯉記》的姜詩、《尋親記》的周羽、《鳴鳳記》的楊繼盛等較莊嚴穩重的中年男士，同時也能扮演《綵毫記》的李白、《紅梨記》之趙汝州、《繡襦記》的鄭元和、《西廂記》的張君瑞等風流倜儻的少年才子，更能飾《千金記》的韓信、《草廬記》的劉備、《寶劍記》的林沖、《金貂記》的薛仁貴等歷史名將英雄人物；小生所飾的《明珠記》之吉押衙、《回春記》之諸文正、《風流夢》之苗舜賓等，在劇中均被稱作「老丈」，《紅拂記》的徐德言、《精忠記》的岳雲皆是青年男子，《翠屏山》的石秀、《永團圓》的王晉則又是英雄俠客。其實，不同的人物類型，應當有不同的表演技巧，文弱書生與一代名將在做派唱腔上均應有明確的區分，而這種以劇藝及性格為主的腳色分工此時尚未發展完成，直到明末清初表演藝術已達全面均衡的發展狀態，而特別突出表演藝術的折子戲也已逐漸盛行之後，腳色的分工才日益明確，腳色對於人物性格的象徵作用也才日益清晰。如果以乾隆時的《綴白裘》中的腳色與明刊本諸劇相比，腳色的演進便可一目瞭然：

劇　　名	人　物	明　刊　本	綴　白　裘
琵琶記	蔡伯喈	生	小生
	張廣才	末	生
荊釵記	王十朋	生	小生
幽閨記	蔣世隆	生	小生
水滸記	宋江	生	小生
紅梨記	趙汝州	生	小生
	錢濟之	外	生
玉簪記	潘必正	生	小生
繡襦記	鄭元和	生	小生
西廂記	張君瑞	生	小生
浣紗記	范蠡	生	小生

〔註13〕王驥德：《曲律‧雜論第三十九下》，卷4，頁159。

西樓記	于叔夜	生	小生
義俠記	武松	生	小生
還魂記	柳夢梅	生	小生
綵毫記	李白	生	小生
	唐明皇	小生	生
永團圓	蔡文英	生	小生
牧羊記	蘇武	生	生
	李陵	小生	小生
一捧雪	莫懷古	生	生
連環記	王允	生	生
	呂布	小生	小生
白兔記	劉知遠	生	生
	咬臍郎	小生	小生

　　蔡伯喈、王十朋、蔣世隆、趙汝州、潘必正、鄭元和、張君瑞、于叔夜、柳夢梅等俱是青春少年、文雅書生，原本因其爲男主角而歸屬於生，至清初則依其人物性質而改由小生應工；武松因其「年輩」而歸入小生；范蠡則因在公忠體國的形象之外，與西施還有一段含蓄的感情，因此也由小生扮飾；宋江也因「言情」而改爲小生；《綵毫記》原以主角李白爲主、配角唐明皇爲小生，《綴白裘》則將之倒換，因李白灑脫不羈之性格正適於小生，唐明皇則由生扮演以保持一國之尊的莊重形象。可見明末清初以後，小生已確定以年輩較輕、風流瀟灑爲其特質，正生則爲莊重儒雅之中年人士。在表演技藝上的分工也很明顯，《揚州畫舫錄》對早期江湖班的演員，有如下的記載：

　　　　老生山崑璧，身長七尺，聲如鑄鐘，演《鳴鳳記・寫本》一齣，觀
　　　　者目爲天神。

　　　　小生陳雲九，年九十演《綵毫記・吟詩脫靴》一齣，風流橫溢，化
　　　　工之技。〔註14〕

這兩個例子正好說明了生與小生在劇藝上的不同要求：前者必須「聲如鑄鐘」、猶如「天神」，有突出的唱工表現及莊嚴的氣派；後者則須「風流橫溢」、做表瀟灑。腳色分工至此始完全以「人物類型」及「表演藝術」爲根據。至於明刊本與《綴白裘》腳色相同的，則是其在劇中地位恰好與性格、技藝相

〔註14〕李斗：《揚州畫舫錄・新城北錄下》，卷5，頁122。

符合的例子。

　　不過，腳色分工是逐步演進完成的。演員以不同的表演技巧塑造不同的人物性格，這些演技逐漸累積、類型逐漸一致，才算達成了分工的目的。元雜劇以「主唱」為腳色分類之依據，正末可以包括正面、反派、粗莽、文弱、老、少各類人物，而南戲傳奇自《琵琶記》蔡伯喈以降，生腳只有莊重、瀟灑之分，中年、少年之別，文生、武將之異，要之，皆為正派男子，性格也不至於過於強烈、異乎常人，如李逵、張飛等「烈性」之人皆不入生行。生與小生的人物性格雖無法畫分，但生行畢竟已可視為「正派男子」此一類型人物之代表了，而清初以後在生腳上的細膩區分，即是奠基於此的。較之元雜劇以「主唱」為正末之條件的現象，明傳奇的生腳，已可象徵某一類型人物的性格身分了──只是此一類型範圍嫌大，還有待細分。

　　正旦在元雜劇中所扮飾的人物很複雜，如《調風月》扮侍妾燕燕，《謝天香》扮妓女謝天香、《蝴蝶夢》扮王婆婆、《竇娥冤》扮堅貞孝順的竇娥。蓋元雜劇之正旦也是指的主唱者，與人物類型無關。南戲之旦為女主角，《小孫屠》扮妓女李瓊梅，《張協狀元》扮貧女、《錯立身》扮女優王金榜，直至《琵琶記》以旦扮趙五娘，才奠立嫻雅莊重之典型。傳奇中的旦可扮《躍鯉記》之姜詩妻、《雙珠記》之王楫妻、《鳴鳳記》之楊夫人、《尋親記》之周羽妻等儀態端莊的中年婦人，也可扮《繡襦記》之李亞仙、《南西廂》之崔鶯鶯、《玉簪記》之陳妙常、《紅梨記》之謝素秋等情竇初開的青春少女，要之，皆為劇中女主角，且無論年輩如何，均為正派人物，所扮飾的人物類型較元雜劇、南戲俱為統一。偶有例外，則如《翠屏山》之潘巧雲，性情潑辣淫蕩，惟因係女主角，故仍以正旦應工；《魚籃記》之金牡丹，端莊嫻靜、大家風範，本與正旦形象相近，但是在劇中地位次要，故以「貼」為之，而開朗豪放的金鯉魚則因戲份多而由旦扮飾。是知明傳奇的旦，仍以劇中地位之重要性為分類依據，不過在其所扮飾的人物類型上也已有漸歸一致之趨向。

　　「小旦」之稱元雜劇已有之，元刊本有「小旦」者即無「外旦」，有「外旦」者則無「小旦」，故知外旦、小旦皆表示次於正旦，而無年輩大小之義。但《元曲選》之小旦則例扮少女。明傳奇中小旦之於旦，正如同小生之於生，乃是次於旦的女腳。不過，小生之「小」，指地位之副，小旦之「小」，則兼指年輩之小，例扮年輕婦女。如《精忠記》扮岳飛女、《望湖亭》扮顏秀義妹、《永團圓》扮江蘭芳（旦）之妹、《金蓮記》扮侍妾朝雲等。另據《曲律·雜

論三十九下》所云，則小旦在人物類型上也已漸具特色：

　　　　嘗戲以傳奇配部色，則《西廂》如正旦，色聲俱絕，不可思議；……

　　　　《還魂》、《二夢》如新出小旦，妖冶風流，令人魂銷腸斷，第未免

　　　　有誤字錯步。〔註15〕

可見正旦要「色聲俱絕」，扮相端正、唱工出色，而小旦則要活潑靈巧、「妖
冶風流」。《水滸記》以旦扮宋江妻孟氏，以小旦扮閻婆息，正是完全符合人
物性格的安排。大抵而言，正旦與小旦之分類，是地位主從與劇藝特色、人
物性格同時並重的。在腳色分工之意義上，較生與小生更爲明確完備。

　　南戲之「貼」見於《張協狀元》與《琵琶記》。《張協狀元》中扮王勝花，
惟僅於劇末稱貼，一處稱「占」（貼之省），其餘均訛爲「后」或「後」。蓋占
與后形近，常誤爲后；后與後通，遂又再誤爲「後」。《琵琶記》以貼扮牛丞
相女，地位次於旦，其義蓋如《南詞敘錄》所云：「貼，旦之外貼一旦也」。〔註
16〕傳奇之貼，如同小旦，也是次於旦之女腳。不過，貼旦與年輩無關，可扮
年輕女子，如《殺狗記》之妾迎春、《還魂記》之春香、《高文舉珍珠記》之
溫氏；也可扮老婦，如《灌園記》之太史夫人，汲古閣本以貼爲之，墨憨齋
改本則爲老旦，《寶劍記》林沖之母係貼與老旦互見，《望湖亭》顏母、《千金
記》韓信岳母也都是貼。又有「小貼」，見於《三元記》、扮金氏之母，《疊花
記》扮房太尉之女；「老貼」如《邯鄲記》之妓女鍋邊秀，皆與年輩無關。

　　明傳奇之小旦與貼，皆爲次於旦之女腳，除了年輩之外（小旦例扮年輕
女子，貼則可老可少），所飾的人物類型並無明顯差別。當貼扮年輕女子時，
與小旦可說完全相當，《霞箋記》中張麗容（旦）之妹，本爲小旦，後又作占，
即可爲證，而明末清初之後，表演藝術愈趨專精，腳色分工也愈見細膩，《揚
州畫舫錄》有云：

　　　　小旦謂之閨門旦；貼旦謂之風月旦，又名作旦；兼跳打，謂之武小

　　　　旦。〔註17〕

貼旦既名「風月旦」，反倒與《曲律》謂小旦之「妖冶風流」漸近了，而且已
有偏重做工甚至武技之趨向。因此《義俠記》之潘金蓮、《水滸記》之閻婆息、
《一捧雪》雪艷，在明刊本中原爲小旦，至《綴白裘》則一律改爲貼，以適

〔註15〕王驥德：《曲律‧雜論第三十九下》，卷4，頁159。

〔註16〕徐渭：《南詞敘錄》，頁245。

〔註17〕李斗：《揚州畫舫錄‧新城北錄下》，卷5，頁124。

應「刺」「殺」之特殊做表身段,是知小旦與貼旦在劇藝上已各有專精了。而明刊本中俱由旦飾之趙五娘、錢玉蓮、杜麗娘、謝素秋、崔鶯鶯,到了《審音鑑古錄》中,〔註 18〕五娘仍是正旦,後四者則皆改爲小旦,以符合其閨中少女之年輩與情致纏綿之做表。

老旦例扮年長婦人,例如《還魂記》杜麗娘之母、《精忠記》之岳夫人等。又稱「夫」,蓋爲夫人之省稱,如《和戎記》昭君之母、《高文舉珍珠記》高文舉岳母及相府老嫗。《魚籃記》金牡丹之母則「老旦」與「夫」互見。

淨在元雜劇中,或扮滑稽詼諧的市井小民,如《東堂老》之揚州奴、《曲江池》之趙大戶、《來生債》之行錢;或扮奸邪人物,如《漢宮秋》之毛延壽、《合汗衫》之陳虎等。南戲之淨則例扮閒雜人物,如《小孫屠》扮幫閒、媒婆、朱令史、王婆等,通常是與末或丑爲一對,做插科打諢式的滑稽表演。而《荆釵記》中的万俟丞相、孫汝權,出場機會雖然不多,卻爲淨扮人物提供了一種新的類型。他們承繼了元雜劇淨行奸邪一面的特質,而更予以強化,並逐漸擺脫了滑稽小人物的形象。此一人物類型在劇中地位,自明中葉以來,便越來越重要,如《連環記》之董卓、《八義記》之屠岸賈、《鳴鳳記》之嚴嵩、《一捧雪》之嚴世蕃、《精忠記》之秦檜及兀朮、《雙鳳齊鳴記》之韓侂胄、《武侯七勝記》之孟獲、《高文舉珍珠記》之溫丞相、《袁文正還魂記》之曹皇親等,逐漸已成爲反派人物的主角;同時,許多性格豪放或勇猛剛毅的正面英雄人物,如尉遲敬德、虬髯、焦贊、包公等,也漸歸入淨行。這些人物在北雜劇中,由於是一人主唱的關係,只要是全劇甚或一折中的主要人物,便都由正末扮演,因此到了明代,最初也是由末或外臨時應工,例如高太尉一角,在嘉靖本《寶劍記》中仍由外飾,而到了萬曆年間陳與郊據《寶劍記》改作《靈寶刀》時,〔註 19〕則已改由淨飾演。蓋此類人物無論唱做都要求比較豪放,由外或末扮未免過於平和文細,於是便在淨行中有了新的分化。而這種由外或末轉爲淨腳的現象,尤以正派英雄名將爲多。蓋淨腳奸邪的一面在北雜劇中原已具備,只要以原有的人物性格爲基礎,在氣勢做表上再予加強,即可順利地塑造權臣奸相的面貌;而英雄豪傑的形象,卻與淨原來的特

〔註 18〕 〔清〕闕名輯:《審音鑑古錄》(臺北:臺灣學生書局,1987 年《善本戲曲叢刊》影印道光十四年東鄉王繼善補饈琴隱翁序刊本)。

〔註 19〕 《靈寶刀》卷末作者自題:「山東李伯華先生舊稿,重加刪潤」。〔明〕陳與郊:《靈寶刀》(上海:商務印書館,1955 年《古本戲曲叢刊二集》影印北京圖書館藏明海昌陳氏原刊本),下卷,頁 80b。

質相距較遠，因此在腳色的演進過程中，勢必借末或外以爲過渡轉承。試將虬髯等人在各本中之腳色列爲下表：

人　名	外　或　末	淨
虬髯客	一、汲古閣本《紅拂記》（外）	一、《墨憨齋重定女丈夫傳奇》
太史敫	一、汲古閣本《灌園記》（外）	一、《墨憨齋重定新灌園傳奇》
包拯	一、文林閣刊本《高文舉珍珠記》（外） 二、文林閣刊本《袁文正還魂記》（外）	一、文林閣刊本《觀音魚籃記》
尉遲敬德	一、富春堂本《薛平遼金貂記》（外） 二、富春堂本《薛仁貴跨海征東白袍記》（末） 三、《歌林拾翠》收《金貂記·敬德打朝》（外）	一、《八能奏錦》收《金貂記·敬德南山牧羊》 二、《玉谷新簧》收《金貂記·敬德牧羊》 三、《玉谷新簧》收《金貂記·敬德釣魚》 四、《玉谷新簧》收《金貂記·敬德耕田》 五、《摘錦奇音》收《金貂記·敬德罷職耕田》 六、《詞林一枝》收《金貂記·胡敬德詐粧瘋魔》 七、《大明春》收《征遼記·敬德南山牧羊》 八、《歌林拾翠》收《白袍記·犒賞三軍」 九、《歌林拾翠》收《金貂記·山岡牧羊》 十、《歌林拾翠》收《金貂記·溪邊釣魚》 十一、《歌林拾翠》收《金貂記·歸農耕田》
鐵勒奴	一、明唐振吾刻本《宵光記》（外）	一、《綴白裘》收《宵光劍》（即《宵光記》）之〈相面〉、〈掃殿〉、〈鬧莊〉、〈救青〉、〈功臣宴〉

關羽	一、《八能奏錦》收《五關記・雲長霸橋餞別》（外）	一、《詞林一枝》收《古城記・關雲長聞卜權降》
	二、《詞林一枝》收《曇花記・關羽顯聖》（外）	二、《詞林一枝》收《古城記・關雲長秉燭達旦》
	三、《堯天樂》收《曇花記・真君顯聖》（外）	三、《怡春錦》收《四郡記・單刀》
	四、《樂府紅珊》收《單刀記・漢雲長公祝壽》（末）	
	五、《樂府紅珊》收《三國志・關雲長赴單刀會》（外）	
	六、文林閣本《觀音魚籃記》（外）	
	七、汲古閣本《曇花記》（外）	

　　表中包拯部分的三本傳奇俱為萬曆作品，較難比較其改動關係，而虬髯客及太史敫卻是極明顯的例子。《墨憨齋定本傳奇》皆馮夢龍據舊本改定之新作，無論在情節、結構、音律及腳色上均詳為斟酌，任何改動皆非任意為之。汲古閣本《紅拂記》的虬髯由外扮，但其性格豪邁剛毅，外腳實不足以象徵其襟抱性情，故馮本《女丈夫》以淨代之。至於《新灌園》將太史敫改為淨，據馮氏說法，則是為了使腳色均勻：

　　　　通本惟淨腳色太少，番太史敫最勻，不然要用兩外，不便矣。〔註20〕

不過若將新舊二本加以比較，將會發覺馮氏雖為腳色均勻而改外為淨，但並未忽略外與淨所象徵的人物性格之相異處，汲古閣原本由外扮的太史敫，是「世居莒州，以田園為業」，〔註21〕恬淡自適之人，而《新灌園》以淨扮的太史敫，出場之白口則是：

　　　　生平任俠使氣，以勇力著聞。那齊王慕我之名，設勇爵以待我。我見他好大喜功、荒於酒色，……因此不願仕進，托病歸田，一丘一壑，聊以自娛。〔註22〕

只要在定場白中增添數語，太史敫便由外而淨了。由此可見，就正派人物而

〔註20〕〔明〕張鳳翼原著，馮夢龍更定：《墨憨齋新灌園傳奇》（臺北：天一出版社，1983年《全明傳奇》影印明墨憨齋刊本），上卷，第7折〈太史家宴〉眉批，頁10b。
〔註21〕張鳳翼：《灌園記》，毛晉編：《六十種曲》，第10冊，第4齣〈太史賞花〉，頁7。
〔註22〕張鳳翼原著，馮夢龍更定：《墨憨齋新灌園傳奇》，上卷，第7折〈太史家宴〉，頁10b。

言，外與淨之差別當在於前者之性情較中正平和，後者之性情則「過」於常人，包拯之剛毅、虬髯之豪放、李逵之粗莽、鐵勒奴之忠勇均超乎常人，若以外扮飾就與一般人沒有分別了。因此，鐵勒奴到了《綴白裘》中，便改由淨飾，尉遲敬德在富春堂本的《金貂記》、《白袍記》中雖仍爲外或末，而萬曆年間的《八能奏錦》等散齣選本則一律由淨應工。惟一例外的是《歌林拾翠》的〈敬德打朝〉一齣，因爲此齣演的是尉遲敬德與皇叔李道宗當殿爭議，李道宗是反派主角，順理成章地由淨扮演，而正派的尉遲敬德就只有由外應工了。〔註23〕但在《歌林拾翠》中，這只是暫時現象，因爲李道宗不在場的各齣，如〈山岡牧羊〉、〈溪邊釣魚〉、〈歸農耕田〉等，又都由淨飾尉遲了。傳奇中每當有忠奸對立時，幾乎都是由淨飾反派、外飾正派，《拜月亭》中的晶古丞相（淨）與海牙丞相（外）、《靈寶刀》的高太尉（淨）與魯智深（外）、《竊符記》（清鈔本）的白起（淨）與朱亥（末）等均是其例，所以，傳奇中淨飾反派主角時，與元雜劇以奸邪爲特質之淨同一系統中之發展；而正派人物之淨，則是外或末的強化。前者在劇藝上較講求氣派做表，後者則在唱工上也必須要有突出的表現。淨飾的尉遲敬德，在《玉谷新簧》裏的《金貂記》選齣〈敬德釣魚〉中，有【清江引】、【北新水令】、【朝天子】、【滴溜子】、【滾繡毬】、【叨叨令】、【混江龍】等曲，〔註24〕在《歌林拾翠》之〈敬德粧瘋〉選齣中，有【鬥鵪鶉】、【紫花兒序】、【小桃紅】、【金蕉葉】、【調笑令】、【禿廝兒】、【大聖樂】、【麻郎兒】、【么篇】、【絡絲娘】、【耍三臺】、【么篇】、【煞尾】等曲，〔註25〕《綴白裘》鐵勒奴在《宵光劍·功臣宴》中也要唱【點絳唇】、【混江龍】、【油葫蘆】、【天下樂】、【鵲踏枝】、【寄生草】、【么篇】、【煞尾】套曲。〔註26〕唱工已成爲淨腳表演藝術中極重要的一環了。

　　此類淨腳，無論正反派，均已擺脫了單純插科打諢、滑稽調笑的局限，但是對於喜劇人物的表演特色則有所吸收，下面試以梁冀及張飛二例爲證。《酒家傭》十二折〈梁冀懼內〉，演大將軍梁冀（淨）與友通期私會，爲孫壽

〔註23〕〔明〕闕名輯：《新鐫樂府清音歌林拾翠·二集》（臺北：臺灣學生書局，1984年《善本戲曲叢刊》第2輯影印清奎璧齋、寶聖樓、鄭元美等書林覆刊本），總頁843～851。

〔註24〕吉州景居士輯：《鼎刻時興滾調歌令玉谷新簧》，卷1上層，頁9a～15b，總頁51～64。

〔註25〕闕名輯：《歌林拾翠·二集》，頁20b～27a，總頁872～883。

〔註26〕玩花主人編選，錢德蒼續選：《綴白裘·五編》，總頁2099～2111。

（貼）撞見，吵鬧一場，直到太夫人出面勸阻才平息風波。當孫壽下場後，
梁冀與僕人有段對話：

    （淨）好掃興也，好掃興也！叫蒼頭，誰人取刑具來的？

    （雜）是郡主台旨，著男女到廷尉司取來的。

    （淨）這廝好打！

    （貼轉介）老匹夫，又說甚麼？

    〔淨〕不敢，俺今分付蒼頭，教他置辦了全副刑具在家，下次方便，
           省得去借。

    （貼）你這老匹夫，仔細些。正是：朝綱猶可亂，家法最難寬。（下）

         （淨戰兢介）〔註27〕

再看《古城記》二十八齣〈助鼓〉中，張飛與關羽相見的一段：

    （關）帶馬來。

    （張持鎗上科）紅臉賊！

    （關）翼德。

    （張）雲長。

    （關）張飛。

    （張）關羽！

    （關）三弟。

    （張）放屁！誰是你三弟？你降了曹瞞，受他上馬一蹄金，下馬一
          蹄銀，三日一小宴，五日一大宴，黃金百鎰、美女十人，官
          封壽亭侯，你好快活，我拿鎗起來，一鎗戳你二十四箇透明
          孔！〔註28〕

滑稽有趣的念白身段，把梁冀的鄙陋猥屑、張飛的魯莽憨直，刻畫的淋漓盡
致。淨行傳統的滑稽科諢，已成為塑造人物、刻畫性格的手段之一了。如今
皮黃戲仍是如此，大花臉雖然要有嘹亮的嗓音、威武的氣派，也不免偶而詼
諧一番，《牧虎關》的高旺、《打嚴嵩》的嚴嵩、《野豬林》的魯智深、三國戲
的張飛，皆是其例。他們所表演的科諢，可說是淨腳最原始特質的顯露，只

〔註27〕 陸無從、欽虹江撰，馮夢龍更定：《墨憨齋詳定酒家傭傳奇》，上卷，第12折
       〈梁冀懼內〉，頁29b～30a。

〔註28〕 〔明〕闕名：《新刻全像古城記》（上海：商務印書館，1954年《古本戲曲叢
       刊初集》影印長樂鄭氏藏明刊本），卷下，第28齣〈助鼓〉，頁20b。

不過因為這些部分都能與整體情節、人物性格融合無間，所以只使人物更生動、劇情更有趣，絕對與其形象無抵觸之處。

　　除了上述做為主要人物的淨腳之外，明傳奇的淨同時還承襲著元雜劇及宋元南戲的傳統，扮演滑稽詼諧的喜劇人物或猥屑卑鄙的小人，例如《水滸記》扮張三、《繡襦記》扮樂道德、《西樓記》扮池同、《呂真人黃粱夢境記》扮火光和尚等，他們的身分性情與「副淨」、「丑」是相同的。「副淨」亦作「付淨」，《鳴鳳記》之嚴世蕃前作副淨而三十一齣又作付淨可為證，為「淨」之副腳。又有「大淨」，如《玉簪記》王公子；「中淨」，如《金雀記》侍女紅霞；「小淨」，如《琴心記》之王八，皆是副於淨之義，並無年輩或身分之含義。「丑」為南曲系統之腳色，南戲中見於《張協狀元》和《琵琶記》，飾圓夢先生、小娘子、惜春、媒婆、縣官、書童等，皆為市井或不正經人物。傳奇之丑，如《浣紗記》之東施、《繡襦記》之來興等，人物性質與南戲類似；而又有如《浣紗記》之伯嚭、《鳴鳳記》之趙文華、《竊符記》之趙括等，則身分有所提升，在表演上也須有不同。馮夢龍在《酒家傭》第七折〈吳祐罵佞〉眉批中，指示演員當如何演馬融時，提到了《浣紗記》的吳太宰伯嚭：

　　俗優扮宰嚭極其猥屑，全無大臣體面，便是不善體物處。〔註29〕

《萬事足》十三折〈姑姪同行〉的眉批中也說：

　　淨婆，大臣之婦，雖吃醋潑婦，卻要略存冠冕意思，即如《浣紗記》
　　伯嚭之不可像小丑身段也。〔註30〕

可見由於劇目之增多，各腳色所扮飾的人物類型也漸有擴充，在表演技巧上便不能一味地程式化，而應依各人物身分性格之不同而創造各自不同的形象；而這種「善於體物」的表演藝術，又轉而促使腳色分工愈加細密。馮氏對於此類腳色演法的諄諄告誡，正顯示傳奇丑腳已有再細部分化的可能。雖然後來因此類型人物不夠眾多、演技特色不夠明顯而未能再行區分，但在皮黃戲中此項分工卻告完成。〔註31〕又有「小丑」，見於《望湖亭》扮道童及丫

〔註29〕陸無從、欽虹江撰，馮夢龍更定：《墨憨齋詳定酒家傭傳奇》，上卷，第 7 折
　　　　〈吳祐罵佞〉，頁 12b。

〔註30〕馮夢龍編：《墨憨齋訂定萬事足傳奇》（上海：商務印書館，1955 年《古本戲
　　　　曲叢刊二集》影印長樂鄭氏藏明墨憨齋原刊本），上卷，第 13 折〈姑姪同行〉，
　　　　頁 33b。

〔註31〕齊如山《國劇藝術彙考》中釋「方巾丑」云：「與文丑本沒有什麼分別，不過
　　　　因他戴方巾，故又創了這樣一個名詞。」（收入《齊如山全集》〔臺北：聯經
　　　　出版事業公司，1979 年〕，第 6 冊，原頁 453，總頁 3779。）但著者以為「方

頭、《青衫記》扮家僮玲瓏，而同劇皆另有丑腳，可見小丑爲丑之副，亦無關年輩。

綜言之，明傳奇之淨所飾之人物類型可大別爲二，一爲主要腳色，或扮正派之英雄豪俠，或飾反派之奸相權臣，唱工、氣派皆須講求，爲後來的「大面」奠立基礎；一爲次要腳色，或扮詼諧滑稽之市井、或飾奸險猥屑之小人，念白、做表必須出色，與「副淨」、「大淨」、「中淨」、「小淨」、「丑」、「小丑」的性質相同。茲將墨憨齋改本與其據以重定的原本腳色對較列表，以爲淨、丑、小淨、付淨等腳色互通之例：

人　名	原　本		墨　憨　齋　改　本	
徐洪客	淨	汲古閣本《紅拂記》	小淨	《女丈夫》
牧　童	丑	汲古閣本《灌園記》	小淨	《新灌園》
石道姑	淨	汲古閣本《還魂記》	丑	《風流夢》
府學門子	丑	汲古閣本《還魂記》	小淨	《風流夢》
酒　保	丑	汲古閣本《邯鄲記》	小淨	《邯鄲夢》
官　員	淨	汲古閣本《邯鄲記》	小淨	《邯鄲夢》
尤滑稽	付淨	崇禎刊本《人獸關》	小淨	《人獸關》
賈　金	付淨	崇禎刊本《永團圓》	小淨	《永團圓》

又下列幾條資料也可證明淨、副淨、丑諸腳其義不殊：

一、（丑）猜你是誰？我是搬戲的副淨。（陸貽典鈔校《琵琶記》「義倉賑濟」一段）〔註32〕

二、（末）呸！他問你父母，你卻說在牛羊身上去了！只該説父母不幸，已棄世久矣。

（淨）我的兒，你父親在此粧副淨，怎麼説我死了？（《雙魚記》

巾丑」雖爲「文丑」之一類，其實並不完全等於文丑。文丑包涵的人物很廣，酒保、書僮、解差、更夫等均是，而方巾丑則應在滑稽詼諧、陰險狡詐之中仍不失其氣質風度。方巾丑的代表人物是《群英會》的蔣幹與《一捧雪》的湯勤，他們的舉止動作，唱腔念白均與一般文丑有別。現今京劇劇團中，任何一位科班的學生都可以把酒保、書僮演得很好，而蔣幹、湯勤則非周金福不足以勝任。可見方巾丑的演技與一般文丑有別。

〔註32〕　〔元〕高明：《新刊元本蔡伯喈琵琶記》（上海：商務印書館，1954年《古本戲曲叢刊初集》影印北京圖書館藏陸貽典鈔本校嘉靖二十七年刊本），卷上，頁 13b。

第九齣）〔註33〕

三、（生）又不在這里搬劇戲，怎説到音律去？

（丑）不搬劇戲，俺卻粧副淨？（《冬青記》第八齣）〔註34〕

而《東窗記》之万俟卨一腳，「淨」、「丑」互見，更可爲證。不過副淨與丑等若扮反面人物，皆不屬其中主角，大奸大惡者皆非「淨」莫屬。淨若飾奸相權臣，自爲首惡；若扮奸詐小人，也依舊在副淨、丑等之上。試看：

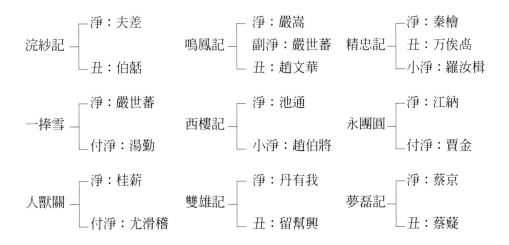

浣紗記　┬淨：夫差　　　鳴鳳記┬淨：嚴嵩　　　精忠記┬淨：秦檜
　　　　└丑：伯嚭　　　　　　├副淨：嚴世蕃　　　　├丑：万俟卨
　　　　　　　　　　　　　　　└丑：趙文華　　　　　└小淨：羅汝楫

一捧雪　┬淨：嚴世蕃　　西樓記┬淨：池通　　　　永團圓┬淨：江納
　　　　└付淨：湯勤　　　　　└小淨：趙伯將　　　　　└付淨：賈金

人獸關　┬淨：桂薪　　　雙雄記┬淨：丹有我　　　夢磊記┬淨：蔡京
　　　　└付淨：尤滑稽　　　　└丑：留幫興　　　　　　└丑：蔡薿

非但副淨、小淨等爲淨之副腳，就連丑在劇中的重要性都不能超越淨。

末爲元雜劇之主唱者，南戲之末俱用作開場，亦扮演劇中閒雜之男性人物，如小孫屠扮孫必達之友與孫必達之弟必貴。傳奇末主要用來開場，也扮演一些次要的閒雜人物，如《草廬記》扮徐庶、闞澤，《竊符記》扮朱亥，《浣紗記》扮文種、公孫聖、季桓子等。「副末」如《鳴鳳記》扮院子、公人等，又作「付末」；「小末」但見《綵毫記》扮高力士、《金蓮記》扮蘇邁，皆爲末之副腳。

外爲「外末」之省，〔註35〕元雜劇中如《漢宮秋》扮尙書，《合汗衫》扮長老，《玉鏡臺》扮王府尹，《謝天香》扮錢大尹，《救風塵》扮安秀實等，雖

〔註33〕〔明〕沈璟：《重校雙魚記》（上海：商務印書館，1954年《古本戲曲叢刊初集》影印北京圖書館藏繼志齋刊本），卷上，第9齣〈適館〉，頁13b。

〔註34〕〔明〕卜世臣：《冬青記》（上海：商務印書館，1955年《古本戲曲叢刊二集》影印北京圖書館藏明萬曆刊本），卷上，第8齣〈嫉技〉，頁19b。

〔註35〕元刊本如《單刀會》、《調風月》、《遇上皇》、《陳摶高臥》等俱有「外末」省爲「外」之例。

然人物類型不限於一，但顯然有趨向官員或老漢的意味。南戲中如《錯立身》扮完顏壽馬之父、《琵琶記》扮蔡公、牛丞相、山神，皆以之飾老漢。若由上文所述《拜月亭》陀滿興福一角演變之例，更可看出「外」之年輩已漸趨於長者。《拜月亭》現存版本，以明世德堂刻本重訂《拜月亭記》為一系統，時代較古；容與堂李卓吾評本《幽閨記》、凌延喜刻朱墨套印本《幽閨怨佳人拜月亭》、師儉堂刻陳眉公評《幽閨記》、德壽堂刻羅懋登注釋《拜月亭記》、汲古閣本《幽閨記》、清暖紅室本、喜詠軒本為另一系統，時代較晚。在較早的世德堂本中，陀滿興福由「外」扮，直到最後一齣因要與外扮的王尚書同場，所以才改為「小生」；而在較晚的容與堂本中，則一開始即由小生扮飾，外扮的是王尚書。按陀滿興福為一青年男子，而此時外腳之類型已漸趨固定，不宜再由外扮飾；小生卻可老可少，因此後出的版本即以之歸屬小生。傳奇中的外也多飾老漢，《邯鄲記》之杜賓，《灌園記》之太史敫、王蠋，《望湖亭》之高贊，《繡襦記》之鄭儋，都是年邁老丈，且多飾生或旦之父，與老旦配對。齊如山《國劇藝術彙考》以為「凡帶白鬚者，都叫作老外」，〔註36〕這種現象在傳奇中可找到例證：

> 《竊符記》：外（侯贏）：白鬚浩然巾
>
> 　　　　　外（晉鄙）：白鬚蟒〔註37〕
>
> 《女丈夫》：外（楊越公）：白鬚蟒服〔註38〕
>
> 《詩賦盟》：外（駱員外）：紳衣坡巾蒼白鬚
>
> 　　　　　外（虞世南）：半白鬚冠帶執笏〔註39〕
>
> 《殺狗記》：外（王老）：扮白鬚王老〔註40〕
>
> 《曇花記》：小外（木韜）：皓鬚拄杖〔註41〕

〔註36〕齊如山：《國劇藝術彙考》，《齊如山全集》，第6冊，原頁450，總頁3776。

〔註37〕〔明〕張鳳翼：《竊符記》（上海：文學古籍刊行社，1957年《古本戲曲叢刊三集》影印北京圖書館藏舊鈔本），上卷，第3折，頁3a；第5折，頁7b。

〔註38〕張鳳翼、劉方原著，馮夢龍更定：《墨憨齋重訂女丈夫傳奇》，上卷，第8折〈越府獻策〉，頁16b。

〔註39〕〔明〕張琦：《詩賦盟傳奇》（上海：商務印書館，1955年《古本戲曲叢刊二集》影印北京圖書館藏明白雪樓五種曲本），卷上，第2齣〈家宴〉，頁1b；第15齣〈舉將〉，頁49b。

〔註40〕〔明〕徐㬎：《殺狗記》，毛晉編：《六十種曲》，第11冊，第20齣〈安童將命〉，頁74。

〔註41〕〔明〕屠隆：《曇花記》，毛晉編：《六十種曲》，第11冊，第51齣〈義僕遇主〉，頁169。

《楚江情》：外（于父）：冠帶蒼髯〔註42〕

《一捧雪》：外（方相公）：蒼三髯〔註43〕

方相公的「蒼髯」介於黑、白之間，也是老年人所戴。「小外」爲外之副腳，並無年輩之義，如《鳴鳳記》扮郭希顏、《綵毫記》扮郭子儀、《武侯七勝記》扮魏延。

　　以上是明傳奇各腳色分類之大要。以「人物類型」及「專業技巧」爲標準之腳色分工雖尚未完全發展成熟，但一般而言，各行腳色所扮飾之人物已漸趨一致。不過，隨著新戲的不斷上演，戲曲表現的生活面愈來愈複雜，劇中出現的人也愈來愈多，劇團中的伶人除了必須扮演當行的腳色外，還必須兼飾其他行當的人物。因此例扮老婦的老旦，在《邯鄲記》中演的是高力士；例扮老漢的外，在《玉簪記》中也要兼扮年輕的張玉湖，以旦飾探子、外扮軍士、貼或小旦扮少年孩童等情形都頗爲常見，而「一趕幾」改扮的現象更是普遍。《詩賦盟》傳奇對「改扮」交代得很清楚，先看此劇之淨腳如何「一趕三」：

十一齣之前：淨「高巾短衣」扮張懌甫〔註44〕

十四齣：「淨回鼻紅髯改扮頡利」〔註45〕

十六齣：「淨改扮上」（改扮張懌甫）〔註46〕

十八齣：改扮頡利〔註47〕

十九齣：頡利〔註48〕

二十齣：「淨改扮院公上」〔註49〕

再看外如何兼飾二人：

十三齣之前：外「紳衣坡巾蒼白鬚扮駱員外」〔註50〕

十五齣：「外扮永興公虞世南半白鬚冠帶執笏上」〔註51〕

〔註42〕袁于令原著，馮夢龍重定：《墨憨齋重定西樓楚江情傳奇》，上卷，第4折〈于公訓子〉，頁7a。

〔註43〕李玉：《一笠庵新編一捧雪傳奇》，卷上，第2齣〈囑訓〉，頁6b。

〔註44〕張琦：《詩賦盟傳奇》，卷上，第4齣〈赴酌〉，頁10a。

〔註45〕同前註，第14齣〈入寇〉，頁47b。

〔註46〕同前註，第16齣〈接旨〉，頁51a。

〔註47〕同前註，第18齣〈平賊〉，頁59b。

〔註48〕同前註，卷下，第19齣〈大宴〉，頁4b。

〔註49〕同前註，第20齣〈上京〉，頁8b。

〔註50〕同前註，卷上，第2齣〈家宴〉，頁1b。

〔註51〕同前註，第15齣〈舉將〉，頁49a～b。

十九齣：「外紗貂綠蟒執笏上」（虞世南）〔註52〕

二十齣：「外改扮上」（駱員外）〔註53〕

甚至連「生」腳，除了飾男主角駱俊英外，還必須改扮唐太宗。生扮駱俊英時著「唐巾服」，至十九齣，則是「生扮唐太宗沖天巾蟒玉上」，二十齣又輪到駱俊英出場時則云「生改扮上」。〔註54〕他如《望湖亭》的男主角，也必須掛上鬍鬚改扮從人：「生帶鬚扮從人掇聘禮同迎上」，〔註55〕可見改扮兼飾的現象十分普遍。但是，儘管每位演員都已發揮了最大的功能，有時還是捉襟見肘、改扮不及。例如《雙魚記》十六齣〈拒婚〉有這樣一段對話：

> （旦）呀，今日爲何不帶金屏過來？
>
> （老、小旦）他有病在家。
>
> （丑）你每不要說謊，因方纔落場，腳色翻不及了，故此不來。
>
> （老旦）休說出本相。〔註56〕

妓女金屏原由小丑扮飾，此齣因小丑還要扮富商錢十萬，剛落場，來不及再改裝，只得讓金屏生病。像這類情形，常造成許多不便，有些作者在編劇時就已預作了安排，例如馮夢龍改編《牡丹亭》爲《風流夢》時，總評云：

> 凡傳奇最忌支離，一貼旦而又翻小姑姑，不贅甚乎？今改春香出家，
> 即以代小姑姑，且爲認眞容張本，省卻葛藤幾許！〔註57〕

原本貼分飾春香及小道姑二人，馮氏爲免改扮之煩，並從劇本之完整著眼，乃安排春香出家，以代小道姑。《閒情偶寄》也反映了此一現象，〈詞曲部・結構第一・減頭緒〉云：

> （上略）後來作者，不講根源，單籌枝節，謂多一人可增一人之事，
> 事多則關目亦多，今觀場者如入山陰道中，人人應接不暇。殊不知
> 戲場腳色，止此數人；使換千百箇姓名，也只此數人裝扮。止在上
> 場之勤不勤，不在姓名之換不換。與其忽張、忽李，令人莫識從來，
> 何如只扮數人，使之頻上、頻下，易其事而不易其人，使觀者各暢

〔註52〕同前註，卷下，第19齣〈大宴〉，頁1b。

〔註53〕同前註，第20齣〈上京〉，頁7a。

〔註54〕同前註，卷上，第2齣〈家宴〉，頁2b；卷下，第19齣〈大宴〉，頁2a；第20齣〈上京〉，頁6b。

〔註55〕沈自晉：《望湖亭記》，卷上，第17齣，頁41b。

〔註56〕沈璟：《重校雙魚記》，卷上，第16齣〈拒婚〉，頁30b。

〔註57〕馮夢龍：《墨憨齋重定三會親風流夢・總評》，頁1a～b。

懷來，如逢故物之爲愈乎？〔註58〕

李漁呼籲編劇者要從劇情本身的減頭緒、去枝節做起，以免演員頻頻改扮，也免得觀眾應接不暇。不過，由於傳奇體製龐大，劇目又不斷擴充，無論如何「減頭緒」，腳色都勢必要有所增添，上述生旦淨丑之副腳小生、小旦、貼旦、副淨、小淨、小丑等，都是在這種需求下產生的，卜世臣的《冬青記》傳奇〈凡例〉中說得很明白：

> 近世登場大率九人。此記增一小旦、一小丑，然小旦不與貼同上，
> 小丑不與丑同上。以人眾則分派，人少則相兼，便於搬演。〔註59〕

此記今存的萬曆刊本雖殘破不全，然仍可看出所謂的九人是生、小生、旦、貼、老旦、末、外、淨及丑。這九個腳色仍不敷運用，還必須另添小旦、小丑。既云「小旦不與貼同上，小丑不與丑同上」，可見小旦即是貼、小丑即是丑，若劇團人多則分別扮演，若人手不足還可由同一人兼趄二腳。由此可見，腳色之分化，有時僅是爲了「便於搬演」，後來則因所扮飾的人物類型漸趨一致，塑造人物的表演技巧漸趨專精，腳色之區分才日益明確。因此，腳色的分化日益細密，所反映的正是表演藝術逐步提升的事實。

第二節　面部化妝

在北雜劇與南戲形成以前，「塗面」和「面具」兩大類化妝方式業已出現。塗面起於何時，不易確考，唐人段安節《樂府雜錄》記蘇中郎：「今爲戲者，著緋，戴帽；面正赤，蓋狀其醉也」，〔註60〕王靜安先生《古劇腳色考》以爲乃塗面之始見於載籍者。〔註61〕雖然至今已很難斷定這究竟是塗面還是面具，不過唐代歌舞中已用塗面化妝，則是可以肯定的：溫庭筠《乾𦠆子》中記載一人「墨塗其面，著碧衫子，作神舞一曲，慢趨而出」，〔註62〕《資治通鑑》也稱後唐莊宗自傅粉墨，稱李天下。〔註63〕至宋代，塗面風氣更盛，《宋史‧

〔註58〕李漁：《閒情偶寄‧詞曲部》，卷1，頁18。

〔註59〕卜世臣：《冬青記‧凡例》，頁1b。

〔註60〕段安節：《樂府雜錄‧鼓架部》，頁45。

〔註61〕王國維：《古劇腳色考》，收入《王國維戲曲論文集》（臺北：里仁書局，2000年），〈餘說三‧塗面考〉，頁279。

〔註62〕〔宋〕李昉等編：《太平廣記》（北京：中華書局，1961年），卷496〈雜錄四‧趙存〉引，頁4067。

〔註63〕〔宋〕司馬光著，〔元〕胡三省音註：《資治通鑑》（北京：中華書局，2005

姦臣傳》載蔡攸「短衫窄袴，塗抹青紅，雜倡優侏儒」，〔註64〕《東京夢華錄》卷七〈駕登寶津樓諸軍呈百戲〉條也說：

> 又一聲爆仗，樂部動〈拜新月慢〉曲，有面塗青碌、戴面具，金睛，飾以豹皮、錦繡看帶之類，謂之「硬鬼」。（中略）次有一擊小銅鑼，引百餘人，或巾裹，或雙髻，各著雜色半臂，圍肚看帶，以黃白粉塗其面，謂之「抹蹌」。〔註65〕

「面塗青碌」、「以黃白粉塗其面」，足為五彩塗面之證。又據河南偃師出土的宋雜劇畫像雕磚，和山西侯馬出土的金院本彩俑（圖三十四、三十五）等形象化資料，〔註66〕可以使我們對宋金時的化妝有更清楚的認識。

宋雜劇畫像磚拓本的五個人物中，有三個是「素面」，也就是今日習稱的本臉、俊扮。這種化妝的特色是臉上很乾淨，不用誇張的色彩和線條來改變本來面目，只是略施彩墨、描眉畫眼，使五官更加清晰而已。其他兩個手托鳥籠及正在吹哨之人，則在眼圈鼻側有線條勾畫，當是「花面」化妝。不過由於畫像磚不太清楚，未能完全確定。金院本彩俑則比較明顯，左起第一人，畫了兩個白眼圈，並用墨在臉部中心畫了一個近似蝴蝶形的圖案；右起第一人，在面部中心塗了一大塊白粉，並在腦門、臉頰、嘴角上抹了一些黑道兒。這種化妝的特點，是要用誇張的色彩、線條和圖案來改變演員的本來面目，以達到滑稽調笑和諷刺的效果，與「素面」本臉恰成鮮明對比。由畫像磚和彩俑，可以證明宋金時代的化妝藝術已有「素面」、「花面」之分。

元雜劇化妝的形象資料，以明應王殿水神廟的元壁畫為代表（圖三十六）。〔註67〕若以之與宋雜劇畫像磚及金院本彩俑作一對照，可看出「素面」、「花面」化妝均已被元雜劇吸收。壁畫前排除了左起第二人之外，都是用素面俊扮；而左起第二人畫粗黑眉、勾白眼圈，與金院本彩俑右邊人物接近。

年），卷 272〈後唐紀一‧莊宗光聖神閔孝皇帝上‧同光元年〉，頁 8904。

〔註64〕〔元〕脫脫等：《宋史》（北京：中華書局，1977 年），卷 472〈列傳第二百三十一‧姦臣二〉，頁 13741。

〔註65〕孟元老：《東京夢華錄》，頁 43。

〔註66〕河南偃師出土的宋雜劇畫像雕磚，見徐苹芳：〈宋代的雜劇雕磚〉，《文物》1960 年第 5 期，頁 40～42；由張孝光據拓本摹畫，這裡引自沈從文編著：《中國古代服飾研究》（香港：商務印書館，1992 年增訂版），圖 173，頁 359。山西侯馬出土的金院本彩俑，引自周貽白：〈侯馬董氏墓中五個磚俑的研究〉，《文物》1959 年第 10 期，頁 51。

〔註67〕引自沈從文編著：《中國古代服飾研究》，圖 206，頁 434。

這種臉部中心畫大白斑的粉墨化妝，實爲後世戲曲的丑腳臉譜奠定了基礎。元雜劇《伍員吹簫》費得雄的上場詩，即可與之互證。〔註68〕後排左起第三人，塗粉紅臉，眉眼都用黑墨作了比較濃重的描繪，並用一道白粉界出眉眼來。這種化妝，可說即是後代花臉「勾臉」的最初型態。由北雜劇曲文看來，元代臉譜除了壁畫中的粉紅臉外，還有紅臉、黑臉，如《諸葛亮博望燒屯》中諸葛亮形容關羽「紅馥馥雙臉胭脂殷赤」，〔註69〕又如《劉關張桃園三結義》中屠戶說「俺哥哥（張飛）便臉黑」，〔註70〕《都孔目風雨還牢末》中搽旦說李逵「面皮黑色」等。〔註71〕而這些人物，由於一人主唱的關係，都是由末扮演的，所以元雜劇的勾臉藝術，主要是表現在末行身上。

　　元代婦女化妝，也有素面、花面之分。例如品行不端婦女的「搽旦」，在化妝上必須要「搽得青處青、紫處紫、白處白、黑處黑，恰便似成精的五色花花鬼」，〔註72〕《灰闌記》搽旦扮馬員外妻，上場詩也說：「我這嘴臉實是欠，人人讚我能嬌艷；只用一盆淨水洗下來，倒也開的胭脂花粉店」，〔註73〕可見搽旦是「花面」。又《青樓集》云：「凡妓，以墨點破其面者爲花旦」，〔註74〕殆亦搽旦之流。

　　南戲之淨丑，也用「抹土搽灰」的花面化妝。《張協狀元》中末（李大公）與丑（李小二）有如下的對白：

　　　　（丑）……我便問它：貧女姐姐，你又恁地孤孤單單，我恁地白白
　　　　　　　淨淨底……。
　　　　（末）只是嘴烏。〔註75〕

〔註68〕元雜劇《伍員吹簫》「我做將軍只會拚，兵書戰策沒半點，我家不開粉鋪行，怎麼爺兒兩箇盡搽臉。」收入臧懋循：《元曲選‧丁集下》（臺北：藝文印書館，1958年影印明萬曆四十三年吳興臧氏雕蟲館刊本），第1折，頁2a。

〔註69〕鄭騫校訂：《校訂元刊雜劇三十種》，頁399。

〔註70〕〔元〕闕名：《劉關張桃園三結義》（上海：商務印書館，1958年《古本戲曲叢刊四集‧脈望館鈔校本古今雜劇》影印明萬曆間趙琦美鈔校本），第4折，頁16b。

〔註71〕〔元〕無名氏（原署李致遠）：《都孔目風雨還牢末》，臧懋循編：《元曲選‧癸集上》，第1折，頁10b。

〔註72〕〔元〕楊顯之：《鄭孔目風雪酷寒亭》，臧懋循編：《元曲選‧己集下》，第2折，頁13b。

〔註73〕〔元〕李行道：《包待制智勘灰闌記》，臧懋循編：《元曲選‧庚集上》，第1折，頁5b。

〔註74〕夏庭芝：《青樓集‧李定奴》，頁40。

〔註75〕錢南揚校注：《永樂大典戲文三種校注》，頁63。

「白白淨淨」是丑腳對面塗白粉的自我嘲弄，丑腳的化妝當是粉臉烏嘴，本劇後半丑扮王德用時，也有「把墨來畫烏嘴」之語，這和金院本右起第一人的化妝很接近。

明傳奇的淨，如上節所述可分爲兩大類，一爲正、反派主要腳色，一爲與丑腳相似的滑稽人物。後者所扮飾的人物類型及表演技巧均與副淨、丑等相同，因此面部化妝也一樣，都是花面。在《望湖亭》第九齣中，旦飾的高家小姐進香遇見了輕佻的顏秀（淨），後來到了十五齣，小丑扮的丫鬟又提及此人：

（小丑）你不記得那一個花臉麼？

（旦唱）眼中怕見他輕薄子。〔註76〕

又《紅梅記》三十二齣，李子春（中淨）與曹悅（丑）彼此對話：

（李〔中淨〕）看這嘴臉兒花斑斑的，果然不稱些。……

（丑）你的臉兒可也與俺差不多。〔註77〕

可見淨、丑化妝都是「花斑斑」的。相同的例子還見於《酒家傭》十七折。當郭亮揹駄李固屍首下場後，亭長（淨）與左常侍（丑）以滑稽的言語對太監進行諷刺：

（丑）哎，胡說！可憐太尉喪幽冥，感念教人涕淚零。但願生兒皆諂佞，無災無難到公卿。

（淨）作怪了，公公也要生兒！

（丑）你不知道，俺內侍每都有養子。

（淨）既如此，小官極會諂佞，做了公公的兒子如何？

（丑）不要你這花臉。

（淨）不是花臉，不像你的令郎。（諢下）〔註78〕

其他劇本中相關的資料還有：

《焚香記》第四齣：「區區相貌異乎人，粧出如花粉墨勻」〔註79〕

《東郭記》十四齣：「只花斑面孔堪相諢」〔註80〕

〔註76〕沈自晉：《望湖亭記》，卷上，頁37a。

〔註77〕〔明〕周朝俊：《玉茗堂批評紅梅記》（上海：商務印書館，1954年《古本戲曲叢刊初集》影印長樂鄭氏藏明刊本），卷下，第32齣〈速訟〉，頁45a。

〔註78〕陸無從、欽虹江撰，馮夢龍更定：《墨憨齋詳定酒家傭傳奇》，上卷，第17折〈郭亮請屍〉，頁41b。

〔註79〕王玉峰：《焚香記》，毛晉編：《六十種曲》，第7冊，第4齣〈訪姻〉，頁7。

〔註80〕〔明〕孫鍾齡：《東郭記》（上海：商務印書館，1955年《古本戲曲叢刊二集》影印長樂鄭氏藏明末刊本），卷上，頁33b～34a。

《東郭記》四十四齣：「這花面覺道冠裳頗爲眾」〔註81〕

《南西廂》（陸天池作）第六齣：「你道我嘴臉不好，做不得長老，

　　　　我一生虧了這花臉」〔註82〕

都是指淨丑化妝而言。李開先《詞謔》中有一曲皆來韻的【黃鶯兒】，題曰〈副淨〉：

粉嘴又鬎腮，墨和硃臉上排，戲衫加上香羅帶，破蘆蓆慢躧，皮爬

掌緊擺，磕瓜不離天靈蓋。打歪歪，攛科撒諢，笑口一齊開。〔註83〕

臉上有「粉」、「墨」、「硃」（白、黑、紅）三色，故爲花面。《閒情偶寄・詞采第二・戒浮泛》云：

極粗極俗之語，未嘗不入填詞，但宜從腳色起見。如在花面口中，

則惟恐不粗不俗；一涉生旦之曲，便宜斟酌其詞。（中略）以生旦有

生旦之體，淨丑有淨丑之腔故也。〔註84〕

也是以「花面」爲「淨丑」。不過花面不見得都是五色斑斕，有時以黑色爲主，例如《玉環記》第四齣：「不信看我臉上都是墨」；〔註85〕有的時候，則施粉的部位較大，例如崇禎刊本《回春記》裏幾個小丑型的貪官污吏，都是「粉臉」妝扮：「淨扮試官粉臉冠帶」（第二折）、「淨粉臉方巾」（第三折）、「丑粉臉」、「淨粉臉冠帶」（第四折），〔註86〕或與金院本彩俑右起第一人類似。蓋「花面」只是相對於「素面」本臉而言，現今舞臺上的丑腳也是以粉白爲主，但仍稱「小花臉」。至於品行不端的婦女，由於多由淨丑扮演，也必須是「花面」，例見成化本《白兔記》：

（淨〔三七嫂〕）……老娘荒（慌）忙走來到，一个（個）、兩个、

三四□（原缺）七八九个。

（末）呸！打住。你數的七八九是甚麼東西？……

〔註81〕同前註，卷下，頁63a。

〔註82〕〔明〕陸采：《新刻合併陸天池西廂記》（上海：商務印書館，1954年《古本戲曲叢刊初集》影印大興傅氏藏明周居易刊本），卷上，第6折，頁9a。

〔註83〕李開先：《詞謔》，頁282。

〔註84〕李漁：《閒情偶寄・詞曲部》，卷1，頁26。

〔註85〕楊柔勝：《玉環記》，毛晉編：《六十種曲》，第8冊，第4齣〈考試諸儒〉，頁8。

〔註86〕〔明〕朱葵心：《新刻回春記》（上海：文學古籍刊行社，1957年《古本戲曲叢刊三集》影印上海圖書館藏明崇禎刊本），第2折〈試官結舌〉，頁8a；第3折〈黽鼠襪魄〉，頁17b；第4折〈貪污傳心〉，頁25a。

（中略）

（淨）是蜜蜂兒見老娘古怪標致，四千里地來老的頭上疊窩兒。
　　　　〔註87〕

汲古閣本《白兔記》的三七嫂由丑扮，說白是「蜜蜂見我臉上花斑斑的，在我臉上採花」，〔註88〕意思都是一樣的。

至於第一類淨腳的臉譜，在明傳奇時代猶以「整臉」為主，顏色則以紅、黑為多。《千金記》的項羽由淨飾，第十齣〈投閫〉，丑扮的軍人有句臺詞：「嗄，原來還是那黑臉老官說得明白」，後來又說：「虧了那黑臉的爺爺」，都是指項羽而言。〔註89〕前文曾引《菊莊新話》記陳明智「拆戲」演《千金記》飾項羽時說：「援筆攬鏡，蘸粉墨，為黑面，面轉大」，可見項羽開的黑臉。〔註90〕又《古城記》十二齣，演張飛落草時說：「若要問咱名和姓，黑臉閻王便是我！」眾強人一見張飛，也都驚呼：「敢是灶神菩薩出現了！」〔註91〕又《蕉帕記》的呼延灼，是「黑臉雙鞭」（十八齣），〔註92〕《博笑記》的黑魚精魅也由淨扮：「淨扮黑衣黑面怪上」，〔註93〕《邯鄲記》二十二齣的樵夫，係「黑臉蓬頭繩扛打歌上」，〔註94〕又有《劍丹記》，一名《八黑記》，據《曲海總目提要》云，因劇中有八黑面者故名八黑，此八人為：項羽、張飛、周倉、尉遲恭、鍾馗、趙元壇、鄭恩、焦贊。〔註95〕至於開紅臉的當以關羽為代表，《古城記》十四齣劉備對關羽的形容是：

我二弟雲長，生得臥蠶眉、丹鳳眼，面如重棗，鬚分五髭。〔註96〕
十六齣又有：

〔註87〕〔明〕無名氏：《新編劉知遠還鄉白兔記》（上海：文物出版社，1979年《明成化說唱詞話叢刊》影印上海博物館藏北京永順堂刊本），頁5b～6a。

〔註88〕〔明〕無名氏：《白兔記》，毛晉編：《六十種曲》，第11冊，第2齣〈訪友〉，頁3。

〔註89〕〔明〕沈采：《千金記》，毛晉編：《六十種曲》，第2冊，第10齣〈投閫〉，頁25、28。

〔註90〕引自焦循：《劇說》，卷6，頁200。

〔註91〕闕名：《新刻全像古城記》，卷上，第12齣〈落草〉，頁21a。

〔註92〕〔明〕單本：《蕉帕記》，毛晉編：《六十種曲》，第9冊，第18齣〈赴任〉，頁64。

〔註93〕沈璟：《新刻博笑記》，卷下，第24齣，頁34a。

〔註94〕湯顯祖：《邯鄲記》，毛晉編：《六十種曲》，第22齣〈備苦〉，頁77。

〔註95〕董康等纂輯：《曲海總目提要》，卷36，頁1669～1670。

〔註96〕闕名：《新刻全像古城記》，卷上，第14齣〈投紹〉，頁28b。

陣上若有一赤面長鬚、綠袍紅纓，單刀獨馬入我陣營來者，休要攔
阻。〔註97〕

既云「面如重棗」、「赤面長鬚」，自然是紅面，劇中張飛也屢次稱他爲「紅臉
賊」。《曲海揚波》中也有一段資料記載崇禎辛未進士王斥串戲的經過：「朱其
面，像關壯繆，綠袍乘馬而往」，〔註98〕顯然可見，關公的扮相是紅臉綠袍。
《萬事足》第八折有「淨扮紅臉鬼」，〔註99〕《南柯記》十四齣的檀蘿王也是
「赤臉」。〔註100〕又有《寶釧記》，因劇中有七紅面之神，故又名「七紅」，此
七神據《曲海總目提要》云爲：張道陵天師、赤心忠良王元帥、劍仙崑崙、
虬髯張仲堅、唐將秦叔寶、上仙鍾離權及漢壽亭侯。〔註101〕此外，還有勾白
臉的，如《武侯七勝記》由淨扮孫權，「白面鬍鬚沖天冠上」；〔註102〕《劇說》
云：「陳玉陽《文姬入塞》一折，南山逸史亦作《中郎女》雜劇，曹瞞不用粉
面，以外扮，亦取其片善之意」，〔註103〕可見一般曹操的化妝是粉面白臉，至
於盧杞一腳，出現在《曇花記》十四齣及《呂眞人黃粱夢境記》裏則都開「藍
面」，〔註104〕《幽閨記》的聶賈也被稱爲「藍面鬼」。

值得注意的是，由於戲班腳色有限，每當淨色不敷分配時，其他腳色也
都得勾臉上場。例如：

《蕉帕記》的關勝（末）：紅臉大刀。〔註105〕

《竊符記》的朱亥（末）：紅面氈笠掛鎚。〔註106〕

《七勝記》的魏延（小外）：紅臉白眼黑斗花鬚簡上。

《七勝記》的朵思王（小淨）：紅面。

〔註97〕同前註，卷下，第16齣〈斬將〉，頁1a。

〔註98〕語出清王應奎《柳南隨筆》。引自任中敏編：《曲海揚波》，《新曲苑》，卷2，
頁32a。

〔註99〕馮夢龍：《墨憨齋訂定萬事足傳奇》，上卷，第8折〈旅中佳夢〉，頁21a。

〔註100〕湯顯祖：《南柯記》，毛晉編：《六十種曲》，第4冊，第14齣〈伏戎〉，頁37。

〔註101〕董康等纂輯：《曲海總目提要》，卷45，頁2075～2076。

〔註102〕〔明〕紀振倫：《新鐫武侯七勝記》（上海：商務印書館，1955年《古本戲曲
叢刊二集》影印大興傅氏藏明唐振吾刊本），卷上，第6齣〈鄧芝躍鼎〉，頁
9a。

〔註103〕焦循：《劇說》，卷5，頁190。

〔註104〕屠隆：《曇花記》，第14齣〈奸相造謀〉，頁38；蘇元儁：《呂眞人黃粱夢境
記》，下卷，第23齣〈請劍〉，頁12b。

〔註105〕單本：《蕉帕記》，毛晉編：《六十種曲》，第9冊，第18齣〈赴任〉，頁64。

〔註106〕張鳳翼：《竊符記》，上卷，第3折，頁3a。

《七勝記》的木鹿王（小淨）：藍面紅鬚束髮冠三隻眼。

《七勝記》的烏戈王（小淨）：黃面。〔註107〕

《勸善記》的趙元帥（末）：黑面。

《勸善記》的溫元帥（末）：藍面。

《勸善記》的關元帥（外）：紅面。〔註108〕

《萬事足》的鬼卒（丑）：青面。

《萬事足》的鬼卒（雜）：黃、赤、白、黑鬼。〔註109〕

虬髯客一角在《紅拂記》中由外飾，至墨憨齋改本的《女丈夫》則改由淨扮（詳見上節），勾紅臉，那麼《紅拂記》中外的扮相應該也一樣。另外如《八黑》、《七紅》兩記中的黑面、紅面，也不一定全由淨腳扮飾。不過，這種現象與元雜劇的正末勾臉不能一概而論，元雜劇乃是以主唱為腳色分工之標準，正末所扮演的人物類型十分廣泛，遇到性格較常人強烈的人物，無論是過於剛毅勇猛、或過於陰狠奸詐，都必須將其性格以誇張的色彩鮮明地在臉部呈現出來。而明傳奇已開始以人物的特質進行腳色分工，因此勾臉藝術便專歸淨行。至於以外、末等其他腳色勾臉的，則純粹是腳色不足、臨時充任，必須以上節所述「改扮」、「一趕幾」的現象為其背景，與元雜劇的意義不同。

一般而言，臉譜的色彩可以象徵不同的人物性格，《劍丹記》中的八位黑面都具有憨直厚率而又粗鹵莽撞的性情，「黑面」之特質由此可見；《曲海總目提要》記《寶釧記》的七神云：「皆秉南方丙丁之氣，故赤心赤面，（朱）聘遂大捷」，〔註110〕所謂「赤心赤面」，正是發乎內而形諸外、從化妝顯示性情之說。至於以白色代表陰鷙、青色代表凶狠、藍色代表桀驁，其象徵意義俱十分明顯。不過臉譜與平話小說之關係也不可忽略。如《三國志通俗演義》對於關羽的描述是：「身長九尺三寸，髯長一尺八寸，面如重棗，唇若抹朱，丹鳳眼，臥蠶眉」，〔註111〕於是他在舞臺上便成了紅臉大漢；包拯素有「閻羅包老」、「鐵面無私」之說，於是便附會而成黑臉；盧杞史稱「鬼貌藍色」，故

〔註107〕紀振倫：《新鐫武侯七勝記》，卷上，第18齣〈孟獲借兵〉，頁30b；下卷，第27齣〈木鹿助戰〉，頁11a；第32齣〈海島驕兵〉，頁17a。

〔註108〕鄭之珍：《新編目連救母勸善戲文》，中卷，〈遣將擒猿〉，頁59b。

〔註109〕馮夢龍編：《墨憨齋訂定萬事足傳奇》，下卷，第32折〈證明神劍〉，頁39a。

〔註110〕董康等纂輯：《曲海總目提要》，卷45，頁2076。

〔註111〕〔元〕羅貫中編次：《三國志通俗演義》（上海：上海古籍出版社，1994年《古本小說集成》影印明嘉靖刊本），卷1〈祭天地桃園結義〉，頁8a，總頁17。

作藍臉。不過因爲說唱家原本也有由面貌辨別人物性格之意，因此戲曲據之而在舞臺上做實際的描繪化妝時，二者並無衝突。但當劇目相繼增加、臉譜隨之孳乳之時，有些人物便只是因其「相關性」而爲勾臉之依據，例如關羽開紅臉，關勝便也一樣（《蕉帕記》）；有時則因同一演員不斷「改扮」不同的劇中人，爲了區別起見，便用各類的顏色勾臉。例如《武侯七勝記》演孟獲敵不過諸葛亮，乃相繼向他國求救兵，率兵前來救援的番王都由「小淨」扮飾，爲了使觀眾便於分辨，便分別以紅面扮朵思王、藍面扮木鹿王、黃面扮烏戈王。如此一來，臉譜的作用便顯得紛亂，但從化妝來象徵性格、寄寓褒貶的意義依舊存在「公忠者雕以正貌，姦邪者與之醜貌，蓋亦寓褒貶於市俗之眼戲也」的原則是不會改變的，〔註112〕甚至，紅、黑、白面人物的表演技巧也因性格特質之不同而各有特色。這種現象在明代雖然還缺乏資料，但到了清初便已十分明顯了，《揚州畫舫錄》中所記的腳色不僅有「大面」、「二面」、「小面」之分，在「大面」之中還區別紅、黑、白，例如周德敷「以紅、黑面笑、叫、跳擅場」，馬文觀、王炳文則精於「白面」，白面的表演也已自成一格：「白面之難，聲音氣局必極其勝，沉雄之氣寓于嘻笑怒罵者，均于粉光中透出」，〔註113〕可見臉譜不僅是戲曲舞臺美術上的成就，更是塑造人物、刻畫內心的主要方式。明傳奇的淨行分工雖還不夠嚴密，但普遍運用勾臉化妝以象徵性格的現象，已顯示出人物類型、表演藝術與腳色分工之間的關係愈趨密切。

　　明傳奇面部化妝的形象資料，以綴玉軒世藏明代臉譜爲代表。綴玉軒是京劇名伶梅蘭芳的書齋名，這些臉譜可能是梅氏祖父巧玲舊藏。《齊如山全集》的《國劇簡要圖案》部分，有這些臉譜的摹本，計有〈明朝人員臉譜〉十一幀（圖三十七）及〈明朝神怪臉譜〉十一幀（圖三十八），〔註114〕其中神怪臉譜之譜式已頗複雜，在文字方面無法找到資料與之相應，而人員部分，則與前述資料可以相互印證，都是色調單一、圖案簡單的整臉，顯然是早期勾法。所有的變化都集中在眉眼的部位，幾乎每個人物都在眉眼部分畫上白線，如果以之與圖三十六元壁畫後排左起第三人相較，很明顯的可看出其一脈相承的關係。早期臉譜由於圖案變化少，因此只能以顏色象徵性格，後來的譜式

〔註112〕耐得翁：《都城紀勝・瓦舍眾伎》，收入《東京夢華錄（外四種）》，頁98。
〔註113〕李斗：《揚州畫舫錄・新城北錄下》，卷5，頁123。
〔註114〕齊如山：《齊如山全集》，第1冊，頁792～793。

則有複雜多樣的變化。此外，在第二十及二十一圖中，也可以看到淨、丑的花面形象，第十六圖可看出董卓是白面，而生腳顯然素面俊扮。

除了塗面化妝外，還有面具。面具的起源較塗面更早，據王靜安先生《古劇腳色考》考證，〔註 115〕《周禮》「方相氏掌蒙熊皮，黃金四目，玄衣朱裳，執戈揚盾」，〔註 116〕似已爲面具之始，《後漢書・禮儀志》更進一步地說明方相氏是在「大儺」的儀式中「逐疫」，〔註 117〕可見宗教性舞蹈中已用面具。漢代歌舞百戲的「總會僊倡，戲豹舞羆」，〔註 118〕是舞者帶著面具或假頭、假形來表演；北齊蘭陵王著假面以對敵，即《舊唐書・音樂志》所記之「大面」；〔註 119〕隋唐時代的歌舞面具已很講究，薛道衡〈和許給事善心戲場轉韻詩〉中有「假面飾金銀」之句；〔註 120〕宋代政和中大儺儀式中竟有以八百枚爲一副的面具，〔註 121〕當時的歌舞百戲如「抱鑼」、「硬鬼」、「舞判」等，都有「戴面具」、甚至同時還塗面的；〔註 122〕元雜劇中面具主要用於神鬼戲，所以明初朱權把雜劇分科時稱「神佛雜劇」爲「神頭鬼面」；〔註 123〕明代宮廷中也很盛行這類戲，《脈望館鈔校本古今雜劇》中就有「鬼頭」、「百眼鬼頭」、「金睛百眼鬼」、「雷公頭」等各式名目。明傳奇的勾臉藝術雖已有可觀，但也不乏面具的運用，明弘治間人游潛的《夢蕉詩話》有云：

優工以髹塑爲神鬼面像，而戴之以弄，叫嘯踴躍，百狀惟怪，望之

〔註 115〕王國維：《古劇腳色考》，〈餘說二・面具考〉，頁 278。

〔註 116〕〔清〕阮元校：《重刊宋本十三經注疏・周禮注疏》（臺北：藝文印書館，1965 年），卷 31，〈夏官司馬下〉，頁 475。

〔註 117〕「先臘一日，大儺，謂之逐疫。其儀：選中黃門子弟年十歲以上、十二以下，百二十人爲侲子，皆赤幘皁製，執大鼗。方相氏黃金四目，蒙熊皮，玄衣朱裳，執戈揚盾。十二獸有衣毛角。中黃門行之，冗從僕射將之，以逐惡鬼于禁中。」〔南朝宋〕范曄撰，〔唐〕李賢等注，〔晉〕司馬彪補志：《後漢書》（北京：中華書局，1965 年），志第五〈禮儀中〉，頁 3127。

〔註 118〕〔漢〕張衡：〈西京賦〉，張震澤校注：《張衡詩文集校注》（上海：上海古籍出版社，1986 年），頁 78。

〔註 119〕〔五代〕劉昫：《舊唐書》（北京：中華書局，1975 年），卷 29〈志第九・音樂二〉，頁 1074。

〔註 120〕〔隋〕薛道衡：〈和許給事善心戲場轉韻詩〉，引自徐堅：《初學記》，卷 15〈樂部上・雜樂第二〉，頁 374。

〔註 121〕「政和中大儺，下桂府進面具，比進到，稱『一副』。初訝其少，乃是以八百枚爲一副，老少妍陋無一相似者，乃大驚。」陸游：《老學庵筆記》，卷 1，頁 4。

〔註 122〕孟元老：〈駕登寶津樓諸軍呈百戲〉條，《東京夢華錄》，卷 7，頁 43。

〔註 123〕朱權：《太和正音譜》，頁 24。

可爲辟易；然其本來面目，終莫得而掩焉。李若虛嘗於席間戲爲吟

云：「鐵面虯髯戟似霜，人人道是四金剛。一回戲臉都拋卻，仍是郎

當老郭郎。」〔註124〕

鄒迪光《調象菴稿》卷十八〈秋日向熱西湖舟中命侍兒作劇人來聚觀至夜分

乃散依若撫兄韻紀事〉詩中，有「絲竹和歌誰解顧，金銀假面客貪看」之句，

〔註125〕經濟不虞匱乏的私人家樂，面具的製造一定也特別精緻。鄒迪光的詩

未說明演的是那類劇目，而由《夢蕉詩話》看來，面具似乎仍多用之於鬼神。

這在劇本中也可找到例證，《灌園記》二十五齣演田單用火牛陣攻破敵兵，汲

古閣本只說「火牛壯士上」，〔註126〕而馮夢龍改編的《新灌園》，則詳細註明

「內鳴鑼，火牛上，軍換鬼臉，鼓噪混戰」。〔註127〕這些軍士雖非鬼神，但由

於劇本先已交代田單吩咐五千壯士「扮作神兵隨後」，所以特別戴上面具以別

於一般士卒。另外《春燈謎》二十六齣，有「旦女粧同一戴假面紅衣少年上」

及「內鳴鑼鼓一人戴鬼面金盔」，則是男主角（生）夢中所見。〔註128〕除此之

外，面具多幫助演員造成喜劇效果，例如《精忠旗》第八折有這樣一段：

（丑作睡熟，貼藏鬼臉戴丑頭上介）

（淨扮老妳子，執燈擎甌上）⋯⋯

（入門丑驚起，淨見鬼臉大叫驚倒，滅燈碎甌介）

（旦驚執燭出看，貼扶起淨介）

（貼）是小碧戴鬼臉，嚇壞了老奶子。

（丑）不是鬼面，奴家原是這副嘴臉，有些驚怕人。

（旦）你臉上是甚麼？

（丑自抹臉取下鬼面介）是倩紅這丫頭報仇，弄了我！〔註129〕

〔註124〕〔明〕游潛：《夢蕉詩話》（臺南：莊嚴文化事業有限公司，1997 年《四庫全
　　　　書存目叢書・集部詩文評類》第 416 冊影印北京大學圖書館藏明刻清康熙修補
　　　　《夢蕉三種》本），卷上，頁 32b，總頁 699。

〔註125〕鄒迪光：《調象菴稿》，卷 18，頁 8b，總頁 634。

〔註126〕張鳳翼：《灌園記》，毛晉編：《六十種曲》，第 25 齣〈田單破燕〉，頁 50。

〔註127〕張鳳翼原著，馮夢龍更定：《墨憨齋新灌園傳奇》，卷下，第 31 折〈火牛成功〉，
　　　　頁 29a。

〔註128〕阮大鋮：《詠懷堂新編十錯認春燈謎記》（上海：商務印書館，1955 年《古本
　　　　戲曲叢刊二集》影印長樂鄭氏藏崇禎六年序刊本），第 25 齣，頁 25a、25b。

〔註129〕〔明〕李梅實撰，馮夢龍詳定：《墨憨齋新訂精忠旗傳奇》（上海：商務印書
　　　　館，1955 年《古本戲曲叢刊二集》影印長樂鄭氏藏墨憨齋刊本），卷上，第 8
　　　　折〈銀瓶繡袍〉，頁 23b。

《博笑記》二十四齣，演小生在簷下避雨，生火烘乾「臉子」時：「頭戴一個，兩手各撐兩個，兩膝各戴一個，蹲地烘介」，結果嚇壞了眞正妖怪。〔註130〕這裏的面具，只能視爲單純的「砌末」，與「化粧藝術」已全不相干了。下文第六章中，將討論戲曲演員面部表情之重要性，若戴上了面具，勢必無法做戲；而勾繪了臉譜，卻對演技的發揮、人物的塑造都有烘托作用。前者有礙於表演，後者則有助於表演，結果自然是勾臉藝術愈來愈進步，而面具僅作偶而的穿插。清代戲曲面具也只用於鬼神，《元明清三代禁毀小說戲曲史料》第三編引〈附題戲館門設各種切末〉云：

> 戲園門首勝酆都，鬼怪妖魔面具鋪。
>
> 引祟招邪驚稚子，昇平歌舞好形模。〔註131〕

顯然面具是「鬼怪妖魔」所用。至皮黃劇中，只有扮鬼者於甫出場或變臉時始用之，此外，就只見於「跳加官」了。

第三節　服飾穿戴

《脈望館鈔校本古今雜劇》二百四十二種中，有一百零二種附有「穿關」，馮沅君〈孤本元明雜劇鈔本題記〉解釋穿關之義爲：

> 「穿」應是穿戴之穿，「關」或如「關目」之關，大約因爲其中所臚列的衣冠都與該劇的「關目」有關，所以名爲「穿關」。〔註132〕

孫楷第《也是園古今雜劇考》一書，則以《生金閣》爲例，列成一表，以說明穿關的作用有二：

> 一爲人物登場節次。凡劇本文中人物登場若干次，在穿關中亦書若干次。一一書之，不厭其詳。一爲穿戴等項。凡服裝扮像切末諸項，皆於人物第一次上場時詳注之。以下諸場，其裝飾諸項依前不變者，則注同前，不出其項目。其因時地而變者，則另注之。〔註133〕

孫氏之說雖較馮氏有所補充，其實也未見周全。蓋「登場節次」，只是爲了要說明腳色在每場中之扮相才分別註出的，實不足視爲穿關之涵義，且孫氏對

〔註130〕沈璟：《新刻博笑記》，卷下，第24齣，頁33b～34a。

〔註131〕王利器輯錄：《元明清三代禁毀小說戲曲史料》，頁364。

〔註132〕馮沅君：〈孤本元明雜劇鈔本題記〉，《古劇說彙》，頁341。

〔註133〕孫楷第：《也是園古今雜劇考·板本》（上海：上雜出版社，1953年），頁90～91。

穿關一詞之來源、名義亦無所考。曾師永義則認為：「穿關是指串演關目的各類腳色，其所穿戴的冠服和所執的器械或其他物品」。〔註134〕案院本有「五花爨弄」之名，〔註135〕時人常以「爨」或「爨弄」指搬演之義，如杜善夫〈莊家不識构闌〉套有「爨罷將么撥」〔註136〕、《雍熙樂府》卷十七〈風流樂官〉曲子有「能歌時曲能移爨」之語，〔註137〕《宦門子弟錯立身》之題目也有「戾家行院學踏爨」之句。〔註138〕穿關一詞疑即由「爨弄關目」轉為「串弄關目」或「串弄關目」。「關目」乃情節之重要關鍵，串演關目其義本指搬演戲劇情節，引申為搬演時各腳色所穿戴的冠服或所執的器械。而「串」、「穿」音近，遂誤為「穿關」。此說雖仍有待更進一步的資料考訂，惟較馮、孫之說均為合理，且由「爨」而「串」而「穿」的演變過程，就俗文學的觀點看來，亦是可信的。故書於此，以備一說。無論如何，「穿關」必兼指服飾穿戴與砌末二者而言，當是無庸置疑的。而砌末部分將於第六章與科介合論，本章論人物造型時僅以服飾穿戴為範圍，故即以此為題。

馮沅君曾據《孤本元明雜劇》中十五種劇所附的穿關，歸納元明雜劇各腳色「妝裹」之原則六項如下：

一、番漢有別，如中國兵戴紅碗子盔，番兵帶回回帽。

二、文武有別，如文官的帽子常是幞頭，武官則多是盔。

三、貴賤有別，如青布釘兒甲是兵卒穿的，高級將領則穿蟒衣曳撒。

四、貧富有別，如襖兒是一般婦女穿的，補衲襖是貧窮婦女穿的，補子襖兒則穿者非富即貴。

五、老少有別，如用花箍兒的是少年女子，用眉額的是老婦人。

六、善惡有別，如夾檐帽是一般重要武人戴的，皮夾檐帽則戴者雖是武將，但其性格多滑稽險詐。〔註139〕

〔註134〕曾師永義：〈元人雜劇的搬演〉，《說俗文學》，頁361。

〔註135〕〔元〕陶宗儀：《南村輟耕錄・院本名目》（北京：中華書局，1959年），卷25，頁306。

〔註136〕杜仁傑（善夫）：【般涉調・耍孩兒】〈莊家不識构闌〉套數，隋樹森編：《全元散曲》，頁31。

〔註137〕朱有燉：【北正宮醉太平】〈醉鄉詞二十篇〉之〈風流樂官〉，謝伯陽編：《全明散曲》，頁340。按：本曲並見於《雍熙樂府》、《盛世新聲》、《北宮詞紀外集》等曲選。

〔註138〕錢南揚校注：《永樂大典戲文三種校注》，頁219。

〔註139〕馮沅君：〈孤本元明雜劇鈔本題記〉，《古劇說彙》，頁358。

　　儘管馮氏所據資料有限，但此六項原則應是無須懷疑的。民國五十四年陳眞愛作《元明雜劇穿關考》時（臺大碩士論文），依據的材料雖較馮氏完整，〔註140〕然結論仍與上述六項原則相合。黎新所作〈論戲曲服裝的演變與發展〉一文，更將馮氏之說予以歸納，概括爲：「它（裝扮）不僅是表明劇中人物的身分、性別和年齡，而且有助於人物性格的刻劃。」文中詳引例證，並列表圖示說明「戲曲衣箱」之構成，乃綜合「歌舞服飾」與「歷史服飾」而成，見圖三十九。〔註141〕戲曲服裝是在歷代演出劇目不斷豐富的情況下累積起來的，其中有一些是古代的歌舞服裝，絕大部分則是以歷代服裝爲根據，再配合表演動作之需要，而不斷加以誇張美化而成。不過，腳色之裝扮，並不因劇中人物所屬時代之不同而有分別，而是綜合了歷朝各代的服飾，經過誇張、美化的過程，再按照人物的身分、性格，而予以「類型化」的裝扮。什麼人物該怎樣穿戴，都有嚴格的規定，「寧穿破、不穿錯」已成爲每位戲曲藝人所必須遵守的原則。觀眾通過腳色的裝扮，即能立刻明瞭劇中人物的類型，服飾的象徵意味是十分明顯的。宋人所畫〈雜劇人物圖〉中，左邊腳色的衣帽之上畫滿了眼睛（圖四十），這正是具備誇張性與象徵性之戲曲服飾；〔註142〕而明應王殿元壁畫（見第三十六圖），在同一劇中竟出現了不同朝代的服裝，〔註143〕也正是「戲曲衣箱」的特有規制。

　　王驥德《曲律・論部色第三十七》中有如下的記載：

　　　嘗見元劇本，有於卷首列所用部色名目，並署其冠服、器械，曰某

　　　人冠某冠、服某衣、執某器，最詳；然其所謂冠服、器械名色，今

　　　皆不可復識矣。〔註144〕

這條資料不僅說明各腳色之衣冠服飾俱有嚴格規定，同時更可看出元明兩代的服飾已有不少變化。《脈望館鈔校本古今雜劇》雖自萬曆年間傳鈔出來，但應是嘉靖甚至更早的演出本，其穿關保留了許多元代劇場的風貌。馮沅君及

〔註140〕據陳氏論文〈本文所根據的資據及其來源〉一節所說，作者所據者爲《脈望館鈔校本古今雜劇》及《孤本元明雜劇》所附之穿關。

〔註141〕黎新：〈論戲曲服裝的演變與發展〉，中國戲曲研究院編輯：《戲曲研究》1958年第3期（7月），頁69、80。

〔註142〕沈從文：《中國古代服飾研究》，圖171，頁355、357。

〔註143〕前排左起第一、三、五人所穿爲宋代服飾，第二、四人似作遼金打扮，後排左起第二人則爲元朝裝束。

〔註144〕王驥德：《曲律・論部色第三十七》，卷3，頁143。

黎新均曾將脈望館穿關與元雜劇曲文相互對照，結果大致是符合的。〔註145〕
其實這批雜劇多爲宮廷演出來，而在明中葉以前，宮中演劇仍以北雜劇爲主
（詳見上編第二章第一節），這些雜劇之體製仍承襲元人成規，與北曲雜劇爲
同一系統，和明傳奇則是截然不同的劇種。研究服飾穿戴時，也應將脈望館
鈔校本與傳奇予以區分。二者雖然屬同一朝代，但脈望館鈔本與前一時代的
關係反更密切。

　　明代戲曲服裝的製作頗爲講究，上編第二章第二節曾引《陶庵夢憶》卷
四〈楊神廟臺閣〉，記楓橋楊神廟迎臺閣時，對於「扮法」嚴格的要求：「果
其人其袍鎧須某色、某緞、某花樣，雖匹錦數十金不惜也。一冠、一履，主
人全副精神在焉。」〔註146〕服裝的資料、色彩、花樣，都經過精挑細選。不
過，美觀之餘，規矩仍是不容破壞的，人物的裝扮不容混亂，甚至連顏色都
有明確規定。例如《還魂記》裏的判官，原來並未交代服飾，而馮夢龍改本
《風流夢》，卻於十八折〈冥判憐情〉註明：「淨扮判官紅袍，雜扮鬼吏捧簿，
鬼族捧筆，牛頭馬面引上」，此處眉批又云：

　　　　判應綠袍，但新任須加紅袍，俟坐堂後脫卸可也。〔註147〕

故至【混江龍】曲唱畢，判官才又吩咐鬼卒：「與俺更衣者」。〔註148〕所謂「判
應綠袍」，即是戲曲衣箱對歌舞服飾的繼承。「舞判」原是宋代歌舞百戲的項
目之一，《東京夢華錄》卷七〈駕登寶津樓諸軍呈百戲〉中有「舞判」的節目，
判官的扮相是「假面長髯，展裏綠袍靸簡」，〔註149〕因此自宋代以來，觀眾對
判官形象的認定，即是身著綠袍。但戲曲中凡新貴皆須披紅，所以馮氏安排
判官先穿紅袍出場，至審案時再更衣。這種設計雖嫌瑣碎，然而正顯示出明
對服飾之考究。可惜的是，明傳奇無法像雜劇一樣獲得大批的穿戴資料，只
能由劇本內偶而出現的裝扮說明，勾勒出明代戲曲舞臺的形象。

　　文職官員的裝扮是「紗帽圓領」。紗帽係由「幞頭」演變而成，〔註150〕

〔註145〕馮沅君：〈孤本元明雜劇鈔本題記〉，《古劇說彙》，頁341～342。黎新：〈論
　　　　戲曲服裝的演變與發展〉，中國戲曲研究院編輯：《戲曲研究》1958年第3期
　　　　（1958年7月），頁69～82。
〔註146〕張岱：《陶庵夢憶》，頁48。
〔註147〕湯顯祖原著，馮夢龍更定：《墨憨齋重定三會親風流夢》，上卷，第18折〈冥
　　　　判憐情〉，頁42b。
〔註148〕同前註，頁57b。
〔註149〕孟元老：《東京夢華錄》，頁43。
〔註150〕幞頭由軟翅變硬翅後，開始向兩側平展，至宋代方定型成展翅漆紗幞頭，即一

《牧羊記》蘇武出使匈奴時的扮相是「鬚三冉紗帽」，〔註151〕《萬事足》第八折男主角高中狀元時也戴「軟翅紗帽」，〔註152〕《人獸關》裏新得官職的桂薪「戴紗帽穿紅員（圓）領束帶結印綬」，〔註153〕《墨憨齋重定邯鄲夢傳奇》十四折副淨扮驛丞的上場詩：「墨塗紗帽緊，泥染皂靴寬，雖無品級，也是地方官」，〔註154〕正說明了自己的扮相，可見一般文官都戴紗帽。《揚州畫舫錄》卷五「江湖行頭」的「盔箱」裏，有「圓尖翅」和「尖尖翅」，是再將紗帽分為「圓翅」、「尖翅」；〔註155〕而據上編所引第十九圖《荷花蕩》戲中戲圖，及第十四圖《荊釵記》，王允及王十朋所戴的既非圓翅、也非尖翅，而為「方翅紗帽」，這是今日舞臺上最常見的紗帽，例由忠正者戴，由插圖看來，明代顯然已經有了，而且正是忠正者所戴。而當我們更進一步地考察，將會發覺原來明代生活中實際的紗帽，正與方翅接近。試看上海肇家浜路潘允徵墓出土實物的紗帽（圖四十一），並配合明人〈沈度寫真像〉所繪的明朝官吏（圖四十二），不難看出其形製近於方翅而絕不類於圓翅、尖翅。〔註156〕如此說來，戲曲紗帽乃以真實的紗帽為依據，由忠正者冠之，而另創尖、圓二形，由淨丑腳色冠之，以顯其奸詐或滑稽。就其發展之過程而言，自是先有方翅，而圓、尖在後。明傳奇時代僅能看見方翅插圖，而既然《揚州畫舫錄》已有圓、尖二式，應是在明末清初之際即已形成。換言之，明代不僅已由紗帽確定人物之地位身分，明清之際更可由帽翅形狀分辨人物性格了。「圓領」之形製為圓領、大襟，後面還有襯擺兩塊。《望湖亭》的顏秀以【煞尾】唱出自己的扮相時，就有「穿著個襯的擺、襯的擺，襯著個圓的領、圓的領」之句。〔註157〕圓領的胸前背後有繡花「補子」者，為「補子圓領」，也就是《彩舟記》的小生、末與《永團圓》的小淨所穿的「補服」、「補褙」，其式樣可參看四十三圖。

般紗帽。詳見沈從文：《中國古代服飾研究‧唐人遊騎圖部分》，頁236～239。

〔註151〕〔明〕闕名：《蘇武牧羊記》（上海：文學古籍刊印社，1954年《古本戲曲叢刊初集》影印大興傅氏藏清寶善堂鈔本）上卷，第2齣〈沙堤〉，頁1a。

〔註152〕馮夢龍編：《墨憨齋訂定萬事足傳奇》，卷上，第8折〈旅中佳夢〉，頁21a。

〔註153〕李玉撰，馮夢龍竄定：《墨憨齋重定人獸關傳奇》，下卷，第25折〈癡擬榮華〉，頁23a。

〔註154〕湯顯祖原著，馮夢龍重定：《墨憨齋重定邯鄲夢傳奇》（臺北：天一出版社，1983年《全明傳奇》影印明墨憨齋刊本），上卷，第14折〈行宮望幸〉，頁30b。

〔註155〕李斗：《揚州畫舫‧新城北錄下》，卷5，頁134。

〔註156〕《中國歷代服飾大觀》（臺北：百齡出版社，1984年），圖256、255，頁153。

〔註157〕沈自晉：《望湖亭記》，卷上，第16齣，頁41a。

〔註158〕《審音鑑古錄》中蔡伯喈、王十朋、夏言等人所穿的「青花」，就是補子圓領，今則稱「官衣」。其實元明雜劇裏文職官員也都穿此服，但未曾分別色彩，明傳奇則有紅、青、紫等色，新貴一律穿紅，一般多穿青圓領，紫衣見於《紅拂記》紅拂私奔及《酒家傭》梁冀之親信秦宮。另有黑色無補子者為「素服」，乃門官等職位低的文官所穿，例如《墨憨齋重定量江記》的樊知古吩咐弓泊不許公服，青衣小帽膝行而進：

　　（丑〔弓泊〕）……只是青衣小帽忒沒體面，換箇素服角帶罷！

　　（眾）老爺分付，不許公服，快換下，好報門！〔註159〕

可見「素服」仍是公服，但為低等文官之服。「江湖行頭」大衣箱裏有「五色顧繡青花」，既分五色，自然有區別品級之作用。傳奇劇本中隨處可見的「冠帶上」，就一般文官而言，即是頭戴紗帽、身著圓領。《雙雄記》裏「淨冠帶」上場時，唱的是：

　　最喜頭籠烏帽，身掛青袍，藍襯擺、黑角帶，皂靴粉底盡新裁。

　　　　〔註160〕

前引第十九圖，場上的王允戴紗帽、穿圓領、束帶，正是文官的典型形象。

　　高級官員的扮相是戴「貂」穿「蟒」，例如《詩賦盟》傳奇的宰相虞世南，就是以「紗貂綠蟒」為其裝扮。〔註161〕「江湖行頭」裏有「紗貂」，今則稱「相貂」，因其多為宰相所戴故名之。紗貂之式樣是由「展腳幞頭」演進而成，圖三十六元壁畫正中一人所戴正為展腳幞頭。戴貂必穿蟒，此為最高級最正式的官衣，非帝王將相不能服。如：

　　《牛頭山》：外（宋高宗）黑三、沖天（冠）、蟒、玉。〔註162〕

　　《詩賦盟》：小生（唐高祖）金盤龍冠、蟒、玉。〔註163〕

　　　　　　　生（唐太宗）沖天巾、蟒、玉。〔註164〕

〔註158〕《中國歷代服飾大觀》，圖254，頁152。

〔註159〕〔明〕佘翹原著，馮夢龍詳定：《墨憨齋重定量江記》（臺北：天一出版社，1983年《全明傳奇》影印明墨憨齋刊本），卷下，第21折〈州堂辱使〉，頁5a～b。

〔註160〕馮夢龍編：《墨憨齋重定雙雄傳奇》，卷下，第20折〈賞荷造謀〉，頁4a。

〔註161〕張琦：《詩賦盟傳奇》，卷下，第19齣〈大宴〉，頁1b。

〔註162〕李玉：《牛頭山總綱全集》（上海：文學古籍刊行社，1957年《古本戲曲叢刊三集》影印丹徒嚴氏藏鈔本），上卷，第7齣，頁21a。

〔註163〕張琦：《詩賦盟傳奇》，卷下，第19齣〈大宴〉，頁2b。

〔註164〕同前註，頁2a。

　　　　　　外（虞世南）紗貂綠蟒執笏。〔註165〕

　　　　　　末（于志寧）紅蟒紗帽執笏。〔註166〕

　　《竊符記》：生（信陵君）束髮冠、蟒服。

　　　　　　外（晉鄙）白髯、蟒。〔註167〕

　　《女丈夫》：外（楊越公）白鬚蟒服。〔註168〕

　　《新灌園》：生（田法章）金冠蟒服。

　　　　　　淨（齊王）蟒服。〔註169〕

「蟒、玉」即是蟒袍玉帶，「江湖行頭」大衣箱裏也有「五色蟒服」，今戲班中也有，其式樣爲圓領、大襟、寬袖，上繡雲龍、花朵、鳳凰等，下擺及袖口繡有水紋，後有襯擺，與明人繪〈李貞寫眞像〉並無不同（圖四十四），〔註170〕乃明代衣冠。明代品官原無蟒服之制，蟒只是皇帝的特賜品。弘治以前，多賜於貴而用事之太監，〔註171〕弘治中以後，才賜給內閣大臣，到嘉靖年間，賜蟒始由普及而至於濫。〔註172〕由於蟒在生活中已習用慣見，於是劇場中亦隨之仿制，而限定爲帝王將相之服。這是元明雜劇所沒有的，元明雜劇之「蟒衣曳撒」與蟒服不同，蟒衣曳撒乃繡蟒的曳撒，爲武扮的高級將領所穿，傳奇之武將已不用曳撒。

　　文官穿蟒戴紗貂、紗帽，帝王則戴「沖天冠」、「金盤龍冠」，見前引宋高宗、唐高祖、唐太宗之穿戴，此與「江湖行頭」中的「平天冠」或爲一類。又前引信陵君、田法章穿蟒戴「束髮冠」、「金冠」，《東郭記》四十一齣也有「貼花衣金冠扮小公子上」。〔註173〕「江湖行頭」有「紫金冠」而無「束髮冠」、「金冠」，疑即同一物。今崑班演《連環記》之〈梳妝〉、〈擲戟〉等折，呂布俱戴紫金冠；皮黃也有此冠，又名「太子盔」，上有絨球珠子若干，兩邊有龍

〔註165〕同前註，頁1b。

〔註166〕同前註，頁1a。

〔註167〕張鳳翼：《竊符記》，上卷，第2折，頁1b；第5折，頁7b。

〔註168〕張鳳翼、劉方原著，馮夢龍更定：《墨憨齋重訂女丈夫傳奇》，上卷，第8折〈越府獻策〉，頁16b。

〔註169〕張鳳翼原著，馮夢龍更定：《墨憨齋新灌園傳奇》，上卷，第2折〈忠孝私憂〉，頁1b；第5折〈齊王拒諫〉，頁6b。

〔註170〕《中國歷代服飾大觀》，圖262，頁155。

〔註171〕張廷玉等撰：《明史》，卷67〈輿服志三・內使冠服〉，頁1647。

〔註172〕沈德符：《萬曆野獲編》，卷1〈列朝・蟒衣〉，頁20～21。

〔註173〕孫鍾齡：《東郭記》，卷下，頁50a。

紋垂耳，後有網鬈一排下垂，用時亦可加雉尾兩根，多為貴族公子所戴。傳奇之束髮冠亦為貴族公子專用，如信陵君、田法章、小公子等，《還魂記》的大花神據作者原註應為「束髮冠、紅衣、插花」，本是青年形象，後來演出時卻讓他戴上了髯口，這是極不相宜的，因此《審音鑑古錄》特別註明：「大花神依古不戴髭鬚為是」，〔註174〕可見束髮冠應屬不戴髯口的青年專用。前引第十六圖清院本〈清明上河圖〉，舞臺上正演《連環記》，此圖的年代與《揚州畫舫錄》一致，呂布之穿戴應與江湖行頭相當，當為紫金冠，而其形製與傳世實物「玉製束髮冠」（圖四十五）相類，〔註175〕故知傳奇劇本中之「束髮冠」、「金冠」即是「江湖行頭」之「紫金冠」。此冠內廷太監曾戴之，〔註176〕而在舞臺上當由何人戴用則自有定制。

　　巾與紗帽、冠、盔等不同，為軟體的便帽。巾帽種類甚多，《雲間據目抄》卷二敘述隆慶、萬曆年間的巾帽式樣時說：

> 余始為諸生時，見朋輩戴橋梁絨線巾，春元戴金線巾，縉紳戴忠靖
> 巾。自後以為煩，俗易高士巾、素方巾，復變為唐巾、晉巾、漢巾、
> 褊巾。〔註177〕

實際生活所用的巾帽，在戲曲中至少有「忠靖巾」、「方巾」、「唐巾」、「晉巾」能得到印證。戴忠靖巾（冠）的有《彩舟記》之吳太守及江毓和之父、《三祝記》的韓稚圭、《人獸關》的俞德、《新灌園》的太史敫、《永團圓》的賈金、《夢磊記》之劉逵等，俱為縉紳者流，與《雲間據目抄》所反映的當時習俗一致；「方巾」在元明雜劇中為身分不甚高且年老之人，傳奇中其名見於《楚江情》之趙伯將、《永團圓》之高誼、《雙雄記》劉叔父、《人獸關》之施濟等，似與雜劇用法不同；「唐巾」名目見於《詩賦盟》之駱俊英、《量江記》之獻策人、《玉合記》之韓君平、《雙金榜》之道人與《長命縷》之光淨童子，使用範圍更廣，似已不限於文士；「晉巾」用於《西樓記》之于叔夜、《彩舟記》之江毓和、《三祝記》之范仲淹等。此外還有「坡巾」，即是「東坡巾」，見《詩賦盟》的駱員外；又有「儒巾」，見《還魂記》之陳最良、《東郭記》之齊人、《永團圓》之蔡文英；更有以「時巾」為名者，如《望

〔註174〕闕名輯：《審音鑑古錄》眉批，總頁559。
〔註175〕《中國歷代服飾大觀》，圖263，頁155。
〔註176〕見劉若愚：《酌中志・內臣佩服紀略》，卷19，頁172。
〔註177〕范濂：《雲間據目抄・記風俗》，卷2，頁1a，總頁2625。

湖亭記》之顏秀，可見無論演的是什麼朝代的故事，服飾穿戴都深受現實生活的習俗影響。「儒巾」及「方巾」的眞實式樣，今江蘇揚州有出土實物（圖四十六、四十七）可供參考，〔註178〕故宮舊藏無款蘇軾像（圖四十八）可爲東坡巾之參考，〔註179〕山西右玉寶寧寺水陸畫（圖四十九）則可看到唐巾的形式。〔註180〕戲曲服飾雖與眞實之物未必相同，但既名爲「儒巾」、「方巾」、「唐巾」，必是仿制其形而成，這些圖片之參考價值應是無疑的。至《揚州畫舫錄》的「江湖行頭」，則已漸不以「時巾」爲名，而改用「老生巾」、「小生巾」、「淨巾」、「秀才巾」等名種，分類愈趨明顯了。〔註181〕

「大帽」原是宋元以來官宦燕居時所用的便帽，舞臺上也用，《尋親記》三十三齣〈懲惡〉，外扮范仲淹對淨扮張敏說：「你是什麼人，敢帶（戴）大帽！」張敏說：「遮陰而已。」〔註182〕可見大帽不是尋常人所能戴的，但後來似乎降而爲一般人甚至中下階層人所用，《雙金榜》雜扮的差官、《長命縷》淨扮的土公子、《蕉帕記》丑扮的書僮、《縮春園》丑扮的賓相、《鸞鎞裘》丑、末、小生扮的酒客及《義俠記》的武松，都戴大帽，用途與實際生活已有不同。另有「瓦楞帽」，見《投梭記》淨飾的烏斯道所戴，則爲元代服飾（圖五十）。〔註183〕

《審音鑑古錄》的穿戴提示裏顯示，凡劇中人生病、貧困、落魄或行路時，俱以帕包頭並打腰裙，如《琵琶記》的〈喫飯〉（據《審音》之齣目），趙五娘「兜頭」、「打腰裙」，蔡婆「破帕裹頭」、「打腰」；《紅梨記》的〈草地〉，謝素秋「縐紗兜頭」、「打腰裙」，花婆則「帕兜頭」、「打腰裙」，〔註184〕此例甚多，可見已成定制且沿用至今。這種裝束在傳奇劇本裏已可看出，例如《靈寶刀》二十二齣〈桎梏哀鳴〉，演林冲（生）發配滄州時之裝扮即是「包頭攔腰」，〔註185〕《人獸關》第三齣〈鬻妻〉桂薪（淨）在監中也有「紮頭」的裝

〔註178〕《中國歷代服飾大觀》，圖 274、276，頁 160。

〔註179〕故宮藏無款蘇軾像所見巾子，引自沈從文：《中國古代服飾研究》，圖 115，頁 375。

〔註180〕山西右玉寶寧寺水陸畫，同前註，圖 198，頁 419。

〔註181〕李斗：《揚州畫舫錄・新城北錄下》，卷 5，頁 134。

〔註182〕〔明〕王錂重訂：《新鐫圖像音註周羽教子尋親記》（上海：商務印書館，1954年《古本戲曲叢刊初集》影印北京大學圖書館藏明富春堂刊本），卷 4，第 33齣〈懲惡〉，頁 20a。

〔註183〕《中國歷代服飾大觀》，圖 239，頁 140。

〔註184〕闕名輯：《審音鑑古錄》，總頁 59、60、359。

〔註185〕陳與郊：《靈寶刀》，下卷，頁 46a。

扮，〔註186〕《詩賦盟》二十四齣「旦包頭病態，小旦扶上」，〔註187〕《灑雪堂》第十折「旦兜帕作睡起同老旦上」，〔註188〕《邯鄲記》二十齣「押生囚服裹頭上」等，〔註189〕俱爲其例。

　　至於武扮的裝束，劇本中多半註明「戎裝」或「披掛」，而由一些明末的劇本裏，則可看出較具體的描述：

《墨憨齋重定女丈夫》第四折：淨盔甲胡髯扮惡奴〔註190〕

《占花魁》二十一齣：外盔甲上〔註191〕

《墨憨齋重定人獸關》第十折：生盔甲扮藏神

《墨憨齋重定人獸關》十一折：小生金盔甲扮神道〔註192〕

《千鍾祿》第四齣：淨紅甲帥盔黑飛鬢

《千鍾祿》第四齣：末披蟒扎甲扎巾黑滿髯〔註193〕

《牛頭山》十二齣：末帥盔、蟒急上〔註194〕

《兩鬚眉》二十五折：末盔蟒上〔註195〕

《牧羊記》：淨金踏凳、滿胡（鬚）、莽（蟒）

末、小生、占、正番、外□蟒、假米盔、雞毛夾嘴〔註196〕

可見所謂「披掛」，就是戴盔、扎甲。若武將尚未臨陣交鋒時，還可於甲之上再披蟒。甲的顏色至少已有紅、金二色，盔則有「帥盔」之名，上編第十三

〔註186〕李玉撰，馮夢龍竄定：《墨憨齋重定人獸關傳奇》，上卷，第 3 折〈桂薪孋妻〉，頁 5a。

〔註187〕張琦：《詩賦盟傳奇》，下卷，第 24 齣〈病會〉，頁 21a。

〔註188〕梅孝巳原著，馮夢龍竄定：《墨憨齋新定灑雪堂傳奇》（上海：商務印書館，1955 年影印長樂鄭氏藏墨憨齋刊本），上卷，第 10 折〈香閨窺趣〉，頁 20b。

〔註189〕湯顯祖：《邯鄲記》，毛晉編：《六十種曲》，第 20 齣〈死竄〉，頁 68。

〔註190〕張鳳翼、劉方原著，馮夢龍更定：《墨憨齋重訂女丈夫傳奇》，卷上，第 4 折〈龍宮贈奴〉，頁 9a。

〔註191〕李玉：《一笠庵新編占花魁傳奇》，下卷，第 21 齣〈剿偽〉，頁 28a。

〔註192〕李玉撰，馮夢龍竄定：《墨憨齋重定人獸關傳奇》，上卷，第 10 折〈財神出現〉，頁 13a；第 11 折〈園中掘藏〉，頁 24b。

〔註193〕李玉：《千鍾祿》，上卷，頁 1a。原書上卷七齣，但未標明齣次，下卷首齣註明爲第十四齣，此處分齣暫依陳古虞、陳多、馬貴聖點校：《李玉戲曲集》，頁 1018。

〔註194〕李玉：《牛頭山總綱全集》，上卷，第 7 齣，頁 21a。上卷，第 12 齣，頁 42a。

〔註195〕李玉：《一笠庵新編兩鬚眉傳奇》（上海：文學古籍刊行社，1957 年《古本戲曲叢刊三集》影印長樂鄭氏藏順治十年序刊本），卷下，第 25 折〈醉暴〉，頁 31b。

〔註196〕闕名：《蘇武牧羊記》，卷上，頁 4a、5a。

圖所演的是《千金記》，居中坐著的韓信頭上所戴即爲帥盔，與今皮黃班所見式樣極近（圖五十一）。〔註197〕「金踏凳」應即是「江湖行頭」盔箱裏的「金紮鐙」，「假米盔」則疑爲蝦米盔，因係番奴所戴，故有意做怪異裝扮。「甲」就是「靠」，「靠」之名稱在《脈望館鈔校本古今雜劇》的《觀音菩薩魚籃記》、《寶光殿天眞祝萬壽》、《韓元帥暗度陳倉》中已出現過，爲明代宮廷演出之用，而民間則多稱「甲」，江湖行頭的「大衣箱」武扮第一項即爲「扎甲」。與甲（靠）有聯帶關係的靠旗，在《千金記》上演圖中尚未出現，而《揚州畫舫錄》則已有，稱爲「背旗」，〔註198〕嘉慶十八年內府刻本《昭代簫韶》中稱之爲「背令旗」，今日舞臺上極常見。〈不可不知錄〉中對靠旗的來源曾作說明：「原只一枚，備行軍時中途發令之用。或接令後立時出馬，無暇安置，帶之而行。今伶人習用四旗，無非作裝飾而壯觀瞻。」〔註199〕這種說法是可取的，且與「背令旗」名義相合。明楊定見序袁無涯刊本《忠義水滸傳全書》有一幅「高俅十路軍」的插圖（圖五十二），騎馬在前的兩員大將，頂盔扎甲、執劍，各有令旗一面，一面插在腰間，一面插在肩頭，這應是靠旗在生活中的原型。〔註200〕而用至戲曲舞臺上時，則爲「作裝飾而壯觀瞻」而予以美化誇張。

　　女子的穿戴在傳奇劇本中絕少提示，《墨憨齋重定三會親風流夢》二十五折〈杜女回生〉的眉批有云：

　　　　旦先伏桌下，俟徐揭桌裙扶出，又須翠翅金鳳，花裙繡襖，似葬時
　　　　粧束，方與前照應。〔註201〕

可見一般旦、小旦、貼等腳色多穿裙及襖。「江湖行頭」裏有「襖褶」、「采蓮裙」、「白綾裙」、「綠綾裙」等。至成婚等喜慶之事則一律「冠帔」。婦女也有「披掛」、「戎服」的武扮，《麒麟閣》演梁紅玉擂鼓戰金山時即是「戎服」（二

〔註197〕帥盔圖，引自上海藝術研究所、中國戲劇家協會上海分會編：《中國戲曲曲藝詞典》（上海：上海辭書出版社，1981 年），頁 146。

〔註198〕李斗：《揚州畫舫錄・新城北錄下》，卷 5，頁 135。

〔註199〕周劍雲、沈景麟合述：〈不可不知錄・副大衣箱〉，周劍雲主編：《菊部叢刊・戲曲源流》（上海：交通圖書館，1918 年），頁 28。

〔註200〕施耐庵撰，羅貫中纂修：《李卓吾批評忠義水滸傳全書》，插圖頁 39b。

〔註201〕湯顯祖原著，馮夢龍更定：《墨憨齋重定三會親風流夢》，下卷，第 25 折〈杜女回生〉，頁 23b。《全明傳奇》此處字跡漫漶，引用據魏同賢主編，俞爲民校點：《馮夢龍全集・墨憨齋定本傳奇》（南京：江蘇古籍出版社，1993 年），第 13 冊，頁 1125。

十七齣），〔註202〕《靈寶刀》裏的一丈青，也曾「脫衫露披掛舞刀科」（二十
五齣）。〔註203〕

　　戲曲服飾的象徵性，不僅表現在文武有別、番漢不同等原則之上，有時
還把某人的特徵形象化地直接呈現在服飾上，例如《呂眞人黃粱夢境記》第
九齣〈蝶夢〉，演的是酒席前藝人搬演《莊周蝴蝶夢》，插圖中做「蝶舞」的
三個人，頭上就有蝴蝶形的裝飾（圖五十三）。〔註204〕這種方式如今仍可看到，
《白蛇傳》的白、青蛇頭上就有一蛇形飾物，此乃最直接的象徵手法。

　　劇本裏還常可看到當場換衣的提示，例如《竊符記》丑扮的趙括原本是
「武巾氅衣」，至雜腳上場，稟報已封其爲大元帥時，趙括當場換上了「幞頭、
蟒」，表示自己身分地位的改換；〔註205〕有時則爲了強調心情的激動，例如《雙
金榜》十一齣，外所飾的汲嗣源因皇甫敦（生）身遭誣陷，搭救無計，憤而
「解圓領帶拋在地下褪冠帽介」，〔註206〕《精忠旗》十九折末飾的李若樸，因
不忍誣害岳飛謀反，亦「擲紗帽下」。〔註207〕此時的紗帽，已成爲身段動作的
工具，借著「擲」的動作，把憤而掛冠之心境表達得強而有力。《連環記》二
十二折〈送親〉，演貂蟬（小旦）梳妝待嫁，與丑飾的丫鬟有段對白、唱：

　　（丑）小姐戴了翠冠兒。

　　（小旦）這不是翠冠兒。

　　（丑）不是翠冠兒，是什麼呢？

　　（小旦）【山坡羊】是鐵兜鍪，誰人能辨？

　　（丑）小姐，穿了這件緋袍。

　　（小旦）【山坡羊】這緋袍是金鎖鎧，誰人能見？排兩行金釵寶簪，

　　　　　　看將來總是槍和劍，八雲環分明是九里山，鈿蟬也是弓和箭，

　　　　　　有智誰知，中間機變？（合）羞慚，教奴家難上難，花顏，

〔註202〕〔明〕陳與郊：《麒麟罽》（上海：商務印書館，1955 年《古本戲曲叢刊二集》
　　　　影印北京圖書館藏明海昌陳氏原刊本），卷下，第 27 齣〈夫人枹鼓〉，頁 8b。
〔註203〕陳與郊：《靈寶刀》，下卷，頁 54a。
〔註204〕蘇元儁：《重校呂眞人黃粱夢境記》，上卷，第 9 齣〈蝶夢〉插圖，頁 18a。
〔註205〕張鳳翼：《竊符記》，上卷，第 8 折，頁 11b、13a。
〔註206〕〔明〕阮大鋮：《詠懷堂新編勘蝴蝶雙金榜記》（上海：商務印書館，1955 年
　　　　《古本戲曲叢刊二集》影印北京圖書館藏明末刊本），卷上，第 11 齣〈鬧勘
　　　　（看）〉，頁 38a。
〔註207〕李梅實撰，馮夢龍詳定：《墨憨齋新訂精忠旗傳奇》，卷下，第 19 折〈公心拒
　　　　讒〉，頁 2a。

當昭君馬上看。〔註208〕

場上的貂蟬，一邊更衣穿戴，一邊借物生情，比擬的用法，甚具巧思。《望湖亭》裏的顏秀（淨），興沖沖地換上新衣準備成婚，當場「換巾褶介」，並說道：「嘖嘖！換過新巾，穿了新褶，別是一位顏大官人了阿！」但當他滿懷自信地照鏡時，卻發覺「阿呀，一發不妙！說什麼新標驚座，衹多少諕鬼粧儺！」於是立刻又「除巾脫衣介」，同時並唱「君是風流貨，衣不在多，又何必羽衣鶴氅任婆娑？」〔註209〕以自我解嘲。這齣〈照鏡〉在乾嘉時是有名的折子戲，此折之妙，全在淨腳借穿衣、脫衣引發的許多表情與身段。是知「服飾穿戴」不是獨立的藝術，它不僅有助於人物形象之塑造，更可與「科介」融合，成為深入人物的內心、抒發人物情感的工具。因此戲曲服飾無論在質料或式樣上，都必須針對表演而設計。尤其是劇中女子，不僅動作須舞蹈化，而且經常還有歌舞穿插，服飾的設計，除了美觀與性格化的要求外，還必須兼具可舞性。李漁在《閒情偶寄・演習部・脫套第五・衣冠惡習》有這樣的一段話：

> 近來歌舞之衣，可謂窮奢極侈。富貴娛情之物，不得不然，似難責以儉樸。但有不可解者：婦人之服，貴在溫柔，而近日舞衣，其堅硬有如盔甲，雲肩大而且厚，面夾兩層之外，又以銷金錦緞圍之，其下體前後二幅，名曰「遮羞」者，必以硬布裱骨而為之，此戰場所用之物，名為紙甲者是也，歌臺舞榭之上，胡為乎來哉？易以輕軟之衣，使得隨身環繞，似不容已。〔註210〕

李漁此文旨在批評當時戲場服飾，而正可說明戲曲服飾「可舞性」之重要。因此戲曲服飾有部份即源自舞衣，例如《小棲霞說稗》曾引《教坊記》之說云：

> 《教坊記》曰：「聖壽樂舞，衣襟皆各繡一大窠，皆隨其衣本色製純縵衫——下纏及帶若短汗衫者——以籠之，所以藏繡窠也。舞人初出樂次，皆是縵衣；舞至第二疊，相聚場中，即於眾中從領上抽去籠衫，各納懷中。觀者忽見眾女咸文繡炳煥，莫不驚異。」今優人演《浣紗記・西施采蓮》劇，宮女四人，咸衣翻衣，即行遺製。特易抽為翻，彼二衣今特一衣為異耳。〔註211〕

〔註208〕〔明〕王濟：《連環記》（上海：商務印書館，1954年《古本戲曲叢刊初集》影印長樂鄭氏藏鈔本），卷下，第22折〈送親〉，頁19b。
〔註209〕沈自晉：《望湖亭記》，卷上，第10齣，頁24b。
〔註210〕李漁：《閒情偶寄》，卷5，頁106。
〔註211〕〔清〕平步青：《小棲霞說稗・翻衣》，《中國古典戲曲論著集成》，第9冊，

上編所引《陶庵夢憶》卷二〈朱雲崍女戲〉條，記朱家女伶演「西施歌舞」時是「長袖緩帶，繞身若環，曾撬摩地，扶旋猗那，弱如秋藥」，〔註212〕雖與《教坊記》所述「聖壽樂舞」舞衣不同，但也是特別設計過的服飾，「長袖」當即今日所謂「水袖」之前身，「緩帶」即可能為類似今綵帶之物，上編所引第二十二、二十三、二十四、二十五、二十七、二十八、三十圖中，可明顯看到「長袖緩帶」的形象。這不是生活服飾，但從洛陽金村韓墓出土的戰國袖曲裾衣舞女玉雕（圖五十四）、〔註213〕漢代石刻壁畫、銅鏡、漢墓牙玉舞俑（圖五十五、五十六）中，〔註214〕顯然可見「長袖善舞」正是自古以來歌舞服裝的一貫特點。《雙金榜》傳奇十二齣名為〈散花〉，係由小旦、老旦扮天女「綵衣舞上介」，所唱【侍香金童】曲內有「簇簇疊花細飄」、「散天香環珮輕搖」等句，並註明了「花飛介」等身段提示。〔註215〕此處的「綵衣」雖然沒有特別說明，但若非「長袖緩帶」是無法表演「散花」的。服裝對於身段舞蹈之幫助當無可懷疑。

　　最後，再以「翎子」為例，說明服飾穿戴之作用。前論盔甲時曾引《牧羊記》之末、小生、占等番將的扮相，為「假米盔雞毛夾嘴」，這「夾嘴」不知何意，若此二字無須與上文相連，則「雞毛」應即是插在盔上的翎子，為番邦人士所戴，《倒精忠》的金兀朮也如此裝扮。又《麒麟罽》十七齣〈笑談開釋〉，演酒席前召妓女（貼）演《昭君出塞》，貼原作漢裝：「鳳冠蟒衣扮昭君」，後拜辭聖駕、更衣出塞時，唱「征袍生改漢宮粧」之句，並當場更換征袍：「貼挽雞翹加繡甲科」，〔註216〕這裏的「雞翹」，當是翎子無疑。翎子原本代表番邦裝束，在元至治刻本《全相五種平話》的插圖中，即有在盔帽上插雉尾之例（圖五十七）。〔註217〕而因舞臺上此種打扮十分美觀，因此漢族正派人物也常有插翎子的，上編所引第十六圖清院本〈清明上河圖〉的呂布，就在紫金冠上插翎。此翎不僅可增加裝飾的美觀，還可幫助演員表演優美的舞蹈，加強劇中人情緒的表達。顧公燮《消夏閑記》中曾記載清初藝人李文昭

頁 188～189。

〔註212〕張岱：《陶庵夢憶》，頁 26。

〔註213〕沈從文：《中國古代服飾研究》，圖 28，頁 59。

〔註214〕同前註，圖 74，頁 133；圖 46，頁 134～135。

〔註215〕阮大鋮：《詠懷堂新編勘蝴蝶雙金榜記》，卷上，第 12 齣〈散花〉，頁 40b。

〔註216〕陳與郊：《麒麟罽》，卷上，第 17 齣〈笑談開釋〉，頁 31b、32a。

〔註217〕沈從文：《中國古代服飾研究》，圖 196，頁 415。

的翎子功：

> （李文昭）善演《八義記・鬧朝》一齣，其頭上豎毛或直或曲，或
>
> 自下曲而上，頭中有力，不可學而至也。〔註218〕

民初名崑曲藝人徐凌雲口述的《崑劇表演一得・二集》中，對《連環記》的
〈梳妝〉、〈擲戟〉有詳細的身段解說，其中一再出現的「耍翎子」、「繞翎子」
等，即是翎子功的表演，此種表演特色，甚至還促成了腳色的分化，「雉尾生」
即因其劇藝特色而得名。

戲曲衣箱或由生活服飾美化而成，或源自舞衣，要之，皆必須與表演密
切結合。它不必標示劇中人所屬之時代，而必為其性格、身分、地位之象徵。
它不僅與面部化粧相互配合，塑造了人物的形象，更與身段舞蹈融合為一，
共同為腳色情感之抒發提供了有利的條件。明傳奇的服裝，已有複雜的式樣
與豐富的色彩，為後世戲曲奠立了穩固的根基。

除了服裝之外，與穿戴有關的還有髯口。髯口見於劇本之資料已散見於
前，不再贅引。明傳奇髯口已有黑、白、蒼三色，式樣有「三髯」、「滿髯」、
「虯髯」，「扎」則早見於元壁畫左起第二人。基本的樣式已完備，人物造型
便愈來愈可觀。

〔註218〕〔清〕顧公燮：《消夏閒記摘鈔》（上海：上海書店，1994 年《叢書集成續編・
子部》第 96 冊影印《涵芬樓秘笈》排印本），卷下，頁 20a，總頁 738。

第五章　音樂與賓白

　　南戲樂曲組織規律的建立，比北雜劇要遲得多。北曲雜劇的套數結構，不僅吸收了唐宋大曲的特色，更以諸宮調為其基礎，而諸宮調則先已融合了鼓子詞、纏令、纏達、唱賺等民間說唱的組曲方式，因此，北曲雜劇對於傳統音樂累積的成果，有相當的接受與吸收，乃能在其甫出現之時便具有了較完整的形式。而南戲的音樂呢？據徐渭《南詞敘錄》的說法，是以「宋人詞」及「里巷歌謠」、「村坊小曲」為其主要成分，將它們組織起來演唱劇情時，則只取其「順口可歌」而不受宮調的限制。〔註1〕這種「不叶宮調」、「隨心令」的表現，正是民間文藝的本色，但就戲曲音樂而言，顯然是不夠成熟的。錢南揚於《宋元南戲百一錄》及《戲文概論》中，曾就南戲宮調的互用、用韻的雜亂、曲牌的體式、套數的聯綴等各方面，逐一舉例述說，以明南戲之曲律尚未成熟定型。〔註2〕由此看來，南戲的題材內容雖已包羅甚廣，但音樂結構實不足與北曲抗衡，演唱藝術的發展，當然也多有遜色。

　　《琵琶記》乃南戲復興期的代表作，此劇不僅在題材、詞采等方面匠心獨運，是南戲由民間文藝步入「文士化」的關鍵，同時也是南戲吸收北曲音樂特點、使南北曲交流的開始。凌景埏所著〈南戲與北劇之交化〉一文，曾注意到「南戲之北化」的問題，〔註3〕但《琵琶記》與北曲之關係不僅止於採用北曲曲調，更在於以宮調為綱領，以曲牌板眼之粗細、聲情之特質為配搭原則，構

〔註1〕　徐渭：《南詞敘錄》，頁239。

〔註2〕　錢南揚：《宋元南戲百一錄》(北平：哈佛燕京學社，1934年)，〈總說‧曲律〉，頁25～53；錢南揚：《戲文概論‧形式第五》(上海：上海古籍出版社，1981年)，第2章〈格律〉，頁177～216。

〔註3〕　凌景埏：〈南戲與北劇之交化〉，收入凌景埏、謝伯陽校注：《諸宮調兩種》(濟南：齊魯書社，1988年)附《擷芬室文存》，頁305～341。

成了南曲的套數。雖然每齣並無固定宮調，不似北曲之格律謹嚴，但移宮換羽俱以情緒之波動、環境之轉換爲依歸，較北曲更爲自由活潑，更具戲劇性。作者雖自述製曲之態度爲「也不尋宮數調」，但南曲套數的確立，實始於此，至崑山腔改革成功後，曲牌聯套乃更爲成熟。至於正德以來，各地聲腔的蓬勃發展，更爲明傳奇的演唱藝術，開拓了寬廣的道路。本章即以各主要聲腔的音樂特質爲討論重心，並論賓白在崑山、弋陽諸腔表演中的發展。

第一節　由海鹽腔到宜黃腔

　　奠基於地方民歌的南曲音樂，始終和民間音樂保持著密切的關係。隨著流傳區域的擴大，南曲與各地方言及民歌相互結合，因而孕育形成了不同的戲曲聲腔。聲腔之繁複，乃成爲南戲傳奇的最大特色。祝允明的《猥談》曾說：

> 自國初來，公私尚用優伶供事，數十年來，所謂南戲盛行，更爲無端，於是聲樂大亂。……今遍滿四方，轉轉改益，又不如舊，而歌唱愈繆，極厭觀聽，蓋已略無音律腔調。愚人蠢工狗意更變，妄名餘姚腔、海鹽腔、弋陽腔、崑山腔之類。變易喉舌，趁逐抑揚，杜撰百端，眞胡說也。若以被之管絃，必至失笑。〔註4〕

據《明史》卷二百八十六，祝允明卒於嘉靖五年（1526），〔註5〕那麼至少在正德年間，便已有餘姚、海鹽、弋陽、崑山四大聲腔了。到了嘉靖三十八年（1559）成書的《南詞敘錄》裏，又記載了這四大聲腔的流傳：

> 今唱家稱「弋陽腔」，則出於江西，兩京、湖南、閩、廣用之；稱「餘姚腔」者，出於會稽，常、潤、池、太、揚、徐用之；稱「海鹽腔」者，嘉、湖、溫、台用之；惟崑山腔止行於吳中，流麗悠遠，出乎三腔之上，聽之最足蕩人，妓女尤妙此，如宋之嘌唱，即舊聲而加以泛豔者也。〔註6〕

可見除了崑山腔僅行於蘇州之外，其他三腔都已流傳得很廣了，尤其是弋陽

〔註4〕 〔明〕祝允明：《猥談·歌曲》，見〔明〕陶珽輯：《說郛續》，卷46，頁5a～b，總頁2099。

〔註5〕 張廷玉等撰：《明史·祝允明傳》，卷286〈列傳第一百七十四·文苑二〉，頁7352。

〔註6〕 徐渭：《南詞敘錄》，頁242。

腔，已遍及於兩京、湖南、閩、廣。及至萬曆年間，情況又發生了變化，顧起元的《客座贅語》卷九〈戲劇〉條有如下之記載：

> 南都萬曆以前，公侯與縉紳及富家，凡有讌會，小集多用散樂，或三四人，或多人，唱大套北曲，樂器用箏、鑀、琵琶、三絃子、拍板。若大席，則用教坊打院本，乃北曲大四套者，中間錯以撮墊圈、舞觀音，或百丈旗，或跳隊子。後乃變而盡用南唱，歌者祇用一小拍板，或以扇子代之，間有用鼓板者。今則吳人益以洞簫及月琴，聲調屢變，益爲悽惋，聽者殆欲墮淚矣。大會則用南戲，其始止二腔，一爲弋陽，一爲海鹽。弋陽則錯用鄉語，四方士客喜閱之；海鹽多官話，兩京人用之。後則又有四平，乃稍變弋陽，而令人可通者。今又有崑山，校海鹽又爲清柔而婉折，一字之長，延至數息。士大夫稟心房之精，靡然從好，見海鹽等腔，已白日欲睡，至院本北曲，不啻吹箎擊缶，甚且厭而唾之矣。〔註7〕

這段詳細說明了明代戲曲音樂遞變的情形，先是北曲餘勢猶存，公侯讌集仍多用之；其後南戲流傳愈廣，其勢遂在北曲之上，形成海鹽、弋陽對峙的局面；萬曆以來，改革後的崑山腔，因其清柔婉折，乃使「海鹽不振，而曰崑山」，〔註8〕演變爲弋陽、崑山二腔之爭勝。此爲聲腔流變之大勢，本節先以海鹽腔爲主，並附論流於江西之海鹽新聲——宜黃腔。

海鹽腔之起源，一般皆上溯至南宋、元代，〔註9〕惟宋元之海鹽新聲與明代的戲曲音樂之間，究竟有何關係，實在很難推斷。作爲一種戲曲聲腔，海鹽腔在明代的流行，最遲也在成化中、末葉，據陸容的《菽園雜記》卷十所記，當時的海鹽，已有「習爲優者」：

> 嘉興之海鹽、紹興之餘姚、寧波之慈溪、台州之黃巖、溫州之永嘉，
> 皆有習爲優者，名曰戲文子弟，雖良家子亦不恥爲之。〔註10〕

陸容是成化二年（1466）進士，曾任浙江右參政，這段記載應是他在浙江見聞之記錄。海鹽腔至正德以前，已成爲著名的聲腔之一（見前引祝允明《猥談》），嘉靖時，流傳於「嘉、湖、溫、台」浙江省境（《南詞敘錄》），楊慎《丹

〔註7〕　顧起元：《客座贅語》，卷9，頁303。

〔註8〕　王驥德：《曲律・論腔調第十》，卷2，頁117。

〔註9〕　見第一章第三節所引元姚桐壽《樂郊私語》及明李日華《紫桃軒雜綴》卷三關於海鹽腔的記載。

〔註10〕　陸容：《菽園雜記》，卷10，頁124。

鉛總錄》卷十四〈北曲〉條曾記錄了海鹽在北方盛行的情形：

> 近日多尚海鹽南曲，士大夫稟心房之精，從婉孌之習者，風靡如一。
>
> 甚者北土亦移而耽之，更數十百年，北曲亦失傳矣。〔註11〕

《丹鉛總錄》有嘉靖壬寅年（二十一年，1542）楊慎序，此條若與《客座贅語》的「海鹽多官語，兩京人用之」合觀，則可以看出嘉、隆時海鹽腔盛行的情形，不僅深受南方士大夫、文人的喜愛，甚至北方的觀眾也對它十分欣賞。而到了萬曆以後，由於改革後崑山腔的興起，海鹽之勢才被取代而漸趨於衰亡。《客座贅語》卷九記載那時南京的情況是「見海鹽等腔，已白日欲睡」，王驥德《曲律》卷二也說：「舊凡唱南調者，皆曰海鹽。今海鹽不振，而曰崑山。」〔註12〕可見它在南方地位是一落千丈了。

海鹽腔的唱法，據林希恩《詩文浪談》論集詩用唱曲做比喻道：

> 集詩者概以其句之駢麗而耦之，自以為奇矣。雖云雙美，其如聲之不
>
> 相涉入何哉？不謂之海鹽、弋陽之聲而並雜於管絃之間乎？〔註13〕

可見海鹽、弋陽兩腔當是無伴奏的乾唱。這種現象在《金瓶梅詞話》中也有相當的反映。《金瓶梅詞話》記海鹽子弟唱曲的共有八處，可分為兩類：一是拍手清唱散曲和戲曲，如四十九回：

> 西門慶交海鹽子弟上來遞酒，蔡御史分付：「你唱個【漁家傲】我
>
> 聽。」子弟排手（拍手）在旁唱道……。〔註14〕

又三十六回西門慶宴蔡狀元、安進士，苟子孝和書童先後拍手清唱【朝元歌】、【畫眉序】及【錦堂月】各二首。〔註15〕七十四回，有海鹽子弟清唱【宜春令】一套，但未拍手。〔註16〕

另一類是演唱戲曲，用鑼、鼓、板打擊樂器。如六十三回海鹽子弟「打動鼓板」唱《玉環記》；〔註17〕六十四回「子弟鼓板響動，遞上關目揭帖」，演《劉智遠紅袍記》；〔註18〕七十六回海鹽子弟唱《四節記》時，「下邊戲子

〔註11〕 楊慎：《丹鉛總錄》，卷14，頁1a～b，總頁494。

〔註12〕 王驥德：《曲律・論腔調第十》，卷2，頁117。

〔註13〕 〔明〕林希恩：《詩文浪談》，見〔明〕陶珽輯：《說郛續》，卷33，頁3a，總頁1577。

〔註14〕 蘭陵笑笑生：《金瓶梅詞話》，頁728。

〔註15〕 同前註，頁534～536。

〔註16〕 同前註，頁1234～1235。

〔註17〕 同前註，頁1016。

〔註18〕 同前註，頁1028。

鑼鼓響動，搬演『韓熙演夜宴、郵亭佳遇』」。〔註19〕此外七十四回演《雙忠記》及七十六回演《裴晉公還帶記》二處，卻未明說用鼓板。〔註20〕由上例可見，海鹽腔只有用拍手或鼓板爲節，而無管絃伴奏。〔註21〕不過海鹽腔雖僅有鼓、板爲拍，卻不同於同爲乾唱的弋陽腔，《湯顯祖集》卷三十四〈宜黃縣戲神清源師廟記〉稱其「體局靜好」，〔註22〕與崑山腔的聲情相近，只是海鹽腔過於樸素簡單，不及崑山腔之流麗悠遠、清柔婉折。

　　海鹽腔的流播，在江西宜黃一帶產生了相當大的影響。湯顯祖〈廟記〉寫道：

> 至嘉靖而弋陽之調絕，變爲樂平，爲徽、青陽。我宜黃譚大司馬綸聞而惡之，自喜得治兵於浙，以浙人歸教其鄉子弟，能爲海鹽聲。大司馬死二十餘年矣，食其技者殆千餘人。〔註23〕

又明鄭仲夔《冷賞》卷四〈聲歌〉條有云：

> 宜黃譚司馬綸，殫心經濟，兼好聲歌。凡梨園度曲皆親爲教演，務窮其妙，舊腔一變爲新調。至今宜黃子弟咸尸祝譚公惟謹，若香火云。〔註24〕

這是海鹽腔流入江西的情況，記載雖然簡單，但也可看出，海鹽腔由譚綸帶回江西以後，沒有經過多久時間，就在江西形成了蓬勃發展的局面。譚綸字子理，江西宜黃縣譚坊人。嘉靖二十三年（1544）進士，曾任浙江台州知府，浙江按察使巡視海道副使，治兵於浙江台州和寧波等地，嘉靖三十九年（1560）升爲浙江布政使司左參政，仍兼副使巡視海道。譚綸在浙江任職這段時間，恰好正是海鹽腔在南方極爲盛行的時期，〔註25〕而譚綸把海鹽戲班帶回宜黃，並傳授給家鄉子弟，應是嘉靖四十年至四十二年間（1561～1563），譚綸丁父憂從浙江回籍之時，〔註26〕從此，海鹽腔便在江西扎下了

〔註19〕同前註，頁 1290～1291。

〔註20〕同前註，頁 1236、1290。

〔註21〕海鹽腔之唱法，參考葉德均：〈明代南戲五大腔調及其支流〉，《戲曲小說叢考》，頁 20～21。

〔註22〕湯顯祖：〈宜黃縣戲神清源師廟記〉，徐朔方箋校：《湯顯祖全集》，卷 34〈玉茗堂文之七〉，頁 1189。

〔註23〕同前註。

〔註24〕〔明〕鄭仲夔：《冷賞》（北京：中華書局，1991 年《叢書集成初編》第 2947 冊影印清金忠淳輯《硯雲甲乙編》本），卷 4，〈聲歌〉條，頁 62。

〔註25〕據前引《南詞敘錄》。

〔註26〕譚綸生平，據張廷玉等：《明史‧譚綸傳》，卷 222〈列傳第一百十〉，頁 5833

根基。這時，住在南昌的建安鎮國將軍朱多煠，也在王府裏訓練了善海鹽腔的女樂家優。陳弘緒在《江城名蹟記》裏說：

> 匡吾王府，建安鎮國將軍朱多煠之居，家有女優，可十四五人，歌板舞衫，纏綿婉轉。生曰順妹，旦曰金鳳，皆善海鹽腔，而小旦彩鶯，尤有花枝顫顫之態。萬曆戊子（十六年，1558），予初試棘圍，場事竣，招十三郡名流，大合樂於其第，演《繡襦記》，至斗轉河斜，滿座二十餘人皆霑醉，燈前拈韻屬和。〔註27〕

這種王府戲班，和譚綸由浙江帶回的海鹽職業藝人，共同推動促進了海鹽腔在江西的發展。到譚綸死後二十餘年，即萬曆三十年（1602）前後，在江西演唱海鹽腔的藝人，已增加到千餘人了。

繼譚綸之後，對江西海鹽腔有重大貢獻的人物，當推明代傑出的戲劇家湯顯祖。而宜黃班藝人因為搬演湯氏的劇作，和他建立了非常密切的關係。有關這方面的情況，除了〈廟記〉之外，在湯氏的詩文信札裏，也有充分的反映。如〈與宜伶羅章二〉的信裏說：

> 《牡丹亭記》要依我原本，其呂家改的切不可從。雖是增減一二字以便俗唱，卻與我做的意趣大不同了。〔註28〕

又〈唱二夢〉詩云：

> 半學儂歌小梵天，宜伶相伴酒中禪。纏頭不用通明錦，一夜紅氍四百錢。〔註29〕

這裏所說的「二夢」，是指《南柯記》和《邯鄲記》而言。又〈寄生腳張羅二恨吳迎口號二首〉小序及詩之一說：

> 迎病裝唱《紫釵》，客有掩淚者。近絕不來，恨之。
>
> 吳儂不見見吳迎，不見吳迎掩淚情。暗向清源祠下咒，教迎啼徹杜鵑聲。（原注：宜伶祠清源師灌口神。）〔註30〕

由此可見，擅演《紫釵記》的吳迎，也是宜黃班演員。而湯氏劇作，原是供宜黃班演唱的腳本。湯氏在這些劇本演出時，通常都親往觀賞，熱情指點，

〜5836：並參考歐陽祖經：《明譚襄敏公綸年譜》（臺北：臺灣商務印書館，1981年）。

〔註27〕陳弘緒：《江城名蹟》，卷2，頁45a〜b，總頁329。

〔註28〕徐朔方箋校：《湯顯祖全集》，卷49〈玉茗堂尺牘之六〉，頁1519。

〔註29〕同前註，卷19〈玉茗堂詩之十四〉，頁823。

〔註30〕同前註，卷18〈玉茗堂詩之十三〉，頁797。

例如〈七夕醉答君東二首〉說：

> 玉茗堂開春翠屏，新詞傳唱《牡丹亭》。
>
> 傷心拍遍無人會，自掐檀痕教小伶。〔註31〕

由於湯氏本人與民間藝人的誠摯合作，使得宜黃班的聲名日益提高。湯氏〈送錢簡棲還吳二首〉及〈帥從升兄弟園上作四首〉二詩，正是宜黃班演員在湯顯祖、帥從升家演戲的例子。〔註32〕宜黃班還曾受湯氏委託，帶著他編寫的戲，到其他地方演出。如萬曆三十三年（1605），湯氏爲了向李襲美祝壽，就曾派遣宜黃班到南京演出，〈遣宜伶汝寧爲前宛平令李襲美郎中壽，時襲美過視令子侍御江東還內鄉四首〉詩，〔註33〕就是爲此事而作。同樣的活動，還有到永新縣爲甘雨祝壽的演出，如〈九日遣宜伶赴甘參知永新〉詩，即記其事。〔註34〕湯顯祖與宜黃班關係之密切，由此可見。如果說譚綸把海鹽腔引入江西，打開了繁榮的局面，那麼，湯顯祖劇本的演出，就如同錦上添花，使海鹽腔在江西的盛行，達到了登峰造極的地步。

在海鹽腔傳來以前，江西撫州地區的戲曲，原來是唱徽州、青陽等腔的。萬曆元年（1573），臨川人黃文華編有兩部青陽腔的劇本選集：《詞林一枝》和《八能奏錦》，足以說明青陽腔在當地非常流行。根據湯顯祖〈廟記〉所載，徽州、青陽等腔，乃是弋陽腔的變調，它們在演唱方面還保留了弋陽腔的一些特色。〔註35〕這些土腔，對「體局靜好」的海鹽聲調來說，顯然有雅、俗與文、野之分，而譚綸之所以要提倡海鹽腔，正是因爲這種俗調不適合他的品味。但是任何一種聲腔，流傳到其他地方後，一定會受到當地聲腔的影響。譚綸雖然是因厭惡青陽諸腔才將海鹽腔引入宜黃的，但進入宜黃的海鹽腔，卻已不同於浙江原有的海鹽腔，而已雜有弋陽、青陽等腔的成分了。明袁宏道〈評玉茗堂傳奇〉說：

> 詞家最忌弋陽諸本，俗所云過江曲子是也。《紫釵》雖有文彩，其骨
>
> 格卻染過江曲子風味，此臨川不生吳中之故耳。〔註36〕

〔註31〕同前註，卷18，頁791。

〔註32〕同前註，卷15〈玉茗堂詩之十〉，頁643〜644；卷18〈玉茗堂詩之十三〉，頁786。

〔註33〕同前註，卷18〈玉茗堂詩之十三〉，頁814。

〔註34〕同前註，卷19〈玉茗堂詩之十四〉，頁855。

〔註35〕湯顯祖：〈宜黃縣戲神清源師廟記〉，同前註，卷34〈玉茗堂文之七〉，頁1189。

〔註36〕見明崇禎間獨深居士點定《玉茗堂四種曲》本卷首〈集諸家評語〉。引自徐扶明：《牡丹亭研究資料考釋》（上海：上海古籍出版社，1987年），頁83〜84。

所謂「過江曲子」，本來是弋陽腔的音樂特點，《紫釵記》的音樂「染過江曲子風味」，可見流行於江西的海鹽腔已受到了弋陽戲曲的影響。此外，范文若在〈夢花酣序〉中也說：

> 臨川多宜黃土音，板腔絕不分辨，襯字襯句湊插乖舛，未免拗折人嗓子。〔註37〕

所謂「臨川」，即指湯顯祖的劇本。由此可證，流行於江西宜黃的海鹽腔，一方面吸收了弋陽系聲腔的音樂特點，一方面又受到宜黃鄉音土語的影響，於是「舊腔一變爲新調」，〔註38〕形成了新的演唱風格。明萬曆間南昌人萬時華的〈棠溪公館同舒芑孫夜酌二歌人佐酒〉詩云：

> 野館清宵倦解裝，村名猶識舊甘棠。
> 松鄰古屋霜華淨，虎印前溪月影涼。
> 寒入短裘連大白，人翻新譜自宜黃。
> 酒闌宜在嵩山道，並出車門夜未央。〔註39〕

詩中的「宜黃」，即是指流行於宜黃的海鹽腔。到了清初順治間，宜黃班在南昌演出《紫釵記》時，熊文舉（1595～1668）曾有〈宜伶泰生唱《紫釵》、《玉合》，備極幽怨，感而贈之〉詩云：

> 淒涼羽調咽霓裳，欲譜風流筆研荒。
> 知是清源留曲祖，湯詞端合唱宜黃。
> （原注：宜黃有清源祠，祀灌口神，義仍先生有記。予擬《風流配》，
> 填詞未緒。）

在熊文舉題詩的時代，崑腔在南昌已然盛行，但熊氏看來，湯顯祖的作品，還是以宜黃腔演唱，才能表達他的意趣。可見早在湯顯祖的時代，由海鹽腔演變的宜黃腔就已形成了。而必須指出的是：湯顯祖的劇本既是爲宜黃班撰寫的，那麼，以沈璟爲首的吳江派曲家，用崑腔的規律來衡量湯氏諸作，認爲它不合音律，其實是毫無道理的。今人徐朔方在〈廟記〉之箋注中，不僅指出「海鹽腔傳入江西，形成宜黃腔」、「宜伶盛行於江西，實爲江西化即弋

〔註37〕 范文若（署「吳儂荀鴨」）：《夢花酣・序》（上海：商務印書館，1955 年《古本戲曲叢刊二集》影印明博山堂刊本），頁 1a。
〔註38〕 鄭仲夔：《冷賞》，卷 4，〈聲歌〉條，頁 62。
〔註39〕 〔明〕萬時華：《溉園詩集》（臺北：新文豐出版公司，1989 年《叢書集成續編・文學類》第 171 冊影印民國胡思敬輯《豫章叢書》本），卷 3，頁 2a，總頁 178。

陽化之海鹽腔」，更特別說明：

> 當時水磨調盛行，地方戲爲士大夫及傳奇作家所不齒，湯氏乃特立
> 獨行，寧拗盡天下人嗓子而不顧，以其一代才華爲江右之鄉音俗調。
> 惟其不勉爲吳儂軟語，其情至處人所莫及。玉茗堂傳奇改編者特多，
> 變宜黃爲崑山也。其不協律處一曲或數見，蓋原爲便宜伶，不便吳
> 優也，協宜黃腔之律而無意協崑腔之律也。〔註40〕

這段話爲戲曲史上有名的吳江、臨川二派之爭，提供了新的眼光，而吾人研
究海鹽、宜黃聲腔的演變發展時，這也是不可忽略的一點。

第二節　崑山腔的音樂成就

　　崑山腔的起源年代，一般都與魏良輔的生卒年一併討論，〔註41〕其實這
二者之間應無關係，魏良輔只是崑山腔的改革者，而非創始者，早在元明之
際，便已有關崑山腔的記載了，據魏良輔的《南詞引正》云：

> 元朝有顧堅者，雖離崑山三十里，居千墩。精於南辭，善作古賦。
> 擴廓帖木兒聞其善歌，屢招不屈。與楊鐵笛、顧阿瑛、倪元鎭爲友，
> 自號風月散人。其著有《陶眞野集》十卷、《風月散人樂府》八卷，
> 行於世，善發南曲之奧，故國初有崑山腔之稱。〔註42〕

另外在周玄暐的《涇林續記》裏，也記載了明太祖召見崑山老人周壽誼的經
過：

> 太祖聞其高壽，特召至京，拜階下，狀甚矍鑠。問今歲年若干，對云
> 一百七歲。又問平日有何修養而能致此，對曰清心寡欲。上善其對，
> 笑曰：聞崑山腔甚嘉，爾亦能謳否？曰：不能，但善吳歌。……〔註43〕

由這兩段文字可看出，當南曲音樂在崑山一帶流傳，與當地語言和民間音樂
結合時，「崑山腔」的特質便已逐漸呈露。元末的歌唱家顧堅「善發南曲之
奧」，對這一新的南曲流派曾做過貢獻，正因爲如此，至明初時人們才開始

〔註40〕徐朔方箋校：《湯顯祖全集》，卷34，頁1189～1190。

〔註41〕如〔日〕青木正兒著，王古魯譯述：《中國近世戲曲史》（上海：商務印書館，
　　　　1936年），頁168～169。

〔註42〕〔明〕魏良輔：〈南詞引正〉，據路工：〈魏良輔和他的《南詞引正》〉附錄，《訪
　　　　書見聞錄》（上海：上海古籍出版社，1985年），頁239～240。

〔註43〕〔明〕周玄暐：《涇林續記》（臺北：新文豐出版公司，1985年《叢書集成新
　　　　編》第89冊據清潘祖蔭編《功順堂叢書》排印本），原頁8，總頁77。

把這一新的南曲稱爲崑山腔，而且它也有了一定的音樂特質及影響力，否則明太祖不可能知道它並稱「崑山腔甚嘉」。至於祝允明《猥談》裏所記載的四大聲腔之一的崑山腔，很可能即是在元末明初的崑山腔基礎之上，發展而成的。不過，那時的崑山腔，還止於清曲小唱，與弋陽、海鹽的演唱戲曲不同。徐渭《南詞敘錄》以「宋之嘌唱」來比擬崑山腔，顯然是指它還在小唱階段。〔註44〕《南詞敘錄》成書時，崑山腔的改革尚未完成，僅止於試驗階段，否則徐渭當不至於對此隻字不提。因爲只是清唱，所以流傳不廣，「止行於吳中」，不過已具備了「流麗悠遠」的特質了。

崑山腔雖非魏良輔始創，但崑山腔之能凌駕其他聲腔而盛行一時，完全由於魏良輔之改革。魏氏約生於正德間，嘉靖時已成名，萬曆初大約還在世，嘉靖、隆慶是他主要的活動時期。〔註45〕他原來是學習北曲的，但因紐於另一位北曲名家王友山，才發憤改習南曲。他爲了探索對南曲的改進，曾經「足跡不下樓數十年」，〔註46〕不過對崑山腔進行改革時，並不只他一人，還有崑山陶九官、蘇州周夢谷、滕全拙、朱南川、張小泉、季敬坡、戴梅川、包郎郎、陸九疇、朱美、黃問琴、周夢山、潘荊南等人，〔註47〕其婿張野塘更是他的得力助手，〔註48〕前輩曲師過雲適、袁髯、尤駝等，則是他請益的對象。〔註49〕這個以魏良輔爲中心的藝術團體，改革工作是以舊有的崑山腔爲基礎，發揮其流麗悠遠的特質，又「變弋陽、海鹽故調爲崑腔」，〔註50〕吸收當時流行聲腔的菁華，更採取了北曲在演唱藝術上的成就，終於創造了「調

〔註44〕徐渭：《南詞敘錄》，頁242。

〔註45〕據葉德均：〈明代南戲五大腔調及其支流〉，《戲曲小說叢考》，頁39。

〔註46〕余懷：〈寄暢園聞歌記〉，〔清〕張潮輯：《虞初新志》（臺北：廣文書局，1968年），卷4，頁3a。

〔註47〕陶九官、蘇州周夢谷、滕全拙，見李開先：《詞謔》，頁354；張小泉、季敬坡、戴梅川、包郎郎、陸九疇，見張大復：《梅花草堂筆談》，卷12，〈崑腔〉條，頁24b～25b，總頁774～776；周夢山、潘荊南，見余懷：〈寄暢園聞歌記〉，張潮輯：《虞初新志》，卷4，頁3a～b；張小泉、朱美、黃問琴，見潘之恆：〈敘曲〉（《亘史》、《鸞嘯小品》均載），收入汪效倚輯注：《潘之恆曲話》，頁8。

〔註48〕〔清〕葉夢珠：《閱世編》（北京：中華書局，2007年），卷10〈紀聞〉，頁250～251。

〔註49〕過雲適，見張大復：《梅花草堂筆談》，卷12，〈崑腔〉條，頁24b，總頁774；袁髯、尤駝，見余懷：〈寄暢園聞歌記〉，張潮輯：《虞初新志》，卷4，頁3a。

〔註50〕朱彝尊：《靜志居詩話》，卷14，〈梁辰魚〉條，頁430。

用水磨，拍捱冷板」〔註51〕的崑山新調。至梁辰魚專門爲了水磨調編寫《浣紗記》後，此一新聲遂在戲曲舞臺上大放異彩。《梅花草堂筆談》在敘述了魏良輔的革新活動後，緊接著說：

> 梁伯龍聞，起而效之，考訂元劇，自翻新調，作《江東白苧》、《浣紗》諸曲；又與鄭思笠精研音理，唐小虞、陳梅泉五七輩雜轉之，金石鏗然，譜傳藩邸戚畹、金紫熠爚之家，而取聲必宗伯龍氏。
> 〔註52〕

《漁磯漫鈔》也說：

> 崑有魏良輔者，造曲律。世所謂崑腔者，自良輔始。而梁伯龍獨得其傳，著《浣紗》傳奇，梨園子弟喜歌之。〔註53〕

梁伯龍一方面繼承了魏良輔等人的成就，一方面又和許多善音律的人一起鑽研，並在散曲和戲曲方面都進行了創作實踐。把新的崑山腔應用於傳奇形式，寫出了《浣紗記》，出現了「梨園子弟善歌之」的情況。所以我們可以說崑山腔的改革，是由魏良輔、梁辰魚相繼完成的。

崑山腔在音樂上的成就，可大別爲以下幾項：

一、管絃伴奏

南曲諸聲腔中，海鹽腔只以鼓、板爲拍，弋陽腔用鑼、鼓幫襯，都是沒有管樂和絃樂伴奏的乾唱。又據前引《猥談》，說餘姚、海鹽、弋陽、崑山諸腔「若以被之管絃，必至失笑」，似乎改革前的崑山腔也不入管絃。而魏良輔的革新活動中，由於有善吹洞簫之蘇州張梅谷，與工笛子的崑山謝林泉共同參與，〔註54〕開始嘗試以簫管伴奏，使南曲在音樂上更加豐富；同時又有張野塘吸取北曲經驗，以從事樂器改革，所以新腔也增添了絃索樂器的伴奏，以加強音樂的表現力。《南詞敘錄》說：

> 今崑山以笛、管、笙、琵按節而唱南曲者，字雖不應，頗相諧和，殊爲可聽，亦吳俗敏妙之事。或者非之，以爲妄作，請問【點絳唇】、

〔註51〕〔明〕沈寵綏：《度曲須知·曲運隆衰》，《中國古典戲曲論著集成》，第 5 冊，卷上，頁 198。
〔註52〕張大復：《梅花草堂筆談》，卷 12，〈崑腔〉條，頁 25a，總頁 775。
〔註53〕〔清〕雷琳、汪琇瑩、莫劍光輯：《漁磯漫鈔》（上海：掃葉山房石印本，1913 年），卷 3，〈崑曲〉條，頁 3b。
〔註54〕余懷：〈寄暢園聞歌記〉，頁 3a～b。

【新水令】，是何聖人著作？〔註55〕

《南詞敘錄》成書於嘉靖三十八年（1559），其中沒有關於魏良輔的任何記載，可能這時改革的新聲尚未完成。但從上面這段記載，可以看出當時有人在從事革新南曲音樂的活動，很可能徐渭所指的就是以魏良輔爲核心的藝術團體的嘗試過程。繼笛、管、笙、琵琶之後，嘉隆間又加入了三絃、提琴。據清葉夢珠《閱世編》卷十〈紀聞〉的記載，三絃、提琴原是爲北曲伴奏的樂器：

> 考絃索之入江南，由戍卒張野塘始。野塘，河北人，以罪謫發蘇州太倉衛。素工絃索，既至吳，時爲吳人歌北曲，人皆笑之。崑山魏良輔者，善南曲，爲吳中國工。一日至太倉，聞野塘歌，心異之，留聽三日夜，大稱善，遂與野塘定交。時良輔年五十餘，有一女，亦善歌，……至是遂以妻野塘。吳中諸少年聞之，稍稍稱絃索矣。野塘既得魏氏，並習南曲，更定絃索音，使與南音相近，並改三絃之式……名曰絃子。其後楊六者，創爲新樂器，名提琴。……提琴既出，而三絃之聲益柔曼婉揚，爲江南名樂矣。……〔註56〕

這是絃索北曲爲適應南方人歌唱而做的改革，而「更定絃索」的關鍵與「既得魏氏，並習南曲」有密切關係，當三絃更定，提琴產生後，據《萬曆野獲編》卷二十五及《韻石齋筆談》卷下〈晚季音樂〉條所載，崑腔也採用三絃、提琴爲伴奏樂器了。〔註57〕此外，《亙史》裏記錄了崑腔用箏、阮，〔註58〕《客座贅語》也提到了月琴。〔註59〕笛、簫、笙、箏、阮、琵琶、三絃、提琴，眾樂合奏的情形是前所未有的，其意義正如《絃索辨訛》所說的：

> 嘉隆間，崑山有魏良輔者，乃漸改舊習，始備眾樂器而劇場大成，至今遵之。〔註60〕

這個規模完整的樂隊伴奏，實是集南、北所長之成果。

〔註55〕 徐渭：《南詞敘錄》，頁242。

〔註56〕 葉夢珠：《閱世編》，卷10〈紀聞〉，頁250～251。

〔註57〕 沈德符：《萬曆野獲編》，卷25〈詞曲·絃索入曲〉，頁641；〔明〕姜紹書：《韻石齋筆談》（上海：華東師範大學出版社，2009年），卷下，頁216。

〔註58〕 潘之恆：〈敘曲〉，汪效倚輯注：《潘之恆曲話》，頁8。

〔註59〕 顧起元：《客座贅語》，卷9，頁303。

〔註60〕 引自李調元：《雨村曲話》，頁8。今本《絃索辨訛》無此語。

二、歌唱技巧

　　在魏良輔等人革新崑山腔之前，以民歌爲基礎的南曲，在演唱藝術上是及不上北曲的。北曲雜劇表演藝術的成就，首先就表現在雜劇演員出色的歌唱技巧上。《青樓集》所記述的雜劇演員，絕大部分以演唱出名，他們分別擅長於「駕頭雜劇」、「花旦雜劇」、「閨怨雜劇」、「綠林雜劇」等數類，其中除「綠林雜劇」較著重科汎做表，其他各類都以演唱爲主，即使像花旦雜劇，看來理應唱做並重，但在「一人主唱」的雜劇體製規定下，仍以唱工表現爲主。北曲雜劇的歌唱技巧，在《唱論》一書中保存了很多。北曲演員很講究咬字，字的唱唸，要分清聲調，不能因字音的舛訛而傷詞害意，戲劇的曲辭不僅只是一般抒情，還常常要借它交代重要情節，絕對不能由於咬字不眞而造成訛誤，所以《唱論》提出了「字眞、句篤」的要求，而完整的歌唱藝術又不能片面的「唱字」，還必須要求「字」與「聲」的統一，因此《唱論》又提出「依腔、貼調」，至於「聲韻有一聲平、一聲背、一聲圓」，對於出聲落韻的規定，以及「起末、過度、搵簪、擷落」等旋律進行中的層次，都是在此原則下產生的。〔註 61〕這些嚴格的歌唱技巧，爲魏良輔等人吸收後，即形成了崑山腔「字清」、「腔純」、「板正」的曲之「三絕」。〔註 62〕南曲「順口可歌」、「隨心令」的情形已全然改觀，歌唱的好壞，不以喉音清亮與否爲評賞標準，必須「聽其吐字、板眼、過腔得宜，方可辨其工拙」，〔註 63〕魏氏《曲律》還分別以三條文字發揮了咬字、行腔和板眼之重要性：

> 五音以四聲爲主，四聲不得其宜，則五音廢矣。平上去入，逐一考究，務得中正，如或苟且舛誤，聲調自乖，雖具繞梁，終不足取。其或上聲扭做平聲，去聲混作入聲，交付不明，皆做腔賣弄之故，知者辨之。

> 生曲貴虛心玩味，如長腔要圓活流動，不可太長；短腔要簡徑找絕，不可太短。至於過腔接字，乃關鎖之地，有遲速不同，要穩重嚴肅，如見大賓之狀。

> 拍，迆曲之餘，全在板眼分明。如迎頭板，隨字而下；徹板，隨腔而下；絕板，腔盡而下。有迎頭慣打徹板，絕板混連下一字迎頭者，

〔註61〕〔金〕芝庵：《唱論》，《中國古典戲曲論著集成》，第 1 冊，頁 159。
〔註62〕〔明〕魏良輔：《曲律》，《中國古典戲曲論著集成》，第 5 冊，頁 7。
〔註63〕同前註，頁 7。

此皆不能調平仄之故也。〔註64〕

此外「開口難、出字難、過腔難、低難、轉音入鼻音難」一條，又再次強調了出聲、落韻、行腔之重要。〔註65〕魏良輔等人擷取北曲演唱藝術的成果，使崑山腔在歌唱技巧上獲得高度提升。字清腔純的原理，事實上即是音樂旋律與語言旋律融合無間的問題，這是音樂高度發展的結果，而這點在王驥德《曲律》與沈寵綏《度曲須知》裏有更進一步的發揮。王氏《曲律》中宮調、平仄、陰陽、韻叶、閉口字等各獨立一節，詳加解說，又直指「欲語曲者，先須識字，識字先須反切」，又說：

> 曲有宜於平者，而平有陰、陽；有宜於仄者，而仄有上、去、入。
> 乖其法，則曰拗嗓。蓋平聲聲尚含蓄，上聲促而未舒，去聲往而不
> 返，入聲則逼側而調不得自轉矣。〔註66〕

討論的即是語言與音律之結合。沈氏《度曲須知》也說「蓋切法，即唱法也」，又將一字析爲「字頭、字腹、字尾」，〔註67〕強調「吐字」、「歸音」之精確性，而製定〈出字總訣〉、〈收音總訣〉等。必須注意的是，這些都不僅是王驥德或沈寵綏個人的獨特見解，而是由當時人歌唱之技巧中歸納出的心得，可視爲此一時代演唱藝術的總結，反映的正是崑山腔在歌唱上的技巧。

三、音樂性格化

北曲雜劇的「一人主唱」雖然對戲劇產生了許多限制，但它卻使得正旦、正末這兩種主要腳色的歌唱藝術得到很大的發展。由於無論是戲劇情節的發展，或是個人內心情感的抒發，都必須由同一個腳色唱出，因此正末或正旦勢必要擅用自己的歌唱技巧以完成音樂的抒情作用及敘事功能。有時候同一支曲牌，卻由於唱詞的不同，使其所蘊含的情味也因之而異，那麼主唱者在如何分辨曲調之聲情以體現詞情的功夫上，必有獨到的見解。由此看來，一人主唱使得北曲的歌唱藝術已有性格化之傾向。這點特色同時也爲魏良輔等人所汲取，所以崑山腔不僅有「字清、腔純、板正」的嚴格技術要求，更進一步地注重如何利用「聲情」以詮釋「詞情」，魏氏《曲律》所說的「唱出各

〔註64〕同前註，頁 5。
〔註65〕同前註，頁 7。
〔註66〕王驥德：《曲律·論平仄第五》，卷 2，頁 105。
〔註67〕沈寵綏：《度曲須知·字母堪刪》，頁 223～224。

樣曲名理趣」，〔註68〕就是這個意思。至於各曲牌之聲情，後來的曲譜中間有
註明，如【祝英臺】宜於文靜哀怨，【山坡羊】激越淒楚，【錦纏道】音調悲
壯，【九迴腸】宜於抒情寫懷，【懶畫眉】、【宜春令】溫雅柔婉，【孝南歌】、【水
紅花】、【鎖南枝】即配合行動等等，這些曲牌適於抒發何種情感，固然以其
旋律爲基礎，但是演員如何運用、表達、發揮也是相當重要的；任何一支曲
牌之聲情，並非在曲調產生之初即已完全確立，表演者的詮釋方式也是必須
考慮的問題。隨著歌唱經驗的累積，曲牌的特質也才愈來愈明顯。聲音表情
的傳達既與演員之詮釋有關，那麼，在「唱出曲名理趣」的基礎上更進一步，
又逐漸形成了各行腳色的性格化唱法。生旦淨丑不僅有各自適用的曲牌，也
有各自不同的演唱風格。所以南曲的音樂具備了性格化的特色，不同的曲牌
有不同的理趣，不同的腳色也有不同的唱法。

四、曲牌聯套

　　曲牌聯套，當以宮調統一各曲牌。北曲雜劇雖以宮調的嚴謹著稱，但它
的限制性較大。南曲音樂雖以不拘宮調爲特色，但在曲牌數量眾多的情況下，
又不易保持其完整性與一貫性。至崑山腔改革完成後，曲牌聯套也愈見成熟，
一方面採用雜劇謹嚴的樂曲結構，一方面又保留了南戲音樂靈活自由的特
點，使得一齣中若干曲牌既有宮調的變化，同時又可依一定的宮調運用法則
來加以規範。這對北曲雜劇的單純結構是一種突破，對南戲音樂的「隨心令」
則是進步。張師清徽於〈南曲聯套述例〉一文中，指出南曲聯套所依據的標
準有三：

　　（一）音律順序。

　　（二）各曲牌與曲詞的距離關係——在散套內可以聯用的，一入劇套，
　　　　　因賓白隔離曲文的關係，反不能同式相用。

　　（三）利用先後曲牌的音律，變幻其中間曲牌的運用。如【江兒水】本
　　　　　係悲調，而《月令承應》以之入吉詞。

準此而觀，南曲聯套的標準，是相當有彈性的。張師又云：

　　　　北套若屬歡樂類者，則套内各曲，就不會有悲哀的成分在内。而南
　　　　套因同一套内須表現種種不同情緒，勢不能將套内各牌的聲情，一

〔註68〕魏良輔：《曲律》，頁6。

　　律看待。所以如何能使每隻曲牌在符合詞情下，又能彼此構成一音

　　律單元，聽來不覺刺耳，這點實非易事。〔註69〕

此段所強調的雖是南曲聯套之困難，但由此正可看出音樂結構是靈活而複雜
的，為戲劇情節及人物心理的轉變，提供了有利的條件。

五、贈板與集曲

　　戲曲音樂的節奏形式，在崑山腔裏也有新的發展，除了一板三眼、一眼
一板、散板等形式外，還出現了「贈板」。贈板就是將原來一板三眼（四拍子）
的曲調在演唱速度上放慢一倍，拍板時將原來的四拍擴充為八拍。贈板的出
現，不僅擴大了節拍形式的種類，使音樂能有更多的變化，同時還因為演唱
速度的更趨緩慢，旋律進行就有可能更為委曲婉轉，使曲調更為優美動聽，
更突出其「清柔婉折」之抒情特色。

　　集曲的大量出現，也是使音樂有多樣性變化的因素之一。不過集曲必須
以嚴格的技術為條件，並非任何曲牌都能隨意集合成新的曲牌，集曲必須以
一般過曲的開頭若干樂句為其起首，以過曲的結尾部分為其收束，方能使其
旋律自然。由於集曲多半集合動聽的曲調以成新曲，所以屬於文細之曲的集
曲數量最多，為崑山腔的「清柔婉折」，更有加強的作用。集曲的意義不僅只
是增加了曲牌，如果能妥善運用，還能達成極戲劇化的成果。例如李玉《清
忠譜》的二十折〈魂遇〉，其聯套結構如下：

　　【紅衲襖】

　　【傾盃賞芙蓉】（【傾盃序】、【玉芙蓉】）

　　【刷子帶芙蓉】（【刷子序】、【玉芙蓉】）

　　【錦芙蓉】　　　（【錦纏道】、【玉芙蓉】）

　　【普天插芙蓉】（【普天樂】、【玉芙蓉】）

　　【朱奴戴芙蓉】（【朱奴兒】、【玉芙蓉】）〔註70〕

共用了五支集曲，而每支集曲的結尾都是【玉芙蓉】，內容上後半段也都是表
達周順昌等人的豪壯忠義之氣，這種安排，類近於在一曲最末由眾人合唱表

〔註69〕張師清徽（敬）：〈南曲聯套述例〉，《清徽學術論文集》（臺北：華正書局，1993
　　　　年），頁3～4。

〔註70〕李玉：《一笠菴彙編清忠譜傳奇》（上海：文學古籍刊行社，1957年《古本戲
　　　　曲叢刊三集》影印傅惜華藏清順治刊本），第20折〈魂遇〉，頁49a～54a。

達共同信念的「合頭」，但在曲調的變化上更為靈活。因此集曲的出現，不僅具備了技術上的意義，更是利用音樂以達戲劇化的方式。

　　以上是崑山腔在音樂上的成就，其中以管絃樂伴奏及音樂的性格化，尤為音樂史上無可否認的輝煌成果，歌唱技巧的講求，也是在崑山腔時才達到了頂點。然而，「頂點」不僅意味著高潮的顛峰，同時也代表了衰落的開始。崑山腔的歌唱，其實是以反切解析語言為基礎，要求語言旋律與音樂旋律的高度融合，其目的原是在求「字清」，然而結果卻是語言過度音樂化，反而使得歌來「有聲無字」。語言與音樂之融合，本是崑山腔演唱藝術的最高境界，但其中卻已蘊含了趨於衰亡的本質。在此一本質之下，又有贈板集曲等極端文細之曲產生，遂使崑山腔愈來愈走向專業的途徑，離開群眾也就愈來愈遠了。

第三節　弋陽系聲腔的音樂特質

　　明代惟一可以和崑山腔分庭抗禮的聲腔，是弋陽腔。其調出於江西（《南詞敘錄》），正德時已開始流行（《猥談》）。嘉靖年間遍佈於兩京、湖南、閩、廣各地（《南詞敘錄》），嘉隆時與海鹽腔同時成為最盛行的聲腔，萬曆以來，與崑山腔分別流行於不同的場合，各自擁有不同的觀眾。（《客座贅語》）。在論及弋陽聲腔發展的諸資料中，有一條特別必須注意的，是湯顯祖〈宜黃縣戲神清源師廟記〉中的幾句話：

　　　　至嘉靖而弋陽之調絕，變為樂平，為徽、青陽。〔註71〕

據其說，則弋陽腔似已絕於嘉靖。然而，實則不然。弋陽腔在明代始終沒有成絕響，就在〈廟記〉著成稍後數年，王驥德寫《曲律》時，〔註72〕還提到了弋陽腔：

　　　　數十年來，又有弋陽、義烏、青陽、徽州、樂平諸腔之出。今則石
　　　　臺、太平梨園，幾遍天下，蘇州不能與角什之二三。〔註73〕

　　　　今至弋陽、太平之衰唱，而謂之流水板，此又拍板之一大厄也。〔註74〕

可見弋陽並未消亡，只是流傳至青陽、樂平、義烏等地，結合當地的語言特

〔註71〕徐朔方箋校：《湯顯祖全集》，卷34〈玉茗堂文之七〉，頁1189。

〔註72〕據徐朔方《湯顯祖全集》箋，〈廟記〉當作於萬曆二十六至三十四年（1598～
　　　　1606）之間（同前註），王驥德《曲律》則有萬曆三十八年序（1610）。

〔註73〕王驥德：《曲律・論腔調第十》，卷2，頁117。

〔註74〕同前註，〈論板眼第十一〉，頁119。

色，又加入了新的唱法——「袞唱」（滾唱），而以嶄新的姿態活躍於劇場。基本上，這些新的聲腔仍屬弋陽系統，〈廟記〉所說的「變爲樂平，爲徽、青陽」，就明指樂平、徽州、青陽爲弋陽之「變化新腔」，因此「絕於嘉靖」一句不可斷章取義，必須與下文連起來讀，才不至於產生誤會。

弋陽之「變」爲青陽等腔，必須由下列兩方面來考察：一是弋陽腔在語音上的靈活性，一是弋陽腔在板眼上的靈活性。第二點將留待下文「滾調」部分討論，此處先言其語音上的特色。顧起元《客座贅語》卷九〈戲劇〉條中說：

> 弋陽則錯用鄉語，四方士客喜閱之。〔註75〕

「錯用」是雜用的意思，由於這種語言上的靈活性及包容性，所以可以迎合四方士客，擴大它流佈的領域；同時也正因它每到一處就雜用當地方言，所以很容易在各地得到穩固及發展，變爲種種當地的地方腔調。中國幅員廣闊，方音各殊，語言旋律各有特色，當音樂與不同的語言旋律結合時，便產生了不同的音樂特質，也就是不同的「聲腔」。弋陽腔的變調，如上述樂平、徽州、青陽、太平、義烏、石臺，都是以地爲名的，〔註76〕顯然可見，他們正是弋陽傳播至當地，「錯用鄉語」與當地語言結合所產生的新聲腔。名稱雖各有不同，其實仍與弋陽有血緣關係，共同形成一個以弋陽爲中心的聲腔系統。

弋陽諸腔在音樂上的特色，可借清人王正祥在《新定十二律京腔譜》一書〈總論〉中的一段話加以說明：

> 嘗閱樂誌之書，有唱、和、嘆之三義。一人發其聲曰唱，眾人成其聲曰和，字句聯絡，純如繹如，而相雜於唱、和之間者曰嘆。兼此三者，乃成弋曲。由此觀之，則唱者，即起調之謂也；和者，即世俗所謂接腔也；嘆者，即今之有滾白也。〔註77〕

所謂「一人發其聲」、「眾人成其聲」的「唱」、「和」，即是「幫腔」。按王氏之說，則弋陽腔之特色有二，一爲「幫腔」，一爲「滾白」。此說雖還可補充修正，但大抵說來是不錯的。而這兩種唱法都是以「不入管絃」爲其基礎，故弋陽諸腔音樂之特色可歸納爲：

〔註75〕顧起元：《客座贅語》，卷9，頁303。

〔註76〕江西饒州府有樂平縣，安徽有徽州府、池州府，青陽縣隸池州府，南直隸有太平府，浙江金華府有義烏義。石臺今江西、安徽均無此地名，殆即石埭之訛，石埭隸池州。

〔註77〕〔清〕王正祥：《新定十二律京腔譜・凡例》（臺北：臺灣學生書局，1984年影印康熙二十三年序停雲室刊本），頁1b～2a，總頁38～39。

一、不入管絃

明林希恩《詩文浪談》說：

> 集詩者概以其句之駢麗而耦之，自以爲奇矣。雖云雙美，其如聲之
> 不涉入何哉？不謂之海鹽、弋陽之聲而並雜於管絃之間乎？〔註78〕

楊愼《升庵詩話》卷九也說：

> 南方歌詞，不入管絃，亦無腔調，如今弋陽腔也，蓋自唐宋已如此。
>
> 〔註79〕

可見，弋陽腔是沒有文場伴奏的乾唱。演唱時不用絲竹相和，只以鑼鼓幫襯。馮夢龍增訂四十回本《三遂平妖傳》首張譽〈序〉文有「如弋陽劣戲，一味鑼鼓了事」，〔註80〕湯顯祖的〈宜黃縣戲神清源師廟記〉也說：「自江西爲弋陽，其節以鼓，其調諠」，〔註81〕故知弋陽以鼓爲節拍。不過徒歌乾唱，縱有鑼鼓幫襯，也不會造成「其調諠」的現象。湯氏此句之義，應是指幫腔所形成的諠鬧特質。

二、幫合唱

幫合唱的方式，如李漁《閒情偶寄》所云，是「一人啓口，數人接腔」，故「名爲一人，實出眾口」；〔註82〕前引王正祥〈總論〉中也說「一人成聲而眾人相合」，這正是「崑、弋分焉」的關鍵之一，〔註83〕也是爲了彌補徒歌乾唱之單調而加以變化的結果。

一九五四年山西萬泉縣百帝村發現了《三元記》、《金印記》、《湧泉記》及《剔目記》四個完整的青陽腔抄本，據趙景深〈明代青陽腔劇本的新發現〉一文引述墨遺萍之語曰：

> 讀了這四本腔戲（按即青陽戲）後，我有一點感覺：一、寫重唱處

〔註78〕林希恩：《詩文浪談》，頁 3a，總頁 1577。

〔註79〕楊愼：《升庵詩話》，丁福保輯：《歷代詩話續編》（北京：中華書局，1983 年），卷9，〈寄明州于駙馬〉條，頁 819。

〔註80〕〔明〕張譽（無咎）：〈敘〉，〔元〕羅貫中編，〔明〕馮夢龍增補：《天許齋批點北宋三遂平妖傳》（北京：中華書局，1991 年《古本小說叢刊》第 33 輯影印日本內閣文庫淺草文庫藏泰昌元年〔1620〕刊本），總頁 483。

〔註81〕徐朔方箋校：《湯顯祖全集》，卷 34〈玉茗堂文之七〉，頁 1189。

〔註82〕李漁：《閒情偶寄・詞曲部・音律第三》，卷 2，頁 33。

〔註83〕王正祥：《新定十二律京腔譜・凡例》，頁 1b～2a，總頁 38～39。

（書一又字）很多；二、寫合唱處很多；三、不稱「折」、不稱「出」，而稱「回」；四、有曲牌而不用管與絃。〔註84〕

趙景深以爲這四點正是弋陽腔系統戲曲的特點，應該是沒有疑問的。趙氏又云：

第一點的重唱，我想就是幫腔，我們在川戲所看到的最多，那是由場面幫唱的。〔註85〕

今日在此地所見的川劇，也是由場面伴奏之人，一邊以人聲合唱，一邊又以鑼鼓幫襯，但這和劉廷璣《在園雜志》所謂的「後臺幫腔」不同（詳後）。〔註86〕劉廷璣乃清初人，所述資料應可採信，不過，後臺幫腔固爲實況，場面幫腔也未必不是明代即已存在的現象，由當時戲班人數之少來推斷，很可能是後臺其他演員與場面上伴奏人員同時合唱。不過限於資料記載不明，無法加以斷定。

幫腔之處，劇本多以「又」（如《和戎記》）、「重」（如《綵樓記》）或「疊」（如《目連救母勸善戲文》）書之，這些加唱的部分，對於曲牌格式而言，其實是一種破壞。任何一個曲牌的句數、字數都有一定，例如南呂過曲【五更轉】的格式，應是：

三、三、五、七、四、四、三、三、三、七、四、四。

而此調在《綵樓記》第九齣裏，卻作：

聞伊言，心腸碎。撲簌簌珠淚垂，如今始得知端的。自恨當初，一時不是。今日裡、瑞雪飄、紛紛的，教他冷冷清清在孤村裡。那破窰中教他如何存濟。（重）。〔註87〕

最後一句先由夫人唱一次，再由後臺（或場面）幫唱一遍，就曲牌格式而言，顯然多出了一句。而在百帝村所發現的《湧泉記》青陽腔劇本中，有一支【甘州歌】甚至還重唱了兩次：

提桶往江攬，浪又如山倒。（又又）。提起香羅裙，緊扣鞋兒小。向前來取水，險些兒滑跌倒。抽身起，恨怎消，羅裙脫下輕輕吊，將

〔註84〕趙景深：〈明代青陽腔劇本的新發現〉，《戲曲筆談》（上海：上海古籍出版社，1980〔1962〕年），頁93。

〔註85〕同前註。

〔註86〕劉廷璣：《在園雜志・弋陽腔》，卷3，頁89。

〔註87〕〔明〕闕名：《綵樓記》（上海：商務印書館，1955年《古本戲曲叢刊二集》影印北京圖書館藏舊鈔本），第9齣〈賞雪憶女〉，頁24b。

　　羅裙且搭在柳樹梢。〔註88〕

其中「浪又如山倒」一句就有兩次的幫腔。由此例還可得到另一論斷：幫腔的句子不必一定在一曲最後，也可以在一曲中間。此外，也有開頭即用幫唱的情形，如《十義記》二十八折的【金錢花】：

　　一家拜謝皇朝（重），願王聖壽彌高（重），今朝幸喜滅奸黨，從此後樂唐堯、收戰鼓、起童謠。〔註89〕

是首句即用幫腔之例。故知幫唱可穿插在一支曲牌的開頭、中間或結尾。而且從這裏可看出一曲之中幫腔不限一處，可有兩三句、甚至更多。不過第幾句要用幫唱並無一定，同一曲牌的幫唱之處未必一致。試比較《綵樓記》第五齣的兩支正宮過曲【雁過沙】，其一爲：

　　你看他形骸恁愚鹵，衣衫皆襤褸。我兒將身認他爲丈夫，如何作得收花主。論昭穆怎當家豪富，卻不道玷辱潭潭相府。

此曲未用幫腔，而第二首：

　　擇壻選賢郎，才貌兩相當。你怎生與他諧鳳凰，歸來玷辱芙蓉帳，不如再往層樓上，別選風流年少郎。（重）。〔註90〕

最後又須重唱一句。可見幫合唱破壞了曲牌對句數的嚴格規定，但也並未進一步發展成另一套新的曲牌格式。

　　弋陽諸腔的幫合唱法，與南戲中普遍使用的幕後合唱，應該有一定的關係。早期南戲的合唱，若未加細察將誤以爲即是崑腔的同場合唱，其實有時候舞臺上只有一個腳色，不可能是當場人物的合唱。這可以陸貽典鈔本《琵琶記》「吃糠」一段爲例，當時是由旦上唱【山坡羊】：

　　亂荒荒不豐稔的年歲，遠超超不回來的夫婿，急煎煎不耐煩的二親，軟怯怯不濟事的孤身己。衣盡典，寸絲不掛體。幾番要賣了奴身己，爭奈沒主公婆教誰管取！（合）思之，虛飄飄命怎期？難捱，實丕丕災共危！〔註91〕

第二支【山坡羊】最後也有「合前」。而當趙五娘唱這兩支曲子的時候，場上只有他一個腳色，蔡公蔡婆都還沒有登場，那麼這兩處「合」，當然是由後臺

〔註88〕引自趙景深：〈明代青陽腔劇本的新發現〉，頁97。

〔註89〕〔明〕闕名：《十義記》（上海：商務印書館，1954年《古本戲曲叢刊初集》影印上海圖書館藏明富春堂刊本），第28折，卷2，頁28b～29a。

〔註90〕闕名：《綵樓記》，第5齣〈潭府逐壻〉頁11b～12a。

〔註91〕高明：《新刊元本蔡伯喈琵琶記》，卷上，頁29b。

或場面上之人所唱。有的時候，在場腳色不止一人，但合唱部分依然由幕後擔任。這可以《張協狀元》第三十二出為例（分出據錢南揚校注本）。這場戲寫宰相小姐王勝花，一心想嫁給新科狀元張協，不料張協竟然拒絕了這門婚事，勝花小姐覺得很失體面，憂鬱成病。這幾支曲子寫她的內心活動，當時在場的還有她的父、母、侍婢，大家都在勸慰她，但她終於一病不起。劇中的「后」即是「貼」（詳見第四章第一節），扮勝花；外扮勝花母，淨扮侍婢，丑扮勝花之父：

> ……（后唱）
>
> 【雁過沙】那一日過絲鞭，道十分是好姻緣。前遮後擁一少年，綠袍掩映桃花臉，把奴家只苦成拋閃。（后低聲）被人笑嫁不得一狀元。（合）被人笑嫁不得一狀元。（外）
>
> 【同前】大凡事是姻緣，我孩兒莫憂煎。侯門相府知有萬千，讀書人怕沒為姻眷，料它每福緣淺。（后低聲）被人笑嫁不得一狀元。（合）被人笑嫁不得一狀元。（淨）
>
> 【同前】請娘子看看，請娘子笑一面。休得要兩眉蹙遠山，吃些個飯食渾莫管，好姻緣怕沒為方便。（后低聲）被人笑嫁不得一狀元。（合）被人笑嫁不得一狀元。（丑）
>
> 【同前】孩兒你休要淚漣漣，我與你報仇冤，終不怕它一狀元！張協授梓州為僉判。（后）苦！聽爹爹恁說腸欲斷，被人笑嫁不得一狀元。（合）被人笑嫁不得一狀元。〔註92〕

這段唱曲中，最值得注意的是「被人笑，嫁不得一狀元」這句唱詞。它在四段唱曲中一再重複出現，而且總是先由「后」低聲唱，再以合唱方式重複一次。這句唱詞寫的是勝花小姐的內心活動，也是她最感羞辱之事。因此，當她唱到此句時，劇本總特意提示「低聲」，那麼，當合唱重複這句唱詞時，究竟是誰在合唱呢？當然不可能是在場的父母侍婢這幾個腳色，因為他們連安慰她都來不及，那裏還會火上加油去羞辱她呢？因此，這裏的「合唱」，只可能是後臺（或場面之人）的合唱，而這正是典型的幫腔。弋陽腔保留早期南戲的唱法，是顯而易見的。

然而，這種唱法固然極具戲劇性，但若就表演藝術而言，恐怕是很難發展的。因為合唱必須有一定水準的專業技巧，而南戲每個戲班的人數都不多，演

〔註92〕錢南揚校注：《永樂大典戲文三種校注·張協狀元》，頁 151～152。

員常常要兼飾許多腳色，在這種情況下絕不可能組成一專業合唱團，後臺的幫腔只能由不出場的演員甚至伴奏人員臨時兼任，當然談不上什麼專業技巧，合唱的藝術一定不會太高。而到崑山腔興起之後，歌唱藝術雖大幅度提升，但是當時講究的是啓口輕圓、收音純細等獨唱的技巧，更何況生、旦、淨、丑等不同腳色也必須有不同的音色、唱法，甚至專用的曲子，音樂「性格化」的傾向愈來愈明顯，「合唱」當然也就更難提升水準。因此崑曲的歌唱藝術雖最爲突出，但對南戲的合唱卻未能保留繼承，只有同場合唱還存在著。而弋陽系聲腔卻不然，它們沒有絲竹相和，只有鑼鼓幫襯，因此幫合唱的形式是必須存在的，它不僅彌補了徒歌乾唱的單調，更以獨唱、合唱的結合交替，使演唱形式有豐富的變化，使獨唱中所表達的情緒，在幫合唱中得到引伸、得到渲染。同時，就演出場合與劇場形製而言，這種唱法也是必要的，在山邊水涯、曠野廣場的戲棚裏，只有喧天的鑼鼓與齊聲的幫唱，才足以聳動人心，才足以鎮壓場面。

三、滾　調

　　滾調是一種夾在曲文之間，用流水急歌的方式，使原有曲文加上一番解釋、引伸、發揮、詠嘆的特殊唱法；是弋陽系諸聲腔在演變形成的時期，爲迎合廣大觀眾而逐步發展出來的。

　　弋陽諸腔中，以青陽腔與滾調的關係最爲明確。萬曆元年所刻印的《新刻京板青陽時調詞林一枝》，封面扉頁有「海內時尚滾調」的字樣，可見青陽之特色正是滾調，也正因爲這種特殊的唱法，才使青陽腔成爲隆萬之際的「時調」。但「滾調」究竟由何而來呢？一般皆習知滾調乃弋陽系聲腔之特有唱法，但它與未變爲青陽、樂平等腔之前的「舊弋陽腔」有何關係？學者們的看法大致如下：

　　1. 傅芸子〈釋滾調〉有兩處提到「滾唱原爲弋陽腔之獨特唱法」，所據資料一爲前引王驥德《曲律》所謂「弋陽、太平之衰唱」，一爲《怡春錦曲》、《萬錦清音》二曲選中之弋陽調。〔註93〕但王氏《曲律》成書於萬曆三十八年（1610），而萬曆元年（1573）的青陽曲選《詞林一枝》已有滾調了；《怡春錦曲》及《萬錦清音》分別爲崇禎、順治刊本，當時滾調早已風行，弋陽腔自然也沿用其唱法。

〔註93〕傅芸子：〈釋滾調〉，《白川集》（東京：文求堂書店，1943 年），頁 139～172。

2. 錢南揚《戲文概論》認為滾調乃餘姚之特色，青陽乃餘姚之變化新腔，但並未提出任何證據。〔註94〕

3. 王古魯《明代徽調戲曲散齣輯佚》只說滾調在青陽調中醞釀成熟，而未說明滾調與舊弋陽腔之關係。〔註95〕

4. 葉德均〈明代南戲五大腔調及其支流〉以為徽州、青陽、太平等新腔先用滾唱，舊弋陽腔受其影響也改用新調。〔註96〕

但是，據《詞林一枝》封面扉頁書商葉志元所記，似是青陽腔原來也不用滾調：

> 《千家摘錦》，坊刻頗多，選者俱用古套，悉未見其妙耳。予特去故增新，得京傳時興新曲數折，載於篇首，知音律者幸鑑之。〔註97〕

「時興新曲」顯然是指滾調而言，查本書添有滾調註明「滾」字的《三桂記》等正是「載於篇首」；而既云「得京傳時興新曲」，可見青陽腔原也沒有滾調，滾調當是盛於京師、傳自京師的。京師與舊弋陽腔的關係相當密切，前引《南詞敘錄》即說弋陽「出於江西，兩京、湖南、閩、廣用之」，清初王正祥《新定十二律京腔譜・凡例》則云：

> 弋腔之名何本乎？蓋因起自江右弋陽縣，故存此名，猶崑腔之起於江左之崑山縣也。但弋陽舊時宗派淺陋猥瑣，有識者已經改變久矣。
> 即如江浙間所唱弋腔，何嘗有弋陽舊習，況盛行于京都者，更為潤色其腔，又與弋陽迥異。〔註98〕

可見盛行於北京的弋陽腔，曾經「有識者」之改變潤色，書商葉志元所謂的「京傳時興新曲數折」，正是指此而言，也就是滾調。如此說來，滾調乃是弋陽腔傳至北京後經變化潤色的新唱法，當青陽腔形成後，將其吸收並加強發展，遂風行一時，成為「海內時尚」。由此看來，弋陽之「變」為青陽等腔，應有兩個階段，先是方言與音樂的結合，繼而又有滾調的加入。而這兩種變化，都是因弋陽腔本身既有語言之適應性（「錯用鄉語」），又有板眼之靈活性，

〔註94〕錢南揚：《戲文概論・源委第二》，第4章第3節〈餘姚腔到青陽腔〉，頁60。

〔註95〕王古魯：《明代徽調戲曲散齣輯佚・引言》（上海：古典文學出版社，1956年），頁3～7。

〔註96〕葉德均：〈明代南戲五大腔調及其支流〉，《戲曲小說叢考》，頁35。

〔註97〕〔明〕黃文華輯：《新刻京板青陽時調詞林一枝》（臺北：臺灣學生書局，1984年《善本戲曲叢刊》第1輯影印日本內閣文庫藏萬曆間福建葉志元刻本），扉頁題記，總頁1。

〔註98〕王正祥：《新定十二律京腔譜・凡例》，頁3a～3b，總頁49～50。

才足以致之的。至於傳至京師的弋陽腔爲何會加入滾調，則可能與北曲有關。曾師永義〈北曲格式變化的因素〉一文曾指出北曲的「增句」具有「滾白」、「滾唱」性質，〔註99〕弋陽腔與北曲之關係早已爲人所注意，〔註100〕當它流傳入北京後，很可能吸收了北曲唱法的某些特色而形成滾調，當然此說過於大膽，還須詳查資料再加論斷，不過青陽腔原不用滾唱，吸收「京傳時興新曲」再加以發展的演變情形，則是無可懷疑的。

　　前述弋陽變爲青陽的兩個階段，和王古魯《明代徽調戲曲散齣輯佚》中對「青陽腔即是池州調」的考證，可以相互印證。〔註101〕和《青陽時調詞林一枝》同時，萬曆新歲還有一部曲選《崑池新調樂府八能奏錦》，「崑」自然是崑山腔，「池」則應爲池州調。明代青陽縣屬池州府，王氏以爲池州調即是青陽腔，萬曆初年，此一新調流行未久，尚無確定名稱，所以「池州」、「青陽」並稱；至滾調在青陽腔（即池州調）內醞釀成熟，「青陽」就成了這種新腔的正式名稱。《八能奏錦》並未標出「滾」字，滾調還不明顯，乃是池州調（即青陽）本來的面貌；《詞林一枝》篇首數折特別註明「滾」字，書內滾調增加不少，正是青陽腔（即池州調）向加滾方向發展的新形式；到了萬曆三十八年（1610）刊行《鼎刻時興滾調歌令玉谷新簧》，及萬曆三十九年（1611）刊行《新刊徽板合像滾調樂府官腔摘錦奇音》時，則直以滾調爲書名了。由此可見，滾調原是弋陽腔傳至北京後的變化唱法，萬曆初年爲青陽腔吸收並發展成熟，至萬曆三十八年左右，早已風行海內，而以「滾調」取代聲腔直接做爲書名了。

　　以上是青陽腔滾調的發展，至於其他弋陽系聲腔與滾調的關係，限於資料，無法一一確指。由前引王驥德《曲律》之文，可知太平腔係用滾唱；此外，王氏還稱弋陽、義烏、青陽、徽州、樂平、石臺、太平諸腔，「其聲淫哇妖靡，不分調名，亦無板眼，又有錯出其間，流而爲兩頭蠻者，皆鄭聲之最」。〔註102〕王氏既將諸腔並列，一齊批評，可見徽州、樂平等和青陽、太平的唱

〔註99〕曾師永義：〈北曲格式變化的因素〉，《說俗文學》，頁339。

〔註100〕「金元間始有院本，……院本之後，演而爲『曼綽』（原註：俗稱高腔，在京師者，稱京腔），爲『絃索』。曼綽流于南部，一變爲弋陽腔，再變爲海鹽腔。……絃索流於北部，安徽人歌之爲樅陽腔（原註：今爲石牌腔，俗名吹腔），湖廣人歌之爲襄陽腔（原註：今謂之湖廣腔），陝西人歌之爲秦腔。」見〔清〕嚴長明：《秦雲擷英小譜・小惠傳》（上海：上海書店，1994年《叢書集成續編・史部》第38冊影印清葉德輝輯《雙梅景闇叢書》本），頁10a～b，總頁756。

〔註101〕王古魯：《明代徽調戲曲散齣輯佚・引言》，頁3～4。

〔註102〕王驥德：《曲律・論腔調第十》，卷2，頁117。

法相同，都具有滾調特色。

當弋陽系諸腔採滾調唱法後，原有的幫合唱是否即逐漸被廢止？清初劉廷璣《在園雜志》卷三提到了這個問題：

> 舊弋陽腔乃一人自行歌唱，原不用眾人幫合；但較之崑腔則多帶白作曲，以口滾唱為佳。而每段尾聲仍自收結，不似今之後臺眾和作「喲喲囉囉」之聲也。江西弋陽腔、海鹽浙腔猶存古風，他處絕無矣。〔註103〕

劉氏所說的「舊弋陽腔」，是指嘉隆以來弋陽腔改革加滾後的唱法。不過此時雖已加入滾唱新腔，舊有的幫合唱卻未必廢止不用。就戲曲選本而言，萬曆新歲的《詞林一枝》有滾調也有幫唱（書又字），萬曆三十八、九年的《玉谷新簧》、《摘錦奇音》都是「滾」、「又」並見；就全本戲曲而言，《綵樓記》及山西萬全縣百帝村所發現的四平青陽腔劇本，也都是滾白、幫腔合用的，甚至《彩樓記》中還有滾調下書一「重」字之例（見下段）。是知幫合、滾調原不相悖，二者實可並存，為弋陽腔系統的聲腔做更豐富的變化。

滾調的語言結構，主要是五、七言韻文。偶而也有不用五、七言形式，而以接近口語的連串句子，一貫而下，以取其順口可誦。滾調的唱法，據前引王氏《曲律》所言，當是「流水板」，歌來必是纍纍如貫珠，一洩而盡。滾調以其用法而分，則有「加滾」與「暢滾」之別。「加滾」通常是在一支曲牌之中加入滾調，如《摘錦奇音》卷三《和戎記·昭君親自和番》的【點絳唇】：

> （旦）細雨飄絲，自幼在閨閫之中，那曾受這般樣風霜勞役。兄弟，還看見家鄉否？（末）啟娘娘，若是帶轉馬頭，還看得見。（旦）
>
> （滾）正是一步遠一步，離了家鄉多少路，今日漢宮人，明朝胡地婦。（唱）轉眼望家鄉，飄渺魂飛，只見漢水連天，黃花滿地愁思。
>
> 雁門關上望長安，縱有巫山十二難尋覓。〔註104〕

這是加滾最常見的形式。也有加於曲文之上的，如《玉谷新簧》卷四《琵琶記·蔡狀元牛府成親》的【鮑老催】：

〔註103〕〔清〕劉廷璣：《在園雜志·弋陽腔》（北京：中華書局，2005年），卷3，頁89。

〔註104〕〔明〕龔正我選輯：《新刊徽板合像滾調樂府官腔摘錦奇音》（臺北：臺灣學生書局，1984年《善本戲曲叢刊》第1輯影印明萬曆三十九年〔1611〕書林敦睦堂張三懷刻本），卷3下層，頁16a～b，總頁157～158。

（滾）天上已迎新進士，人間又赴小登科，大登科來小登科，狀元呵！何事不喜、
　　　何事不樂。勸相公

（唱）翠眉漫蹙。（滾）自古道姻緣、姻緣事非偶然，千里有玉藍田種，今生
　　　姻緣是線牽。

（唱）赤繩已繫夫婦足，芳名注定姻緣牘。（下略）〔註105〕

「暢滾」則是在曲牌之外，另外加唱大段滾調。例如《玉谷新簧》首卷《三
國記》的〈曹相霸橋獻錦〉，有一段獨立的滾調：

（滾調）惱得我怒沖沖似火燒，氣昂昂怒轉高，殺了敗國亡家禍根
　　　　苗，纔顯得治國安邦虎豹韜。〔註106〕

同書同劇〈周瑜計設河梁會〉也有一段獨立的暢滾：

（滾）常言道養軍千日用在一朝，東站站、西瞧瞧，稍有些兒動靜，
　　　仗爾報知，我的兒你把事關心緊緊防。（又）〔註107〕

這段雖非五、七言韻文，但也順口可歌。值得注意的是此段在原書中的字
體，刻得和曲文大小一樣，其間又夾雜了「常言道」、「我的兒」的帶白，
分明是被當作曲牌來處理的。而滾調最後書「又」字，可見幫腔也可施於
滾調之上。

　　「加滾」使得原本句數固定的長短句中，又夾雜了整齊的五、七言韻文，
對於曲牌結構而言，無疑是一種破壞，而「暢滾」則突破了曲牌聯套的規律。
曲牌聯套是由一支支曲牌聯綴而成，「滾調」卻不屬於曲牌。不過，這種特殊
的唱法，卻產生了新的節奏形式，使音樂所體現的情緒有更多層次的變化，
流水急歌、連珠而下的演唱方式，對於激切悲痛、豪壯奔放的情感，能作更
淋漓盡致的發揮。

　　滾調原是表演藝術的新發展，而它對戲曲文學也產生了相當的影響。若
以陸貽典鈔本《琵琶記》的五娘上京尋夫時所唱【月雲高】一曲與《摘錦奇
音》相比較，將可看出滾調對原曲文的解釋性與裝飾性：〔註108〕

〔註105〕吉州景居士輯：《鼎刻時興滾調歌令玉谷新簧》，卷4下層，頁3a～b，總頁
　　　　147～148。
〔註106〕同前註，卷1下層，頁11b～12a，總頁32～33。
〔註107〕同前註，頁3a，總頁15。
〔註108〕高明：《琵琶記》，卷下，頁15b；龔正我選輯：《新刊徽板合像滾調樂府官腔
　　　　摘錦奇音》，卷1下層《琵琶記‧五娘途中自嘆》，頁25a～b，總頁59～60。
　　　　按：《摘錦奇音》此曲牌名為【月兒高】。

陸貽典鈔本	摘 錦 奇 音
路途勞倦	路途勞頓，（滾）勞頓不堪言，心中愁萬千，回首望家鄉，家鄉漸漸遠。
行行甚時近	行行甚時近。那日起程之際，蒙太公賜我盤費，只說到京儘勾用，誰知出路日久，費用甚多。
未到得洛陽縣，那盤纏使盡。	未到洛陽城，盤纏都使盡。（滾）離家一月餘，行來沒了期，回首望孤墳，孤墳在那里？
回首孤墳	回首望孤墳。（滾）只見青山不見墳，回頭只見影隨身，
空教我望孤影	空教奴望孤影。
他那里誰秋采？	夫他那裡不偢保，
俺這里將誰投奔？	俺這裡無投奔，（滾）只見往來人似蟻，不見故鄉人。
正是西出陽關無故人	正是西出陽關無故人。（滾）路遠甚艱難，水宿與風餐，在家千日好，出路半朝難。
須信道家貧不是貧	須信家貧未是貧，果然路貧愁殺人。

如果細加比較，將可看出「勞頓不堪言」這四句滾，是對「路途勞倦」的渲染，末句「家鄉漸漸遠」又銜接了次句唱詞「行行甚時近」；第二段加滾，使原曲文「盤纏都使盡」和「回首望孤墳」兩句之間語義更加銜接連貫；第三段滾的補充銜接作用更加明顯，在曲牌格式限制之下，「回首望孤墳」與「空教奴望孤影」之間的意義很難貫串，這在詩詞之中是被允許的，而在戲曲中，卻嫌不夠明朗顯豁，必須有「只見青山不見墳，回頭只見影隨身」的滾調穿插，語氣才得完足；至於最後兩段滾，也同時兼有解釋及渲染的作用。由此例可以知道，滾調既能解釋曲文，又能發揮曲情，對戲曲文學的抒情作用，有很大的幫助。

四、重疊隻曲

弋陽系聲腔在音樂上的另一特色，是重疊隻曲、反覆歌唱的情形非常多。例如《香山記》十七出之套數：

【引】、【甘州哥（歌）】、【前腔】、【賺】、【降黃龍】、【前腔】、【前腔】、【前腔】、【滾】、【前腔】、【尾聲】、【前腔】。〔註109〕

〔註109〕〔明〕闕名：《新刻出像音註觀世音修行香山記》（上海：商務印書館，1955年《古本戲曲叢刊二集》影印北京圖書館藏明富春堂刊本），卷下，第17出〈修齋候駕〉，頁 3b～6a。

《高文舉珍珠記》第四齣〈施財〉：

　　　　【卜箅（算）子】、【玉胞肚】、【賽蘇州歌】、【前腔】、【前腔】、【前腔】、【警世歌】、【喬木香】、【前腔】、【駐雲飛】、【紅衲襖】、【前腔】。〔註110〕

《和戎記》第二折：

　　　　【女冠子】、【風入松】、【前腔】、【前腔】、【前腔】、【前腔】、【前腔】、【尾聲】。〔註111〕

同劇第三折：

　　　　【紅衲襖】、【陶（淘）金令】、【前腔】、【前腔】、【前腔】。〔註112〕

同劇第八折：

　　　　【泣顏回】、【前腔】、【前腔】、【前腔】、【催拍】、【前腔】、【前腔】、【前腔】、【前腔】、【尾聲】。〔註113〕

同劇十一折：

　　　　【紅繡鞋】、【前腔】、【前腔】。〔註114〕

同劇十八折：

　　　　【清江引】、【前腔】、【前腔】。〔註115〕

其他例證多不勝舉。其中如【耍孩兒】、【降黃龍】、【陶（淘）金令】等本不宜疊用，【尾聲】更是只能有一支，而弋陽腔聯套卻全不顧規律，隨意疊用，顯然保存了早期南戲聯套的習慣。反覆歌唱原是民間音樂的特色，由此正可顯示弋陽腔與民間文藝的深厚關係。

五、引子的改變

　　弋陽腔聯套還有一特點，就是常插入「五七言律」或「五七言句」。例如《高文舉珍珠記》第二齣，生甫登場時是唱【聲聲令】為引子，接唱「七言

〔註110〕〔明〕闕名：《新刻全像高文舉珍珠記》（上海：商務印書館，1955年《古本戲曲叢刊二集》影印北京圖書館藏明文林閣刊本），卷上，第4齣〈施財〉，頁5a～8a。

〔註111〕〔明〕闕名：《新刻出像音註王昭君出塞和戎記》（上海：商務印書館，1955年《古本戲曲叢刊二集》影印明富春堂刊本），上卷，頁2a～3b。

〔註112〕同前註，頁3b～5a。

〔註113〕同前註，頁17b～19b。

〔註114〕同前註，頁26a～b。

〔註115〕同前註，頁33b～34b。

律」四句，然後才自報家門；同劇第三齣外上場的情形也一樣，先以【轉仙燈】爲引，接念「集日句」。﹝註116﹞「集日句」據錢南揚《戲文概論》之說，或爲「舊」字簡筆「旧」之訛誤。﹝註117﹞不論其名義如何，一律都是五、七言四句詩，和標明「五、七言律」者並無不同。這四句韻文的作用很像上場詩，只是按刊印字體格式，可知是用唱而非唸的。有的本子甚至省略了引子，而以五七言律代替，例如同劇第十齣，末登場即以「七言句」代替引子，﹝註118﹞《古城記》第六齣，劉備也是以「五言律」出場。﹝註119﹞如此一來，引子的規律又被打破了，引子原來必須是固定的曲牌，才符合聯套的格式，而弋陽腔有時以四句詩代替，顯然是突破了曲牌聯套的限制。

以上是弋陽系諸腔在音樂上的特色，其中「幫合唱」及「滾調」，尤爲弋陽腔在戲曲音樂上的成就。正因爲這種音樂的特質，使弋陽腔的發展無須仰賴新的劇本，弋陽子弟可以幫腔及滾調將「傳奇家曲」進行「改調歌之」的工作。﹝註120﹞明代文人雖然競寫傳奇，作品多得不計其數，然而很少有人專門爲弋陽系聲腔編寫本子，不過弋陽腔的藝人們卻能借用劇本、改調歌之。所以在崑曲作家輩出、盛極一時之時，弋陽腔不但沒有受到威脅，反而能利用它們來供自己使用，還增添許多賓白、滾唱使劇情能發揚盡善以爭取觀眾，在曠野高臺上受到廣大群眾的歡迎。甚至使得「蘇州不能與角什之二三」，﹝註121﹞對萬曆以來士大夫「靡然從好」的崑山腔都造成了極大的威脅。而弋陽諸腔演出劇目的靈活性，原奠基於其音樂之特質。

至於出自會稽，成化、正德間已流行的餘姚腔，雖然在嘉靖時已流傳於「常、潤、池、太、揚、徐」等地，﹝註122﹞但其後就在戲曲史上失去了消息，直到明末《想當然》傳奇之首繭室主人〈成書雜記〉中，才又見餘姚之名目：﹝註123﹞

﹝註116﹞ 闕名：《新刻全像高文舉珍珠記》，卷上，第 2 齣〈自嘆〉，頁 1b；第 3 齣〈慶壽〉，頁 3b。

﹝註117﹞ 錢南揚：《戲文概論・源委第二》，第 4 章第 3 節，頁 59。

﹝註118﹞ 闕名：《新刻全像高文舉珍珠記》，卷上，第 10 齣〈勒贄〉，頁 20b。

﹝註119﹞ 「【五言律】(生)他覷我爲怨，我視他爲讎。(張)若逢老張手，性命總難留。」闕名：《新刻全像古城記》，卷上，第 6 齣〈偷營〉，頁 6b。

﹝註120﹞ 朱彝尊：《靜志居詩話》，卷 14，〈梁辰魚〉條，頁 430。

﹝註121﹞ 王驥德：《曲律・論腔調第十》，卷 2，頁 117。

﹝註122﹞ 見前引徐渭《南詞敘錄》、陸容《菽園雜記》及祝允明《猥談》。

﹝註123﹞ 《想當然》題盧枏作，祁彪佳在崇禎間作《遠山堂曲品》中已懷疑是「近時人

俚詞膚曲，因場上雜白混唱，猶謂以曲代言，老餘姚雖有德色，不
足齒也。〔註124〕

「雜白混唱」就是指滾白、滾唱，老餘姚在此既有德色，可見餘姚腔也有滾
調。但是僅此一條材料，我們無法進一步論斷餘姚腔是原來就有滾調，還是
在滾調已成「海內時尚」之後才加用滾唱的。餘姚腔是四大聲腔中資料最少
的，因其與弋陽腔同樣有著「俚詞膚曲」的特色，而且至少在明末這段期間
是用「雜白混唱」的滾調，所以附論於弋陽聲腔系統之後，不另立一節。

第四節　賓白的發展

　　元雜劇的歌唱藝術一枝獨秀，相形之下，賓白的重要性就較被忽視，《元
刊雜劇三十種》便省去了賓白而只印曲文。賓白在戲劇中的作用，是在南戲、
傳奇中才獲得充分的發揮。

　　南戲的唱腔與賓白，已能相互結合運用，例如成化本《白兔記》〔註125〕
咬臍郎射獵遇母的一場，旦飾的李三娘所唱【鴈過沙】一曲，便是通過賓白
來推動的：

　　（旦唱）【鴈過沙】銜內問我甚情懷？

　　（外白）甚情懷、甚情懷，因何跣足蓬頭挑水爲何來？

　　（旦唱）也曾穿著繡花鞋。

　　（外白）你敢是挑水街頭賣？

　　（旦唱）又不曾挑水街頭賣。

　　（外白）你敢是爲非作歹，趕你出來？

　　（旦唱）我貞潔婦人，怎敢做事歹？

　　　　筆」（頁 14）。清周亮工《因樹屋書影》卷一就指明是他的門人揚州王光魯所
　　　　作，托名於盧柟。（卷1，頁 31a～32a，總頁 295）

〔註124〕〔明〕繭室主人：〈成書雜記〉，〔明〕王光魯：《譚友夏批點想當然傳奇》卷
　　　　首（上海：商務印書館，1954 年《古本戲曲叢刊初集》影印北京圖書館藏明
　　　　崇禎間刊本），頁 1b。

〔註125〕成化年間刊印的《新編劉知遠還鄉白兔記》，是在 1967 年出土於上海嘉定縣
　　　　宣姓墓中。它的情節結構較爲簡練，全本不分出，文人潤色痕跡較少，它雖
　　　　還不能說完全保留元代南戲的原貌，但從排場、結構和曲文等方面看，可說
　　　　是繼《永樂大典戲文三種》之後所能見到的較完整的早期南戲劇本，因此我
　　　　們把它當作研究南戲的重要資料。

（外白）你曾嫁人家不曾？

（旦唱）從東床也曾入門來。

（外白）我曉的你□□坐家閨女招贅做女婿來，你那丈夫姓字名誰？

（旦唱）招的劉知遠潑喬才。

（淨白，唱住）衙內，他怎麼說我們老爹的名字？提個劉字就該死，
　　　　　坎頭！

（小外白）小王兒這廝胡說，天下只你家姓劉？那婦人，在說你爹
　　　　　娘可有？

（旦唱）我爹娘早死十六載。

（外白）爹娘以（已）死，誰人作賤？

（旦唱）哥哥嫂嫂忒毒害。

（外白）哥哥嫂嫂折剉你，你丈夫那去了？

（旦唱）九州安府投軍去。

（外白）九州安府投軍，曾生一男半女也不曾？

（旦唱）養得一子方三日。

（外白）三歲孩兒在於何處？

（旦唱）以（已）送爹行去。〔註126〕

通過咬臍郎（外）的步步追問，引起旦的回憶追述，由成婚、投軍、產子說
到送子，抽絲剝繭般地將劇情逐步推往高潮。其間還穿插了淨的科諢，製造
了些許的驚疑懸宕。如果沒有一問一答的相互激盪，這段唱的感人力量必定
削減許多，咬臍郎的做表也勢必無從發揮。這種技巧在明傳奇中仍繼續被使
用者，試看《琴心記》第八齣，司馬相如（生）琴音挑動卓文君（旦）時，
所唱的【蠻牌令】一曲：

（生唱）鳳兮倦家鄉往。

（旦白）鳳兮鳳兮歸故鄉，他自比了。

（生唱）欲尋伴遠求凰。

（旦白）遨遊四海求其凰，是乏配的了。

（生唱）奈無所相將為聘，豈今夕造斯堂。

（旦白）時未遇兮無所將，何期今夕兮升斯堂。說我家召他。

（生唱）喜絲蘿偷縈筵上，有嬋娟明豔閨房。

〔註126〕無名氏：《新編劉知遠還鄉白兔記》，頁41b～42a。

　　（旦白）有豔女兮在閨房，說著奴家了。

　　（生唱）室空邇，人邈異方，渺難從，毒我衷腸。（下略）〔註127〕
曲文中穿插了旦腳的念白，可使生旦雙方都有戲可做，場面氣氛也活潑多了。
除了編劇者愈來愈善用賓白，同時，在明代的戲劇理論方面，也已開始強調
賓白的重要性。王驥德《曲律》第三十四專論賓白，並指出「其難不下於曲」，
〔註128〕對戲劇家的重視賓白，有極大的啓發。李漁《閒情偶寄‧詞曲部》也
有〈賓白〉一節，與結構、詞采、音律等並列：

> 曲之有白，就文字論之，則猶經、文之於傳註；就物理論之，則如棟
> 樑之於榱桷；就人身論之，則如肢體之於血脈；非但不可相無，且覺
> 稍有不稱，即因此賤彼，竟作無用觀者。故知賓白一道，當與曲文等
> 視，有最得意之曲文，即當有最得意之賓白。但使筆酣、墨飽，其勢
> 自能相生。常有因得一句好白而引起無限曲情，又有因填一首好詞而
> 生出無窮話柄者，是文與文自相觸發，我止樂觀厥成，無所容其思議，
> 比係作文恆情，不得幽渺其說，而作化境觀也。〔註129〕

又提起「聲務鏗鏘」、「語求肖似」、「詞別繁減」、「字分南北」、「文貴潔淨」、
「意取尖新」、「少用方言」、「時防漏孔」等八項原則。〈演習部〉中也有〈教
白〉一節，指出「唱曲難而易，說白易而難」，「善唱曲者，十中必有二三；
工說白者，百中僅可一二」，並特別提出「高低抑揚」、「緩急頓挫」的教白要
領。〔註130〕可見李漁不僅肯定了賓白在劇本上的文學價值，更強調了它在表
演藝術上的重要性。彙集乾嘉老藝人黃旛綽表演經驗的《明心鑑》一書，也
特別提醒念白不可有「白火」及「口齒浮」的「藝病」。〔註131〕由此可見，念
白也已和歌唱、科介等地位相當，共同成為表演藝術中主要的一環了。

　　戲曲念白不同於口語說話，它必須合乎旋律、節奏。潘之恆〈劇評〉中
提到了五項評戲的標準，其中「五之嘆」，指的就是念白的抑揚詠嘆。〔註132〕

〔註127〕〔明〕孫柚：《琴心記》，毛晉編：《六十種曲》，第5冊，第8齣〈私通侍者〉，
　　　　頁24。

〔註128〕王驥德：《曲律‧論賓白第三十四》，卷3，頁141。

〔註129〕李漁：《閒情偶寄》，卷3，頁51～52。

〔註130〕同前註，卷5，頁104～108。

〔註131〕〔清〕黃旛綽：《梨園原‧明心鑑》，《中國古典戲曲論著集成》，第9冊，頁
　　　　14、15。

〔註132〕潘之恆：〈劇評〉，見〔明〕陶珽輯：《說郛續》，卷44，頁2a，總頁2057。
　　　　又題為〈與楊超超評劇五則〉，收入汪效倚輯注：《潘之恆曲話》，頁45。

再看王驥德《曲律》所說的：

> 句字長短平仄須調停得好，令情意宛轉，音調鏗鏘。雖不是曲，卻
> 要美聽。〔註133〕

《閒情偶寄·教白》節也說：

> 至賓白中之高低抑揚、緩急頓挫，則無腔板可按、譜籍可查，止靠
> 曲師口授。〔註134〕

可見賓白雖不是曲，但也必須有「高低抑揚、緩急頓挫」，也要調停平仄，使
「音調鏗鏘」，達到「美聽」的效果。也就是說，念白也有其音樂旋律，必須
是「韻白」，而不同於口語說話。

劇本的編寫和戲劇的理論，雖然都已相當重視賓白的運用及唱念的結
合，但藝人們對賓白所付出的關注與努力，顯然仍超出了作者及理論家。若
以《綴白裘》演出本與原劇本相比對，將會發現前者增益改動最多的就是賓
白。《綴白裘》是戲臺上通行的本子，增改的賓白無疑是藝人們長期舞臺實踐
累積的心得。例如《綴白裘》所收《牡丹亭》的〈叫畫〉選齣（原本齣目作
〈玩真〉）和原本最大的不同，在【尾聲】唱完念四句下場詩即結束，演出本
卻省略下場詩而增加一段道白：

> 呀，這裏有風，請小娘子裏面去坐罷。小姐請，小生隨後。豈敢！
> 小娘子是客，小生豈敢有僭？還是小姐請。如此沒，並行了罷！（下）
>
> 〔註135〕

這是多麼生動的下場，和原作的下場詩比起來，雖然有俗、雅之不同，但
對柳夢梅專情的刻畫，卻不啻是神來之筆。其中如《人獸關》的〈演官〉、
《浣紗記》的〈回營〉等，對賓白的改動都是很有名的例子（詳見第六章
第二節）。

此外，《綴白裘》還記錄了許多「蘇白」的資料，是一般刊本無法看到的。
淨丑用蘇白是崑山腔的特色，呂天成《曲品》及《遠山堂曲品》都曾指出蘇
白的詼諧效果。二書在《四異記》下分別註明：

> 淨、丑用蘇人鄉語，亦足笑也。〔註136〕

〔註133〕王驥德：《曲律·論賓白第三十四》，卷3，頁141。
〔註134〕李漁：《閒情偶寄》，卷5，頁104。
〔註135〕玩花主人編選，錢德蒼續選：《綴白裘·初編》，總頁188。
〔註136〕呂天成撰，吳書蔭校註：《曲品校註》，卷下〈新傳奇·沈寧菴所撰傳奇十七
　　　　本·四異〉，頁212。

淨、丑白蘇人鄉語，諧笑雜出，口角逼肖。〔註137〕

李漁卻主張「少用方言」，又指出「聲音惡習」：

> 花面口中，聲音宜雜，如作各處鄉語，及一切可憎可厭之聲，無非
> 為發笑計耳，然亦必須有故而然。如所演之劇，人係吳人，則作吳
> 音，人係越人，則作越音，此從人起見者也；如演劇之地，在吳則
> 作吳音，在越則作越音，此從地起見者也。可怪近日之梨園，無論
> 在南在北，在西在東，亦無論劇中之人生於何地，長於何方，凡係
> 花面腳色，即作吳音。豈吳人盡屬花面乎？〔註138〕

其實，象徵劇場中，劇中人物的籍貫並不具備任何意義，身分性格，才是演
員要通過任何一項表演藝術去努力塑造刻畫的對象，因此李笠翁所謂的「從
人起見」的考慮方向，應該沒有必要。淨丑腳色在戲曲中的地位最堪玩味，
他們時而是劇中人物，有時又可跳出劇中而與觀眾直接溝通，這種「雙面性
格」使淨丑和觀眾最為接近，他們時常以詼諧口吻提醒觀眾「戲即是戲！」
劇場的疏離感通常都是由他們所達成的，〔註139〕因此淨丑可說是在象徵與寫
實之分際上的人物，用蘇白——接近自然生活的語言——適足以加強這項特
質。而蘇白在表演上的局限，則在於外鄉人是否能聽懂，所以李笠翁所說的
「從地起見」是必須考慮的。《綴白裘》所收《水滸記》之〈活捉〉，付飾的
張文遠說的就是蘇白：

> （貼上）來此已是三郎門首，三郎開門。
>
> （付）祥大、阿香男兒呌，倒像有人拉吾叫門吓。
>
> （貼）開門。
>
> （付）吓，來哉。個星入娘賊姜進去就困著哉。罷，等我去自家開
> 　　　子罷。啊呀遙憐隔窗月，羅綺自相親。囉個譴？
>
> （貼）是奴家。
>
> （付）是奴家，個也有趣，我張三官人桃花星進子命哉，半夜三更
> 　　　還有啥奴家來敲門打戶。喂，奴家，你是囉吾個奴家嚧？
>
> （貼）我與你別來不久，難道我的聲音聽不出了麼？

〔註137〕祁彪佳：《遠山堂曲品・逸品》，頁9。

〔註138〕李漁：《閒情偶寄・演習部・脫套第五・聲音惡習》，卷1，頁110。

〔註139〕「疏離性」詳見曾師永義：〈中國古典戲劇的特質〉，《中國古典戲劇論集》，
　　　　　頁36～37。

（付）因會哉。個個生氣時嘗拉耳朵裡括進括出个，一時竟想弗
　　　起。

（貼）你且猜一猜。

（付）若是一个官客來門口叫我猜，我洛裡有個樣心相？那是奴家
　　　拉丟叫我猜，我只得猜渠一猜。吓，是哉！（唱）〔註140〕

張三官人的輕佻之氣，用蘇白能有很好的發揮。如果此時還用「韻白」，那就
不會達到直接動人的效果了。〈活捉〉在今皮黃班仍是常演劇目，吹腔、高撥
子夾雜使用，雖與舊本不同，但大體而言仍相去不遠，張三官人仍用蘇白，
往年每次演出都有非常突出的效果，只是年輕觀眾陸續進入劇場後，蘇白所
引起的詼諧趣味已大不如前。李笠翁所考慮的「演劇之地」，實在是很重要的
問題。

　　不過《綴白裘》中，還可看到一些蘇白運用不當的例子，例如《琵琶記》
之選齣〈訓女〉，在原著情節之外增加了大段蘇白，內容鄙俗不堪，其目的無
非是博取觀眾歡迎，但藝術價值就不值一提了。〔註141〕

　　弋陽系諸聲腔戲曲對於賓白的運用是勝過崑曲的。弋陽子弟借用崑曲劇
本時，除了以幫腔、加滾「改調歌之」之外，還有曲文之間加入了大量的獨
白、對白、甚至滾白，使情文更為周洽。蓋崑曲音樂旋律抒情性較強，一支
曲牌必須從頭至尾毫不間斷地歌唱，才能顯出其「流麗悠遠」的特質，因此
崑腔曲牌中插入賓白的不多，即使有也都很簡短，也多半不在曲文之內。《六
十種曲》如此，散齣選本如《怡春錦》、《歌林拾翠》等也很少插入賓白。而
徒歌乾唱沒有文場伴奏的弋陽腔則不然，若以《荊釵記》在《六十種曲》、《堯
天樂》及百帝村所發現的青陽腔劇本散齣相比較，則在曲牌之間加入大量賓
白顯然已成弋陽系聲腔一大特色。先抄錄《六十種曲》本《荊釵記》三十齣
〈祭江〉老旦所唱【風入松】一曲：

　　嘆連年貧苦未逢時，誰想一旦分離。我孩兒自別求科舉，怎知道妻
　　房溺水？但說來又恐驚駭我兒，絕不可與他知。〔註142〕

《新鋟天下時尚南北新調堯天樂》卷一下層〈官亭遇雪〉齣老旦唱的【風入
松】，曲文部分與前錄《六十種曲》的大致相同，但其中插入不少賓白：

〔註140〕玩花主人編選，錢德蒼續選：《綴白裘‧初編》，總頁 427～428。

〔註141〕同前註，《五編》，總頁 1899～1906。

〔註142〕〔明〕柯丹邱：《荊釵記》，毛晉編：《六十種曲》，第 1 冊，頁 94～95。

嘆當年貧苦未逢時，記得先君在日，何等安然，自從先君亡後，焉知到有今
日？兒去求名，指望榮宗耀祖、改換門閭。誰想人居兩地、天各一方了。我孩兒
一去求科舉，兒怎知道是妻房溺水？成舅，近前來，聽我囑咐你幾句。此
去到京，見了你的姐夫，自古道，寧可報喜，不可報凶！你千萬莫說起投江事
情，待說起又恐怕痛殺我孩兒，你休要說與他知。〔註143〕（按：加
底線處爲插入的賓白）

至於山西萬泉縣百帝村所發現的《荊釵記》青陽腔本第十二回〈行程〉的【風
入松】，則更複雜了：

（親母上唱清揚腔）嘆當年貧苦未遇時，豈知道一旦分離。我想我那
　　先君在世，門容車馬，戶納簪纓。不想我那先君去世，家業漸漸消滅，別
　　無一有。眞是人居兩地，天各一方。十朋孩兒求功名。似別人生下孩
　　兒，讀書做官，榮先耀祖，改換門閭，不似老身，生下十朋，一去求名，
　　竟不思歸。媳婦又去投江死。李成！

（李成）親母。

（母）此去若到那京城之地，見了你那不幸的姐夫，寧可報喜，莫可報憂了。成
　　舅呵，千萬莫說那投江事。

（成）說了怕怎麼？

（母）你若說起投江，豈不知你那姐夫，與你那姐姐，他乃是恩愛的夫妻，
　　聽說此言，必定把肝腸裂碎，血淚兒交流。成舅呵！怕只怕謔煞我那
　　嬌兒。囑咐你言詞須牢記，切莫說（又）與他知。〔註144〕

在曲文中增加的不僅是個人獨白，更有與李成的對白。一問一答之間，對於
人物心理的刻畫、情感的描寫，顯然更爲曲折、更爲細致。如此一來，「曲」
與「白」便不是各自獨立的表現，而是彼此聯繫、相互爲用、融爲一體的舞
臺藝術了。

　　弋陽腔除了滾調之外，還有「滾白」，這在《綵樓記》鈔本裏有明確的標
示。一般散齣選本如《玉谷新簧》等，都只註明一「滾」字，《綵樓記》則全
註「滾白」而無「滾唱」或「滾調」，但細繹其所謂「滾白」部分，並不全是

〔註143〕〔明〕殷啓聖輯：《新鋟天下時尚南北新調堯天樂》（臺北：臺灣學生書局，
　　　　1984年《善本戲曲叢刊》第1輯影印明萬曆間福建書林熊稔寰刻本），卷一
　　　　下層，頁45b，總頁94。
〔註144〕這個本子附在百帝村發現的《黃金印》之末，僅〈行程〉一回，但註明是「第
　　　　十二回」，轉引自趙景深：〈明代青陽腔劇本的新發現〉，《戲曲筆談》，頁98～99。

五七言韻文的滾調形式，有一半以上是散文句法且不協韻的賓白，可見名為「滾白」其實包括了滾白、滾唱兩部分，句式整齊且協韻的為滾唱，其他為滾白。例如第十齣【駐雲飛】曲中插入了以下數句，題為「滾白」：

> （滾白）一盞清泉一炷煙，我今拜送你上青天。玉皇若問凡間事，
> 蒙正的文章不值錢。〔註145〕

十二齣【步步嬌】曲文內插入：

> （劉千金滾白）雪花繚亂滿空飛，不見兒夫轉回歸。（白）呀！夫，
> 你回來了。（蒙正白）回來了。（劉千金滾白）遍身衣濕寒透骨，拖
> 泥帶水好孤恓。〔註146〕

這種七言的韻文形式，和曲選中「滾調」完全一致，應該屬於滾調、滾唱。而十一齣【宮娥泣】曲文中的：

> （滾白）欲待不去，怎奈我飢寒二字難免。〔註147〕

又第十齣【繡停針】曲文中的：

> （滾白）總受飢寒，乃是你我夫妻命該如此，焉敢埋怨你了，夫。
>
> 〔註148〕

則句法參差，又不押韻，當屬「滾白」。曾師永義在討論〈北曲格式變化的因素〉時，曾說：

> 「滾白」與「滾唱」其實很難分別，它們都是屬於「數唱」或「帶
> 唱」性質，介於賓白與歌唱之間，如果將其偏於賓白來說就是「滾
> 白」，如果將其偏於歌唱來說就是「滾唱」。而筆者認為不協韻之句
> 比較接近口白，協韻之句比較接近唱詞；故將「滾白」與「滾唱」
> 區分，以利說明。〔註149〕

此段討論的雖是北曲格式之變化，不過也能適用於弋陽腔。有韻的稱為滾唱，無韻的稱為滾白；前者以「流水板」快速歌唱，後者也具備「帶唱」性質。因此，「滾白」與普通賓白不同，而滾白、滾唱又都可以幫合唱重複一句。例如《綵樓記》第十齣【繡停針】一曲內，便有賓白、滾白之別：

〔註145〕〔明〕闕名：《綵樓記》（上海：商務印書館，1955年《古本戲曲叢刊二集》影印北京圖書館藏舊鈔本），第10齣〈蒙正祭竈〉，頁26b。
〔註146〕同前註，第12齣〈辨踪潑粥〉，頁37a。
〔註147〕同前註，第11齣〈木蘭遇齋〉，頁31b。
〔註148〕同前註，第10齣〈蒙正祭竈〉，頁29a。
〔註149〕曾師永義：〈北曲格式變化的因素〉，《說俗文學》，頁339。

　　……（劉千金白）聖賢之言怎麼丟棄在地？（滾白）書不曾悮人，
　　還是人的時運未到。貧者因書富，富者因書貴。你乃宦門之子，暫
　　時落魄，自有發達日子，憂慮怎的（重）了？夫，久已後（重）你
　　還靠詩書。（蒙正白）娘子，這會越覺寒冷起來了，你我背靠背坐一
　　坐。（仝唱）……〔註150〕

劉千金所說「聖賢之言怎麼丟棄在地」乃是一般的「白」，而由「書不曾悮人」
一直到「久已後（重）你還靠詩書」一大段，則是「滾白」，顯然可見，「白」
與「滾白」的句法形式雖然區分，但「念」的技巧必有不同。一般的賓白，
念時必須調停平仄、音調鏗鏘，而滾白「唱」的意味必定更為濃厚。劉千金
滾白中有一不可忽略的現象，就是在「憂慮怎的」及「久已後」之下，各出
現了一個「重」字，這正是「幫腔」，如果「滾白」沒有濃厚的歌唱性質，是
不可能施以幫腔的。同時，《綵樓記》中還有許多「同滾白」、「合滾白」之例，
如第十齣【碧玉簫】有：

　　（同滾白）想你我夫妻，今在窰中，受這般苦楚，衣不能遮身，食
　　不能充口，大雪紛紛，嚴寒天氣，還講甚麼新舊了？（重）〔註151〕

若只是一般的賓白，又何須「同」念呢？可見即使是句法參差、又不協韻的
滾白，也有歌唱意味。不過，它終究不是「唱」，故仍置於此節。弋陽腔曲文
之中所增的大量賓白及滾白，使劇情更加生動，人物的內心活動也借此而得
到充分的表白。因此，弋陽腔在演唱藝術上的成就雖不及崑腔，但唱與念的
結合運用則較崑腔猶有過之。

〔註150〕闕名：《綵樓記》，第 10 齣〈蒙正祭竈〉，頁 28b～29a。
〔註151〕同前註，頁 27b。

第六章　科介與砌末

　　「科介」指的是表情與身段，元雜劇以「科汎」稱之，明傳奇則多用「科介」。徐渭《南詞敍錄》有云：

　　科：相見、作揖、進拜、舞蹈、坐跪之類，身之所行，皆謂之科。
　　今人不知，以諢爲科，非也。

　　介：今戲文於科處皆作介，蓋書坊省文，以科字作介字，非科、介
　　有異也。〔註1〕

徐氏之說還有待補充修正，「介」疑與「開」字有關。徐氏於同書中曾解釋過「開呵」：「宋人凡勾欄未出，一老者先出夸說大意以求賞，謂之開呵。今戲文首一出謂之開場，亦遺意也。」《元刊雜劇三十種》也屢見「駕上開一折了」、「正末扮上開」、「等霸王上開一折下」〔註2〕等說明，「開」顯然有表演開始之意，與動作關係密切，「介」疑即「開」省文「开」之訛變。省文、訛誤之例，俗文學中爲常見，惟「開」、「介」是否也屬此類，還有待進一步研究。至於徐氏所謂「身之所行，皆謂之科」，也未能涵蓋科介之義。譬如傳奇中常見的「旦驚喜介」、「旦作羞介」、「生恨介」、「生遲疑介」等，面部表情顯然也屬科介範圍。本文所謂之科介，即兼取面部表情與身段動作二義。

　　「砌末」一詞在王靜安先生《宋元戲曲考》中曾論及，王氏引焦理堂《易餘籥錄》卷十七論砌末一節而加案語云：

　　　案宋無名氏《續墨客揮犀》卷七云：「問：今州郡有公宴，將作曲，

〔註1〕　徐渭：《南詞敍錄》，頁246。
〔註2〕　依次見於《薛仁貴衣錦還鄉》楔子、《岳孔目借鐵拐李還魂》第一折、《蕭何月夜追韓信》第二折，鄭騫校訂：《校訂元刊雜劇三十種》，頁211、259、368。

伶人呼細末將來，此是何義？對曰：凡御宴進樂，先以弦聲發之，
然後眾樂和之，故號絲抹將來。今所在起曲，遂先之以竹聲，不唯
訛其名，亦失其實矣。」又張表臣《珊瑚鉤詩話》卷二亦云：「始作
樂必曰絲末將來，亦唐以來如是。」余疑砌末或為細末之訛，蓋絲
抹一語，既訛為細末，其義已亡，而其語獨存，遂誤視為將某物來
之意，因以指演劇時所用之物耳。〔註3〕

可見砌末是演劇所用之物，如金銀、文書、行李、酒壺、燈籠、雨傘、刀鎗、
馬鞭、船槳等皆屬之。本章將分〈科介之特色與功能〉、〈明傳奇科介之發展〉
及〈科介與砌末之結合〉三節論述。

第一節　科介之特色與功能

　　古典戲曲舞臺，除了偶而出現的砌末之外，幾乎都是空無一物的。在空
曠的舞臺上，演員勢必以虛擬的身段進行表演。劇本中大量出現的「開門介」、
「扣門介」、「關門介」、「登樓介」、「下樓介」、「捲簾介」、「登舟介」等動作
提示，全靠演員的虛擬動作以完成。這種表演方式，藉著藝人們代代相傳，
至今仍保存於氍毹之上。「虛擬」是從實際生活出發，是以日常生活的動作為
藍本，但是，並非照樣的模擬仿製，而是將日常動作化為舞蹈身段。中國傳
統戲曲是一項綜合藝術，其源頭不止一端，舞蹈即是其中之一，而且是極重
要的一環。任何一部戲曲史，在探討戲劇的起源及發展時，都不會忽略「蘭
陵王」、「代面」、「缽頭」、「踏謠娘」這些帶故事性的歌舞表演，載歌載舞的
表演型態，可說是其來自古的。到了明傳奇演出時，對於每一個姿態、動作，
莫不嚴格要求圓轉靈活，由《審音鑑古錄》中所錄乾隆時代老伶工孫九皋的
《荊釵記·上路》身段，可以看出，即使僅是一個「看」的動作，也必須「右
肩高、左肩低、紐（扭）身慢看至左上地」；即使僅是一個「指」的動作，也
必須「左手捏拳垂背後，右手捏杖隨意直指左上、看左介」，〔註4〕雙手配合，
身軀亦須之扭轉，這那裡是日常生活中的動作？這是舞姿，是美化的舞姿，
而且是經過誇張的舞姿。誇張並不是把生活中的自然動作放大若干倍，而是
把自然動作去蕪存菁、高度提煉、重新創造。在這精煉的過程中，則因腳色

〔註3〕　王國維：《宋元戲曲考·元劇之結構》，《王國維戲曲論文集》，頁 121～122。
〔註4〕　闕名輯：《審音鑑古錄》，總頁 320。

不同而使動作有性格化趨向。爲了誇張強調各類型人物動作上的特徵，因此各行當的身段也各具特色。英雄霸王、威武挺拔，閨閣佳人、秀麗婉約，因此淨腳與旦腳的身段自然有所區分：《千金記》的項羽是「振臂登場，龍跳虎躍」；〔註5〕潘之恆讚美的王仙度則是「其進若翔鴻，其轉若翻燕，其止若立鵠」，〔註6〕如飛鳥般的輕巧靈活；《紅梨記》中的謝素秋，必須「常存弓鞋窄窄、嫩柳腰身，要做出汗流兩頰、氣喘腰胵，方像走不動行逕」；《荊釵記》的錢玉蓮要「行動止用四寸步，其身自然嬝娜，如脫腳跟一走，即爲野步」，而劇中之中年媒婆，則「走路要俏」（同上）。〔註7〕當然，日常生活中彼此行動、步伐上的差異決不至於如此明顯，但是，戲曲中的動作，不僅要「摹擬其形」，更要「攝取其神」，必須捕捉住劇中人最突出、最具典型的性格特徵，通過虛擬身段，再予以誇張強調、舞蹈美化，方能造就舞臺上的生動形象。而這些生活中的動作，經過長期的琢磨洗煉，逐漸形成一套固定的表演方式，逐漸「程式化」了。例如「起霸」原是《千金記》裏的一齣，演霸王穿戴盔甲披掛的過程，原是一齣戲裏特定的身段，後來卻因效果良好而被普遍用於其他的戲劇裏，成爲程式化的動作，用以象徵整飾戎裝。又如《審音鑑古錄》中隨處可見的「攤手式」、「回顧式」、「急駭式」、「將袖甩地作吹塵式」等，也都是程式化的動作，分別象徵不同情感。不過程式化並非僵化，在程式之中仍應分辨性格、演出性格。例如《紅梨記》的〈草地〉齣，謝素秋與花婆行路時，兩旦走法要「或前或後，或正或偏，或對面做，或朝外訴」，而不要硬套「走三角」的程式。〔註8〕《西廂記》的慧明（或作惠明），也切不可與綠林大盜身段相犯，《審音鑑古錄》此齣尾批云：

> 俗云〈跳慧明〉，此劇最忌混跳。初上作意懶聲低，走動形若病體，後被激，聲屬目怒，出手起腳俱用降龍伏虎之勢，莫犯無賴綠林身段。〔註9〕

由程式中演出性格，也就是說「程式化」和「性格化」必須同時兼備。因此，古典戲曲的科介特色雖有「虛擬性」、「舞蹈化」、「跨張性」、「性格化」、「程式化」、「象徵性」六項，但這六點是相輔相成、融爲一體的。

〔註5〕　焦循：《劇說》，卷6，頁200。
〔註6〕　潘之恆：〈與楊超超評劇五則〉，汪效倚輯注：《潘之恆曲話》，頁45。
〔註7〕　闕名輯：《審音鑑古錄》，總頁360、239、240。
〔註8〕　同前註，頁360～361。
〔註9〕　同前註，頁653。

戲曲身段與舞蹈、雜技的淵源深厚、關係密切、不容忽視。中國古典戲劇可說是一項高度綜合藝術，舉凡詩歌、音樂、舞蹈、雜技、說唱等，莫不為其構成之因素。這些條件由獨立發展而至彼此交流、滲透、融合的過程，也正是一部中國戲劇的發展演進史。當我們追溯戲劇的起源與形成過程時，除了上述的「踏謠娘」等舞蹈之外，雜技也是不容忽略的一環。舞蹈與雜技，對於戲曲的科介有極大的影響。

漢代的「百戲」，是各類雜要技藝的總稱，包括了角觝、扛鼎、尋橦、沖狹、跳丸、鸞濯、走索、吞刀、吐火等等，其中的「東海黃公」，更是具有故事性的角觝技藝。宋雜劇也是百戲競陳的，在勾闌內作場的，除了戲劇之外，還包括各類雜技。孟元老《東京夢華錄》中〈駕登寶津樓諸軍呈百戲〉一條所記載的技藝有「皷子」、「撲旗子」、「上竿」、「打筋斗」、「蠻牌」、「抱鑼」、「硬鬼」、「舞判」、「啞雜劇」、「七聖刀」、「歇帳」、「抹蹌」、「變陣子」、「扳落」、「村婦村夫相毆」、「諸軍雜劇」、「露臺弟子雜劇」等，〔註10〕其中除「啞雜劇」或「雜劇」已為表演故事的戲劇形式外，其他各項則大抵為舞蹈、武技；吳自牧《夢梁錄》在〈百戲伎藝〉條記載南宋淳祐至咸淳年間臨安的百戲伎藝，所包括的有「打筋斗」、「踢拳」、「踏蹺」、「上索」、「打交輥」、「脫索」、「索上擔水」、「索上走」、「裝神鬼」、「舞判官」、「斫刀蠻牌」、「過刀門」、「過圈子」等，也以舞蹈及武術特技為主。正因為中國戲劇在孕育時期乃至於發展過程中，始終都和雜技、舞蹈相依相存、同場演出，經過長時期的相互學習與彼此交流，戲曲動作的舞蹈與雜技的穿插遂成為中國戲曲的特殊表現形式。這種現象可以南戲《張協狀元》中的片段為例，淨和末扮二客商，淨向末誇耀自己的本領：

（淨使棒介）這個山上棒，這個山下棒，這個船上棒，這個水底棒。

　　　這個你吃底！

（末）甚棒？

（淨）地，地頭棒。

（末）甚罪過！

（淨）棒來與它使棒，鎗來與它刺鎗。有路上鎗、馬上鎗、海船上鎗。如何使棒？有南棒、南北棒，有大開門，有小開門。賊若來時，我便關了門。

〔註10〕孟元老：《東京夢華錄》，頁42～43。

（末）且是穩當。

（淨）棒，更有山東棒，有草棒。我是徽州婺源縣祠山廣德軍鎗棒
　　　部署，四山五岳刺鎗使棒有名人。〔註11〕

當淨正在得意揚揚地炫耀之際，丑扮的五雞山強人登場，三兩下便把淨打敗
並劫走了包裹。這場戲雖是詼諧取笑的穿插，但可說明它和當時的雜技已有
所牽合，甚至那些念白也很像是雜耍藝人的開場白。不但如此，四十八出（分
出據錢南揚校注本）還有淨扮柳耆卿與丑扮王德用相見的一場：

（淨）耆卿也吟得詩，做得詞，趓得烘兒，品得樂器，射得弩，踢
　　　得氣毬。

（末）那些個浪子班頭。

（丑）記得那一年射弩子好。

（淨）最知節措。佐弩須要看箭後，搭箭不要犯它人，幾番花範還
　　　依得，十場賭賽九場輸。

（丑）那得一年踢氣毬，尊官記得？

（淨）相公踢得流星隨步轉，明月逐人來。記得耆卿踢個左簾，相
　　　公踢個右簾。耆卿踢個左拐。

（丑）當職踢個右拐。（淨丑相踢倒介）〔註12〕

「蹴球」是當時流行的雜耍項目，也被吸收到戲劇中來了，藝人們必須學會
這項技藝，才能演好這場戲。又如《宦門子弟錯立身》，寫一官家少爺，爲了
追求一名女戲子，自願投身流動戲班做一路歧人，劇中有他向戲班管事訴說
自己才能的唱腔：

【（麻郎兒）么篇】我舞得、彈得、唱得。折莫大擂鼓吹笛，折莫大
　　　裝神弄鬼，折莫特調當撲旂。

【天淨沙】我是宦門子弟，也做得您行院人家女壻。做院本生點個
　　　《水母砌》，拴一個《少年游》，吃幾個揝心擷背。〔註13〕

由此可知，當時演劇的藝人，必須具有裝神弄鬼、調當撲旂、揝心擷背等技能，
也必須能演《水母砌》之類的武打戲。由於戲劇與雜技的穿插交融，因此雜
耍武技已成爲藝人們必須演練的基本功夫，否則，他們對這類腳色的扮演，

〔註11〕錢南揚校注：《永樂大典戲文三種校注・張協狀元》，第8出，頁43。
〔註12〕同前註，頁197～198。
〔註13〕錢南揚校注：《永樂大典戲文三種校注・宦門子弟錯立身》，頁245。

便將不能勝任。

北曲雜劇的搬演，並不是四折一氣呵成、單獨做場的，在折與折之間，還穿插了雜耍、歌舞等其他技藝的表演。臧懋循改訂《還魂記・寇間》折眉批云：

> 臨川此折在急難後，蓋見北劇四折止旦末供唱，故於生旦等皆接踵登場。不知北劇每折間以爨弄隊舞吹打，故旦末常有餘力；若以概施南曲，將無唐文皇追宋金剛、不至死不止乎？〔註14〕

又《馬哥孛羅遊記・元世祖曲宴禮節》云：

> 宴畢撤案，伎人入：優戲者、奏樂者、倒值者、弄手技者，皆呈藝於大汗之前，觀者大悅。〔註15〕

可見戲劇與吹打、百戲是同時相間演出的。而這種情形，還一直延續到明代，由前章所引顧起元的《客座贅語》卷九〈戲劇〉條中，可看出明代萬曆以前，演「北曲大四套」者，中間仍「錯以撮墊圈、舞觀音，或百丈旗，或跳隊子」。這當然和前述漢唐以來歌舞、雜伎、戲劇等同場演出的傳統有關，而又直接受到宋雜劇夾於隊舞中表演的風氣影響。雜伎、歌舞等雖然偏重技藝的表演，但因部分節目已具故事性，且已是通過人物或鬼神的裝扮而進行表演，顯然已與戲劇的特質逐漸接近，那麼，它們爲戲劇所吸收運用，作爲某類人物或某項情節的特殊表現，便是十分自然的事。例如，《氣英布》第三折的「樊噲扯架子科」、第四折的「正末扮探子執旗打搶背上」，《小尉遲》第三折的「做調陣子科」，《馬陵道》第一折的「卒子擺陣科」等，都可證明雜技已與劇情發展相結合，成爲表達劇情的方式之一了。

明傳奇對於舞蹈、武技的運用，在南戲、雜劇的基礎之上，有更進一步的發展。明李日華《紫桃軒雜綴》云：

> 古歌變爲胡曲，既已絕響，而舞尤失傳。令優人走三方、擺陣、跌打之類，皆有遺意。〔註16〕

指出了走三方、擺陣、跌打等身段與舞蹈雜技的關係。目連戲中雜耍武技的穿插，更是有名的例子。上編曾引《陶庵夢憶》卷六〈目蓮戲〉一條，記載

〔註14〕臧懋循改訂《還魂記・寇間》眉批，引自曾師永義：〈元人雜劇的搬演〉，《說俗文學》，頁377。

〔註15〕〔義〕馬哥孛羅撰，張星烺譯：《馬哥孛羅遊記・元世祖曲宴禮節》，轉引自曾師永義：〈元人雜劇的搬演〉，同前註。

〔註16〕李日華：《紫桃軒雜綴》，卷3，頁299。

戲中有「度索、舞絙、翻桌、翻梯、斛斗、蜻蜓、蹬罎、蹬臼、跳索、跳圈、竄火、竄劍」等特技表演，〔註17〕由《目連救母勸善戲文》劇本中，還可看到更清楚的動作提示。此劇上卷第九折〈觀音生日〉，先由小生扮善才童子，旦扮龍女，唱念後，作「舞拜介」，然後由貼扮觀音上場。接著觀音顯示神通，相繼變幻成飛禽、走獸、武將、文人、長身、矮體、魚籃、千手等形相，分別由「淨扮鶴上舞介」、「丑扮虎上舞介」、「外扮武將上舞介」、「末扮道士上舞介」、「淨生接長人上舞槍介」、「外扮矮僧打鉢上走介」、「占提魚籃執柳枝舞介」、「先用白被折縫，占坐被下，內用二三人伸手自縫中出，各執器械作多手舞介」，這場戲分明是由「舞觀音」再加上「舞槍」、「走矮子」等武功身段而成的。〔註18〕阮大鋮《雙金榜》傳奇的〈燈遊〉一齣，有「鬧滾燈」、「跳竹馬」、「舞梨花槍」，〔註19〕《牟尼合》的〈競會〉齣有「回回跳獅子」、「盤槓子」、「走馬賣解」，〔註20〕《春燈謎》的〈轟謎〉也有「跳舞龍燈」，〔註21〕都是把民間流行的雜技參合到戲劇中的例子。至於傳奇中屢見不鮮的戰爭場面，更需有武術根底的演員才能勝任。而雜耍武技在明傳奇中，不只是排場的穿插，還能進一步地與舞蹈結合，更充實了戲劇中的身段動作，無論在文戲或武戲中，都成爲表現人物性格與戲劇氣氛的方法之一。《寶劍記》之〈夜奔〉的身段，早已不止於舞蹈，而已近乎武技；《麒麟閣》之〈揚兵〉齣，已有耍鞭特技與唱腔、舞蹈的融合；至於《水滸記》的〈殺惜〉、《義俠記》的〈殺嫂〉、《翠屏山》的〈殺山〉與《一捧雪》的〈刺湯〉等齣，其主角如閻婆息、潘金蓮、潘巧雲、雪艷等，雖都是不諳武術的文弱女子，但也在「刺殺」的一刻展現了摔打跌撲等動作。舞蹈與武技融合，使得戲曲「科介」的難度提高了，也使得「科介」更繁複可觀。

　　前文提到戲曲舞臺上除了簡單的砌末外，幾乎都是空無一物、不設布景的，不過，「布景」並不等於「景」，布景只是表現景的方式之一，沒有布景並不表示無景。傳統戲曲一般不用布景來表現景，而由演員的表演中產生景，

〔註17〕張岱：《陶庵夢憶》，卷6，頁72。
〔註18〕鄭之珍：《新編目連救母勸善戲文》，卷上，第9折〈觀音生日〉，頁24b～25b。
〔註19〕阮大鋮：《詠懷堂新編勘蝴蝶雙金榜記》，卷上，第7齣〈燈遊〉，頁19a～19b。
〔註20〕阮大鋮：《遙集堂新編馬郎俠牟尼合記》（上海：商務印書館，1955年《古本戲曲叢刊二集》影印北京圖書館藏明崇禎刊本），卷上，第4齣〈競會〉，頁10b～11b。
〔註21〕阮大鋮：《詠懷堂新編十錯認春燈謎記》，卷上，第8齣〈轟謎〉，頁22b。

科介，尤為表現景最有力的方式。景，就是劇情的地點，在演員還沒有登場之前，舞臺是不表示任何具體環境的；而當演員展開了動作，舞臺才明確指示著某一個特定空間。若要改變劇情地點，也無須閉幕換景，一切都隨著演員的表演而產生、而轉變、而消失。這種表現法，使得舞臺空間的處理具備高度的靈活性，有利於從更廣闊的角度反映人生，也利於集中戲劇行動，來加強戲劇性。試看《詩賦盟》傳奇第五齣〈訂盟〉，先是小姐與婢女一同登樓、憑欄四望，接著「生騎馬獨行上」，抬頭望見了小姐，遂「住馬介」，又「叩門介」，女婢作下樓身段並「開門介」，隨之來往上下於繡樓與門首，為生旦傳話數回，終於「下樓請生上，揖介」、「旦扇遮答禮介」生旦相見見禮，而後以【尾犯帶芙蓉】集曲盟誓定情。一曲甫畢，卻有「丑急跑上」，急忙尋生回府，引起「生驚下樓」、「扯生上馬介」、「丑摔馬走，生趕馬騎介」、「回顧樓上別介」等一連串的動作。〔註22〕在這短短一齣中，至少出現了繡樓、門庭與街道三場景，而這些景是由演員以身段創造出來的。當演員「登樓介」，則舞臺代表樓上；當演員「騎馬獨行上」，則舞臺空間又被拉長伸展，顯示縣延的道路；當生「住馬介」、「叩門介」，舞臺環境又被固定在小姐家門首。這些動作雖有砌末輔助，但仍是虛擬的。不過，虛擬動作也必須精確嚴格，女婢幾番上下樓、開關門都必須在同一地點，不能忽左忽右、變換方位；丑急上叩門之處，也必須尺寸準確，以免亂了位置。再看《一捧雪》十一齣〈搜邸〉，演嚴世蕃（淨）率領校尉至莫懷古（生）家中搜索一捧雪，二人先在廳堂答話，繼而嚴世蕃直入中堂搜杯：

　　（淨攜生手同入，雜跟進介）

　　（淨）這里想是中堂了，眾人們尋著！

中堂尋不著，又入臥房：

　　（淨又行介）

　　（淨）這壁廂想是臥房了。〔註23〕

臥房內也尋不著一捧雪，嚴世蕃只得再轉回廳堂。同一舞臺面，忽而廳堂、忽而中堂、忽而臥房，全由演員「行介」再加上說白而予以指示。而莫成（末）預先藏杯的情節又如何表現呢？

　　（雜嚷介）嚴爺到。（生作忙出迎淨介）

〔註22〕張琦：《詩賦盟傳奇》，卷上，第5齣〈訂盟〉，頁15a～18b。

〔註23〕李玉：《一笠庵新編一捧雪傳奇》，卷上，第11齣〈搜邸〉，頁41a。

　　（末背云）奇怪得緊，嚴爺平日再三請他不來，今日爲甚到此？（看
　　　　介）面上都是怒容，卻是爲何？（頓足介）呀！我曉得
　　　　了！（急向内奔下）〔註24〕

當莫懷古慌忙迎接嚴爺之際，作者安排莫成一個「背躬」。打背躬時演員通常
舉一手以擋住臉部，面向觀眾進行唱或念，表示劇中人獨自思考的內心活動。
只要一個手勢，就能解決許多舞臺調度的問題。莫成在背躬之後，急忙奔向
後臺，這裏是以後臺爲臥房，而嚴爺搜杯時，則以舞臺面爲臥房，不過這種
不統一是無礙的，因爲這對表演有利。在風波將起之前，先讓莫成背躬獨白、
急奔下場，觀眾或已猜到他的動向，但仍留有幾許懸疑意味，使人無法確定
嚴爺搜杯是否會有結果，而莫懷古也能有「呆介」等表情可做。〔註 25〕嚴爺
由客廳搜至中堂、尋至臥房，也不必下場或閉幕，以免破壞一氣呵成的緊張
氣氛。「背躬」的使用，不僅明白道出了莫成的心理反應，也使舞臺調度靈活
方便，才能集中戲劇行動以推展高潮。

　　戲曲舞臺上的景是無形的，是在直接描寫人物的行動的過程中被表現出來
的。是演員創造的結果，也是觀眾想像力活耀的結果。觀眾在欣賞過程中，也
是透過人物的主觀世界去看他周圍的客觀世界，因此，這種景，也都染上了人
物的情緒色彩。《審音鑑古錄》所載《荊釵記》的〈上路〉一齣，末尾曾註明：

　　　　此齣乃孫九皋首創。身段雖繁，俱係畫景。惟恐失傳，故載身段。
　　　〔註26〕

其實，這齣的身段不僅是「畫景」而已，試看【八聲甘州】之「籬畔花」三
字身段：

　　　　外轉身對正下場，左足踏出，左手抓臍下衣，用雙膝夾住，右手捏
　　　　杖，鞠身縮頸，扛辮肩、縐鼻眼、笑容堆、作拙幻看式，左一指靠
　　　　鼻勾指樹科。〔註27〕

這些動作不僅是描寫外在景色，同時也正是抒發內心情感，把人物喜悅的心
情和一路上美麗的景色巧妙地融合在一起，這也可稱作一種「情景交融」。又
如《審音鑑古錄》所收《荊釵記》之〈參相〉齣，小生飾王十朋，淨飾宰相：

〔註24〕同前註，頁 39b～40a。
〔註25〕同前註，頁 41a。
〔註26〕闕名輯：《審音鑑古錄》，總頁 324。
〔註27〕同前註，頁 321。

（小生）老師相有何台諭，晚生洗耳恭聽。

（淨）這箇，咳，老夫年過五旬，止生一女，小字多嬌。我欲招你
　　　為壻，不用選財納禮，目今便要完婚。

（小生）深蒙老師相不棄微賤（淨弄茶挑看杯內介），感德多矣。

（淨）（看杯中笑弄茶匙式）哎呀呀！

（小生）奈晚生已有寒荊在家，不敢奉命。

（淨）（聽，停茶匙提高落茶匙，落右手在右膝，衝身看生式）嗄，
　　　殿元有了尊閫了。

（小生）是。

（淨）好嗄，少年高擢，況又早娶，正所謂洞房金榜，全美嗄，哈
　　　哈，全美。這箇，咳，殿元，只是還有一講，你是讀書之人，
　　　何故見疑？自古道：富易交，貴易妻（挲茶匙旋連身搖帶笑
　　　看小生介），此乃人情也（捏匙擊杯三下科）。呼呼哈哈哈！
　　　（提起茶匙聽看中介）

（小生）豈不聞宋宏有云：糟糠之妻不下堂，貧賤之交不可忘。（淨
　　　持茶匙擡頭看，微怒介）愚雖不敏，請示斯語！

（淨）唔，我是這麼說，他又這等講了去。我想當朝宰相招汝為壻，
　　　也不玷辱你（斜看小生，右手撩袖放杯介），則、則、則這一
　　　句，再再沒得講了！哈哈哈！呼呼呼！再沒得講了！

（小生）停妻再娶，猶恐違例！〔註28〕

此齣身段解說詳盡，本文僅抄錄有關吃茶的動作，其餘均略去，以免眉目不
清。我們可以看出，這些動作看似表現吃茶，實為描寫人物。宰相由喜而怒、
由提親而至脅迫成婚的心理活動、情緒轉變，全在吃茶的過程中具體呈現。
因此，科介除了能摹擬事物情狀、虛構外在環境之外，同時還具備了抒發內
在情感、塑造人物性格的功能。

第二節　明傳奇科介的發展

　　至於明傳奇在身段表情方面的發展、究竟已臻於何種程度，由於我們無
法僅憑劇本中的科介提示就明確推斷舞臺的完整實況，因此很難有具體說

〔註28〕同前註，頁277～278。

明。不過若由以下四個方向加以考察，即可看出明傳奇科介的水準極高。

一、劇　本

　　當我們仔細閱讀明傳奇劇本之後，不難發覺以下兩個現象：（一）科介的提示十分詳細。（二）情節的編撰或劇本的更動，往往是在爲身段表演而做安排。首先就（一）而論：作者在腳色的唱唸之間，非常細致地註明了表情和動作。例如《牡丹亭》的〈驚夢〉一齣，杜麗娘入夢與柳夢梅初晤一段，先是生「回看介」、「且作驚起介」、「相見介」，進入「且作斜視不語介」、「且作驚喜欲言又止介」、「背想介」，以至「生笑介」，接唱【山桃紅】；唱曲中又有「且作含笑不行」、「生作牽衣介」、「且作羞」、「生前抱」、「且推介」，終至「生強抱旦下」。舞臺動作提示如此詳細，可見作者深切體會到舞臺上的每一處做表，都與人物的身分、性格、心理、風度息息相關，因此在關鍵處詳爲指點，以描繪中人心理變化的過程，並引導優伶對劇情及人物情感能有深入的體會及掌握，進而善用其表演技巧形諸於外。明朱墨刊本《牡丹亭》的青苕茅暎眉批有云：「此折全以介取勝，觀者須於此著眼，方不負作者苦心」，誠然，觀者著眼於此，方不負作者苦心，而演員更當著眼於此，藉作者之誘導提示，使表情身段有更適切的發揮。明傳奇劇本中詳細的科介提示，所顯示的意義，不只是作者的苦心經營，更在於表演藝術已達一定水準，作者及藝人們已關注到如何運用演技闡釋戲情的問題了。《彩舟記》十二齣〈慎出〉裏有個片段：

　　　　（旦）素娥，你不在此做針指（背），卻去何處閒行？

　　　　（小旦）老相公老夫人的性子，奴家豈不知，怎敢閒行？

　　　　（旦微笑以手撫小旦背云）原來你這般多心，我日間是戲你之言，如何提在口裡？你是我心腹之人，豈終瞞得你過？我只怕機事不密，則害成耳。好姐姐，我此後再不敢了。你實對我說，那生見了詩，道些甚麼？〔註29〕

原來小姐一心關切「那生見了詩，道些什麼」，卻不好意思直接開口動問，因此先假裝埋怨丫頭不做針黹、到處閒行，想藉此誘使丫頭自行報告傳書遞簡的結果，不料丫頭也有意作弄，反搬出老相公、兜著圈子不入正題，小姐只得拋開矜持，先安撫、道歉，再緩緩道出心事。此時作者提示「且微笑以手

撫小旦背」，雖然只是一個簡單動作，但是卻道盡了小姐的心事以及主僕二人親密的關係，對於劇情的表達，有很強烈的作用。作者既然特別註明，優人表演時對此細節當然也不會輕易放過。又如《水滸記》第三齣〈邂逅〉，演的是張三（淨）邂逅閻婆惜（小旦）的經過。唱腔念白都不多，而科介卻很繁複細膩：「見小旦，小旦欲避不避介」、「小旦見淨避身低吁氣介」「小旦見淨半躲偷覷介，淨背介」、「淨見小旦揖介」、「小旦含笑側身介」、「小旦回顧虛下，淨望介」、「淨暗笑介」、「小旦持茶上」、「淨見小旦伸手接茶、小旦放桌上介」，〔註30〕這齣以做表為主的戲，在乾嘉時期成為常演的單折名劇（〈借茶〉），徐凌雲《崑曲表演一得·二集》中，還特別提出這齣的身段予以解說，說明詳盡，表演也極細膩，不過仍是在原劇本的科介提示上發展而成的。此外，馮夢龍更定《墨憨齋詳定酒家傭傳奇》第四折〈梁冀愎諫〉中也有一個巧妙的安排。貼所飾的梁冀妾孫壽，與旦所飾的梁冀親信秦宮，二人早有私情，而當孫壽甫一登場而梁冀又在之時，如何點明二人的曖昧關係呢？

（旦私見貼介）秦宮磕頭。

（貼）我的兒，這幾日為何再不到後堂來？

（旦）不得工夫。

（貼目視旦，不行介）

（旦）大將軍在堂上立等，請郡君快行。（稟淨介）郡君出堂了。

「貼目視旦，不行介」，這一個似嗔怒、似撒嬌的眼神，把二人的關係交代得清楚明白，馮夢龍此處的眉批復特予提醒：「孫壽久屬意秦宮，故出場便須點眼。」〔註31〕墨憨齋其他傳奇的眉批、總評中，對做表科介也都有詳盡的解說，例如《女丈夫》的〈棋決勝負〉折有云：「小淨手雖下棋，眼亦要帶看小生，時時歎息，方是來意。」〔註32〕劇中的虬髯客有志逐鹿中原，聞道李世民（小生）是位異人，便與相士徐洪客（小淨）、李靖等一同探望李世民，藉下棋之名，以觀其虛實。而徐見世民「鳳表龍姿」、氣宇不凡，心知虬髯絕對非其敵手，對李仰慕之餘，不禁又為虬髯暗暗歎息。劇情發展至此，當場既不便用念白說明觀察

〔註30〕〔明〕許自昌：《水滸記》，毛晉編：《六十種曲》，第 9 冊，第 3 齣〈邂逅〉，頁 7。

〔註31〕陸無從、欽虹江撰，馮夢龍更定：《墨憨齋詳定酒家傭傳奇》，上卷，第 4 折〈梁冀愎諫〉，頁 5b。

〔註32〕張鳳翼、劉方原著，馮夢龍更定：《墨憨齋重訂女丈夫傳奇》，上卷，第 15 折〈棋決雌雄〉，頁 33a。

的結果，於是作者便設計了這套表演動作，把無限深意傳達給觀眾。《精忠旗》的〈岳侯涅背〉一折裏，馮氏又指出：「刻背是《精忠》大頭腦，扮時作痛狀或直作不痛，俱非，須要描寫慷慨忘生光景」，〔註33〕則是提醒演員仔細領會角色的思想感情、氣質風度，從任何一個身段表情中演出劇中人的個性。《風流夢》二十三折〈設誓明心〉（即湯顯祖原著《牡丹亭》三十二齣〈冥誓〉），演杜麗娘向柳夢梅說明自己已是鬼魂，原著此時生有「驚介」的表情，以及「怕也！怕也！」的說白，〔註34〕而馮夢龍特別提示道：

> 此折生不怕，恐無此理；若太怕，則情又不深，多半癡呆驚訝之狀
> 方妙。〔註35〕

唱到【三段子】之後，馮又云：「此後生更不必怕，但作恍惚之態可也。」對於做表層次轉變有如此詳細的分辨，足以顯示表演藝術已達相當高的境界。

　　至於（二），可以《紅梅記》第七齣〈瞥見〉為例，此齣演賈似道遊春瞥見盧昭容，情節十分簡單，表演上卻變化萬端：

> （外丑扮舟子搖歌上）……
> （賈作登舟、眾妾把盞介）唱【泣顏回】
> （眾）蘇堤上了，請老爺上岸。
> （賈上介）堤上花柳正妍，眾姬一齊上馬，穿這柳堤過去。
> （眾作上馬行介）唱【上小樓】
> （內鳥鳴介）……
> （賈引眾虛下）
> （旦攜繡具上）……
> （做登樓望介）
> （賈引眾上）……
> （旦急下簾介）……
> （賈）打轎。（行介）〔註36〕

〔註33〕 李梅實撰，馮夢龍詳定：《墨憨齋新訂精忠旗傳奇》，卷上，第 2 折〈岳侯涅背〉，頁 3a。

〔註34〕 湯顯祖：《牡丹亭還魂記》（臺北：臺灣商務印書館，1975 年《四部叢刊三編》影印明萬曆刊本），卷下，第 32 齣〈冥誓〉，頁 4b。

〔註35〕 湯顯祖原著，馮夢龍更定：《墨憨齋重定三會親風流夢》，下卷，第 23 折〈設誓明心〉，頁 18b～19a。

〔註36〕 周朝俊：《玉茗堂批評紅梅記》，卷上，第 7 齣〈瞥見〉，頁 13b～16b。

像這類說明，與（一）稍有不同，它並不是提示演員如何利用表情身段刻畫劇中人心情的轉變，而是在情節中刻意安排乘船、騎馬、登樓、下簾、坐轎等身段，這些表演就劇情而言，未必確實需要（貫似道遊春原不必由舟而馬而轎，三換交通工具），而作者卻有意的將它們穿插其中，由此可知，當時這些身段已具備了相當的可看性，作者在劇情上才會如此處理，以提供藝人們表演的機會。又如《浣紗記》一劇，其中〈打圍〉、〈演舞〉、〈採蓮〉等齣，從題材內容上已先決定了載歌載舞的表演方式。像十四齣〈打圍〉，寫吳王（淨）帶領將官侍女前往都城內外行圍射獵，登上姑蘇臺，遙望石室中之吳國君臣，頓起憐憫之心，而生赦免釋放之念，以引起以下關目。劇中穿插了打圍、歌舞等情節，一則藉以烘托吳國國勢之盛，同時也便於安排身段，使場面紛華。試看劇中場面的轉換：由錦帆涇、百花洲，至鬥雞陂、走狗塘，隨後又往姑蘇，登臺四望。道白中特別說明「暫停鞍馬、同上蘭舟」、「暫住蘭舟，再上鞍馬」及「請大王登臺」等動作提示，顯而易見的，作者編撰這齣的目的，是讓藝人們能充分發揮上馬、行舟、登臺等虛擬身段。曲文本身，如「鬧轟轟翻江攪海、翻江攪海，犬兒疾鷹兒快、犬兒鷹兒快」（【北朝天子】）等，也提出了歌舞、動作的要求。在劇本題材、曲文如此清楚的提示、強烈的需求下，藝人們自然必須在身段方面一展所長。三十齣〈採蓮〉，演夫差、西施率眾往湖上採蓮，舞臺上累桌掛彩以象畫舫蘭舟，眾女侍繞行四周採折蓮房（詳見下文），十里迴塘、蓮歌爭唱的景況宛然在目，而折腰翹袖、迴風轉波，舞姿身段之美，原是應劇情需要而做的穿插。如果身段沒有高度的發展，作者是不敢做如此的安排。《墨憨齋詳定酒家傭傳奇》十四折〈孫壽四妝〉裏有場身段表演：

> （老旦）春燕聞得太夫人往日有四樣新妝，一曰墮馬髻，二曰愁眉啼，三曰齲齒笑，四曰折腰步，時常要想一見。今日太夫人起得蚤，且又閒暇，把四樣新妝聊試一番如何？

接著貼（孫壽）連唱四支【黃鶯兒】，分別以「梳頭介」、「照鏡介」、「取扇介」、「步介」等不同的身段表現四種新妝。〔註37〕馮夢龍在本劇的總評中說：「惟孫壽四妝，余前刻已刪，以其便於女優雜演，故復存之。」〔註38〕這齣對劇

〔註37〕 陸無從、欽虹江撰，馮夢龍更定：《墨憨齋詳定酒家傭傳奇》，上卷，第14折〈孫壽四妝〉，頁33b～34b。

〔註38〕 馮夢龍：《墨憨齋詳定酒家傭傳奇‧總評》，頁1a。

情發展而言，似乎是另增枝節、反嫌蕪雜，但在表演上卻大有可觀，因此馮夢龍仍予保留。可見改動劇本時，所考慮的因素，除了劇情是否合理、結構是否緊湊等問題之外，身段科介也是極受注意的一點。試看汲古閣本《玉簪記》的〈追別〉一齣，與《綴白裘》本〈秋江送別〉之間的差異。汲古閣本由旦飾陳妙常，小淨飾船家：

（旦上哭介）……梢水那裏？

（小淨）聽得誰人叫，梢水就來到。到那裡去的？

（旦）我要買你一隻小船，趕著前面會試的相公，寄封家書到臨安去，船錢重謝。

（小淨）風大去不得。

（旦）不要推辭，趁早開船趕上，寧可多送你些船錢。

（小淨）這等下船、下船。〔註39〕

《綴白裘》本由貼飾陳妙常，淨飾船家：

（貼上）……船家，擺船過來！

（淨上）來哉！來哉。船頭無浪，舵後生風。呀，一位女菩薩要囉里去了？

（貼）我要趕著前會面試相公的船，要寄封家書到臨安去。快些趕著了，船錢重些。

（淨）小小年紀，僯个會試相公？不要管，只要多詐些銀子。前頭個隻船去遠哉，趕弗著個哉。

（貼）一定要趕去的。

（淨）船錢阿要講講？

（貼）你要多少？

（淨）若要趕著前頭個隻船，要介五錢銀子丒。

（貼）就是五錢，只要你趕去。

（淨）阿喲，奧勞弗說子一兩哉，弗要說哉，請下船來。

（貼）快些！

（淨）這是我個隻船頭還攔來里乾岸浪來。

（貼）快些！

（淨）是哉。

〔註39〕〔明〕高濂：《玉簪記》，毛晉編：《六十種曲》，第23齣〈追別〉，頁64。

（貼）快些，只管慢騰騰！

（淨）阿呀！搖子个半日，船纜弗曾解來，等我去解子纜介。

（貼）快些搖上去。

（淨）小師父，我看你火性不曾退，來出儈家？

（貼）不要胡説！快些搖！〔註40〕

後者顯然增加了許多，而必須分辨的是，所增加的不只是對白，更是由說白引出的許多表情、身段動作。《綴白裘》時代稍晚，已至乾隆，而是舞臺演出腳本，而非原著，因此這種對比同時具有兩層意義，不僅展現了明中葉至清初這段時期間內演技上的進步，同時，演出本對原著的更動，也顯示了藝人爲豐富舞臺表演所做的努力。

二、評　論

　　當藝術活動已有了很高的水準時，總結整理實踐經驗的理論著作便開始出現。當時的戲曲論著，雖然仍以作曲理論及歌唱藝術的討論爲主，但必須釐清的是：因爲音律與曲文關係密不可分，作曲理論往往與作詞技巧合而爲一，這些文學理論兼音樂理論的著作，對於精通音律的文人學士而言，是很容易就能寫成的；而科介身段，則是藝人們的親身體驗，文人較難發爲論著，藝人則限於文字上的修養而不易寫作，因此就著作的比例而言，科介方面顯然是少多了。不過，這並不代表身段的不受重視，在一些實際評論的作品裏，我們仍可以發覺在觀眾的評賞標準中，科介占了十分重要的地位。例如潘之恆的〈劇評〉主要在讚美一位名叫王仙度的藝人，而文中提出了「一之度」、「二之思」、「三之步」、「四之呼」與「五之歎」，可以從中得知當時人據以評論劇藝的標準。其中「四之呼」與「五之歎」屬於歌唱念白，與科介無關，至於「二之思」，潘之恆云：

　　　　西施之捧心也，思也，非病也。仙度得之，字字皆出於思，雖有善病

　　　　者，亦莫能仿佛其捧心之妍。嗟乎，西施之矉於里也，里人矉乎哉！

「思」指的是演員揣摩劇中人物性格後發之於外的神情意態。「三之步」則以臺步爲主，而同時涵蓋身段動作：

　　　　步之有關於劇也，尚矣。邯鄲之學步，不盡其長，而反失之，孫壽

〔註40〕玩花主人編選，錢德蒼續選：《綴白裘・二編》，《玉簪記・秋江送別》選齣，
　　　　總頁 552～554。

之妖艷也，亦以折腰步稱。而吳中名旦，其舉步輕揚，宜於男而慊於女，以纏束爲矜持，神斯窘矣。若仙度之利趾而便捷也，其進若翔鴻，其轉若翻燕，其止若立鵠，無不合規矩、應節奏，其艷場尤稱獨擅，令巧者見之，無所施其技矣。

神情意態與身段臺步既已成爲品評藝事精姸與否之標準，則明傳奇科介之水準必定已達一定之程度。〈劇評〉中之「一之度」則云：

余前有曲譜之評，蔣六、王節才長而少慧，宇四、顧筠具慧而乏致，顧三、陳七工於致而短於才，兼之者流波君楊美而未盡其度，吾願仙度之盡之也。（下略）〔註41〕

演員不僅要有演戲的資質條件，更要聰慧靈敏、善體劇情，同時更須具備光采神韻，才能成就舞臺上非凡的氣質風度。「度」之培養孕育，必須諸多因素相互配合，但風度氣質卻流露於每一個眼神、每一個手勢、每一個腳步、每一個身段之中。它的境界在「思」與「步」之上，同時卻又涵蓋了這兩項。他如潘之恆〈曲艷品〉中評曼修容「徐步若馳，安坐若危」，評希疏越「修然獨立，顧影自賞」，也都是就其姿態動作而言的。〔註42〕本論文上篇曾引袁中道讚美沈周班在《義俠記》中演武大郎的演員「舉止語言，曲盡其妙」，《十美詞紀》記陳圓演《西廂記》扮紅娘「體態傾靡」，〔註43〕《瑯嬛文集》〈祭義伶文〉說夏汝開傳粉登場時「弩眼張舌，喜笑鬼諢，觀者絕倒，聽者噴飯」，〔註44〕《梅花草堂筆談》評柳生「供頓清饒，折旋婉便，可稱一時之冠」，〔註45〕《菊莊新話》謂陳明智「振臂登場、龍跳虎躍」。〔註46〕所謂「舉止」、「體態」、「弩眼張舌」、「折旋婉便」等，指的就是表情與身段。此外，顧公燮《消夏閑記》中所誇讚的李文昭的翎子功、徐大聲的七十二跌絕技，也都是明傳奇動作發展的成果。〔註47〕

〔註41〕潘之恆：〈劇評〉，見〔明〕陶珽輯：《說郛續》，卷44，頁1a～2a，總頁2056～2057。又題爲〈與楊超超評劇五則〉，收入汪效倚輯注：《潘之恆曲話》，頁44～45。

〔註42〕潘之恆：〈曲艷品〉，見〔明〕陶珽輯：《說郛續》，卷44，頁2a，總頁2057。又題爲〈廣陵散二則〉，收入汪效倚輯注：《潘之恆曲話》，頁212。

〔註43〕鄒樞：《十美詞紀・陳圓》，張廷華輯：《香豔叢書・一集》，卷1，頁29a，總頁63。

〔註44〕張岱：〈祭義伶文〉，《張岱詩文集・瑯嬛文集》，卷6，頁355。

〔註45〕張大復：《梅花草堂筆談》，卷14，〈柳生〉條，頁33b，總頁936。

〔註46〕焦循：《劇說》，卷6，頁200。

〔註47〕顧公燮：《消夏閑記摘鈔》，卷下，頁20a～b，總頁738～739。

三、演　員

　　本論文上編，曾列舉顏容（李開先《詞謔》）、彭天錫（《陶庵夢憶》）、馬伶（《壯悔堂集》）等著名演員在演技上性命以之的追求精神。他們之所以能創造鮮明而完美的舞臺形象，全在於他們能深入地理解劇情、體驗劇中人物思想感情，進而以深刻的面部表情、優異的身段動作形諸於外。而明傳奇在演技上的成就，除了一般的體驗、表達之外，更能運用精湛的表演技巧，遺貌取神，直探人物的精神世界。趙必達扮杜麗娘，「生者可死，死者可生」，[註48] 便是相當高的境界。《審音鑑古錄》所收《牡丹亭‧離魂》一齣的動作提示，可以幫助我們的了解。杜麗娘由小旦扮，貼旦飾春香：

　　　　（小旦）【鵲橋仙】拜月堂空，（原注：右下角無神看地，走一痛）……

　　　　　　　　行雲徑擁，骨冷怕成秋夢。（虛抖聲唱）世間何物似情濃，

　　　　　　　　整一片斷魂心痛。（雙手直放桌，頭垂眼閉式）

　　　　（貼）坐好了。

　　　　（小旦用力即抖，省力即空聲）枕函敲破漏聲殘，似醉如呆死不難。

　　　　一段暗香迷夜雨，十分清瘦怯秋寒。……

　　　　（小旦看貼，略撞頭動科）我病境沉沉，不知今夕何夕？（低頭介）

　　　　（貼）嗄，今夜麼，是八月十五了。

　　　　（小旦作尖細聲，俗做耳聾謬）哎呀，是中秋佳節了！（小咳）

　　　　（俗再問重句，不象慕色而亡）

在這段曲文之上，並注有一眉批：

　　　　此系艷麗佳人沉疴心染，宜用聲嬌氣怯、精倦神疲之態，或憶可人，

　　　　晴心更潔；或思酸楚，靈魂自徹。雖死還生，當留一線。[註49]

杜麗娘的離魂，既非因病而亡，也不能算是真死，演員應於恍惚迷離之中、凝眸定神而亡。這種體會是相當深入的，但要如何表達，科介當然占了很重要的分量。《審音鑑古錄》成書雖晚，但是其中也蘊含了明代優伶對傳奇做表身段所貢獻的點點滴滴。

四、折子戲

　　本論文上編第三章，曾對折子戲的形式、發展及意義有所探討。折子戲

〔註48〕張大復：《梅花草堂筆談》，卷 11，〈趙必達〉條，頁 5b，總頁 676。

〔註49〕闕名輯：《審音鑑古錄》，總頁 583～584。

的出現，意味著表演藝術的日益精湛——不僅是歌白講究，做表舞蹈也大有可觀。若由《祁忠敏公日記》中所記錢德興盡出家樂合作〈採蓮〉一齣之例，〔註50〕即可看出觀眾的興趣不僅在聽一折的唱，更要求身段歌舞能有整體配合。任何事都有互爲因果的，基於劇場實際的需要，並在表演藝術既有之基礎之上，形成了折子戲的散齣演法；而當折子戲逐漸流行後，又轉而推動了表演藝術的提升。明中葉以後的舞臺藝術，就是在這種相互刺激的影響下，快速地成長著。許多流傳於後世的單折名劇，就是長期提煉、精研而成的結晶。《玉簪記》的〈琴挑〉、〈秋江〉，《精忠記》的〈掃秦〉，《千金記》的〈起霸〉，《寶劍記》的〈夜奔〉，《連環記》的〈梳粧〉、〈擲戟〉、〈起布〉、〈問探〉，《荊釵記》的〈上路〉，《浣紗記》的〈採蓮〉、〈姑蘇〉、〈寄子〉，《望湖亭》的〈照鏡〉，《水滸記》的〈活捉〉等，這些有名的折子戲，由於歷代藝人的不斷創造，在身段舞蹈上已形成一套嚴格的演出規律，成爲後來京劇、地方戲表演上的參考範式，是明傳奇歌舞身段高度發展的具體代表。

　　由以上四個現象，可以說明明傳奇除了在歌唱音樂方面有卓越的成就之外，表情身段也已臻於相當水準，「表演藝術」的發展是均衡的。

第三節　科介與砌末之結合

　　戲曲情景的展現，主要依靠的是演員的表演，尤其是身段科介。而身段科介仍需一定的裝備以爲配合、輔助，因此，戲曲有了砌末的設置。舉凡舞臺上的大小道具與一些簡單的裝置，皆統稱爲砌末，是戲曲爲了配合虛擬動作、象徵舞臺而創造的特殊產物。

　　砌末既是在「戲曲從表演中產生情景」的前提下形成的，因此它無須獨力擔負「情景的呈現」之責任，而以幫助演員完成動作爲首要任務。砌末不是一項獨立藝術，它必須與演員的表演動作相結合，所以砌末的設置究竟是要採用具體的形象、還是抽象的形式，並無絕對的規定，完全是隨表演的性質、特點而決定。由於戲曲動作是虛擬性、舞蹈化的，砌末也往往以抽象的形製出之，以求舞臺風格的統一。以鞭代馬、以槳代舟、以帳代樓等象徵性砌末的使用，在明傳奇中已漸成定製（詳見下文）；不過，舞臺上也並未嚴禁眞物出現，最常見的一桌二椅便是實物，經常做爲舞蹈工具的扇子，也和日

〔註50〕祁彪佳：《祁忠敏公日記》，〈棄錄〉，頁 27a，總頁 603。

常所用者一般無二。只是，無論砌末是眞是假是虛是實，都不能以寫實的方式使用運作，即使是眞實物件，也必須服從虛擬象徵的舞臺規律。例如一桌二椅，在演員未登場之前，只是一種抽象的舞臺擺設，並不代表任何具體方位。而當演員開始行動之後，整個舞臺空間便成了特定的環境，桌椅也具備了確定的意義。例如《博笑記》二十六齣：

> （淨丑扮強盜，淨抱旦急上）……
>
> （淨）如今天已明了，我每抱著這姐兒不好行路。
>
> （丑）正是怎麼處呢？
>
> （淨望外白）謝天地，這里一口枯井。
>
> （丑）好了。
>
> （淨）姐姐，你權在枯井裡坐一日兒，黃昏時分，我每就來取你。……
>
> （橫倒桌子，淨將旦坐在內介）〔註51〕

這張桌子在演員未出場前，不表示任何意義，但當強盜橫倒桌子，說道：「這里一口枯井」，而將旦放入之後，無論在演員或觀眾的心目中，它就是一口枯井。最後，當演員都下場後，特定的劇情環境也已不存在，這桌子又回復爲舞臺的抽象擺設了。此劇第三齣另有一例：

> （旦唱）君先寢奴暫停。
>
> （生）我去睡鴛衾相待等。（睡在椅上介）
>
> （旦背唱）好教奴啼笑俱難，相公、相公，（低唱）你怎知他眞假無憑。
>
> （生下床唱）想伊寸腸如鐵硬，若不然呵，恐咱異時多薄倖。〔註52〕

在這裏椅子象徵的是床。如果沒有這把椅子，生旦之間的背躬等做表唱唸都無從表現，而如果搬一張眞床，讓演員眞的躺臥於上，那麼演員的虛擬身段將顯得多不協調，背躬的動作又怎能讓觀眾順理成章的接受？所以說砌末的運用是配合表演而設計的。此外，桌子還可象徵龍舟。馮夢龍《墨憨齋重定邯鄲夢傳奇》的總評有云：

> 〈東遊〉折向年串者，累卓（桌）掛彩以象龍舟，唐皇與群臣登之，采女周行棹歌，略如吳王〈採蓮〉折扮法，甚可觀。近見優童，殊草草。〔註53〕

〔註51〕沈璟：《新刻博笑記》，卷下，第26齣，頁37b～38a。

〔註52〕同前註，卷上，第3齣，頁11b。

〔註53〕馮夢龍：《墨憨齋重定邯鄲夢傳奇‧總評》，頁1b。

可見《邯鄲記》之〈東巡〉與《浣紗記》之〈採蓮〉，俱累桌掛彩以象龍舟，復由眾采女周行棹歌表演身段。蓋《邯鄲記》中之唐玄宗與《浣紗記》中之吳王，貴爲帝王諸侯之尊，本不便表演舟行水上、隨波晃動的身段，因此劇中安排和他們如眾星拱月般的被簇擁在中間的高桌之上，眾采女則繞行四周盡情舞蹈，以顯示龍舟隨波逐浪的景象。舞臺上高矮錯落、動靜有別，這種砌末的設置極有助於科介的發揮，今日所見的崑劇《雷峰塔・水鬥》，仍沿用此法，青白二蛇站立桌上，蝦兵蟹將走「矮步」，作「分水」身段，繞行四周。在《奇遇玉丸記》中，則有以桌爲樓之設計：「以裙障桌爲樓，旦占（貼）眾作登樓飲酒科」，通過登樓的動作，樓的地點被固定了，而劇本中還有「我們過西窗玩賞一回」，以及「姐姐，西窗園景雖佳，東窗月色尤好，請再過東窗玩賞一回」的說白，那要如何表演呢？這在劇本中也有交代：「即桌上轉身科」、「轉向東窗科」，只要一個轉身，方位就變了，而樓下還有生所飾的朱其在表演探望窺聽、隔牆酬唱的戲呢。〔註 54〕《古城記》十五齣，曹操、關羽率眾登上土城觀陣，舞臺提示是「眾行轉身上椅立望科」，椅子代替土城，眾人居其上，前場則是顏良排陣的場面。〔註 55〕利用現成而簡單的砌末來表現特定的環境，又騰出足夠的舞臺空間以吸引觀眾的注意力集中於表演點，這正是砌末運用所應掌握的主要原則。

　　由以上幾個例子可以看出，桌椅雖是眞物，但在舞臺上，它們卻不爲眞物的性質所局限。桌子可以隨著演員的唸白而被認定是枯井、龍舟、高樓，椅子可以憑著觀眾的想像而被視作是床或土城。既然桌椅可隨時替代他物，以作爲演員動作的憑藉、表演的依靠，可見，在戲曲舞臺上，砌末正如同科介一般，具備了濃厚的象徵意味。因此，儘管舞臺上允許實物的出現——如桌、椅、扇子等，但它們是象徵性的運用、藝術化的表現。桌子並不一定用爲書案，椅子不一定做爲座位，扇子也被當作舞蹈工具而決不會爲納涼扇風之用。劇中人物不論春夏秋冬都可以手持一扇，扇子在戲曲舞臺上，除了具備美化舞姿的作用之外，更可輔助人物形象的塑造、增強人物性格的刻畫。團扇遮面的閨中佳人，倍覺嬌羞嫵媚；摺扇輕搖的王孫公子，益顯風流倜儻；諸葛亮的羽扇，更已成爲仙風道骨的具體表徵。《還魂記》杜麗娘遊春、賞春、

〔註54〕〔明〕朱期：《刻新編奇遇玉丸記》（上海：商務印書館，1954 年《古本戲曲叢刊初集》影印北京圖書館藏明刊本），第 3 齣〈湖中望月〉，頁 4b、6a。
〔註55〕關名：《新刻全像古城記》，卷上，第 15 齣〈賜馬〉，頁 32b。

惜春、傷春的情緒轉變，全在一把摺扇的舒展收放中表露無遺，舞臺形象也因扇影搖曳而更加婀娜多姿、紛華繁盛。而觀眾在目炫神移之際，對於砌末之眞假虛實，自然也無暇追究了。此時觀眾所欣賞的，已不是砌末、已不是科介，而是由二者相互結合而成的整體舞臺形象。所以砌末之妙，妙在不爲實物所拘，它與實物的關係在「似與不似」之間，它與科介之關係，則是相輔相成、相得益彰、相互輝映的。舞臺上追求的原是「神似」而非「形似」，觀眾於此，自有一番心領神會。

以鞭代馬、以槳代舟等的象徵性砌末設置，其基本原理在於以少勝多、以簡御繁，目在則在突出表演藝術——尤其是科介。而這也是長期舞臺實踐累積的心得。最初，舞臺上還有許多模擬實物的砌末形態，例如元雜劇中即承繼了歷史傳統而有「竹馬」砌末的設置。〔註56〕暖紅室本《崔鶯鶯待月西廂記》第二本的〈楔子〉中，有「將軍引卒子騎竹馬，調陣，挐綁下」的舞臺說明，〔註57〕元刊本《承明殿霍光鬼諫》第二折有云「正末騎竹馬上開」，〔註58〕《蕭何月夜追韓信》第二折有「正末背劍踏竹馬兒上開」、「蕭何踏竹馬兒上了」的交代，〔註59〕可見表演時演員身上要紮上竹馬砌末，明初朱權《卓文君私奔相如》及朱有燉《關雲長義勇辭金》等戲中也都還有騎竹馬的表演。〔註60〕雖然竹馬在場上可以臨時繫上、隨時解下，〔註61〕雖然演員在

〔註56〕 竹馬的歷史由來已久，最初只是兒童遊戲，如《後漢書・郭伋傳》載東漢光武十一年，郭伋爲幷州牧，「始至行部，到河西美稷，有童兒數百，各騎竹馬，道次迎拜。」（卷31，頁1093）《三國志・魏書八・陶謙傳》注引《吳書》：「謙少孤，始以不羈聞於縣中。年十四，猶綴帛爲幡，乘竹馬而戲，邑中兒童皆隨之。」（卷8，頁247）南朝宋劉義慶《世說新語・品藻》：「殷侯既廢，桓公語諸人曰：『少時與淵源共騎竹馬。』」（余嘉錫箋疏：《世說新語箋疏》〔上海：上海古籍出版社，1993年〕，頁521）李白〈長干行〉：「郎騎竹馬來」，杜牧〈杜秋娘詩〉：「漸抛竹馬劇」。（《全唐詩》，第5冊，卷163，頁1695；第16冊，卷520，頁5938）後來則成爲歌舞的表演：南宋《西湖老人繁勝錄》：「禁中大宴，親王試燈，慶賞元宵，每須有數火，或有千餘人者。全場傀儡、陰山七騎、小兒竹馬、蠻牌獅豹、胡女番婆、踏蹺竹馬、交袞鮑老、快活三郎、神鬼聽刀。」吳自牧《夢梁錄》卷一〈元宵〉條，記述南宋臨安的舞隊，其節目也有「竹馬兒」一項。（《東京夢華錄（外四種）》，頁111、141）

〔註57〕 〔元〕王實甫：《西廂記五劇第二本・崔鶯鶯夜聽琴雜劇》（貴池：劉世珩《暖紅室彙刻傳劇》本，1919年），楔子，頁12a。

〔註58〕 〔元〕楊梓：《承明殿霍光鬼諫》，鄭騫校訂：《校訂元刊雜劇三十種》，頁208。

〔註59〕 〔元〕金仁傑：《蕭何月夜追韓信》，同前註，頁368、頁369。

〔註60〕 朱權《卓文君私奔相如》有「末旦騎竹馬上」（《古本戲曲叢刊四集・脈望館鈔校本古今雜劇》影印明萬曆四十五年趙琦美鈔校于小穀本，頁17b），朱有

竹馬上也能做出各種身段，〔註62〕但它終究與虛擬的動作無法統一，外表也未必美觀。因此到了明代，除了少數劇本中仍保留竹馬之外（如上述朱權、朱有燉雜劇），舞臺上已出現了另一套表現的方式：以鞭代馬。《明月環》傳奇二十八齣，石鯨中狀元遊街，劇本中交代的是「生揚鞭走唱」，下場時云「生縱馬鞭下」；《義俠記》第七齣，有「淨下馬介」「末接鞭介」的說明；《博笑記》第二齣，生騎著驢唱「明早須當負荊釋怨」後，劇本上交代「急著鞭下」；〔註63〕《永團圓》十八齣註明「末執鞭行介」；〔註64〕《紅梅記》第六齣有「作上馬走介」；〔註65〕《雲間據目抄》卷二記鄉鎮演戲，「如扮《狀元遊街》，用珠鞭三條，價值百金有餘」，〔註66〕這些都是以鞭代馬或驢的明證。這種虛擬表演法，可上溯至南戲。南戲《張協狀元》的舞臺提示十分詳細，如「施雨傘」、「挈鞋」、「執酒器」等都有說明，但是，在描述丑腳騎馬的表演時，卻隻字未提「竹馬」，且玩其文義，似已運用了虛擬身段表演上下馬。據錢南揚《永樂大典戲文三種校注》所分出，四十四出有一段【三臺令】：

> （末出唱）【三臺令】一聲鼓打蓁蓁，一棒鑼聲喤喤。（丑出接）騎馬也匆匆。（末）相公馬上意悠揚。
>
> （白）看馬王二齊和著。（丑）馬蹄照。（末）自炒自賣。（合）幫幫八、幫幫八八幫。〔註67〕

燉《關雲長義勇辭金》有「辦（扮）四箇探子騎竹馬上」、「正末騎竹馬上」（收入姜亞沙、經莉、陳湛綺主編：《中國古代雜劇文獻輯錄・誠齋雜劇》，第 2 冊，頁 11a，總頁 91）。

〔註61〕 《追韓信》有下馬上船的表演，《霍光鬼諫》霍光到家說「左右接了馬者」，《小尉遲》有劉無雙「滾鞍下馬」。見鄭騫校訂：《校訂元刊雜劇三十種》，頁 370、309；臧懋循：《元曲選・丙集下》，頁 23b。明初朱有燉《曲江池》第三折，有「喚六兒牽馬科」、「六兒將砌末上」、「末旦騎竹馬白」（收入吳梅校訂：《奢摩他室曲叢二集》〔上海：涵芬樓，1928 年〕，頁 11b）。

〔註62〕 《追韓信》第二折有「正末背劍踏竹馬兒上」、「蕭何踏竹馬兒上了」，《小尉遲》第三折有「劉無敵跚馬領番卒上云」，《馬陵道》第四折有「龐涓躍馬領卒子上云」，《單鞭奪槊》第三折有「單雄信跚馬引卒子上云」、「段志賢跚馬上云」等舞臺說明。見鄭騫校訂：《校訂元刊雜劇三十種》，頁 368、369；臧懋循：《元曲選》，〈丙集下〉，頁 17a；〈戊集上〉，頁 42a；〈庚集下〉，頁 22a～b。

〔註63〕 沈璟：《新刻博笑記》，卷上，第 2 齣，頁 5a。

〔註64〕 李玉：《一笠菴新編永團圓傳奇》，下卷，第 18 齣〈妒全〉，頁 11b。

〔註65〕 周朝俊：《玉茗堂批評紅梅記》，卷上，第 6 齣〈虜圍〉，頁 13a。

〔註66〕 范濂：《雲間據目抄・記風俗》，卷 2，頁 6b，總頁 2636。

〔註67〕 錢南揚校注：《永樂大典戲文三種校注》，頁 187。

四十五出又有：

> （末）相公下馬來。
>
> （丑）幫幫八幫幫。（叫）具報！
>
> （末）具報甚人？
>
> （丑）下官下馬多時，馬後樂只管八幫幫幫。〔註68〕

「幫幫八八幫」是丑腳下馬時作出的音響效果。可能是丑腳一邊表演下馬的身段，一邊自作「馬後樂」，所以末腳以「自炒自賣」相嘲。不過，此例尚不夠明確，僅供參考用，而陸貽典鈔校本《琵琶記》，卻可清楚看出是以虛擬動作來表演馬上身段：在蔡伯喈高中狀元赴瓊林宴時，有「生淨丑騎馬上唱」、「丑墜馬介」、「馬跳過丑身上」、「末介馬不行介」、「末下馬見介」等科介，最後末問「你馬那里去了？」，丑回答說：「知他那里去！」〔註69〕可見演出時是不用竹馬砌末的。蓋砌末由竹馬簡化到只剩一根馬鞭，是藝人們長期舞臺實踐的結果，它是逐漸發展完成的，以鞭代馬的方式出現後，竹馬並未立刻被廢除，二者之間並無可以截然畫分的時間界限。馬鞭的使用更適於戲曲舞臺風格，所以當它流傳開後，竹馬就逐漸消失，轉而以民間歌舞小戲的姿態活躍於民間，〔註70〕偶而還出現在戲劇中，也只是當作歌舞的穿插罷了。〔註71〕十餘年前著者觀賞皮黃班的《昭君出塞》時，曾見有眾小番紮竹馬跑場的表演。竹馬以竹篾紮成，分作馬頭、馬尾兩截，紮於演員腰間胯下，外糊以紙或布，並塗以顏色。這種砌末裝扮頗富趣味，配合「髮似枯松、面如黑漆、鼻似鷹鉤、鬚捲山驢」的唱詞，更能烘托番兵野蠻怪異的形象。不過近年來各劇隊為了方便省事，已不再有竹馬的穿插了。

　　馬鞭並不等於馬，但通過演員的表演，也通過馬鞭的暗示，可以讓觀眾感

〔註68〕同前註，頁 189。

〔註69〕高明：《新刊元本蔡伯喈琵琶記》，卷上，頁 14a～b。

〔註70〕《廣西省鬱林州志‧風俗》載：「元宵以前，鄉村中有裝扮竹馬、春牛戲者，竹馬則唱采茶歌，春牛則唱耕田曲。」見〔清〕馮德材等修、文德馨等纂：《廣西省鬱林州志》（臺北：成文出版社，1967 年《中國方志叢書》第 23 號影印清光緒二十年刊本），卷 4〈輿地略四‧風俗〉，頁 14b，總頁 68。湖南《寧鄉縣志‧風俗》：「上元，兒童秀麗者扮男女裝，唱插秧耕田等曲，曰打花鼓，或跨竹馬，謂之竹馬燈。」他如福建、浙江、河北各地也都有竹馬戲。

〔註71〕汲古閣本《白兔記》第三齣〈報社〉中有【插花三臺令】：「打和鼓喬妝三教，舞獅豹間著大旗，小二哥敲鑼擊鼓，使牛兒簫笛亂吹，浪豬娘先呈百戲，馴馬勒妝神跳鬼，牛筋引鼠哥一隊，忙行走竹馬似飛。」毛晉編：《六十種曲》，第 11 冊，頁 7。

覺到馬的存在。象徵性的砌末，激發了觀眾的想像力，也轉而刺激了科介的發展。劇本中「上馬介」、「下馬介」的例子不勝枚舉，雖然只是一個簡單的動作，可是舞蹈性十分濃厚；《墨憨齋重定西樓楚江情傳奇》二十一折，小生試馬、買馬時有「作鞴鞍走馬介」，〔註72〕這套身段如今在舞臺上仍可經常看到，繁複細膩、程序井然；今日崑劇、皮黃中已成程式化舞蹈的「趟馬」，明傳奇中尚未見此名稱，然《詩賦盟》傳奇有「丑遶場跑馬作勢介」，〔註73〕已隱然有趟馬意味，至少也是「跑圓場」與場鞭打馬身段的結合；《紅梅記》第六齣丑墮馬時有翻筋斗的身段，〔註74〕是砌末與武技的融合；《墨憨齋新訂精忠旗傳奇》第七折的「眾騎馬跳壕介」、「小生作馬蹟跌地介」，〔註75〕必有翻騰跳躍、蹉步劈叉之類的武技襯托。更有甚者，還因為馬上身段的繁複可觀，遂有「馬童」「馬伕」一角活躍於舞臺之上。他們對於劇情的推動不見得有什麼作用，有的甚至連一句對白都沒有，他們的出現，單純是為了配舞演武。蓋高居坐騎之上者往往身分尊貴，只宜表現雄偉的英姿、威武的氣概，而馬童則可以矯健的動作身段、靈活的翻滾筋斗與之配合，創造出變化萬端的舞臺形象。試看《古城記》十五齣〈賜馬〉，演曹操為了收服關羽，特以赤兔名駒相贈：

（關）老相千軍萬將，豈無一人能服此馬，末將手下一箇馬頭卒可
　　　服此馬，待我叫他降此馬來，與老相看。

（叫科）（丑跪科）

（關分付科）馬頭，曹爺那柳陰之下一疋紅馬，無人可降，此馬乃
是龍種，專食魚蝦，你可兜著魚蝦，近前放料。分鬃三把，隨他進
前三步、退後兩步，任跐跰一番，洋洋的將他帶過來，便可服他性
子，須當仔細，依令而行！

（丑應，作服馬狀，帶馬近前科）

（關）老相，吾小卒已降此馬，若不怪責，可將原鞍轡披整在上，
　　　待末將到前面沙堤之上，出一馬來，與老相看。

〔註72〕袁于令原著，馮夢龍重定：《墨憨齋重定西樓楚江情傳奇》，下卷，第21折〈歌筵買駿〉，頁2b。

〔註73〕張琦：《詩賦盟傳奇》，卷上，第12齣〈攪會〉，頁41a。

〔註74〕「眾走，丑作墮馬筋斗介」，周朝俊：《玉茗堂批評紅梅記》，卷上，第6齣〈虜圍〉，頁13a。

〔註75〕李梅實原著，馮夢龍詳定：《墨憨齋新訂精忠旗傳奇》，第7折〈岳侯誓旅〉，頁20a。

（曹）左右，取過此馬原鞍轡來，待關將軍加鞍出馬。

（關披鞍出馬科）

（遼〔張遼〕）主公，你看關羽乘了此馬，好比天神下降。

（曹）果然是人馬廝稱，且看他回馬如何。

（關跑馬上科下馬科）〔註76〕

關羽的「披鞍出馬」與「跑馬」類似趟馬身段，馬童依令而行，「進前三步、退後兩步，任他跐跙（疑為馳聘）一番」的「服馬」科介，更是精彩的武技表演。後來關羽斬顏良誅文丑時，俱有馬頭卒在旁：「關提刀一卒帶馬隨上科」，關羽、馬童與一根象徵赤兔馬的馬鞭，共同創造了劇場中的表演高潮。以最簡單的砌末，配合精彩的舞蹈、武術，虛構出一幅戰馬奔騰的場景，由竹馬到馬鞭，然疑是一項表演藝術的進步。

坐轎在今日舞臺上有兩種表現方式，一為以帳代轎，揭簾出入；一為不用砌末，僅由四轎夫站四角做扛轎身段，上下轎時，虛擬掀簾動作。明傳奇的劇本中，多有揭轎簾的科介提示，例如《永團圓》二十八齣〈雙合〉，係由小生「押花轎」，抵達後「雜作揭簾且出介」；〔註77〕《博笑記》第三齣，且腳坐上了轎子，而劇本科介提示仍說「且行介」，下轎時則由「生揭簾介」，並唱「揭起轎簾鉤」。〔註78〕可見名為坐轎，其實還是由演員步行。《紅梅記》十二齣〈夜走〉，賈府派人來迎娶盧昭容，「眾扮丫鬟轎馬持火上」，此時轎中無人，應該是有帳子為砌末的。〔註79〕至於清初的《臙脂雪》傳奇寫瞎鄉宦赴東莊收賬，「淨坐竹轎，雜抬上，丑打傘同上」，〔註80〕《英雄概》傳奇鄭婆探視女兒，「椅子扎轎子，淨雜扮轎夫扛付急上，付在轎內急云」，〔註81〕則過於追求真實而顯得累贅。這種刻意求新的砌末設計，對於表演有妨礙，所以僅如曇花一現、未能流傳。

明傳奇劇本中行船泛舟的情節安排常多，《彩舟記》、《量江記》、《望湖亭》等劇的主要關目幾乎都是在舟中進行的，其他戲裏舟中的場面也屢見不鮮，

〔註76〕闕名：《新刻全像古城記》，卷上，第15齣〈賜馬〉，頁31a。

〔註77〕李玉：《一笠菴新編永團圓傳奇》，卷下，第28齣〈雙合〉，頁43b～47a。

〔註78〕沈璟：《新刻博笑記》，卷上，第3齣，頁10a。

〔註79〕周朝俊：《玉茗堂批評紅梅記》，卷上，第12齣〈夜走〉，頁31b。

〔註80〕〔清〕盛際時：《新編臙脂雪傳奇》（上海：文學古籍刊行社，1957年《古本戲曲叢刊三集》影印程氏玉霜簃藏舊鈔本），上卷，第7出，頁11a。

〔註81〕〔清〕葉稚斐：《英雄概傳奇》（上海：文學古籍刊行社，1957年《古本戲曲叢刊三集》影印長樂鄭氏藏鈔本），卷下，第20折，頁16b。

可見當時舞臺上行舟的身段已有相當的發展。前文曾引以桌掛彩象徵龍舟之例，此外還有一更簡便的方法，即由艄翁掌舵搖槳，再配合演員的臺步身段，構出一副秋江碧波、孤帆遠影的舞臺畫面。《彩舟記》十九齣〈訂盟〉，有「淨扮梢水持篙子上」的說明，〔註82〕「篙子」就是用來象徵舟船的砌末。同劇第五齣〈風阻〉裏有「雜扮梢水撐船上」、「淨撐船上」、「淨搖船就岸介」及「水手搖船上」等說明，〔註83〕既云「撐船」、「搖船」，可見也是砌末的，後來船遇風險，小生吩咐道：「水手，小心拿舵！」〔註84〕那麼梢水手中拿的似又是舵，而非篙子。其實舞臺上的砌末原非實物的仿製品，只是類似漿、篙之類的行船工具，以便配合船夫的搖船身段。《呂眞人黃梁夢境記》二十二齣「眾搖櫓急行科」，〔註85〕「櫓」正是行舟時專用的砌末。《望湖亭》二十三齣有「眾打扶手上岸介」，〔註86〕這個與砌末配合的虛擬動作，如今仍是舞臺上的表演精華。與此相關的，還有「解纜扯篷介」、「繫船介」〔註87〕、「下帆介」、「作轉船掛帆，一手把舵，一手收繩行介」〔註88〕等動作。翻船落水時則：「丑推生落水，鬼卒背下」〔註89〕、「丑、小淨齊喊腹痛作滾番（翻）船，旦跌介；丑、小淨先下，內扮二夜叉上，跳舞扛旦下」〔註90〕或「船覆，眾下介，生得木板漂走」。〔註91〕由一支代替船槳的砌末，引出臺上這麼多繁複美妙的身段表演，砌末與科介之關係由此可見。

　　乘車，一般習見的是以兩片車輪布旗象徵車輛，再配車夫及車中人的臺步身段，表演如「三插花」之類的圓場舞姿。〔註92〕在《古城記》傳奇中，

〔註82〕汪廷訥：《彩舟記》，卷下，第19齣〈訂盟〉，頁5a。

〔註83〕同前註，卷上，第5齣〈風阻〉，頁10b～11a、12b～13a。

〔註84〕同前註，頁12b。

〔註85〕蘇元儁：《呂眞人黃梁夢境記》，下卷，第22齣〈乘槎〉，頁11a。

〔註86〕沈自晉：《望湖亭記》，卷下，第23齣，頁11a。

〔註87〕汪廷訥：《彩舟記》，卷上，第15齣〈藏春〉，頁39a。

〔註88〕余翹原著，馮夢龍詳定：《墨憨齋重定量江記》，卷上，第11折〈月夜量江〉，頁25b。

〔註89〕汪廷訥：《彩舟記》，卷下，第21齣〈拯溺〉，頁12a。

〔註90〕馮夢龍編：《墨憨齋重定雙雄傳奇》，卷下，第22折〈龍神拯溺〉，頁10a。

〔註91〕湯顯祖：《邯鄲記》，毛晉編：《六十種曲》，第22齣〈備苦〉，頁76。

〔註92〕「三插花」是三個角色按絞辮形來往穿梭，以表示空間的轉換，在劇中作為追逐或前行後隨的動作。《高文舉珍珠記》傳奇十五齣〈遇虎〉演高文舉原配王氏偕僕人一同上京尋夫，以「旦、占、丑穿走介」表示行路，「穿走介」即是「三插花」之類的圓場。闕名：《新刻全像高文舉珍珠記》，卷下，頁4b。

也有車旗的出現。此劇十一齣〈秉燭〉，關羽吩咐「左右，碾車過來」後，相繼有「作粧車輪科」、「旦占上車科」、「關旦占內轉走科」等科介提示，〔註93〕可見今日舞臺上的演法已早見於明傳奇。其他劇本雖無明確的砌末說明，然若由《永團圓》十八齣的舞臺說明看來，既是「執鞭行介」，以鞭代馬，又有跑圓場以示縱馬馳騁之身段，且貼二腳應不是真的端坐車中，何況又有「二雜扮車夫」，當是二車夫持車旗與旦貼共同行走以象車輪之轉動。至於「雜丟車倒地喊介」，大概是將車旗拋棄於地。〔註94〕另外《連環記》二十八折〈假詔〉，演董卓乘的車輛車輪斷折，提示為「作車折介」，應該也是相同的演法。〔註95〕乾隆年間的《揚州畫舫錄》，則已明確的錄出了戲班的砌末：「人車搭旗」。〔註96〕

　　除了車旗之外，傳奇演出對於其他各類旗幟，也已有相當的運用。《望湖亭》傳奇二十三齣，有「小旦扮風姨持黑旗上」，〔註97〕這面黑旗是「風旗」，在《量江記》中顯示了很大的作用。《墨憨齋重定量江記》十一折寫的是龍王暗助樊若水渡江：

（龍王引鬼卒暗上展旗，內鑼鼓作風勢，龍王繞場一轉）（下）

（生）呀，好順風，可不是天助俺樊若水渡江也。不免掛起篷來。

（作扯篷介）（唱【小梁州】【么篇】）

（生）江已量完，不免下了風帆……，仍返棹向南。

（下帆介）

（龍王如前再上介）（下）

（生）呀，奇怪！剛欲轉船，又是北風了，不免依舊掛帆而行。

（作轉船掛帆，一手把舵，一手收繩行介）（唱【醉太平】）

（生）……不免解了石浮圖繩結，卷而藏之。

（解繩介）

（龍王又如前上介）（下）〔註98〕

〔註93〕闕名：《新刻全像古城記》，卷上，第 11 齣〈秉燭〉，頁 14a、頁 15b。

〔註94〕李玉：《一笠菴新編永團圓傳奇》，下卷，第 18 齣〈妒全〉，頁 11b～12a。

〔註95〕王濟：《連環記》，卷下，第 28 折〈假詔〉，頁 34a。

〔註96〕李斗：《揚州畫舫錄・新城北錄下》，卷 5，頁 135。

〔註97〕沈自晉：《望湖亭記》，卷下，頁 10a。

〔註98〕佘翹原著，馮夢龍詳定：《墨憨齋重定量江記》，上卷，第 11 折〈月夜量江〉，頁 25a～26a。

龍王引眾鬼卒高舉風旗、快速繞場穿過舞臺，又配合了「內鑼鼓作風勢」，形成一般風起雲湧的景象，穿插在樊若水行船、量江的動作中，舞臺調度極爲靈活並具巧思。《量江記》第五折還有令旗的出現，作爲指揮三軍操演排陣之用，外傳旨開操，「末應，揮旗，眾放砲吶喊走陣介」、「末再揮旗，眾走陣介」。〔註99〕前引陳明智演《千金記》之〈起霸〉一段，《菊莊新話》有云「陳振臂登場，龍跳虎躍，傍執旗幟者咸手足忙蹇而勿能從」，〔註100〕可見兩旁的軍士必須手執旗幟配合身段。《靈寶刀》傳奇還詳細記錄了旗幟的顏色，四路人馬各以不同顏色的旗幟爲號：「副末扮燕青執小青旗領軍上」、「中淨扮李逵執小紅旗領軍上」、「外扮魯智深執小白旗領軍上」、「貼扮一丈青執小皁旗領軍上」。〔註101〕《薛仁貴跨海征東白袍記》十五折，生扮的薛仁貴還依旗幟顏色之不同擺下陣式：

> 手下，把一百二十面青旗按著東方甲乙木，一百二十面白旗按西方庚辛金，一百二十面紅旗按著南方丙丁火，一百二十面黑旗按著北方壬癸水，一百二十五面黃旗按著中央戊己土。金則進，鼓則退，其雙即單行，其單則雙行，違令者即便依令行。〔註102〕

並唱【耍孩兒】曲申述此意，舞臺之上眾兵丁各持令旗、吶喊舞蹈的場面，一定相當可觀。在宋孟元老《東京夢華錄》的〈駕登寶津樓諸軍呈百戲〉一條中，提到「撲旗子」的表演：

> 駕登寶津樓，諸軍百戲，呈於樓下。先列鼓子十數輩，一人搖雙鼓子，近前進致語，多唱「青春三月蕎山溪」也。唱訖，鼓笛舉，一紅巾者弄大旗，次獅豹入場，坐作進退，奮迅舉止畢。次一紅巾者，手執兩白旗子，跳躍旋風而舞，謂之「撲旗子」。及上竿、打筋斗之類訖，樂部舉動，琴家弄令，有花粧輕健軍士百餘，前列旗幟，各執雉尾、蠻牌、木刀、初成行列拜舞，互變開門奪橋等陣，然後列成偃月陣。樂部復動蠻牌令，數內兩人出陣對舞，如擊刺之狀，一人作奮擊之勢，一人作僵仆。出場凡五七對，或以鎗對牌、劍對牌之類。〔註103〕

〔註99〕同前註，上卷，第5折〈曹師水閱〉，頁9b、頁10a。
〔註100〕引自焦循：《劇説》，卷6，頁200。
〔註101〕陳與郊：《靈寶刀》，下卷，第31齣〈群雄四伏〉，頁65a～65b。
〔註102〕闕名：《新刻出像音註薛仁貴跨海征東白袍記》（上海：商務印書館，1954年《古本戲曲叢刊初集》影印明金陵富春堂本），卷下，第15折，頁14b。
〔註103〕孟元老：《東京夢華錄》，頁42～43。

可見舞旗的技巧在宋代已大有可觀，出陣對擊時也都列有旗幟。傳奇則吸收了這些百戲雜技，融入劇情之中，成為排陣、對陣時的特殊表演。傳奇中每逢探子出現時，幾乎都有令旗為伴，《連環記》十六折〈問探〉，小生飾的呂布對探子說道：

> 探子，看你短甲隨身衲襖齊，曹兵未審意何如，兩腳猶如千里馬，
>
> 肩上橫担令字旗。你且喘息定了，漫漫（慢慢）的說來！〔註104〕

接下來便由探子以大段的唱、白來形容戰況，此時探子「肩上橫担」的「令字旗」便成了最佳的舞蹈工具。此齣〈問探〉能成為折子戲中的名劇，可說完全歸功於探子的巧耍令旗。又《草廬記》四十三折，探子以【黃鐘醉花陰】一套曲向孔明報告關羽華容放曹的經過時，也有令旗為配合身段之砌末，觀其下場詩「探事孜孜走白旗，轅門奏捷敢遲遲」即可知。〔註105〕《呂眞人黃梁夢境記》二十四齣，奸相盧杞被斬後，有「旦扮小軍提盧杞首級令旗上舞唱科」之提示，並有圖為證（圖五十八）。〔註106〕又如《古城記》十六齣，寫關羽命軍士往冀州報信時，特別交付令旗一面：「小校，取一面令旗與他。（付令旗科）軍前敢有攔阻者梟首！」接著關羽下場後，這名士卒還獨自「弔場」，唱了一段「滾調」，誇讚關公的神勇英武。試看這段滾調的文詞：

> 拿起刀來刀一把，提起鎗來鎗一根，偃月鋼刀提在手，猶如猛虎轉翻
>
> 身，殺得三軍齊敗走，猶如螻蟻滾成團，爬的爬來滾的滾，逃的逃來
>
> 奔的奔，不是小人說得快，險些做箇沒頭人、做箇沒頭人。〔註107〕

詞句明白如話，而且充滿了動作性，一定有許多身段與之配合，那麼，令旗又將發揮作用了。顯然可見，關羽在臨下場前之所以要特別交付令旗，不僅是為了劇情的需要（以免途遇阻攔），更是為了科介的需要。有了令旗砌末，表演的身段將更容易發揮。富春堂刊本《張巡許遠雙忠記》、《千金記》，以及明唐振吾刊本《武侯七勝記》，都有探子執令旗的插圖（圖五十九至圖六十二）。

《奇遇玉丸記》第六齣〈早春奇遇〉，有一段關於簾子的部份，極有價值：

> （旦、占）……既是詩客，丫頭放下堂簾，請客出去了，我們入園。

〔註104〕王濟：《連環記》，卷下，第 16 折〈問探〉，頁 1b。

〔註105〕〔明〕闕名：《新刻出像音註劉玄德三顧草廬記》（上海：商務印書館，1954年《古本戲曲叢刊初集》影印北京大學圖書館藏明富春堂刊本），卷4，第43折，頁 4b。按：刊本「第四十四折」有兩折，此當為第四十三折。

〔註106〕蘇元儁：《呂眞人黃梁夢境記》，下卷，第 24 齣〈傳首〉，頁 14a～b。

〔註107〕闕名：《新刻全像古城記》，卷下，第 16 齣〈斬將〉，頁 3a～b。

　　（小旦、小丑用裙扯作簾介）

　　（生）得奴稟上小姐，我簾外行禮。

　　（丑跪）稟上小姐，家主簾外一拜。

　　（旦）不消，逕過去。

　　（生）既從簾外過，無不拜之禮。

　　（生拜，旦、占答拜科）

　　（生）……榮幸難忘千載，春容尚間一簾。

　　（丑掀簾，小旦，小丑放下，作簾索斷科）

　　（旦仰視曰）簾索朽了，吳剛怎麼不整換，可惡！（中略）

　　（旦占從容下，小旦、小丑以扇遮介）〔註108〕

這是生旦初會的時刻，描寫得細膩而傳神。丑掀簾，其實是把簾兒扯了下來，
小姐分明也看見了書生，卻故作鎮靜，劇本特別交代「仰視」二字，讓小姐
抬頭看著掛簾處，而不與生正面接觸，丫環又趕忙用扇子遮住小姐。通過一
道簾兒、一把扇子，把小姐的矜持羞怯、書生的渴望期待，刻畫得淋漓盡致。
砌末與科介的結合運用，不僅能塑造場景，更能描繪微妙的情緒。不過，一
般「捲簾」、「下簾」只用虛擬的動作即可，例如《玉合記》第五齣、《邯鄲記》
第四齣〔註109〕、《詩賦盟》第三齣、十二齣等皆是，〔註110〕此處則爲了表示
丑的假意掀簾、故意扯簾，因此以裙代簾，可見砌末的運用是自由而靈活的，
完全依靠表演的性質做決定。

　　由以上所舉的例子，可以看出砌末本身雖簡單，然如能善爲應用，則能達
到以少勝多、以簡御繁的藝術效果，甚至轉而對科介身段的發展起了推動作用。
因此，觀眾在欣賞戲劇時，對於砌末本身的形製不會太過苛求，只求其神似即
可。然而，歷史上仍有不少熱衷於戲曲的人士，在砌末的外觀上，下過功夫、
詳加考究，例如《陶庵夢憶》卷八〈阮圓海戲〉記載阮氏家班砌末之出色：

　　　　至於《十錯認》之龍燈、之紫姑，《摩尼珠》之走解、之猴戲，《燕
　　　　子箋》之飛燕、之舞象、之波斯進寶，紙札裝束，無不盡情刻畫，
　　　　故其出色也愈甚。〔註111〕

〔註108〕朱期：《刻新編奇遇玉丸記》，第6齣〈早春奇遇〉，頁12a。

〔註109〕湯顯祖：《邯鄲記》，毛晉編：《六十種曲》，第4冊，第4齣〈入夢〉，頁16。

〔註110〕張琦：《詩賦盟傳奇》，卷上，第3齣〈乍晤〉，頁7a；第12齣〈攪會〉，頁
　　　　41a。

〔註111〕張岱：《陶庵夢憶》，頁97。

卷二〈朱雲崍女戲〉記朱氏女樂演「西施歌舞」時，不僅服飾華麗，而且砌末講究，如「女官內侍，執扇葆璇蓋、金蓮寶炬、紈扇宮燈二十餘人，光焰熒煌，錦繡紛疊，見者錯愕。」〔註112〕卷六〈目蓮戲〉文中云：

> 凡天神、地祇、牛頭、馬面、鬼母、喪門、夜叉、羅刹、鋸磨、鼎
> 鑊、刀山、寒冰、劍樹、森羅、鐵城、血澥，一似吳道子地獄變相，
> 為之費紙札者萬錢。〔註113〕

《雲間據目抄》卷二記鄉鎮演戲時，「彩亭旂鼓兵器，種種精奇，不能悉述」，〔註114〕精美華麗的砌末，也許能夠很快的引導觀眾進入戲劇情境，可是必須注意的是：砌末具有濃厚的象徵意味，如果力求外形的肖似，將無法與表演取得協調。舞臺上不排斥「光焰熒煌、錦繡紛疊」的「金蓮寶炬、紈扇宮燈」，因為它們能成功的烘托宮廷歌舞的華麗盛況；舞臺上也不排斥紙紮裝束的「鼎鑊、刀山、寒冰、劍樹」，因為它們能引導觀眾立即感受到陰間地府的陰森恐怖，使演員的表演更為突出。但是，像米太僕家優童的真刀真槍，〔註115〕像康熙年間目連戲用的活虎、活象、活馬，〔註116〕卻是無法存在的，因為它們對於表演有嚴重的妨礙。《清稗類鈔》中記載清末天津「太慶恆」戲班，演《金山寺》，其水法「以泰西機力轉動之水晶管，置玻璃巨簏中，……流湍奔馭，環往不休」，看來十分熱鬧，但由於它與表演的原則相互抵觸，結果弄得「班中唱做無人，未久即廢」。〔註117〕

《陶庵夢憶》卷五〈劉暉吉女戲〉一文中，甚至已可看出整堂布景的嘗試：

> 劉暉吉奇情幻想，欲補從來梨園之缺陷。如唐明皇遊月宮，葉法善
> 作場上，一時黑魆地暗，手起劍落，霹靂一聲，黑幔忽收，露出一

〔註112〕同前註，頁26。

〔註113〕同前註，頁72。

〔註114〕范濂：《雲間據目抄·記風俗》，卷2，頁6b，總頁2636。

〔註115〕「出優僮娛我，戲擒兀朮，刀械悉真具，一錯不可知，而公喜以此驚座。」
〔明〕王思任：〈米太僕家傳〉，《謔庵文飯小品》（北京：全國圖書館文獻縮微複製中心，2005年《中國古代小品精選》第13冊影印清順治刻本），卷4，頁94a～b，總頁857～858。按：米太僕即米萬鍾（1570～1628），關中人。萬曆二十三年進士，官至太僕少卿。

〔註116〕「康熙癸亥，聖祖以海宇蕩平，宜與臣民共為宴樂。特發帑金一千兩，在後載門架高臺，命梨園子弟演《目連傳奇》，用活虎、活象、活馬。」見徐珂：《清稗類鈔·戲劇類·演目連救母》，頁5050。

〔註117〕同前註，〈切末〉條，頁5032～5033。

月，其圓如規，四下以羊角染五色雲氣，中坐常儀，桂樹吳剛，白
兔搗藥。輕紗慢之內，燃賽月明數株，火焰青藜，色如初曙，撒布
成梁，遂躡月窟。境界神奇，忘其爲戲也。其他如舞燈：十數人手
攜一燈，忽隱忽現，怪幻百出，匪夷所思。令唐明皇見之，亦必目
睜口開，謂豔豔場中那得如許光怪耶！〔註118〕

這一堂布景構思奇巧，製造的氣氛也很不錯，不過它在戲曲史上終究難乎爲
繼。傳統戲曲舞臺上並不是不容許布景的存在，但布景的設置很可能會引起
下列三點矛盾：一、表演的流動性與舞臺固定性的矛盾，二、虛擬性的舞蹈
動作與富實性布景的矛盾，三、無限的人生與舞臺有限時空的矛盾。例如〈林
沖夜奔〉上梁山一段，林沖邊唱邊做身段、邊跑圓場，一套曲唱完，幾個圓
場跑後，舞臺環境已由滄州到了梁山。整齣戲都是在「行進中」進行的，換
言之，表演是「流動」的，舞臺也都不具備任何意義，而原本靠象徵性表演
藝術所展現的無限人生，也將被一堂景所限定。因此中國戲曲的舞臺上，始
終無法由象徵的砌末發展成寫實布景，其原因並非技術水準不夠，而是爲了
避免與表演發生衝突。

〔註118〕張岱：《陶庵夢憶》，頁 67～68。

餘　論

　　從宮禁內廷、華堂盛宴，到鄉野廟臺、茶樓酒館，觀劇聽戲已成爲明代朝野一致之風尚，檀板謳歌遍及於各階層，廣受所有民眾的喜愛。劇團，已然是職業化的組織；戲子，也已成爲普遍的職業。民間戲班及私人家樂，是推動劇運的主力，宮廷劇團及業餘串客，也一同烘托出了明代劇場的耀眼光華。不同的劇團演員、表演場合及劇場形製，塑造了不同的劇場風格。或以豪華壯麗的排場、歌功頌德的內容，迎合皇室貴戚的口味；或以粗豪放曠的氣勢、通俗熱鬧的故事，配合節令搬演，直接打動鄉鎮村民；也有用清柔婉折的水磨崑腔，譜出才子佳人的風流韻事，在朱門綺席、閑庭別館中侍觴陪宴、助興娛情。然而，表演特質雖各有所長，劇場藝術的日益精進、漸趨圓熟，則是一致的現象。隨著唱念做打的均衡發展，明傳奇腳色類別之區分，已不再限於「主唱」與否，進而以表演藝術的整體特色，配合著人物之類型，爲其分工的標準。生、旦所象徵的類型及所擅長的劇藝，已較南戲穩固；淨腳的分化，與勾臉藝術相配合，更是明傳奇的成就。腳色的服飾穿戴，不僅象徵了性格身分，且已被充分運用，和砌末同時成爲舞蹈科介之工具。表情身段，靈活地操縱著場景的變換，深入地刻畫了人物的內心；武技和舞蹈的融合，更豐富加強了動作的表現力。音樂方面，一則吸收了北雜劇套數結構的嚴格規律，同時又承繼著南戲靈活自由的特性，傳奇聯套遂能使音樂變化與情景轉換密切聯繫。流麗悠遠的崑山腔、鑼鼓喧天的弋陽調，也分別配合了不同的演出場合與劇場形製，分別適應了不同階層觀眾的需求，在劇本文學的輝煌成果之上，使明傳奇的劇場藝術也展現了燦爛的光芒。

　　戲劇的生命，同時涵蓋了劇本文學與劇場藝術兩方面，考察任何一個時

代的戲劇發展，都必須同時兼顧上述兩層。明傳奇劇本文學上的成就，早有定論；劇場藝術之表現，也已如上述。然而，劇本文學與舞臺藝術之間，應該是息息相關、相互激盪的。劇團類別及數量之多，促使劇本創作蓬勃發展；劇目激增、競演新戲的現象，又刺激了腳色之孳乳分化、身段之繁複多姿、服飾化妝之講求考突，與夫音樂唱腔的委曲宛轉；而這些劇場藝術的成果，轉而更對劇本文學之創作方向產生了相當的影響：曲文的動作性愈來愈明顯，歌舞、打圍等場面的經常出現，更是戲劇從題材本身決定表演形式之例證。而劇場藝術對劇本結構的影響，尤其值得注意。

　　戲劇的結構不同於小說，小說之結構決定於情節安排，而戲劇結構則以「分場」為基礎。蓋戲劇藝術寄託於舞臺，故事情節必須在腳色與音樂、科介、服飾、砌末等相互配合所形成的「排場」之中方能展現，故分場不以情節輕重為惟一條件，腳色分工、聯套配搭、科介運用等均占相當份量。明傳奇中許多動人的場面，其故事性往往十分薄弱，甚至整場演出對於情節之開展毫無推進之功，而其動人之處則在於舞臺藝術，其中必有悠揚動聽的曲調，或是優美繁複的身段，足以滿足觀眾視聽之娛；當然，載歌載舞的表演，其最終目的是在揭示人物內在情感、刻畫人物心理變化。因此，沒有衝突、沒有情節的抒情場面，反而經常是戲劇的高潮。例如《牡丹亭·驚夢》一齣，今歌場只演前半〈遊園〉一段，即能令人目不暇給。舞臺之上但見旦、貼二人穿梭流連於斷井頹垣、姹紫嫣紅之間，沒有人物的衝突、沒有戲劇的事件，而它卻深受千百年來觀眾的喜愛，因為它有悠揚宛轉的【皂羅袍】，有與砌末（摺扇）、服飾（水袖）融合無間的美妙舞姿，更因為在細膩的表演之中，蕩漾著杜麗娘的一縷幽情與春香的天真喜悅。又如《西樓記》的二十二齣，此齣只看齣目就頗堪玩味——〈自語〉。舞臺上只有旦飾的穆素微一人，打引子【破齊陣】上場，念【漁家傲】詞一首，接唱【雁魚錦】集曲，訴說她的相思之情，唱畢念下場詩即結束整齣。很明顯的，這齣戲的創作傾向，是在「情感的發揮」，而無關「戲劇事件的鋪陳」。像此類場面之所以能夠經常出現於舞臺上而不覺突兀，可說完全決定於象徵性的表演藝術。

　　象徵性的表演，可以不為現實所拘，可在有限的時空裏，表現出無限的時空意識。所謂「突破時空限制」，如要加以細說，則可分為兩層。突破「空間」限制一層，其義顯而易明，劇本中屢見不鮮的「轉彎末角、末角轉彎，到了」，早為觀眾所熟知，《寶劍記》之〈夜奔〉一齣，更可視為突破空間限

制之代表例證。至於突破「時間」限制，則當有兩層含義，一指上下場之間即可相隔數年，短短半日之內可以搬演人生百年，甚至同一場中時間即可自由轉換。《浣紗記》的〈養馬〉，即是明顯的例子：

　　　小生唱【山坡羊】

　　　（淨丑上）怎麼兩日馬兒一發瘦了。好打好打。也罷，且饒你這一
　　　　　　　　次。（下）

　　　貼唱【前腔】

　　　（淨丑上）你這囚徒，怎麼兩日馬兒身上一發不乾淨了。好打好打。
　　　　　　　　也罷，再恕你一次。（下）

　　　生唱【前腔】

　　　（淨丑上）你這個囚徒。怎麼兩日馬兒一發不見生長了。皁隸，拿
　　　　　　　　他過來。〔註1〕

　　小生（勾踐）、貼（夫人）與生（范蠡）同在場上，分唱三支【山坡羊】，即已代表時間的進展。只有以象徵性的表演為基礎，才能省卻許多不必要的交代，而集中筆墨於歌舞表演、情感發揮。此為突破時間限制之第一義。另一義則當指：劇中人的片段感興或霎那激情，在現實人生中也許是一閃即過、轉瞬即逝的，但在象徵舞臺上，卻可藉著曲文、音樂、舞蹈，將幽微的情緒持續、暈染、擴大、誇張，使其具象化的體現，因此霎那之情，可以編為數十分鐘、甚至數小時長的整場戲。在這裏，作者不必考慮情節、事件是否薄弱，因為觀眾的興趣原不在看「所敘何事」，而在看「如何抒情」，唱念做打等表演藝術才是抒情的手段，也才是觀眾注目之焦點。這樣的安排，就事件進展的順暢而言，無疑是有所妨礙的。但討論戲劇結構時，原不能僅從情節安排著眼，還必須兼顧表演，也就是說，結構當以排場為其依據。

　　此外，觀賞中國古典戲曲時，也不必執西方「衝突」、「急轉」等觀點。中國戲曲的高潮往往不在衝突、糾結、矛盾的當時，事過境遷之後的痛定思痛，才是更常被渲染強調的場次。例如《千鍾祿》裏危機的頂點，應是建文決定逃亡出宮的霎那，然而歷史上驚天動地的一刻，舞臺上卻只以數支粗曲即匆匆表過，戲劇的高潮則安排在建文出亡中途目覩死難忠臣首級的一場：〈慘覩〉，此時此刻，在最驚險的危難已過之後，建文帝方以「收拾起大地山河一擔裝」蒼

─────────────────────

〔註 1〕　梁辰魚：《浣紗記》，毛晉編：《六十種曲》，第 1 冊，第 13 齣〈養馬〉，頁 44。

涼悲壯的「八陽」套曲，將戲劇的發展推向了高潮。他如《漢宮秋》、《梧桐雨》的第四折，《浣紗記》之〈泛湖〉、《長生殿》之〈彈詞〉、《桃花扇》之〈餘韻〉，乃至於《白蛇傳》之〈祭塔〉、《六月雪》之〈探監〉等等，都是以相同的手法完成其藝術成就的。這些戲都是在危難驚遽倉皇紛亂都已成過去之後，由當事人，或歷經一切的旁觀見證者，單人主場，獨自重述往事，以大段唱腔，緩緩道出事件發展的經過以及個人對往事的感慨或評論，此時，情節和動作都已隱退，所有的，只是劇中人無盡的、深沉的憂思悲情。當然，說唱文學對於戲劇處理「追憶」、「旁述」等的表現力是絕對有幫助的，但更主要的原因則是：載歌載舞的表演藝術更宜於抒情。蓋衝突的當頭，在一片倉皇危難中，很難安插大段唱工，只能利用粗曲或簡明快速的身段以配合緊急之情勢、而事過境遷後的追憶緬懷，則可盡量利用悠長緩慢的曲調，配合繁複的身段，以抒無盡之情。獨特的結構方式，原是為了配合適應表演藝術之所長而做的安排，然而如此一來，對於劇本創作的文學價值，反倒有提升之功。陳世驤先生於〈中國詩之分析與鑑賞示例〉一文中，引述了十九世紀末歐洲文藝理論家所持的「靜態悲劇」之觀念：「生命裏面真的悲劇成分之開始，要在所謂一切驚險、悲哀和危難都消失過後」，「只要純粹完全的由赤裸裸的個人孤獨的面對著無窮的大宇宙時」，才是悲劇的最高興趣。據陳氏所云，西方雖有這樣高深的戲劇理論，但在劇本創作上，卻缺乏實際的成就。然而，中國戲曲中這些抒情的場面，卻與此原則符合。建文的悲歌，不僅是一時片刻的感觸，而是把他對整個歷史事件、個人命運的悲慨置於此而做集中的處理，這種反省之後的沉哀，不是危難當頭所能道出的。〈彈詞〉、〈餘韻〉、〈泛湖〉裏的千古興亡之慨，也必須經過痛定思痛的反省歷程。「強烈的情感並無藝術的意味」，〔註2〕經過沉潛、反省後的情思才耐人尋味。中國戲曲雖無希臘悲劇的宏偉氣勢、磅礴力量，但其中包含了對感情、對生命、對歷史深沉冷靜的觀照，藝術價值是決不遜色的。

劇場形製決定了劇場藝術的特質，劇場藝術與劇本文學則是一體之兩面，彼此相互激盪、相互影響，這原是戲曲史上一貫的現象。而明傳奇之劇本創作與劇場藝術發展的程度最為均衡，因此二者之關係也就特別值得注意。惟本論文乃以劇場藝術為題，故二者之關係僅於餘論中略述如此。

〔註2〕 法國心理學家德臘庫瓦（Delacroix）於《藝術心理學》書中引湯姆士曼（Thomas Mann）之語，轉引自朱光潛：《文藝心理學》（臺北：臺灣開明書店，1991年），第2章，頁23。

參考書目

一、劇　本

〔明〕毛晉編：《六十種曲》，北京：中華書局，1958 年。

〔元〕施惠：《新刊重訂出相附釋標註拜月亭記》，影印長樂鄭氏藏明世德堂刊本。

〔元〕高明：《新刊元本蔡伯喈琵琶記》，影印北京圖書館藏陸貽典鈔本校嘉靖二十七年刊本。

〔元〕闕名：《蘇武牧羊記》，影印大興傅氏藏清寶善堂鈔本。

〔明〕王光魯：《譚友夏批點想當然傳奇》，影印北京圖書館藏明刊本。

〔明〕王錂重訂：《新鐫圖像音註周羽教子尋親記》，影印北京大學圖書館藏明富春堂刊本。

〔明〕王濟：《連環記》，影印長樂鄭氏藏鈔本。

〔明〕朱期：《刻新編奇遇玉丸記》，影印北京圖書館藏明刊本。

〔明〕李開先：《新編林沖寶劍記》，影印北京圖書館藏明嘉靖刊本。

〔明〕沈采：《新刻出像音註花欄韓信千金記》，影印北京圖書館藏明富春堂刊本。

〔明〕沈璟：《重校義俠記》，影印大興傅氏藏明繼志齋刊本。

〔明〕沈璟：《重校雙魚記》，影印北京圖書館藏繼志齋刊本。

〔明〕沈璟：《新刻博笑記》，影印北京圖書館藏明刊本。

〔明〕周朝俊：《玉茗堂批評紅梅記》，影印長樂鄭氏藏明刊本。

〔明〕徐復祚：《新刻出相點板宵光記》，影印明唐振吾刻本配飲流齋鈔本。

〔明〕張鳳翼：《紅拂記》，影印北京圖書館藏明朱墨刊本。

〔明〕張鳳翼:《新刊音註出像齊世子灌園記》,影印北京圖書館藏明富春堂刊本。

〔明〕梅鼎祚:《長命縷》,影印長樂鄭氏藏明刊本。

〔明〕許自昌:《橘浦記》,影印北京圖書館藏日本景印明刊本。

〔明〕陸采:《新刻合併陸天池西廂記》,影印大興傅氏藏明周居易刊本。

〔明〕湯顯祖:《牡丹亭》,影印北京圖書館藏明朱墨刊本。

〔明〕湯顯祖:《邯鄲記》,影印北京圖書館藏明朱墨刊本。

〔明〕湯顯祖:《南柯夢》,影印長樂鄭氏藏明刊本。

〔明〕湯顯祖:《柳浪館批評玉茗堂紫釵記》,影印北京圖書館藏柳浪館刊本。

〔明〕湯顯祖:《新刻出像點板音註李十郎紫簫記》,影印長樂鄭氏藏明富春堂刊本。

〔明〕湯顯祖原著,馮夢龍更定:《墨憨齋重定三會親風流夢》,影印北京圖書館藏明墨憨齋刊本。

〔明〕鄭之珍:《新編目連救母勸善戲文》,影印明萬曆高石山房刊本。

〔明〕鄭若庸:《新刻出像音註釋義王商忠節癸靈廟玉玦記》,影印北京大學圖書館藏明富春堂刊本。

〔明〕薛近兗:《繡襦記》,影印北京圖書館藏明朱墨刊本。

〔明〕蘇元儁:《重校呂眞人黃梁夢境記》,影印北京圖書館藏明繼志齋刊本。

〔明〕蘇復之:《重校金印記》,影印長樂鄭氏藏明刊本。

〔明〕闕名:《十義記》,影印上海圖書館藏明富春堂刊本。

〔明〕闕名:《黃孝子尋親記》,影印長樂鄭氏藏舊鈔本。

〔明〕闕名:《新刊出像音註岳飛破虜東窗記》,影印北京大學圖書館藏明富春堂刊本。

〔明〕闕名:《新刻出像音註劉玄德三顧草廬記》,影印北京大學圖書館藏明富春堂刊本。

〔明〕闕名:《新刻出像音註薛仁貴跨海征東白袍記》,影印明金陵富春堂本。

〔明〕闕名:《新刻全像古城記》,影印長樂鄭氏藏明刊本。

〔明〕闕名:《新刻出像音註薛平遼金貂記》,影印北京大學藏明富春堂刊本。

以上諸傳奇除首列之《六十種曲》外,俱見《古本戲曲叢刊初集》,上海:商務印書館,1954年。

〔明〕卜世臣:《冬青記》,影印北京圖書館藏明萬曆刊本。

〔明〕王錂:《綵樓記》,影印北京圖書館藏舊鈔本。

〔明〕史磐撰，馮夢龍改訂：《墨憨齋重定夢磊傳奇》，影印長樂鄭氏藏墨憨齋刊本。

〔明〕佘翹：《新鐫量江記》，影印明繼志齋刊本。

〔明〕吳成美：《新鍥重訂出像附釋標註驚鴻記題評》，影印北京大學圖書館藏明世德堂刊本。

〔明〕李梅實撰，馮夢龍詳定：《墨憨齋新訂精忠旗傳奇》，影印長樂鄭氏藏墨憨齋刊本。

〔明〕汪廷訥：《投桃記》，影印北京圖書館藏明環翠堂原刊本。

〔明〕汪廷訥：《環翠堂樂府彩舟記》，影印北京圖書館藏明環翠堂刊本。

〔明〕沈自晉：《望湖亭記》，影印長樂鄭氏藏明末刊本。

〔明〕沈自晉：《翠屏山總綱》，影印中國戲曲研究院藏雍正九年鈔本。

〔明〕阮大鋮：《詠懷堂新編十錯認春燈謎記》，影印長樂鄭氏藏崇禎六年序刊本。

〔明〕阮大鋮：《詠懷堂新編勘蝴蝶雙金榜記》，影印北京圖書館藏明末刊本。

〔明〕阮大鋮：《遙集堂新編馬郎俠牟尼合記》，影印北京圖書館藏明崇禎刊本。

〔明〕阮大鋮：《懷遠堂批點燕子箋》，影印上海圖書館藏明末刊本。

〔明〕孟稱舜：《張玉娘閨房三清鸚鵡墓貞文記》，影印綏中吳氏藏明崇禎刊本。

〔明〕欣欣客：《新刻全像袁文正還魂記》，影印北京圖書館藏明文林閣刊本。

〔明〕紀振倫：《新鐫武侯七勝記》，影印大興傅氏藏明唐振吾刊本。

〔明〕范文若：《夢花酣》，影印明博山堂刊本。

〔明〕孫鍾齡：《東郭記》，影印長樂鄭氏藏明末刊本。

〔明〕馬佶人：《荷花蕩》，影印長樂鄭氏藏明崇禎刊本。

〔明〕張琦：《詩賦盟傳奇》，影印北京圖書館藏明白雪樓五種曲本。

〔明〕梅孝己原著，馮夢龍竄定：《墨憨齋新定灑雪堂傳奇》，影印長樂鄭氏藏墨憨齋刊本。

〔明〕陳與郊：《麒麟罽》，影印北京圖書館藏明海昌陳氏原刊本。

〔明〕陳與郊：《靈寶刀》，影印北京圖書館藏明海昌陳氏原刊本。

〔明〕陸弼、欽虹江原著，馮夢龍更定：《墨憨齋詳定酒家傭傳奇》，影印長樂鄭氏藏明墨憨齋刊本。

〔明〕馮夢龍編：《墨憨齋訂定萬事足傳奇》，影印長樂鄭氏藏明墨憨齋原刊本。

〔明〕馮夢龍編：《墨憨齋重定雙雄傳奇》，影印長樂鄭氏藏墨憨齋刊本。

〔明〕路迪：《鴛鴦縧》，影印北京圖書館藏明崇禎刊本。

〔明〕寰宇顯聖公：《孔夫子周遊列國大成麒麟記》，影印北京圖書館藏明刊本。

〔明〕闕名：《新刻出像音註王昭君出塞和戎記》，影印明富春堂刊本。

〔明〕闕名：《新刻出像音註觀世音修行香山記》，影印北京圖書館藏明富春堂刊本。

〔明〕闕名：《新刻全像高文舉珍珠記》，影印北京圖書館藏明文林閣刊本。

〔明〕闕名：《新刻全像觀音魚籃記》，影印北京圖書館藏明文林閣刊本。

以上諸傳奇俱見《古本戲曲叢刊二集》，上海：商務印書館，1955 年。

〔明〕朱葵心：《新刻回春記》，影印上海圖書館藏明崇禎刊本。

〔明〕李玉：《一笠菴彙編清忠譜傳奇》，影印傅惜華藏清順治刊本。

〔明〕李玉：《一笠菴新編一捧雪傳奇》，影印長樂鄭氏藏明崇禎中刊本。

〔明〕李玉：《一笠菴新編人獸關傳奇》，影印大興傅氏藏明崇禎中刊本。

〔明〕李玉：《一笠菴新編占花魁傳奇》，影印大興傅氏藏明崇禎中刊本。

〔明〕李玉：《一笠菴新編兩鬚眉傳奇》，影印長樂鄭氏藏順治十年序刊本。

〔明〕李玉：《一笠菴新編眉山秀傳奇》，影印長樂鄭氏藏順治十一年序刊本。

〔明〕李玉：《一笠菴彙編清忠譜傳奇》，影印傅惜華藏清順治刊本。

〔明〕李玉：《一笠菴新編永團圓傳奇》，影印大興傅氏藏崇禎中刊本。

〔明〕李玉：《千鍾祿》，影印程氏玉霜簃藏舊鈔本。

〔明〕李玉：《太平錢》，影印北京圖書館藏鈔本。

〔明〕李玉：《牛頭山總綱全集》，影印丹徒嚴氏藏鈔本。

〔明〕李玉：《意中人》，影印綏中吳氏藏鈔本。

〔明〕李玉：《萬里圓》，影印程氏玉霜簃藏鈔本。

〔明〕李玉：《麒麟閣》，影印上海圖書館藏鈔本。

〔明〕徐復祚：《投梭記》，影印長樂鄭氏藏汲古閣刊本。

〔明〕張鳳翼：《竊符記》，影印北京圖書館藏舊鈔本。

〔明〕盛際時：《新編臙脂雪傳奇》，影印程氏玉霜簃藏舊鈔本。

〔明〕葉稚斐：《英雄概傳奇》，影印長樂鄭氏藏鈔本。

〔明〕謝國：《蝴蝶夢》，影印上海市歷史文獻圖書館藏明末刊本。

以上諸傳奇俱見《古本戲曲叢刊三集》，上海：文學古籍刊行社，1957 年。

〔明〕朱權：《卓文君私奔相如》，影印明萬曆四十五年脈望館鈔校于小穀本。

〔元〕闕名：《劉關張桃園三結義》，影印明萬曆間脈望館鈔校本。

〔明〕闕名：《賀萬壽五龍朝聖雜劇》，影印明萬曆間脈望館鈔校內府本。

〔明〕闕名：《漢鍾離度脫藍采和》，影印明脈望館校藏《古名家雜劇》本。

以上諸雜劇俱見《古本戲曲叢刊四集》，上海：商務印書館，1958 年。

〔明〕佘翹原著，馮夢龍詳定：《墨憨齋重定量江記》，影印明墨憨齋刊本。

〔明〕李玉原著，馮夢龍改訂：《墨憨齋重定人獸關傳奇》，影印明墨憨齋刊本。

〔明〕李玉原著，馮夢龍改訂：《墨憨齋重訂永團圓傳奇》，影印明墨憨齋刊本。

〔明〕紀振倫校正：《鐫新編全相霞箋記》，影印民國八年貴池劉氏暖紅室刊本。

〔明〕袁于令原著，馮夢龍改訂：《墨憨齋重定西樓楚江情傳奇》，影印明墨憨齋刊本。

〔明〕張鳳翼、劉晉充原著，馮夢龍更定：《墨憨齋重定女丈夫傳奇》，影印明墨憨齋刊本。

〔明〕張鳳翼原著，馮夢龍改訂：《墨憨齋新灌園傳奇》，影印明墨憨齋刊本。

〔明〕湯顯祖原著，馮夢龍改訂：《墨憨齋重定邯鄲夢傳奇》，影印明墨憨齋刊本。

以上諸傳奇俱見林侑蒔主編：《全明傳奇》，臺北：天一出版社，1984 年。

〔明〕吉州景居士編：《鼎刻時興滾調歌令玉谷新簧》，影印日本內閣文庫藏萬曆三十八年書林劉次泉刊本。

〔明〕沈自晉編：《南詞新譜》，影印清順治十二年刊本。

〔明〕沈璟編：《增定南九宮曲譜》，影印明末永新龍驤刻本。

〔明〕殷啟聖編：《新鋟天下時尚南北新調堯天樂》，影印明萬曆間福建書林熊稔寰刻本。

〔明〕程萬里選：《鼎鍥徽池雅調南北官腔樂府點板曲響大明春》，影印日本尊經閣文庫藏明萬曆間福建書林金魁刻本。

〔明〕黃文華編：《鼎鐫崑池新調樂府八能奏錦》，影印日本內閣文庫藏明萬曆書林愛日堂蔡正河刻本。

〔明〕黃文華選輯：《新刻京板青陽時調詞林一枝》，影印日本內閣文庫藏萬曆間福建葉志元刻本。

〔明〕熊稔寰編：《新鍥天下時尚南北徽池雅調》，影印明萬曆間福建書林燕石居主人刻本。

〔明〕蔣孝編：《舊編南九宮譜》，影印明嘉靖己酉三徑草堂刊本。

〔明〕龔正我選輯：《新刊徽板合像滾調樂府官腔摘錦奇音》，影印明萬曆三十九年書林敦睦堂張三懷刻本。

〔清〕玩花主人編選，錢德蒼續選：《綴白裘》，影印乾隆四十二年武林鴻文堂重刊本。

〔清〕闕名編：《審音鑑古錄》，影印道光十四年東鄉王繼善補雠琴隱翁序刊本。

〔清〕闕名編：《新鐫樂府清音歌林拾翠》，影印清奎璧齋、寶聖樓、鄭元美等書林覆刻本。

以上諸曲選、曲譜俱見王秋桂主編：《善本戲曲叢刊》，臺北：臺灣學生書局，1984、1987 年。

〔元〕王實甫：《西廂記五劇》，貴池：劉世珩暖紅室彙刻傳劇本，1919 年。

〔明〕朱有燉撰，吳梅校訂：《奢摩他室曲叢二集・誠齋樂府》，上海：涵芬樓，1928 年。

〔明〕李玉撰，陳古虞、陳多、馬貴聖點校：《李玉戲曲集》，上海：上海古籍出版社，2004 年。

〔明〕沈泰編：《盛明雜劇》，臺北：廣文書局，1977 年影印民國七年董康誦芬室仿明本精刊本。

〔明〕沈泰編：《盛明雜劇二集》，臺北：廣文書局，1977 年影印民國十四年董康誦芬室覆刊本。

〔明〕湯顯祖：《牡丹亭還魂記》，臺北：臺灣商務印書館，1975 年《四部叢刊三編》影印明萬曆刊本。

〔明〕葉憲祖：《葉憲祖雜劇四種》，桂林：廣西師範大學出版社，2006 年《日本所藏稀見中國戲曲文獻叢刊》第 1 輯第 17 冊影印日本內閣文庫藏明萬曆刊本。

〔明〕臧懋循編：《元曲選》，臺北：藝文印書館，1958 年影印明萬曆四十三年吳興臧氏雕蟲館刊本。

〔明〕闕名：《新編劉知遠還鄉白兔記》，上海：文物出版社，1979 年《明成話說唱詞話叢刊》影印上海博物館藏北京永順堂刊本。

〔清〕孔尚任：《桃花扇》，上海：上海古籍出版社，1986 年《古本戲曲叢刊五集》影印北京圖書館藏清康熙刊本。

〔清〕玩花主人編選，錢德蒼續選，民國汪協如點校：《綴白裘》，北京：中華書局，1955 年。

王古魯：《明代徽調戲曲散齣輯佚》，上海：古典文學出版社，1956 年。

姜亞沙、經莉、陳湛綺主編：《中國古代雜劇文獻輯錄》，北京：全國圖書館文獻縮微複製中心，2006 年。

錢南揚校注：《永樂大典戲文三種校注》，北京：中華書局，1979 年。

二、古典曲論

〔唐〕段安節：《樂府雜錄・鼓架部》，中國戲曲研究院編：《中國古典戲曲論著集成》第 1 冊，北京：中國戲劇出版社，1959 年。

〔唐〕崔令欽：《教坊記》，《中國古典戲曲論著集成》第 1 冊，同前。

〔金〕芝庵：《唱論》，《中國古典戲曲論著集成》第 1 冊，同前。

〔元〕夏庭芝：《青樓集》，《中國古典戲曲論著集成》第 2 冊，同前。

〔明〕王驥德：《曲律》，《中國古典戲曲論著集成》第 4 冊，同前。

〔明〕朱權：《太和正音譜》，《中國古典戲曲論著集成》第 3 冊，同前。

〔明〕呂天成撰，吳書蔭校註：《曲品校註》，北京：中華書局，2006 年第 2 版。

〔明〕李開先：《詞謔》，《中國古典戲曲論著集成》第 3 冊，同前。

〔明〕沈寵綏：《度曲須知》，《中國古典戲曲論著集成》第 5 冊，同前。

〔明〕祁彪佳：《遠山堂曲品》，《中國古典戲曲論著集成》第 6 冊，同前。

〔明〕徐復祚：《曲論》，《中國古典戲曲論著集成》第 4 冊，同前。

〔明〕徐渭：《南詞敘錄》，《中國古典戲曲論著集成》第 3 冊，同前。

〔明〕潘之恆撰，汪效倚輯注：《潘之恆曲話》，北京：中國戲劇出版社，1988 年。

〔明〕魏良輔：《曲律》，《中國古典戲曲論著集成》第 5 冊，同前。

〔明〕無名氏：《錄鬼簿續編》，《中國古典戲曲論著集成》第 2 冊，同前。

〔清〕平步青：《小棲霞說稗》，《中國古典戲曲論著集成》第 9 冊，同前。

〔清〕李漁：《閒情偶寄》，《中國古典戲曲論著集成》第 7 冊，同前。

〔清〕李調元：《雨村曲話》，《中國古典戲曲論著集成》第 8 冊，同前。

〔清〕李調元：《劇話》，《中國古典戲曲論著集成》第 8 冊，同前。

〔清〕姚燮：《今樂考證》，《中國古典戲曲論著集成》第 10 冊，同前。

〔清〕梁廷柟：《曲話》，《中國古典戲曲論著集成》第 8 冊，同前。

〔清〕焦循：《劇說》，《中國古典戲曲論著集成》第 8 冊，同前。

〔清〕黃旛綽:《梨園原》,《中國古典戲曲論著集成》第 9 冊,同前。

〔清〕楊恩壽:《詞餘叢話》,《中國古典戲曲論著集成》第 9 冊,同前。

〔清〕楊懋建(蕊珠舊史):《夢華瑣簿》,張次溪編纂:《清代燕都梨園史料》,北京:中國戲劇出版社,1988 年。

〔清〕無名氏:《傳奇彙考標目》,《中國古典戲曲論著集成》第 7 冊,同前。

王利器輯錄:《元明清三代禁毀小說戲曲史料》,上海:上海古籍出版社,1981 年。

任中敏編:《新曲苑》,臺北:臺灣中華書局,1970〔1940〕年。

陳乃乾編:《曲苑》,上海:古書流通處,1921 年石印巾箱本。

傅惜華:《古典戲曲聲樂論著叢編》,北京:人民音樂出版社,1957 年。

董康等纂輯:《曲海總目提要》,北京:人民文學出版社,1959 年。

蔡毅編:《中國古典戲曲序跋彙編》,濟南:齊魯書社,1989 年。

三、其他古籍

〔漢〕張衡,張震澤校注:《張衡詩文集校注》,上海:上海古籍出版社,1986 年。

〔漢〕許慎撰,〔清〕段玉裁注:《眞書標眉說文解字注》,臺北:廣文書局,1969 年影印經韻樓本。

〔晉〕陳壽撰,〔南朝宋〕裴松之注:《三國志》,北京:中華書局,1982 年。

〔南朝宋〕范曄撰,〔唐〕李賢等注,〔晉〕司馬彪補志:《後漢書》,北京:中華書局,1965 年。

〔南朝宋〕劉義慶撰,余嘉錫箋疏:《世說新語箋疏》,上海:上海古籍出版社,1993 年。

〔唐〕元稹:《元稹集》,北京:中華書局,1982 年。

〔唐〕徐堅輯:《初學記》,北京:中華書局,1962 年。

〔唐〕魏徵等:《隋書》,北京:中華書局,1973 年。

〔五代〕劉昫:《舊唐書》,北京:中華書局,1975 年。

〔宋〕王安石撰,李璧箋註撰:《箋註王荊文公詩》,臺北:廣文書局,1960 年影印元大德刊本。

〔宋〕司馬光著,〔元〕胡三省音註:《資治通鑑》,北京:中華書局,2005 年。

〔宋〕西湖老人:《西胡老人繁勝錄》,收入《東京夢華錄(外四種)》,上海:上海古典文學出版社,1956 年。

〔宋〕李昉等編:《太平廣記》,北京:中華書局,1961 年。

〔宋〕周密:《武林舊事》,《東京夢華錄（外四種）》,同前。

〔宋〕孟元老:《東京夢華錄》,收入《東京夢華錄（外四種）》,同前。

〔宋〕耐得翁:《都城紀勝》,收入《東京夢華錄（外四種）》,同前。

〔宋〕陳暘:《樂書》,臺北:臺灣商務印書館,1983 年《景印文淵閣四庫全書》第 211 冊影印國立故宮博物院藏本。

〔宋〕陸游:《老學庵筆記》,北京:中華書局,1979 年。

〔宋〕陸游著,錢仲聯校注:《劍南詩稿校注》,上海:上海古籍出版社,2005年。

〔宋〕趙升:《朝野類要》,臺北:臺灣商務印書館,1983 年《景印文淵閣四庫全書》第 854 冊影印國立故宮博物院藏本。

〔宋〕劉克莊:《後村先生大全集》,北京:線裝書局,2004 年《宋集珍本叢刊》第 81 冊影印清鈔本。

〔宋〕錢易:《南部新書》,北京:中華書局,2002 年。

〔元〕姚桐壽:《樂郊私語》,臺北:藝文印書館,1965 年《原刻景印百部叢書集成》第 106 冊影印萬曆繡水沈氏尚白齋刻《寶顏堂秘笈》本。

〔元〕施耐庵撰,羅貫中纂修:《李卓吾批評忠義水滸傳全書》,臺北:天一出版社,1985 年《明清善本小說叢刊初編》第 17 輯影印楊定見序袁無涯編刻本。

〔元〕脫脫等:《宋史》,北京:中華書局,1977 年。

〔元〕陶宗儀:《南村輟耕錄》,北京:中華書局,1959 年。

〔元〕羅貫中編,〔明〕馮夢龍增補:《天許齋批點北宋三遂平妖傳》,北京:中華書局,1991 年《古本小說叢刊》第 33 輯影印日本內閣文庫淺草文庫藏泰昌元年〔1620〕刊本。

〔元〕羅貫中編次:《三國志通俗演義》,上海:上海古籍出版社,1994 年《古本小說集成》影印明嘉靖刊本。

〔明〕支大綸:《支華平先生集》,臺南:莊嚴文化事業有限公司,1997 年《四庫全書存目叢書·集部別集類》第 162 冊影印北京大學圖書館藏明萬曆清旦閣刻本。

〔明〕方大鎮:《田居乙記》,臺南:莊嚴文化事業有限公司,1995 年《四庫全書存目叢書·子部雜家類》第 134 冊影印山西省祁縣圖書館藏明萬曆繡水沈氏刻《寶顏堂秘笈》本。

〔明〕王之臣修、陳燁纂:《萬曆諸城縣志》,臺北:國立故宮博物院,1997年微縮院藏明萬曆三十一年刊殘本。

〔明〕王思任:《謔庵文飯小品》,北京:全國圖書館文獻縮微複製中心,2005

年《中國古代小品精選》第 13 冊影印清順治刻本。

〔明〕王穉登：《吳社編》，臺北：新興書局，1974 年《筆記小說大觀》第 4 編第 6 冊影印本。

〔明〕王鏊：《震澤紀聞》，上海：上海古籍出版社，1995 年《續修四庫全書・子部雜家類》第 1167 冊影印北京圖書館藏明末刻本。

〔明〕田汝成：《熙朝樂事》，上海：上海古籍出版社，1995 年《續修四庫全書・史部時令類》第 885 冊影印浙江圖書館藏明刻《廣百川學海》本。

〔明〕朱權等撰：《明宮詞》，北京：北京古籍出版社，1987 年。

〔明〕何良俊：《四友齋叢說》，北京：中華書局，1959 年。

〔明〕宋端儀：《立齋閒錄》，成都：巴蜀書社，2000 年《中國野史集成續編》第 26 冊影印遼寧省圖書館藏明鈔本。

〔明〕李介：《天香閣隨筆》，上海：上海古籍出版社，1995 年《續修四庫全書・子部雜家類》第 1195 冊影印清伍氏刻《粵雅堂叢書》本。

〔明〕李日華：《六研齋筆記　紫桃軒雜綴》，南京：鳳凰出版社，2010 年。

〔明〕李日華：《味水軒日記》，北京：學苑出版社，2006 年《歷代日記叢鈔》第 5 冊影印民國十二年吳興劉氏嘉業堂刻本。

〔明〕李晉德著，楊正泰校注：《客商一覽醒迷》，太原：山西人民出版社，1992 年。（與黃汴《天下水陸路程》、憺漪子輯《天下路程圖引》合刊）

〔明〕李開先撰，卜鍵箋校：《李開先全集》，北京：文化藝術出版社，2004 年。

〔明〕李樂：《見聞雜記》，上海：上海古籍出版社，1986 年《瓜蒂庵藏明清掌故叢刊》影印謝國楨藏明萬曆刻清補修本。

〔明〕沈德符：《萬曆野獲編》，北京：中華書局，1959 年。

〔明〕周玄暐：《涇林續記》，臺北：新文豐出版公司，1985 年《叢書集成新編》第 89 冊據清潘祖蔭編《功順堂叢書》排印本。

〔明〕周暉：《金陵瑣事》，臺北：新興書局，1977 年《筆記小說大觀》第 16 編第 3 冊影印本。

〔明〕周暉：《續金陵瑣事》，臺北：新興書局，1977 年《筆記小說大觀》第 16 編第 4 冊影印本。

〔明〕祁彪佳：《祁忠敏公日記》，北京：學苑出版社，2006 年《歷代日記叢鈔》第 7～8 冊影印民國廿六年紹興修志委員會校刊本。

〔明〕金木散人撰：《新鐫出像批評通俗演義鼓掌絕塵》，上海：上海古籍出版社，1994 年《古本小說集成》影印崇禎四年刊本。

〔明〕姚旅:《露書》,臺南:莊嚴文化事業有限公司,1995 年《四庫全書存目叢書・子部雜家類》第 111 冊影印北京圖書館藏明天啓刻本。

〔明〕姜紹書:《韻石齋筆談》,上海:華東師範大學出版社,2009 年。

〔明〕胡松:《胡莊肅公文集》,臺南:莊嚴文化事業有限公司,1997 年《四庫全書存目叢書・集部別集類》第 91 冊影印北京大學圖書館藏明萬曆十三年胡梗刻本。

〔明〕范濂:《雲間據目抄》,臺北:新興書局,1978 年《筆記小說大觀》第 22 編第 5 冊影印本。

〔明〕茅元儀:《石民橫塘集》,北京:北京出版社,2000 年《四庫禁燬書叢刊・集部》第 110 冊影印北京圖書館藏明崇禎刻本。

〔明〕茅坤:《白華樓吟稿》,臺南:莊嚴文化事業有限公司,1997 年《四庫全書存目叢書・集部別集類》第 106 冊影印中央民族大學圖書館藏明嘉靖萬曆間刻本。

〔明〕徐復祚:《花當閣叢談》,臺北:廣文書局,1969 年影印本。

〔明〕徐渭:《徐文長逸稿》,臺北:偉文圖書公司,1977 年《明代論著叢刊》第 3 輯影印明天啓三年山陰張維城刊本。

〔明〕徐樹丕:《識小錄》,臺北:新興書局,1990 年《筆記小說大觀》第 40 編第 3 冊影印國家圖書館藏佛蘭草堂鈔本。

〔明〕袁中道:《珂雪齋集》,上海:上海古籍出版社,1989 年。

〔明〕袁宏道著,錢伯城箋校:《袁宏道集箋校》,上海:上海古籍出版社,2008〔1981〕年。

〔明〕張大復:《梅花草堂筆談》,上海:上海古籍出版社,1986 年《瓜蒂庵藏明清掌故叢刊》影印原刊本。

〔明〕張岱撰,夏咸淳點校:《張岱詩文集》,上海:上海古籍出版社,1991 年。

〔明〕張岱撰,馬興榮點校:《陶庵夢憶 西湖夢尋》,北京:中華書局,2007 年。

〔明〕郭之奇:《宛在堂文集》,北京:北京出版社,2000 年《四庫未收書輯刊》第 6 輯第 27 冊影印明崇禎刊本。

〔明〕都穆:《都公譚纂》,長沙:商務印書館,1937 年《叢書集成初編》據《硯雲甲乙編》排印本。

〔明〕陳弘緒:《江城名蹟》,臺北:臺灣商務印書館,1983 年《景印文淵閣四庫全書・史部地理類》第 588 冊影印國立故宮博物院藏本。

〔明〕陳龍正:《幾亭全書》,北京:北京出版社,2000 年《四庫禁燬書叢刊・

集部》第 12 冊影印中國社會科學院文學研究所圖書館藏清康熙雲書閣刻本。

〔明〕陶珽輯:《說郛續》,上海:上海古籍出版社,1988 年《說郛三種》第 9～10 冊影印四十六卷本。

〔明〕陸容:《菽園雜記》,北京:中華書局,1985 年。

〔明〕游潛:《夢蕉詩話》,臺南:莊嚴文化事業有限公司,1997 年《四庫全書存目叢書・集部詩文評類》第 416 冊影印北京大學圖書館藏明刻清康熙修補《夢蕉三種》本。

〔明〕湯顯祖撰,徐朔方箋校:《湯顯祖全集》,北京:北京古籍出版社,1999 年。

〔明〕馮時可:《馮元成選集》,北京:北京出版社,2005 年《四庫禁燬書叢刊補編》第 62 冊影印上海圖書館藏明刻本。

〔明〕馮夢禎:《快雪堂日記》,南京:鳳凰出版社,2010 年。

〔明〕馮夢禎:《快雪堂集》,臺南:莊嚴文化事業有限公司,1997 年《四庫全書存目叢書・集部別集類》第 164 冊影印北京大學圖書館藏明萬曆四十四年黃汝亨朱之蕃等刻本。

〔明〕馮夢龍撰,魏同賢主編:《馮夢龍全集》,南京:江蘇古籍出版社,1993 年。

〔明〕馮夢龍輯:《古今譚概》,上海:上海古籍出版社,1995 年《續修四庫全書・子部雜家類》第 1195 冊影印明刻本。

〔明〕黃宗羲撰,沈善洪主編:《黃宗羲全集》,杭州:浙江古籍出版社,2005 年增訂版。

〔明〕楊慎:《丹鉛總錄》,臺北:臺灣商務印書館,1983 年《景印文淵閣四庫全書》影印臺北國立故宮博物院藏本。

〔明〕萬時華:《溉園詩集》,臺北:新文豐出版公司,1989 年《叢書集成續編・文學類》第 171 冊影印民國胡思敬輯《豫章叢書》本。

〔明〕鄒迪光:《始青閣稿》,北京:北京出版社,2000 年《四庫禁燬書叢刊・集部》第 103 冊影印中國科學院圖書館藏明天啓刻本。

〔明〕鄒迪光:《鬱儀樓集》,臺南:莊嚴文化事業有限公司,1997 年《四庫全書存目叢書・集部別集類》第 158 冊影印北京大學圖書館藏明萬曆刻本。

〔明〕鄒迪光:《調象菴稿》,臺南:莊嚴文化事業有限公司,1997 年《四庫全書存目叢書・集部別集類》第 159 冊影印華東師範大學圖書館藏明萬曆刻本。

〔明〕鄒迪光撰:《石語齋集》,臺南:莊嚴文化事業有限公司,1997 年《四庫全書存目叢書‧集部別集類》第 159 冊影印北京圖書館藏明刻本。

〔明〕劉辰:《國初事蹟》,臺北:藝文印書館,1967 年《原刻景印百部叢書集成》影印清張海鵬輯《借月山房彙鈔》本。

〔明〕劉宗周:《人譜類記》,長沙:商務印書館,1940 年《國學基本叢書》排印本。

〔明〕劉若愚:《酌中志》,北京:北京古籍出版社,1994 年。(與蔣一葵《長安客話》合刊)

〔明〕劉侗、于奕正:《帝京景物略》,北京:北京古籍出版社,1983 年。

〔明〕潘之恆:《亙史鈔》,臺南:莊嚴文化事業有限公司,1995 年《四庫全書存目叢書‧子部類書類》第 193 冊影印浙江圖書館藏明刻本。

〔明〕蔡復一:《遯菴詩集》,北京:北京出版社,2005 年《四庫禁燬書叢刊補編》第 60 冊影印明刻本。

〔明〕鄭仲夔:《冷賞》,北京:中華書局,1991 年《叢書集成初編》第 2947 冊影印清金忠淳輯《硯雲甲乙編》本。

〔明〕謝肇淛:《五雜組》,臺北:新興書局,1975 年《筆記小說大觀》第 8 編第 6～7 冊影印國立臺灣大學圖書館藏日本寬文元年〔1661〕刊寬政七年〔1795〕安平書肆修訓點刊本。

〔明〕歸有光撰,周本淳校點:《震川先生集》,上海:上海古籍出版社,1981 年。

〔明〕蘭陵笑笑生:《金瓶梅詞話》,東京:大安株式會社,1964 年。

〔明〕蘭陵笑笑生撰,梅節校注:《夢梅館校本金瓶梅詞話》,臺北:里仁書局,2007 年。

〔明〕顧炎武:《聖安本紀》,臺北:臺灣銀行經濟研究室,1964 年。

〔明〕顧炎武撰,黃汝成集釋:《日知錄集釋》,上海:上海古籍出版社,2006 年。

〔明〕顧起元:《客座贅語》,北京:中華書局,1987 年。

〔明〕闕名:《檮杌閒評》,上海:上海古籍出版社,1994 年《古本小說集成》影印復旦大學圖書館藏清刊本。

〔明〕闕名:《燼宮遺錄》,臺北:藝文印書館,1970 年《原刻景印叢書集成續編》影印吳興張鈞衡輯《適園叢書》刊本。

〔清〕王士禛:《池北偶談》,北京:中華書局,1982 年。

〔清〕王兆鰲纂修:《陝西省朝邑縣後志》,臺北:成文出版社,1969 年《中國方志叢書‧華北地方》第 241 號影印清康熙五十一年刻後刊本。

〔清〕王序賓、王平格纂，俞世銓、陶良駿修：《榆次縣志》，南京：鳳凰出版社，2005 年《中國地方志集成・山西府縣志輯》第 16 冊影印清同治二年鳳鳴書院刻本。

〔清〕王原祁、王奕清等撰：《萬壽盛典》，臺北：臺灣商務印書館，1985 年《景印文淵閣四庫全書・史部政書類》第 653～654 冊影印國立故宮博物院藏本。

〔清〕王鴻緒：《明史稿》，臺北：文海書局，1962 年《元明史料叢編》第 2 輯影印敬慎堂刊本。

〔清〕朱彝尊：《靜志居詩話》，北京：人民文學出版社，1990 年。

〔清〕余治：《得一錄》，臺北：文海出版社，2003 年《近代中國史料叢刊三編》第 92 輯影印清同治刊本。

〔清〕吳陳琰：《曠園雜志》，臺南：莊嚴文化事業有限公司，1996 年《四庫全書存目叢書・子部小說家類》第 250 冊影印甘肅省圖書館藏清康熙刻《說鈴》本。

〔清〕吳敬梓：《儒林外史彙評彙校本》，上海：上海古籍出版社，1999 年。

〔清〕吳騫：《拜經樓詩話》，收入丁福保：《清詩話》，上海：上海古籍出版社，1999 年。

〔清〕李斗：《揚州畫舫錄》，北京：中華書局，1960 年。

〔清〕李世祐修、劉師亮纂：《山西省襄陵縣志》，臺北：成文出版社，1976 年《中國方志叢書・華北地方》第 402 號影印民國十二年刊本。

〔清〕李培謙纂、崔允昭修：《直隸霍州州志》，南京：鳳凰出版社，2005 年《中國地方志集成・山西府縣志輯》第 54 冊影印清道光六年刻本。

〔清〕李維鈺原本，吳聯薰增纂，沈定均續修：《光緒漳州府志》，上海：上海書店，2000 年《中國地方志集成・福建府縣志輯》第 29 冊影印清光緒三年〔1877〕芝山書院刻本。

〔清〕李遵唐纂修：《乾隆聞喜縣志》，南京：鳳凰出版社，2005 年《中國地方志集成・山西府縣志輯》第 60 冊影印清乾隆三十一年刻本。

〔清〕阮元校：《重刊宋本十三經注疏》，臺北：藝文印書館，1965 年影印本。

〔清〕周亮工：《因樹屋書影》，上海：上海古籍出版社，1995 年《續修四庫全書・子部雜家類》第 1134 冊影印北京大學圖書館藏清康熙六年刻本。

〔清〕阿桂等纂修：《八旬萬壽盛典》，臺北：臺灣商務印書館，1985 年《景印文淵閣四庫全書・史部政書類》第 660～661 冊影印國立故宮博物院藏本。

〔清〕侯方域：《壯悔堂文集》，上海：上海古籍出版社，2002 年《續修四庫

全書・集部別集類》第 1406 冊影印中國社會科學院圖書館藏清順治刻增修本。

〔清〕冒辟疆:《影梅庵筆記》,上海:上海古籍出版社,1995 年《續修四庫全書・子部小說家類》第 1272 冊影印清道光世楷堂刻《昭代叢書》本。

〔清〕姚廷遴:《上浦經歷筆記》,北京:北京圖書館出版社,1999 年《北京圖書館藏珍本年譜叢刊》第 79 冊影印清鈔本。

〔清〕徐珂:《清稗類鈔》,北京:中華書局,1984 年。

〔清〕徐釚:《本事詩》,上海:上海古籍出版社,2002 年《續修四庫全書・集部詩文評類》第 1699 冊影印清光緒十四年邵武徐氏刻本。

〔清〕秦憲纂、王勳祥修:《補修徐溝縣志》,南京:鳳凰出版社,2005 年《中國地方志集成・山西府縣志輯》第 3 冊影印清光緒七年刻本。

〔清〕張廷玉等撰:《明史》,北京:中華書局,1974 年。

〔清〕張廷華(蟲天子)輯:《香艷叢書》,臺北:進學書局、古亭書屋,1969 年影印宣統元年至三年上海國學扶輪社排印本。

〔清〕張怡:《玉光劍氣集》,北京:中華書局,2006 年。

〔清〕張殿元纂、胡昇猷修:《岐山縣志》,南京:鳳凰出版社,2007 年《中國地方志集成・陝西府縣志輯》第 33 冊影印清光緒十年刻本。

〔清〕張潮輯:《虞初新志》,臺北:廣文書局,1968 年。

〔清〕梁鼎芬等修、丁仁長等纂:《番禺縣續志》,臺北:成文出版社,1967 年《中國方志叢書》第 49 號影印民國二十年重印本。

〔清〕章學誠撰,葉瑛校注:《文史通義校注》,北京:中華書局,1994 年。

〔清〕郭光澍總修、李旭春贊修:《盧氏縣志》,臺北:成文出版社,1976 年《中國方志叢書・華北地方》第 478 號影印清光緒十九年刊本。

〔清〕陳維崧:《迦陵詞全集》,上海:上海古籍出版社,據《續修四庫全書・集部詞類》第 1724 冊清康熙二十八年刊本影印。

〔清〕彭定求等編:《全唐詩》,北京:中華書局,1960 年。

〔清〕馮德材等修、文德馨等纂:《廣西省鬱林州志》,臺北:成文出版社,1967 年《中國方志叢書》第 23 號影印清光緒二十年刊本。

〔清〕黃印輯:《錫金識小錄》,臺北:成文出版社,1984 年《中國方志叢書・華中地方》第 426 號影印乾隆十七年修光緒廿二年刊本。

〔清〕楊篤、任來樸纂,劉鍾麟、何金聲修:《光緒屯留縣志》,南京:鳳凰出版社,2005 年《中國地方志集成・山西府縣志輯》第 43 冊影印清光緒十一年刻本。

〔清〕葉夢珠：《閱世編》，北京：中華書局，2007 年。

〔清〕董誥等編：《欽定全唐文》，京都：中文出版社，1976 年影印清嘉慶内府刻本。

〔清〕雷琳、汪琇瑩、莫劍光輯：《漁磯漫鈔》，上海：掃葉山房，1913 年石印本。

〔清〕劉廷璣：《在園雜志》，北京：中華書局，2005 年。

〔清〕談寶珊繪：《申江時下勝景圖説》，臺北：中央研究院歷史語言研究所傅斯年圖書館藏清光緒二十二年（1896）石印本。

〔清〕錢謙益：《列朝詩集小傳》，上海：古典文學出版社，1957 年。

〔清〕戴璐：《藤陰雜記》，北京：北京古籍出版社，1982 年。

〔清〕嚴長明：《秦雲擷英小譜》，上海：上海書店，1994 年《叢書集成續編·史部》第 38 冊影印清葉德輝輯《雙楳景闇叢書》本。

〔清〕顧公燮：《消夏閑記摘鈔》，上海：上海書店，1994 年《叢書集成續編·子部》第 96 冊影印《涵芬樓秘笈》排印本。

〔清〕龔鼎孳：《定山堂詩集》，上海：上海古籍出版社，2002 年《續修四庫全書·集部別集類》第 1403 冊影印北京大學圖書館藏清康熙十五年吳興祚刻本。

丁福保輯：《歷代詩話續編》，北京：中華書局，1983 年。

程毅中輯注：《宋元小説家話本集》，濟南：齊魯書社，2000 年。

隋樹森編：《全元散曲》，北京：中華書局，2000 年。

劉永濟輯錄：《宋代歌舞劇曲錄要》，上海：古典文學出版社，1957 年。

謝伯陽編：《全明散曲》，濟南：齊魯書社，1994 年。

〔日〕岡田玉山等編繪：《唐土名勝圖會》，北京：北京古籍出版社，1985 年。

〔韓〕金昌業：《老稼齋燕行日記》，收入林基中編：《燕行錄全集》，首爾：東國大學校出版部，2001 年。

四、近人論著

上海藝術研究所、中國戲劇家協會上海分會編：《中國戲曲曲藝詞典》，上海：上海辭書出版社，1981 年。

中國歷史博物館編：《華夏之路》，北京：朝華出版社，1997 年。

中國藝術研究院戲曲研究所：《舞臺美術文集》，北京：中國戲劇出版社，1982 年。

牛川海：《中國傳統舞臺沿革之研究》，臺北：民俗曲藝雜誌社，1982 年。

王季烈:《螾廬曲談》,附於《集成曲譜》卷首,上海:商務印書館,1925 年。

王國維:《王國維戲曲論文集》,臺北:里仁書局,2000 年。

白雲生:《生旦淨末丑的表演藝術》,北京:中國戲劇出版社,1959 年。

任中敏編:《散曲叢刊》,臺北:臺灣中華書局,1964〔1930〕年。

朱光潛:《文藝心理學》,臺北:臺灣開明書店,1991 年。

作家出版社編輯部編:《元明清戲曲研究論文集》,北京:作家出版社,1957
　　年。

吳梅:《顧曲麈談》,上海:商務印書館,1926 年。

吳梅:《詞餘講義》,臺北:廣文書局,1979〔1929〕年。

吳梅:《南北詞簡譜》,臺北:學海出版社,1997 年影印民國二十八年序石印
　　本。

沈從文編著:《中國古代服飾研究》,香港:商務印書館,1992 年增訂版。

那志良:《清明上河圖》,臺北:國立故宮博物院,1993 年。

周康燮主編:《宋元明清劇曲研究論叢》,香港:大東書局,1979 年。

周貽白:《中國劇場史》,長沙:湖南教育出版社,2007〔1936〕年。

周貽白:《中國戲劇史》,北京:中華書局,1954 年。

周貽白:《中國戲劇史講座》,北京:中國戲劇出版社,1954 年。

周貽白:《中國戲曲論集》,北京:中國戲劇出版社,1960 年。

周貽白輯:《戲曲演唱論著輯釋》,北京:中國戲劇出版社,1962 年。

周劍雲主編:《菊部叢刊》,上海:交通圖書館,1918 年。

昌彼得編纂:《明代版畫選初輯》,臺北:國立中央圖書館出版,漢華文化事
　　業公司印行,1969 年。

阿甲:《戲曲表演論集》,上海:上海文藝出版社,1979〔1962〕年。

姜亞沙、經莉、陳湛綺主編:《中國早期戲劇畫刊》,北京:全國圖書館文獻
　　微縮複製中心,2006 年。

重慶市博物館編:《重慶市博物館藏四川漢畫像磚選集》,北京:文物出版社,
　　1957 年。

唐文標:《中國古代戲劇史初稿》,臺北:聯經出版事業公司,1984 年。

孫楷第:《也是園古今雜劇考》,上海:上雜出版社,1953 年。

徐扶明:《紅樓夢與戲曲比較研究》,上海:上海古籍出版社,1984 年。

徐扶明:《牡丹亭研究資料考釋》,上海:上海古籍出版社,1987 年。

徐凌雲演述,管際安、陸兼之記錄:《崑劇表演一得》,蘇州:蘇州大學,1993

〔1960〕年。

國立中央圖書館編：《明人傳記資料索引》，臺北：國立中央圖書館，1966 年。

張庚、郭漢城：《中國戲曲通史》，北京：中國戲劇出版社，1992〔1980〕年。

張庚：《戲曲藝術論》，北京：中國戲劇出版社，1980 年。

張師清徽（敬）：《明清傳奇導論》，臺北：華正書局，1986〔1961〕年。

張師清徽（敬）：《清徽學術論文集》，臺北：華正書局，1993 年。

張贛生：《中國戲曲藝術》，天津：百花文藝出版社，1982 年。

莊一拂：《古典戲曲存目彙考》，上海：上海古籍出版社，1982 年。

許之衡：《曲律易知》，臺北：郁氏印獎會，1979 年影印民國十一年飲流齋刊
　　本。

陳眞愛：《元明雜劇穿關考》，臺北：國立臺灣大學中國文學系碩士論文，1965
　　年。

陳復生等修：《義門陳氏十三修宗譜》，成都：巴蜀書社，1995 年影印《中華
　　族譜集成・陳氏譜卷》第 14 冊影印民國三十八年聚原堂鉛印本。

陸侃如、馮沅君：《南戲拾遺》，北平：哈佛燕京學社，1936 年。

陸萼庭：《崑劇演出史稿》，上海：上海教育出版社，2006〔1980〕年。

傅芸子：《白川集》，東京：文求堂書店，1943 年。

傅惜華：《明代傳奇全目》，北京：人民文學出版社，1959 年。

曾師永義、陳芳英編：《中國古典文學論文精選叢刊・戲劇類》，臺北：幼獅
　　文化事業股份有限公司，1980～81 年。

曾師永義：《中國古典戲劇論集》，臺北：聯經出版事業公司，1975 年。

曾師永義：《說戲曲》，臺北：聯經出版事業公司，1976 年。

曾師永義：《明雜劇概論》，臺北：嘉新水泥公司文化基金會，1978 年。

曾師永義：《說俗文學》，臺北：聯經出版事業公司，1980 年。

湯用彬：《舊都文物略》，臺北：文海出版社，1972 年影印 1935 年北平市政
　　府秘書處刊本。

馮沅君：《古劇說彙》，北京：作家出版社，1956〔1947〕年。

馮沅君：《馮沅君古典文學論文集》，濟南：山東人民出版社，1980 年。

馮俊杰等編著：《山西戲曲碑刻輯考》，北京：中華書局，2002 年。

葉德均：《戲曲小說叢考》，北京：中華書局，1979 年。

路工：《訪書見聞錄》，上海：上海古籍出版社，1985 年。

趙景深：《元明南戲考略》，北京：人民文學出版社，1990〔1958〕年。

趙景深：《明清曲談》，北京：中華書局，1959 年。

趙景深：《讀曲小記》，北京：中華書局，1959 年。

趙景深：《戲曲筆談》，北京：中華書局，1980〔1962〕年。

趙無極、羅依 (Roy, Claude) 同撰，金恆杰譯：《漢拓》，臺北：雄獅出版社，1976 年。

齊如山：《齊如山全集》，臺北：聯經出版事業公司，1979 年。

劉敦楨：《中國古代建築史》，臺北：明文出版社，1982 年。

歐陽予倩編：《中國戲曲研究資料初輯》，北京：藝術出版社，1956 年。

歐陽祖經：《明譚襄敏公綸年譜》，臺北：臺灣商務印書館，1981 年。

編輯部：《中國歷代服飾大觀》，臺北：百齡出版社，1984 年。

鄭騫：《景午叢編》，臺北：臺灣中華書局，1972 年。

盧前：《明清戲曲史》，臺北：臺灣商務印書館，1994〔1935〕年。

錢南揚：《宋元南戲百一錄》，北平：哈佛燕京學社，1934 年。

錢南揚：《漢上宧文存》，北京：中華書局，2009〔1980〕年。

錢南揚：《戲文概論》，上海：上海古籍出版社，1981 年。

戴不凡：《小說見聞錄》，杭州：浙江人民出版社，1980 年。

羅錦堂編：《中國戲曲總目彙編》，香港：萬有圖書公司，1966 年。

嚴敦易：《元劇斟疑》，北京：中華書局，1960 年。

〔日〕岩城秀夫：《中國戲曲演劇研究》，東京：創文社，1973 年。

〔日〕座右寶刊行會編：《中國の陶磁：新出土の名品》，東京：小學館，1978 年。

〔日〕青木正兒，王古魯譯：《中國近世戲曲史》，上海：商務印書館，1936 年。

〔日〕田仲一成：《中國祭祀演劇研究》，東京：東京大學東洋文化研究所，1981 年。

五、單篇論文

丁明夷：〈山西中南部的宋元舞臺〉，《文物》1972 年第 4 期，頁 47～56。

暢文齋：〈侯馬金代董氏墓介紹〉，《文物》1959 年第 6 期，頁 50～55。

古代建築修整所：〈晉東南潞安、平順、高平和晉城四縣的古建築〉，《文物》1958 年第 3 期，頁 26～42。

何爲：〈論南曲的合唱〉，《戲曲研究》1980 年第 1 輯，頁 262～295。

李乾朗：〈臺灣的戲臺建築〉，《民俗曲藝》第 8 期（1981 年 6 月），頁 29～32。

李慶森：〈戲曲唱腔的發展規律及表現特點〉，《音樂研究》1982 年第 3 期，頁 71～81。

周貽白：〈元代壁畫中的元劇演出形式〉，《文物》1959 年第 1 期，頁 29～31。

周貽白：〈侯馬董氏墓中五個磚俑的研究〉，《文物》1959 年第 10 期，頁 50 ～52。

周貽白：〈南宋雜劇的舞臺人物形象〉，《周貽白戲劇論文選》，長沙：湖南人民出版社，1982 年，頁 579～581。

金祥恆：〈記明仇英臨本清明上河圖〉，《大陸雜誌》第 9 卷第 4 期（1954 年 8 月，頁 101。

流沙、北萱、聿人：〈從江西都昌、湖口高腔看明代的青陽腔〉，《戲曲研究》1957 年第 4 期（1957 年 10 月），頁 98～105。

凌景埏：〈南戲與北劇之交化〉，收入凌景埏、謝伯陽校注：《諸宮調兩種》附《擷芬室文存》，濟南：齊魯書社，1988 年，頁 305～341。

孫毓修（原署綠天翁）：〈綠天清話〉，《小說月報》第 3 卷第 6 期（1912 年 6 月），頁 2。

徐苹芳：〈白沙宋墓中的雜劇雕磚〉，《考古》1960 年第 9 期，頁 59～60。

徐苹芳：〈宋代的雜劇雕磚〉，《文物》1960 年第 5 期，頁 40～42。

徐苹芳：〈關於宋德方與潘德沖墓的幾個問題〉，《考古》1960 年第 8 期，頁 42～45、54。

陸樹侖：〈戲曲必須案頭、場上兩擅其美——馮夢龍的戲曲主張〉，《文學遺產》1980 年第 5 期，頁 74～88。

楊煥成：〈試論河南明清建築斗拱的地方特徵（下）〉，《中原文物》1983 年第 4 期，頁 97～105。

趙景深：〈北宋的雜劇雕磚〉，《戲劇報》1961 年第 9、10 期合刊，頁 51～54、77～78。

趙景深、李平、江巨榮：〈明代演劇狀況的考察〉，《戲劇藝術》1979 年第 3、4 期合刊，頁 176～189。

劉念茲：〈中國戲曲舞臺藝術在十三世紀初葉已形成——金代侯馬董墓舞臺調查報告〉，《戲劇研究》1959 年第 2 期。

劉念茲：〈宋雜劇丁都賽雕磚考〉，《文物》1980 年第 2 期，頁 58～62。

墨遺萍：〈記幾個古代鄉村戲臺〉，《戲劇論叢》1957 年第 2 期，頁 203～206。

黎新：〈論戲曲服裝的演變與發展〉，《戲曲研究》1958 年第 3 期，頁 69～82。

蘇州市博物館：〈拙政園〉，《文物》1978 年第 6 期，頁 85～87。

附　圖

圖一：「承恩賜御宴」

〔明楊定見序袁無涯刻本《忠義水滸傳全書》插圖（頁 43a）〕

圖二：山西侯馬金墓戲臺模型

（見《文物》1959 年第 6 期山西省文管會侯馬工作站
〈侯馬金代董氏墓介紹〉插圖 13）

圖三：山西芮城永樂宮舊址元初宋德方墓石槨前壁上的雕刻

（見《戲劇報》1961 年第 9、10 期〈山西芮城永樂宮
舊址出土元墓雕刻〉插圖，由黎新摹畫）

圖四：山西臨汾縣東羊村舞臺

（《文物》1972 年第 4 期丁明夷〈山西中南部的宋元舞臺〉圖版柒之三）

圖五：山西石樓縣張家河舞臺（《文物》1972 年第 4 期封底圖片）

圖六：神廟舞臺形式圖

（見周貽白《中國劇場史》第一章〈劇場的形式〉頁9）

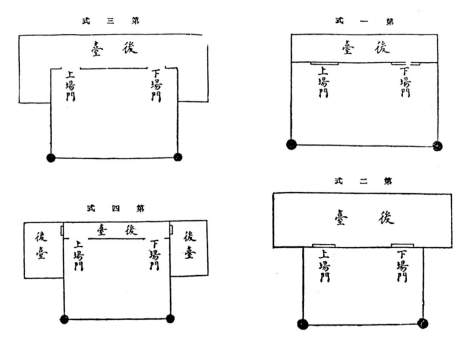

圖七：查樓圖（見《唐土名勝圖會》初集卷四京師、外城，頁 3b～4a）

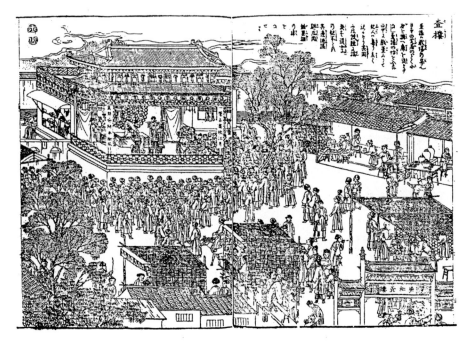

圖八：見周貽白《中國劇場史》第一章〈劇場的形式〉（頁6）

圖九：〈南都繁會景物圖卷〉，常熟翁氏舊藏，現藏於中國歷史博物館
　　　（本圖引自《華夏之路》冊4，頁94～95）

圖一〇：明仇英臨本〈清明上河圖〉（見《大陸雜誌》第 9 卷第 4 期封面）

圖一一：惲公孚藏明仿本〈清明上河圖〉

（本圖引自周貽白《中國戲劇》，頁 120）

圖一二：〈南中繁會圖〉，中國歷史博物館藏

（本圖引自《善本戲曲叢刊》封面）

圖一三：〈千金記〉演出圖（引自唐文標《中國古代戲劇史初稿》附圖）

圖一四：清順治刊本《比目魚》傳奇插圖
（引自唐文標《中國古代戲劇史初稿》附圖）

圖一五：清院本〈清明上河圖〉（見那志良《清明上河圖》插圖）

圖一六：同圖一五。

圖一七：「智撲擎天柱」
〔明楊定見序袁無涯刻本《忠義水滸傳全書》插圖（頁37a）〕

圖一八：「貓兒戲」（見《申江時下勝景圖說》卷下）

圖一九：崇禎刊本《荷花蕩》傳奇插圖（頁 5a）

圖二〇：「西門慶觀戲動深悲」（崇禎本《金瓶梅詞話》第六十三回插圖）

圖二一：《袁氏義犬》（《盛明雜劇初集》插圖）

圖二二：萬曆刊本《麒麟記》傳奇插圖

圖二三：《還魂記》傳奇插圖（引自《明代版畫選初輯》，頁 24）

圖二四：崇禎刊本《鴛鴦絛》傳奇插圖（卷上，頁 6b）

圖二五：富春堂本《玉玦記》傳奇插圖

圖二六：環翠堂原刊本《投桃記》傳奇插圖

圖二七：墨憨齋重訂《量江記》傳奇插圖

圖二八：明世德堂刊本《驚鴻記》傳奇插圖

圖二九：《同甲會》，《盛明雜劇二集》插圖（卷9，頁1b）

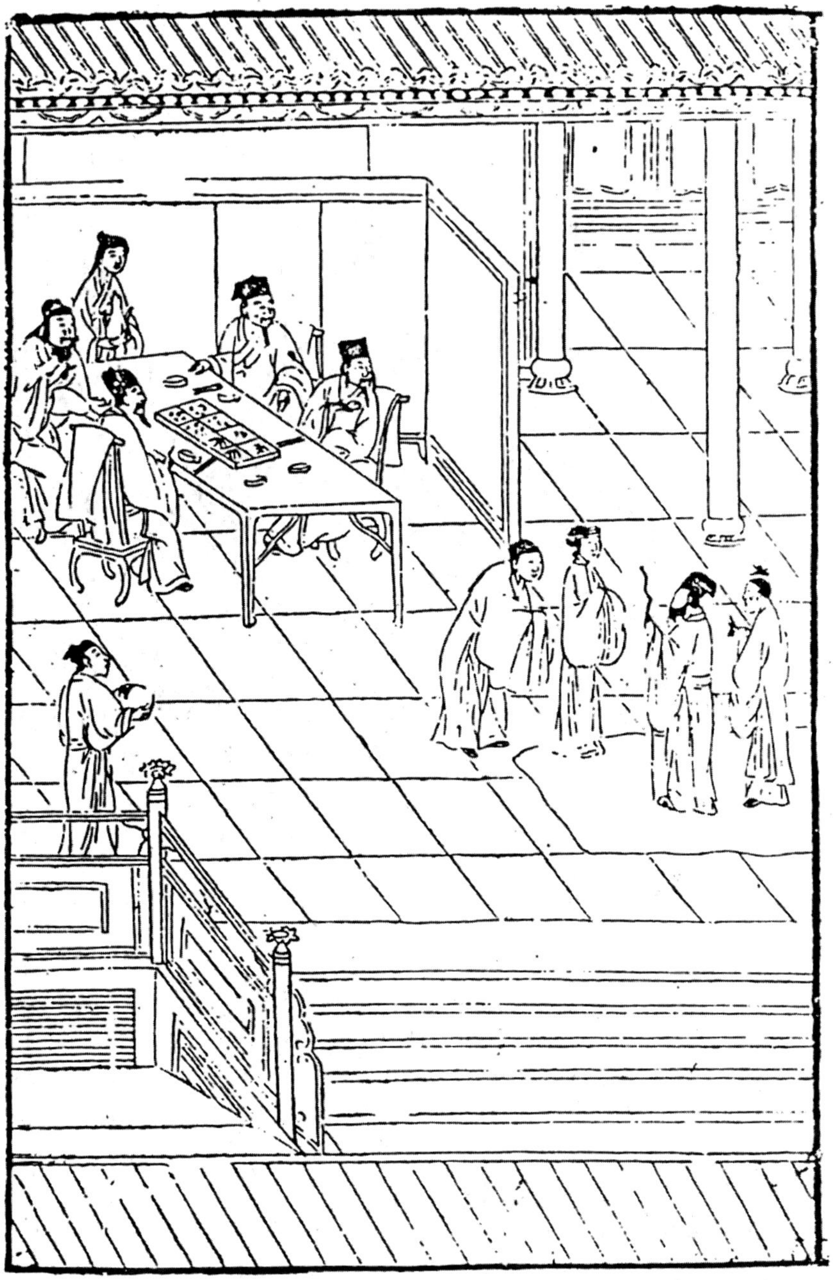

圖三〇：《龍山宴》，《盛明雜劇二集》插圖（卷 10，頁 1b）

圖三一：「宴飲起舞畫像磚」，原圖見《重慶市博物館藏四川漢畫像磚選集》
　　　第 15 圖（本圖引自《漢拓》，頁 57）

圖三二：「丸劍宴舞畫像磚」，原圖見《重慶市博物館藏四川漢畫像磚選集》
第 16 圖（本圖引自《漢拓》，頁 36～37）

圖三三：「加彩樂舞雜伎陶俑」（引自座右寶刊行會編《中國の陶磁：新出土
の名品》第 25 圖，東京：小學館，1978 年）

圖三四：偃師出土宋雜劇雕磚，徐苹芳〈宋代的雜劇雕磚〉插圖（《文物》1960
　　　　年第 5 期），由張孝光據拓本摹畫（本圖引自《中國古代服飾研究》
　　　　圖 173，頁 359）

圖三五：山西侯馬金墓戲俑，周貽白〈侯馬董氏墓中五個磚俑的研究〉插圖
（《文物》1959 年第 10 期）

圖三六：明應王殿水神廟元人演戲壁畫

（引自《中國古代服飾研究》，圖 206，頁 434）

圖三七：梅蘭芳綴玉軒世藏明朝臉譜（本圖引自《齊如山全集》第一冊《國
劇簡要圖案》，頁 792～793）

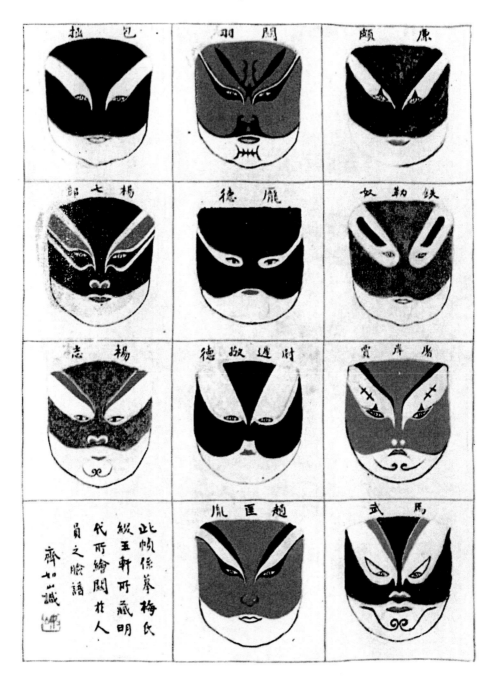

圖三八：同圖三七。

豹精　王

火神

天王

象精

雷君

龍王

九頭鳥

鍾旭

雲神

此幀係摹梅氏
綴玉軒所藏明
代所繪閻花神
怪之臉譜
齊如山識

白額精　王

雷神

圖三九：「戲曲衣箱的構成」及「古典戲曲服裝演變圖示」，見黎新〈論戲曲服裝的演變與發展〉（《戲曲研究》1958 年第 3 期，頁 80）

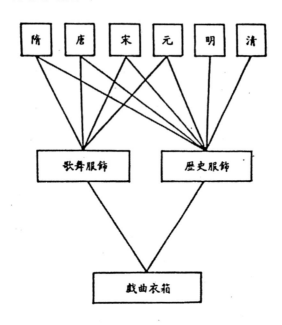

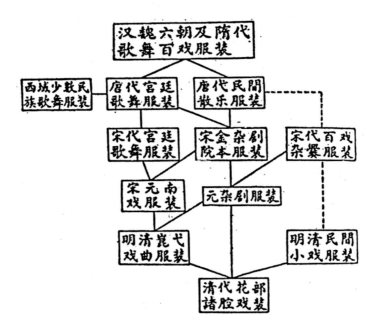

圖四〇：引自《中國古代服飾研究》（圖 171，頁 355）

圖四一：上海肇家浜路潘允徵墓出土實物紗帽（本圖引自《中國歷代服飾大觀》，圖 256，頁 153）

圖四二：明代〈沈度寫真像〉（引自《中國歷代服飾大觀》，圖 255，頁 153）

圖四三：文一品官補服，據《明會典》、《三才圖會》記載和插圖，以及傳世
　　　　實物復原繪製（引自《中國歷代服飾大觀》，圖 254，頁 152）

圖四四：明人〈李貞寫真像〉（引自《中國歷代服飾大觀》，圖 262，頁 155）

圖四五：傳世實物「玉製束髮冠」

（引自《中國歷代服飾大觀》，圖263，頁155）

圖四六：江蘇揚州出土實物儒巾

（引自《中國歷代服飾大觀》，圖274，頁160）

圖四七：江蘇揚州出土實物方巾
（引自《中國歷代服飾大觀》，圖 276，頁 160）

圖四八：故宮舊藏無款蘇軾像所見巾子

（引自《中國古代服飾研究》，圖 115，頁 375）

圖四九：據山西右玉寶寧寺水陸畫照相影印摹繪

（引自《中國古代服飾研究》圖 198，頁 419）

圖五○：據出土陶俑復原繪製四方瓦楞帽

（引自《中國歷代服飾大觀》，圖 239，頁 140）

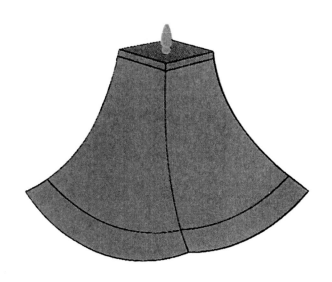

圖五一：帥盔（引自《中國戲曲曲藝辭典》，頁 146）

圖五二：「高俅十路軍」〔明楊定見序袁無涯刻本《忠義水滸傳全書》插圖
　　　（頁 39b）〕

圖五三：明繼志齋刊本《重校呂真人黃粱夢境記》傳奇插圖

圖五四：戰國雕玉舞女，傳為河南洛陽金村戰國韓墓出土，日人集印於
《金村古墓聚英》一書中（本圖引自《中國古代服飾研究》，
圖 28，頁 59）

圖五五：據廣州東漢墓出土舞俑，及紹興出土青銅鏡子舞女圖像摹繪
（本圖引自《中國古代服飾研究》，圖 74，頁 133）

圖五六：南昌東郊西漢墓象牙飾舞人、北京大葆臺西漢墓玉舞人、銅山西漢
　　　　崖墓玉片舞人、玉舞人、武威磨咀子漢墓漆樽圖案舞蹈部分（本圖
　　　　引自《中國古代服飾研究》，圖 46，頁 134～135）

圖五七：元至治刻本《全相五種平話》插圖

（引自《中國古代服飾研究》，圖 196，頁 415）

圖五八：明繼志齋刊本《呂真人黃粱夢境記》傳奇下卷第廿四齣〈傳首〉
　　　　插圖（頁 14a～b）

圖五九：明富春堂刊本《張巡許遠雙忠記》傳奇插圖

圖六〇：明富春堂刊本《千金記》傳奇插圖

圖六一：同圖六○

圖六二：明唐振吾刊本《七勝記》傳奇插圖